종이올빼미
Harsh Society

KAMI NO FUKURO Harsh Society by NUKUI Tokuro

Copyright © 2022 NUKUI Tokuro
All rights reserved.
Original Japanese edition published by Bungeishunju Ltd., in 2022.
Korean translation rights in Korea reserved by Publishing Company Straight line & Curve,
under the license granted by NUKUI Tokuro, Japan arranged with Bungeishunju Ltd.,
Japan through BC Agency, Korea.

이 책의 한국어판 저작권은 BC에이전시를 통해
저작권자와 독점계약을 맺은 도서출판 직선과곡선에 있습니다.
저작권법에 의해 한국 내에서 보호를 받는 저작물이므로 무단전재와 복제를 금합니다.

종이올빼미
Harsh Society

누쿠이 도쿠로 지음
최현영 옮김

ㅈㅿ〉〉▲
직선과곡선

일러두기
- 본문에 있는 모든 주석은 옮긴이의 것이며, 괄호 안에 표기하였습니다.
- 이 이야기는 픽션입니다. 동명의 실존 인물 및 단체와는 일절 관계가 없습니다.

차 례

I

보지도 말고, 쓰지도 말고,
말하지도 말지어다   009

새장 속의 새들   083

레밍의 무리   151

고양이는 잊지 않는다   223

II

종이올빼미

제1장   293

제2장   336

제3장   366

제4장   424

이것은, 사람을 한 명 죽이면 사형 당하는 세계의 이야기이다.

I

보지도 말고, 쓰지도 말고,
말하지도 말지어다

1

잠시 작업하던 손길을 멈추고 모니터에서 조금 떨어진 곳에서 전체상을 조망했다. 디자인과 실제로 완성된 실물 사이에는 미묘한 인상의 차이가 있게 마련이지만, 그 틈새를 이미지로 메우는 기술에는 이미 이력이 붙었다. 이번 작품은 성공적이라는 감이 왔다. 만족감이 전신을 감쌌다. 나는 지금 이 순간, 세상에서 가장 행복한 사람이라는 생각이 들었다. 이 황홀함에 매료되어 노아키 신야는 디자인 계열 업무를 하는 것이다.

데이터를 저장하고 컴퓨터를 잠자기 모드로 했다. 슬슬 자정이 다가오는 시각이므로 사무실에는 노아키 외에 아무도 없었다. 창문이 잠겨있는지 확인하고 에어컨을 끈 후 보안업체로 직접 연결된 경보 시스템을 작동시키고 사무실을 나섰다. 빌딩 내의 다른 사무실에도 사람은 없는 듯 노아키의 발소리만이 복도에 울렸다. 엘리베이터 홀로 가서 버튼을 누르고 엘리베이터가 오기를 기다렸다.

노아키의 사무실은 3층이므로 1층까지는 금방이었다. 엘리베이터 문이 열림과 동시에 거의 조건반사처럼 걷기 시작했다. 늘 타고 다니는 엘리베이터이므로 전방은 확인하지 않았다.

경계심은 눈곱만큼도 없었다. 그래서 바로 등 뒤에서 인기척을 느꼈을 때는 이미 늦었다. 뒤에서 뻗어온 손이 노아키의 입가에 무언가를 갖다 대었지만, 약품 냄새가 느껴질 뿐이었다. 하지만 사태를 파악하기 전에 노아키의 의식이 멀어져갔다.

…… 온몸을 덮쳐온 극심한 통증으로 인해 정신이 들었다. 이전에 경험한 적 없는 고통이었다. 어디가 어떻게 아프다는 것도 자각할 수 없었고 몸 전체가 그저 불에 타는 듯한 고통을 호소했다. 극도의 불쾌감에 노아키는 절규했다. 아니, 절규하려고 했다. 그런데 웬일인지 목에서는 짐승의 신음 같은 소리밖에 나오지 않았다.

그는 자신이 어디에 있는지조차 알 수가 없었다. 시야가 완전한 암흑으로 꽉 차 있었기 때문이다. 이곳은 빛이 들지 않는 지하실인가? 그런 생각이 들었지만, 살갗에 닿는 공기는 바깥 느낌이었다. 바깥인데 이렇게 칠흑같이 어둡다는 것은 인적이 없는 궁벽한 산속이기 때문일까? 무슨 일이 일어난 건지 도무지 알 수가 없다.

아니, 나는 아스팔트 위에 널브러져 있는 것 같다. 서서히 상황이 파악되기 시작했다. 흙이 아닌 아스팔트다. 그렇다면 이곳은 산중일 리 없다. 그런데 왜 아무것도 보이지 않고 깜깜한 걸까? 아무래도 이해가 안 된다.

눈이 잘못된 건가 하고 손으로 비비려 했다. 그 순간 의식이 손을 향해서인지, 극심한 통증이 손끝에 집중되어 있다는 것을 깨달았다. 상상을 초월하는 고통이란 이런 걸까? 너무 아파서 몸부림쳤다. 조금 전부터 줄곧 자신이 신음하고 있다는 것을 이제 와서 자각했다.

손을 눈가로 가져가 만져보았다. 아니, 만졌다고 생각했다. 그러나 웬일인지, 눈가와 손가락 끝이 만나지 않았다. 손은 허공을 갈랐고 아무것도 잡히지 않았다. 이상하다 싶어서 다시 한번 똑같이 해 봤다.

역시 닿지 않는다. 이 기이한 상황에 심장이 차갑게 얼어붙었다. 머리로는 사태를 이해했는데 마음이 그 사실을 거부하고 있다. 설마 하고 생각하면서도 이번에는 손바닥으로 얼굴을 눌러보았다.

아아악, 하고 괴성이 나왔다. 감촉이 확실히 이상하다. 있어야 할 것이 없다. 이번에는 왼손으로 오른손을 잡아보려고 했다. 하지만, 그것도 할 수 없었다. 손가락이 무언가에 맞닿는 감각 없이 주먹끼리 맞부딪힌 듯한 느낌이었다. 스스로 힘껏 손가락을 펴려고 했지만, 손가락은 본드로 붙여놓은 것처럼 조금도 움직이지 않았다. 아니다, 그게 아니다. 노아키는 이미 알고 있었다. 자신의 왼손, 오른손 손가락 10개가 전부 사라졌다는 사실을.

이 받아들이기 힘든 사실을 제 눈으로 확인하고 싶었다. 그런데 여전히 아무것도 보이지 않는다. 어마어마한 통증은 손가락 끝에만 존재하는 게 아니다. 눈구멍, 그리고 입안에도 불타는 고통이 버티고 있었다. 아무것도 보이지 않고 말도 나오지 않는다. 그것이 의미하는 것을 노아키는 이해하고 싶지 않았다.

아아아아아아. 신음은 깊어졌다. 아파 죽겠다고 큰소리로 외치고 싶어도 혀가 움직이지 않는다. 혀 대신 입안에 있는 것은 견딜 수 없는 통증뿐이다. 혀는 어디론가 사라져버렸다.

나는 울고 있다. 노아키는 그렇게 생각했다. 잃어버린 열 개의 손가락과 혀를 생각하며 오열하고 있다. 그러나 눈에서 흐르는 물은 피였다. 눈구멍은 양쪽 모두 그저 피가 고여 있었던 것이다.

믿을 수 없다. 믿을 수 없다. 믿을 수 없다. 노아키는 몸을 비틀고 머리를 흔들며 현실을 부정했다. 하지만 너무도 가혹한 사태는 악몽이 아니었고 그의 육체는 극심한 고통에 쉼 없이 시달렸다.

2

경시청 통신지령센터(우리나라 112 종합상황실처럼 110번으로 접수되는 모든 신고를 담당함)에서 형사부실로 알림이 들어왔을 때 그곳에는 사누키, 그리고 요시카와 게이치 두 사람뿐이었다. 전화를 받은 사누키의 표정이 순식간에 흐려졌다. 요시카와는 그 모습을 보고 사건이 발생했다는 것을 예감했다.

"부상자가 발생했다고 합니다. 죽을 정도의 부상은 아니라는데 살인보다 더 가혹합니다."

수화기를 내려놓은 사누키가 요시카와를 향해 말했다. 요시카와는 일어서서 확인했다.

"어떤 부상이지?"

"양쪽 눈은 뭉개지고 혀는 잘렸습니다. 그뿐만 아니라, 양손의 손가락이 전부 절단되었다고 합니다. 차마 못 듣겠네요."

사누키는 과장되게 입을 앙다물었다. 사누키는 아직 간당간당 20대였으나 이미 중년 남자처럼 풍채가 좋다. 그 성씨에서 붙을 수 있는 별명(사누키와 어감이 비슷한 '다누키'를 가리키는데 이는 너구리라는 의미임)은 정해져 있으니 조금은 살을 빼려고 노력하면 좋으련만 오히려 올챙이배는 나날이 가관이 되어 가는 듯했다. 애초에 본인은 '너구리'라는 별명으로 불리는 것을 전혀 신경 쓰지 않는다. 말랐을 때부터 그 별명이었으므로 체형 때문이라고 생각하지 않는 듯하다. 성격이 무던

한 것은 형사로서 긍정적 요소로 작용하는 자질이긴 하다.

"양쪽 눈에 혀, 열 손가락이라는 건 당연히 스스로 한 건 아니겠죠? 제삼자한테 당한 거겠죠. 어느 정도의 악의일까요?"

자기가 같은 짓을 당한 경우를 상상했는지, 사누키는 양팔로 제 몸을 얼싸안으며 호들갑스럽게 떠는 흉내를 냈다. 요시카와는 그런 익살스러운 후배의 몸짓은 무시하고 병원의 위치를 확인했다.

"병원은 어디지?"

"일본여자의대 병원으로 옮겨졌다고 합니다. 바로 가시죠."

"그러지."

요시카와는 대답함과 동시에 윗옷을 집어 들고 형사부실을 나갔다. 사누키가 허둥지둥 뒤를 따라간다.

"무슨 일일까요? 고문일까요? 고문치고도 너무 비인도적이지만요."

엘리베이터 안에서 사누키는 쉴 새 없이 추측을 늘어놓았다. 사누키의 수다스러움이 딱히 불쾌한 것은 아니지만, 같은 보조로 장단 맞출 재간은 없었다. 굳이 맞장구를 쳐주지 않아도 멋대로 지껄이는 남자이므로 성가시게 느껴지지 않는 한도 내에서는 함께 행동하기에 편한 상대이긴 했다. 요시카와의 과묵함은 사누키도 익히 알고 있을 터였다.

사누키의 말처럼 고문이라고밖에 생각되지 않는 상황이지만, 무언가를 실토하게 하려는 고문치고는 도가 지나치다. 아무리 인내심 강한 사람이라고 해도 손가락을 하나씩 절단당하면 심지가 꺾이지 않을까? 열 손가락을 전부 잃고 혀와 양쪽 눈까지 잃어버린다면 그 어떤 보조구를 사용한다고 해도 사회복귀는 무리다. 그렇게까지 고문을 견뎌낼 수 있는 사람이 세상에 있을 거라고는 생각되지 않았다.

그렇다면 피해자를 해치는 것 자체가 목적이었을까? 그 경우라면 범인을 범행으로 몰아간 원한은 예사로운 것이 아니다. 도대체 어떤 원한이라면 타인에게 그렇게까지 가혹한 짓을 하는 동기가 될까? 요시카와는 도저히 상상할 수 없었다.

경찰서를 나와 지하철을 이용하여 일본여자의대 병원에 도착했다. 접수대에서 신분을 밝히자 직원이 부상자는 아직 치료 중이라는 사실을 알려주었다. 당연한 일이니 처치가 끝날 때까지 대기실에서 기다리기로 했다. 더운 계절도 아닌데 사누키는 흐르는 땀을 연신 손수건으로 훔쳤다.

"죽을 정도의 상처는 아니라고 했지."

조금 생각되는 바가 있어서 거의 혼잣말하는 기분으로 사누키에게 말했다. 사누키는 손수건으로 얼굴에 부채질하며 고개를 끄덕였다.

"그렇게 말하더라고요. 사실, 손가락이 잘리고 눈이 뭉개졌다고 해도 죽지는 않죠. 죽지 않은 걸 기뻐해야 하는 건지는 잘 모르겠지만요."

"그렇군."

의사의 이야기를 들어보지 않는 한, 다른 부위에도 상처를 입었는지 아닌지는 모른다. 머리에 구타 흔적이라도 있으면 살인 미수 가능성도 있었다.

치료에 상당한 시간이 걸리지 않을까 하고 각오했는데 예상 밖으로 그리 오래 기다리지 않았다. 수술실 문이 열리고 안에서 들것에 실린 사람이 나왔다. 눈 주위와 양손에 붕대를 감고 있어 참상은 아직 확실히 모른다. 실려 가는 모습을 지켜보고 나서 뒤 따라 나온 의사에게 말을 걸었다.

"경찰입니다. 수고하셨습니다. 갑작스럽게 죄송하지만, 부상자 상태에 관해 좀 들을 수 있을까요?"

쓸데없는 서론은 생략하고 단도직입적으로 물었다. 타인과의 커뮤니케이션이 서툰 요시카와는 이런 식으로밖에 질문할 줄 모른다. 의사들은 대개 쓸데없는 말을 싫어하므로 질문자로서는 고맙다.

"잠깐 앉으시죠. 좀 피곤해서요."

30대 중반 정도로 보이는 의사는 일회용 마스크를 벗으며 복도 벤치를 가리켰다. 피곤하다는 그의 말대로 괴로운 듯이 눈가를 문질렀다. 그렇게 힘든 처치였나 생각하며 의사 옆에 걸터앉았다. 사누키는 의사를 사이에 두고 반대쪽에 앉았다.

"실례했습니다. 처치 자체는 그렇게 힘든 것은 아니었지만, 그 정도로 끔찍한 환자를 본 것은 처음이라서 정신적으로 좀 지쳤습니다. 이제 괜찮으니까 용태에 관해 설명해 드리겠습니다."

 의사는 고개를 한번 가로젓더니 마음을 굳게 먹은 듯이 말했다. 심적 충격이 그렇게 쉽게 회복되지는 않겠지만, 형사로서는 천천히 쉬라고 말할 수도 없다. 한시 빨리 정보를 입수할 필요가 있었다.

 "양쪽 손가락 절단. 예리한 칼에 의한 것으로 생각됩니다. 혀의 절단. 이것 역시 칼입니다. 그리고 양쪽 눈은 송곳 같은 물건에 찔렸습니다. 안타깝게도 양쪽 눈 모두 실명 상태입니다. 회복 가능성은 없습니다."

 의사는 요시카와와 사누키가 아니라 비스듬히 위쪽을 보며 감정 없이 암기한 것을 읊듯이 설명했다. 요시카와는 그의 말을 메모하며 질문을 시작한다.

 "그 외 외상은 없습니까?"

 "없습니다. 일단 잠시 후에 CT 촬영으로 검사할 예정입니다만, 아마 머리에 상처는 없을 겁니다. 몸에도 손가락 절단 외에 심각한 상처는 없었습니다."

 "피해자는 그 정도로 신체를 훼손당하는 동안 의식이 있었을까요?"

 그 부분이 중요한 포인트였다. 의식이 있었던 거라면 고문의 가능성도 있을 수 있다. 혹은 복수이거나.

 "본인에게 직접 이야기를 들을 수 있는 상황이 아니므로 단정 지을 수는 없지만, 아마도 약물로 잠들어 있던 게 아닐까 생각합니다. 다만, 손목과 발목에 가벼운 찰과상이 있기 때문에 결박된 상태에서 저항할 수 없었던 것은 확실합니다."

"그렇군요. 그러면 피해자는 치명상을 입은 건 아니군요."

"네, 생명에 지장은 없습니다."

"알겠습니다. 면회는 언제 정도 가능하겠습니까?"

"상처의 통증은 진통제로 누그러지겠지만, 문제는 오히려 정신적인 면이겠죠. 자신에게 무슨 일이 일어났는지 알면 그렇게 쉽게 재기할 수는 없을 것 같습니다. 그러니까 이후에는 카운슬링 문제가 될 것 같네요. 카운슬러가 언제 면회를 허가할지 저로서는 판단할 수 없습니다."

의사는 신중하게 말했다. 이런 부상자는 전례가 없을 테니 신중해지는 것도 이해가 된다. 요시카와는 그래도 물고 늘어졌다.

"육체 면만 보면 어떻습니까? 예를 들어 내일쯤이면 면회가 가능하지 않을까요?"

"그렇지요. 생명에 지장을 주는 상처는 아니므로 본인이 원한다면 내일도 만날 수는 있을 겁니다. 다만, 본인이 원하는 것이 무엇인지 알 수단이 없으니까……"

의사의 건너편에 앉은 사누키는 그 말을 듣고 그제야 깨달았는지 경악한 표정으로 고개를 들었다. 요시카와는 고개를 끄덕이며 수첩을 덮었다.

"여러모로 고맙습니다. CT 촬영 결과가 나올 때까지 여기 있을 테니 알려주시겠습니까?"

"알겠습니다. 그럼, 이만."

의사는 일어서서 가볍게 고개를 숙이고 자리를 떠났다. 곧바로 사누키가 말을 걸어왔다.

"범인의 목적은 입막음일까요? 혀를 잘리면 말을 할 수 없고, 손가락이 절단되면 글도 쓸 수 없잖아요."

"덧붙이면 눈도 뭉그러졌으니 시선 추적으로 포인터를 움직여 의사를 전달할 수도 없어. 잔혹한 수법이지만, 철저하게 입막음을 하려면 이렇게까지 할 필요가 있지. 일단 우발적 범행은 아닌 듯하군."

요시카와는 차분히 지적했다. 그런 요시카와를 보고 평소에는 익살꾼인 사누키도 심각한 표정을 지었다.

"요시카와 씨, 처음부터 범인의 목적을 짐작하신 건가요?"

"가능성은 있다고 생각했지. 물론 아직 단언할 수는 없지만. 우리는 우선 피해자에게서 이야기를 들어볼 방법을 생각해보자고."

"피해자가 살아있는데 증언할 수 없다니……. 이렇게 되었다는 건 물론 피해자가 범인의 얼굴을 본 거겠죠? 피해자가 말만 할 수 있으면 당장 범인을 잡을 수 있을 텐데요."

제길, 이라고 낮게 중얼거리며 사누키는 수첩을 자기 왼쪽 손바닥에 내리쳤다. 사누키의 눈은 잠시 한곳을 응시하고 있었다.

"그렇게까지 하면서도 피해자의 목숨을 빼앗지 않은 건 그거네요. 사형당하고 싶지 않다는 거겠지요."

"아마도 그렇겠지."

드디어 사누키도 요시카와의 추측을 깨친 모양이다. 이 잔혹한 범행은 단순한 원한의 산물이 아니다. 현재의 사회 정세가 낳은 잔인함이라고 해도 과언이 아니었다.

"하지만 이렇게까지 했는데, 목숨을 빼앗지 않았다고 해서 사형을 면한다는 게 있을 수 있는 일입니까? 무엇을 위한 사형인가요? 본말 전도잖아요?"

불합리함을 눈앞에 두고 인간은 속수무책으로 그저 분노 외엔 할 수 있는 것이 없다. 지금의 사누키가 그야말로 그런 상태일 것이다.

나도 동감이다. 요시카와는 가슴속으로만 조용히 동의했다.

3

2009년에 시작된 재판원제도는 일본의 재판을 크게 바꿀 것이라는 시행 전의 예상을 뒤엎고 초기에는 기존의 판결과 큰 차이가 나지 않는 판결을 연달아 내렸다. 그것은 재판원으로 선발된 사람이 벌벌 떨면서 전례를 따르는 데 급급했기에 나온 결과이기도 했다. 그러나 마침내 세계에서도 유례없는 이 제도가 독자성을 발휘하기 시작했다. 자연적인 시민 정서의 반영이라는 제도 도입의 목적에 따라 재판원들이 제 역할을 충실히 수행하기 시작한 것이다.

그렇게 되기까지 몇 가지 포석이 있었다. 재판원들의 판단은 오히려 온건한 방향을 향했다. 누가 봐도 수상하다고 생각되는 피고인이라도 '무죄 추정의 원칙'이라는 재판의 대원칙에 따라 유죄를 입증할 직접적인 증거가 없으면 무죄 판결을 내렸다. 기존대로라면 정황 증거가 누적되어 유죄 판결이 났을 사건도 재판원제도 아래에서는 무죄가 되었다. 2심 이후도 시민의 판단을 존중한다는 발상에 따라 무죄 판결을 추인했다. 이렇다 보니 어쩌면 정말로 진범일지도 모르는 회색인 사람들이 무죄 방면 받아 사회로 돌아오게 되었다.

시민들은 처음 한동안은 이런 경향을 옳다고 여겼다. 지식인들은 판사와 검찰이 손을 잡고 유죄 판결을 내리는 구태의연한 재판을 마침내 타파할 수 있게 되었다고 논평했다. 이전에는 일단 기소당하면 유죄 판결이 내려질 확률이 99% 이상이었다. 그중에는 직접적인 증거도 없고 단순한 정황 증거만으로 유죄가 된 피고인도 적지 않았다. 그리고 그런 수사와 재판은 원죄(억울하게 뒤집어쓴 죄)를 수없이 낳았다. 나중에 DNA 감정 등으로 결백이 증명된 원죄는 그나마 다행이다. "실은 무죄였다"라고 밝혀지는 원죄 사건을 볼 때마다 그 외에도 아직 원죄 사건이 있는 것이 아닐까 하는 의혹이 시민의 가슴 속에 끝없이 끓어올랐다.

그런 사회의 분위기를 반영한 결과가 무죄 판결의 빈발이었다. 일본은 밀실 재판을 근절하고 진정한 의미에서의 민주국가로 한걸음 진화한 듯했다.

그런데 현실이 그런 성취감을 배신했다. 무죄 판결로 사회로 복귀한 사람들이 동종 범죄 사건을 일으키는 사례가 수차례 발생한 것이다.

직접적인 증거가 없다는 이유로 무죄 판결을 받았는데 다시 같은 종류의 사건을 일으키다 보니, 이전 사건에서도 역시 범인이었을 거라는 생각을 누구나 하게 된다. 기껏 체포해놓고서 재판을 잘못한 결과, 살인범을 다시금 사회에 돌려보내고 만 것이다. 특히 새로 발생한 범죄 피해자의 친족은 격분을 가라앉히지 못했다. 범죄자 따위에게 온정을 베푸니 자녀나 아내가 발생하지 않았을 범죄의 희생물이 된 것이다. 텔레비전 카메라 앞에서 그렇게 호소하는 사람이 한둘이 아니었다.

인권운동가들의 발언력은 서서히 작아졌다. 불행한 사건이 연이어 발생함에 따라 시민의 속마음은 역방향을 향하기 시작했다. 원죄가 발생할 수도 있지만, 범죄자가 확실히 처벌받는 세상과 원죄가 없는 대신 살인자가 무죄 판결을 받고 사회로 돌아와 버리는 세상. 과연 어느 쪽이 바람직한지에 관한 질문에 전자를 염원하는 사람이 어느덧 압도적 다수가 되어

버린 것이다.

 이런 지경이 되자 판결의 경향은 크게 달라졌다. 의심의 여지가 있으면 처벌한다. 게다가 비단 거기에 그치는 것이 아니라, 처벌 강화를 촉구하는 목소리가 그 경향에 편승했다. 애초에 처벌 강화는 재판원제도가 시작되기 전부터 촉구되었던 것이었다. 그런 '자연적인 시민 정서'에 재판원은 성실하게 응하게 되었다.

 기존에는 사형 판결이 확실히 내려지는 것은 세 명 이상 살인한 경우에 국한되었다. 피해자가 두 명인 경우는 사건에 따라 다르고 피해자가 한 명인 경우, 사형 판결은 원칙적으로 내리지 않는 것이 '통념'이었다. 그러나 이 통념에는 법적 근거가 없었다. 단순한 경향에 지나지 않았고 1970년대 초반까지는 사람을 한 명 죽이면 사형이라는 것이 상식이었다.

 그런데 마침내 고도경제성장기를 거쳐 경제 대국으로서의 위상이 자리 잡히자 사형 판결 수는 급감했다. 아마도 이것은 선진국의 반열에 올랐다는 자부심과 관계없지 않을 것이다. 그런 역사적 배경이 밝혀지자 '결국 외국을 향해 허세를 부리고 싶었던 것뿐이지 않은가?', '일본에는 일본의 국내 사정이 있는 것 아닌가?' 하는 목소리가 높아지기 시작했다.

 현실적인 문제로서 같은 살인사건이라도 살의의 유무에 따라 판결의 경중이 좌우되는 판단 논거는 법률에 해박한 사람이라면 모를까, 일반 시민에게는 이해하기 어려웠다. 계획적 살인보다 충동적 살인이 죄가 가벼운 이유는 무엇인가? 혹은 사람을 두 명 죽인 경우라도 동시에 죽인 경우와 시차를 두고 죽인 경우, 후자의 죄가 무겁게 간주된다. 그것 역시 시민에게는 이해가 되지 않았다. 그런 '영문 모를' 재판보다도 예전처럼 사람을 한 명 죽이면 사형이라는 판단이 훨씬 이치에 맞는 것 같다. 사회의 분위기는 그런 의견에 집약되었다.

시행착오를 거친 결과, 사형 판결의 기준이 확고해졌다. 사람을 한 명 죽이면 사형에 처한다. 이 규칙은 이해하기 쉬워 시민에게 환영받았다. 국제적으로는 거센 비난을 불러일으켰지만, "일본에는 죽음으로 사죄하는 문화가 있다"라고 주장하며 밀어붙였다. 세계적으로도 유명한 할복 문화를 끄집어내 세계 각국을 기어코 납득시켰다. 현재 사형은 일본의 문화로 인식되고 있다. 후지산, 게이샤, 사형. 이것이 일반적인 외국인이 떠올리는 일본의 이미지다.

4

CT 촬영 결과, 뇌에 이상이 없다는 것이 확인되었다. 피해자의 소지품을 조사해보니 지갑과 열쇠 등 신원과 관련된 물건이 눈에 띄지 않았다. 본인에게 확인할 수 없으니 처음부터 소지하지 않았을 가능성도 부인할 수는 없지만, 상식적으로 생각할 때 일반적인 성인이 지갑조차 안 가지고 다닐 가능성은 작다. 강도 목적으로 피해자와 접촉한 범인이 자신의 얼굴을 목격한 피해자의 입막음을 하려고 잔혹하게 공격한 게 아닐까 하는 추리도 성립하는 상황이었다.

경찰서에서 대기 중인 과장에게 전화로 이러한 사정을 보고했다. 과장은 이제 피해자가 발견된 현장에 가 보라는 지시를 내렸다. 피해자는 구 내에 있는 비교적 큰 공원에서 발견되었다. 공원을 따라 뻗은 길을 걷고 있던 인근 주민이 산책로에 쓰러져 있는 피해자의 신음을 들었다. 그 소리가 심상치 않아 무슨 일인가 하고 잡목들을 헤치고 들여다봤더니 눈에서 피를 흘리고 있는 사람이 있었다. 깜짝 놀라 공원 안으로 들어온 발견자는 더욱 경악했다. 그래서 그 자리에서 119에 전화를 걸어 피해자를 병원으로 이송시켰던 것이다.

다시 지하철을 타고 공원으로 향했다. 과장의 설명에 따르면 단순 상해 사건으로 취급하지 않고 살인사건에 준하는 현장검증을 할 예정이라고 한다. 그래서 감식 요원들을 동원하고 피해자 발견 현장의 신발 자국, 유류품을 채취한다고 한다. 요시카와와 사누키가 맡은 일은 인근 탐문조사였다.

"피해자를 해친 장소가 공원 근처로 보이진 않네요."

걸음을 옮기며 사누키가 말한다. 살이 찐 사누키는 요시카와의 빠른 걸음에 맞추는 것이 힘겨워 보였지만, 그래도 입을 다물고 있지는 못하겠나 보다. 요시카와는 숨 가쁜 기색 없이 대답한다.

"집에서 피해자를 고문했다 한들, 만에 하나 거기서부터 피범벅이 된 사람을 메고 오는 모습을 누군가에게 들킨다면 그 자리에서 끝장이니까. 게다가 아무리 약물로 재워두었다고는 해도 약효가 떨어져서 비명을 지를 가능성도 있지. 주택이 밀집된 지역에서 그런 위험한 짓은 하지 않겠지."

"그렇겠네요. 그럼 어딘가 먼 데서 피해자에게 위해를 가하고 자동차로 공원까지 옮겼다고 보면 될까요?"

"아마 그럴 테지."

탐문을 한다면 자동차의 목격 정보를 모으는 것이 좋겠다. 방침이 정해졌으니 지하철 내에서는 대화를 나누지 않고 아무 말 없이 가만히 있었다.

피해자 발견 현장인 공원에서는 이미 감식 요원들이 철수했다. 현장에 남아 있는 기동 수사대원이 피해자가 발견된 장소에서 공원 입구까지 점점이 이어지는 혈흔이 발견되었다고 알려주었다. 그것으로 피해자가 어딘가 다른 곳에서 옮겨졌다는 사실이 판명되었다. 혈흔은 도로까지 이어져 있었으나, 어느 지점에서 딱 끊겼다. 역시 차로 운반해온 것으로 생각해야 할 것이다.

피해자가 쓰러져 있던 장소에는 예상외로 흔적이 적었다. 피가 고인 웅덩이는 없었던 것 같다. 의사의 설명에 따르면 팔을 가볍게 묶어 지혈해둔 상태였다. 이 점은 역시 범인에게 피해자를 죽일 의사는 없었다는 것을 보여주는 증거가 되는 걸까? 그렇다고 해도 잔혹한 범행이라는 것에는 변함이 없다.

 동료들이 조사하지 않은 지역을 확인한 후 바로 탐문을 시작했다. 피해자가 발견된 것은 아침 6시 조금 전이었다. 깨어 있는 사람이 적지는 않았겠지만, 도로 위를 지나는 차량에 주의를 기울이지는 않았을 것이다. 요시카와는 탐문조사가 난항을 겪을 것으로 예상했다.

 한나절을 돌아다니며 그 예상이 맞았다는 것을 깨달았다. 야간 근무를 막 끝낸 몸으로 한나절 동안 탐문조사하는 것은 상당히 힘에 부쳤다. 맡은 구역을 전부 방문한 후에는 사누키도 "피곤하다"라고 약한 소리를 했다.

 탐문조사의 수확이 있었다면 체감하는 피로의 정도가 달랐을 것이다. 그러나 목격 정보가 전혀 없다 보니 허무함까지 밀려왔다. 그렇긴 하지만, 당연한 일이었다. 설령 무언가를 목격한 사람이 있다손 치더라도 평일 낮에는 각자 직장에 있을 것이다. 오늘 밤에 다시 이곳으로 와서 직장에서 돌아온 사람들에게 이야기를 들어봐야 한다.

 일단 경찰서로 돌아와서 서장이 본청에 수사본부 설치를 요청하기로 했다는 소식을 들었다. 살인이 아닌 상해 사건으로 수사본부를 설치하는 것은 이례 중의 이례다. 그만큼 사회에 미치는 영향이 클 것으로 판단한 것이리라. 매스컴에서 대대적으로 보도할 것을 생각하면 이 부분은 본청에서 맡는 편이 안심되긴 한다.

"야간 근무 끝내자마자 수고 많았다. 일단 집으로 가든 수면실로 가든 눈 좀 붙이고 밤 근무에 대비해 둬. 수사본부 설치가 결정되면 호출하지."

과장이 격려해 주었다. 과장의 말대로 연립주택 방으로 돌아가기로 했다. 사누키는 당장이라도 눕고 싶다며 수면실로 직행했다. 짐짓 보란 듯이 뒤뚱뒤뚱 걸어가는 뒷모습을 바라보다가 요시카와는 경찰서를 떠났다.

세 들어 사는 연립주택까지는 전차로 두 역 거리였다. 가족이 있는 것도 아니므로 특별히 누구에게 연락할 필요도 없다. 청소를 하지 않아 먼지 냄새가 풀풀 나는 방으로 돌아와 눅눅한 이부자리에 푹 쓰러져 잠을 잘 뿐이다. 요시카와의 동기들이나 경찰이 아닌 친구들은 거의 다 결혼하여 가정을 꾸렸으나 그들을 부러워하는 마음은 없다. 이불 속으로 들어가자 쓸데없는 생각은 하지 않고 곧바로 잠들 수 있었다.

5

예상대로 수사본부가 설치되어 저녁 무렵부터 회의가 시작되었다. 본청 수사1과에서 투입된 형사들과 상견례를 했다. 요시카와는 곤도라는 오십 줄의 형사와 팀을 이루었다. 작은 몸집에 눈가에 주름을 지으며 웃는 곤도는 호인 같아 보이지만, 그저 사람 좋은 호인이 본청 수사 1과 형사 일을 수행할 수 있을 리 만무하다. 요시카와는 이런 유형의 형사가 용의자를 접할 때 다양한 테크닉을 구사할 수 있다는 것을 잘 안다.

피해자 본인이 아무 말도 할 수 없다 보니 아직 신원 파악조차 못 하고 있다. 그 때문에 수사본부를 설치되었음에도 방침다운 방침을 세우지 못하고 있었다. 피해자 발견 현장 주변의 탐문에 주력할 것을 확인하고 각자 출발했다. 하지만, 밤 시간대의 탐문에서도 이렇다 할 성과는 없었다.

다음 날, 곤도와 함께 경찰서를 나섰을 때 요시카와의 휴대전화가 울렸다. 모르는 번호였다. 전화번호에 짐작 가는 데가 없었다. 전화를 받자 상대방은 일본여자의대 병원의 의사였다. 휴대전화 번호가 적힌 명함을 남겨두고 왔었는데 그걸 보고 전화를 건 모양이다.

"지금 통화 괜찮으십니까?"

의사는 조심스럽게 확인했다. 물론 어떤 상황이든 간에 의사에게서 온 전화를 뒷전으로 미룰 수는 없었다.

"괜찮습니다. 무슨 일이시죠?"

"어제 들어온 중상 환자가 형사님을 만나도 좋다고 했습니다. 만나보시겠습니까?"

"의사 확인이 되었습니까? 어떻게 하셨죠?"

가장 먼저 떠오른 의문은 그것이었다. 대체 의사는 그런 상태의 사람과 어떤 식으로 말을 주고받은 것일까?

"전화로 설명하는 것보다 직접 보시는 게 빠를 것 같습니다. 와 주시겠습니까?"

"물론 찾아뵙겠습니다."

전화를 끊고 이쪽에 눈길을 향하고 있는 곤도에게 내용을 설명했다. 곤도는 표정을 바꾸며 말했다. "그렇다면 수사 진행이 빨라지겠군."

"이런 끔찍한 범죄가 우발 범죄일 리 없지. 피해자와 면식이 있을 테니 상대의 이름을 들을 수 있으면 그걸로 해결이다."

곤도는 들뜬 목소리로 말했다. 팀원을 잘 만났다고 자신의 행운을 기뻐하고 있는지도 모르겠다. 요시카와도 수사가 장기전이 될 것을 각오했으므로 이 소식이 기뻤다. 본청에서 행차할 필요까지는 없지 않았을까, 하는 생각을 내심 했다.

수사본부에 보고하고 나서 병원으로 향했다. 접수대에서 병실 번호를 확인하고 엘리베이터에 올라탔다. 피해자의 병실 문을 두드리자 안에서 "네" 하고 여성이 대답했다. 간호사일까 하고 생각하며 문을 열자 침대 곁에 30대 초반의 여성이 서 있었다.

"경시청의 곤도라고 합니다. 실례지만 누구신가요?"

곤도가 먼저 이름을 밝히고 나서 물었다. 상대방은 가볍게 인사하고 나서 흘끗 침대에 누워있는 남자를 쳐다봤다.

"노아키의 부인입니다. 노아키 치카라고 합니다."

가족이 있었다니. 요시카와는 조금 놀랐으나 생각해보니 신원이 판명되면 경찰보다 먼저 가족에게 연락하는 것이 당연하다. 이 부상자의 성씨는 노아키인 모양이다. 이제야 아무것도 의사표시를 할 수 없는 사람에게도 인격이 있고 지금까지 살아온 삶이 있다는 것을 실감할 수 있었다.

  침대에 누워있는 사람은 우리가 주고받는 이야기가 들리는지 안 들리는지 미동도 하지 않았다. 눈 주위에 붕대를 감고 있어서 표정을 알 수가 없었다. 요시카와는 부상자의 신원이 판명되었으니 우선은 부인의 이야기를 듣는 게 좋겠다고 생각했는데 곤도 역시 같은 판단을 내렸다.

  "혹시 괜찮으시면 저쪽 로비에서 잠시 말씀 좀 여쭐 수 있을까요?"

  "네, 알겠습니다."

  노아키 치카는 몸을 굽혀 침대에 누운 사람의 귓가에 "잠깐 다녀올게"라고 속삭였다. 남자가 미세하게 고개를 움직이는 것을 보니 잠을 자고 있지는 않았던 듯하다.

  병실을 나와 로비에 가는 도중에 노아키 치카는 간호사실에 들렀다. 그 모습을 보고 열 손가락을 잃은 노아키는 간호사 호출 버튼을 누르는 것조차 할 수 없다는 것을 새삼 깨닫는다. 부인인 치카는 필시 말로 다 못할 충격을 받았을 텐데 꽤 침착하다. 대단한 정신력에 탄복했다.

  아직 면회시간이 아니므로 로비에는 아무도 없었다. 창가

자리에 앉아 정식으로 명함을 내밀었다. 치카는 "잘 부탁드립니다."라고 했을 뿐, 살짝 고개를 숙이고 눈을 내리뜨고 있었다. 아담한 몸집에 얼굴이 작고 예쁜 축에 속할 용모였다. 하지만 지금은 너무 큰 충격으로 생기를 잃어서인지 지친 삼십 줄의 여자로 보였다.

곤도가 살짝 앞으로 몸을 기울이며 질문을 시작했다.

"남편분 성함을 알려주시겠습니까?"

"네. 노아키 신야. 들 야野와 밝을 명明을 써서 노아키, 삼갈 신愼에 야也를 붙여서 신야라고 씁니다. 저는 천 천千과 아름다울 가佳를 써서 치카라고 합니다."

노아키 신야. 치카. 수첩에 적어둔다.

"남편분 직업은 어떻게 되십니까?"

"패션 디자인 회사를 운영하고 있습니다. 남편 자신도 디자이너고요."

"회사를 운영하신다고요? 사장님이신가요?"

"네. 그렇긴 한데 직원이 열 명 정도 되는 작은 회사예요."

"그렇다고 해도 대단한 거죠. 그러면 갑자기 사장님이 없어져서 회사가 어려워지진 않았습니까?"

"네 그렇습니다. 실질적으로 회사에서 내세울 만한 건 남편의 디자인뿐이거든요. 남편이 저런 몸이 되어버렸으니 이제 앞으로 어떻게 될지……."

직시하고 싶지 않을 것이 분명한 현실을 언급하자 치카의 목소리가 떨렸다. 입가에 손수건을 대고 잠시 오열을 꾹 참았다. 평범한 회사원이라도 해도 눈과 손가락을 잃은 것은 괴로운 일일 텐데 자신의 재능 하나만을 의지하며 살아온 사람에게는 일반적인 감각을 초월하는 가혹함이 아닐까 싶었다. 노아키의 직업을 알고 나서 가한 공격이라면 역시 범인의 마음에 가득한 악의의 표출이라는 생각을 지울 수 없다.

곤도는 치카의 마음이 가라앉을 때까지 충분히 기다렸다가 다시 질문했다.

"남편분의 행방이 묘연해진 것은 언제입니까?"

"…… 잘 모르겠어요. 그제는 평소처럼 집을 나서서 회사에 갔어요. 그런데 돌아오지 않았어요. 그런 일은 처음이어서 대체 무슨 일인지 모르겠더라고요."

상황이 그렇다면 사건 이전의 노아키를 마지막으로 본 사람은 회사 직원일 것이다. 직원 전원에게 질문할 필요가 있겠다.

"음, 좀 여쭙기 송구합니다만." 그렇게 운을 떼고 나서 곤도는 자신의 볼을 긁었다. "남편분이 다친 것에 관해서는 전화로 의사에게 들으셨습니까? 아니면 병원으로 오셔서 아셨습니까?"

"여기…… 와서 알았습니다."

"많이 놀라셨겠군요."

"네."

"혹시 이런 일을 할 만한 사람으로 짚이는 데가 있을까요?"
"아뇨, 전혀. 그건, 말도 안 돼요."

치카는 이때만큼은 모든 것을 뿌리치듯이 세차게 고개를 흔들었다. 아직 혼란에서 벗어나지 못했을 아내를 상대로 남편에게 원한을 품을 만한 사람으로 짐작 가는 사람이 있는지 묻는 것은 시기상조였던 것 같다. 곤도도 같은 생각을 했는지 이후에는 주소, 나이 등 기초적인 데이터만을 물어보았다. 그것들을 다 묻고는 치카에 대한 질문을 일단 마무리 지었다.

병실로 돌아가려 할 때 간호사실에서 백의를 입은 남성이 나왔다. 이 사람이 전화로 연락해주었던 담당 의사인 것 같다. 인사를 하고 노아키의 상태를 물었다. 겉으로 봐서는 정신적으로 큰 동요를 보이지는 않으나, 속마음까지는 헤아릴 수 없다는 것이 의사의 설명이었다.

"충격이 아닐 수 없겠죠. 지금은 아직, 현실을 완전히 받아들이지 못했을 뿐일 수도 있습니다. 너무도 가혹한 상황일 경우, 며칠 지난 후에 큰 정신적 타격을 받기도 합니다."

그렇군. 그럴지도 모른다. 그렇다면 평정을 잃기 전에 이야기를 듣는 편이 나을 것 같다. 그러나 말도 하지 못하고 필담도 할 수 없는 상대와 대체 어떻게 이야기를 나눈 것일까?

"노아키 씨는 자기 이름을 어떤 식으로 전달한 겁니까?"

곤도가 물었다. 의사는 병실 쪽을 보며 "실제로 해 보시죠"라고 답했다.

"복잡한 소통은 불가능합니다. 지극히 간단한 것뿐입니다. 그래도 의사소통은 됩니다."

의사는 그렇게 설명하고 나서 병실로 들어갔다. "노아키 씨, 컨디션은 어떠십니까?"라며 말을 걸었다. 질문에 대해 고개를 끄덕이는 것은 할 수 있으므로 의사는 전부 '예, 아니오'로 대답할 수 있는 질문을 했다. 손가락은 아프지 않은지, 몸은 나른하지 않은지, 토하고 싶지는 않은지 등 모든 물음에 노아키는 고개를 가로저었다.

"그러면 형사님이 오셨으니 몇 가지 답해주시겠습니까? 괜찮겠습니까?"

의사가 묻자 노아키는 고개를 끄덕였다. 의사는 그 모습을 보고 발밑에 놓여 있던 화판을 꺼냈다. 그리고 전동 침대를 조작하여 노아키의 상반신을 일으키고 두 줄의 고무 튜브를 오른팔 팔꿈치 부근에 동여맸다. 마지막으로 그 고무 튜브로 고정하듯이 연필을 꽂았다.

노아키가 팔꿈치를 구부리면 연필의 심 쪽이 튀어나오는 형태가 되었다. 이 장치와 화판의 도화지를 사용하면 일단 간단한 필담은 할 수 있다. 그렇군. 이 방법으로 노아키의 신원과 연락처를 알아낸 것이었다. 의사의 기지에 감탄함과 동시에 노아키는 향후 이런 방법으로밖에 의사를 전달할 수 없다는 생각에 마음이 아팠다. 너무도 측은하여 보는 것만으로도 괴로운 광경이었다.

"노아키 씨, 경시청의 곤도라고 합니다. 이번 일은 대단히 마음 아프게 생각합니다. 노아키 씨를 이 지경으로 만든 놈은 저희가 반드시 잡겠습니다. 그러니까 괴로우시겠지만, 부디 협력해 주십시오."

곤도의 말에 노아키는 크게 고개를 끄덕였다. 곤도는 대뜸 가장 핵심적인 질문을 했다.

"누가 이런 끔찍한 짓을 했는지 노아키 씨는 아십니까?"

상대의 이름을 노아키가 적어줄 거라는 심산으로 던진 질문이었다. 곤도는 '예, 아니오'로 답할 수 있는 질문을 한 것은 아니었는데 노아키는 조용히 고개를 가로저었다.

"네? 모르십니까? 범인의 얼굴을 못 보신 건가요?"

이 질문에 노아키는 고개를 끄덕였다. 곤도는 너무나 뜻밖이라는 듯이 요시카와의 얼굴을 보았다. 요시카와도 놀라기는 마찬가지였다.

"그러면 어떤 식으로 공격당한 겁니까?"

이 질문은 답하기가 좀 복잡하다. 노아키는 애를 쓰며 도화지에 "뒤에서 약"이라고 썼다. 갑자기 등 뒤에서 누군가 내민 약품을 들이마시고 의식을 잃었다는 의미일 것이다. 그래서 상대의 얼굴을 보지 못한 것일까?

그렇다면 이 입막음은 무엇을 위한 것인가? 범인은 노아키가 알고 있는 무언가를 발설하는 것을 두려워하는 것일까?

"노아키 씨. 당신은 범인을 곤란하게 할 무언가를 알고 계신 것 같군요. 그러니까 이렇게 끔찍한 짓을 했겠지요. 노아키 씨, 당신은 어떤 비밀을 쥐고 있는 겁니까?"

곤도는 몸을 앞으로 내밀며 침대를 손으로 짚었다. 노아키는 잠시 생각에 잠긴 듯이 움직이지 않았으나, 결국 절레절레 고개를 저었다.

"그건 무슨 의미인가요? 모른다는 건가요? 아니면 말할 수 없다는 건가요?"

곤도의 질문에 노아키는 다시 팔꿈치로 필담을 하려고 고심했다. 자신의 질문이 좋지 않았다는 것을 깨달은 곤도는 다시 물었다.

"비밀 같은 건 모르시는 겁니까?"

이번 질문에는 노아키가 확실하게 고개를 끄덕였다. 곤도는 침대에서 손을 떼고는 천천히 몸을 일으켰다.

노아키는 일반적인 의미의 표정을 잃었다. 그래서 표정을 본다고 해도 거짓말을 하고 있는지 어떤지는 모른다. 다만, 이런 일을 당하면서까지 숨기는 일이 있을 것으로 생각되지는 않았다. 노아키는 시치미를 떼는 것이 아니라, 입막음 당해야 할 비밀 따위 애초에 쥐고 있지 않은 것 아닐까?

하지만, 그렇다면 어째서, 노아키는 이런 잔혹한 짓을 당한 것일까? 범인의 의도를 도저히 알 수 없었다.

"죄송합니다. 오늘은 이 정도로 끝내시죠. 노아키 씨가 피곤해 보이시네요."

의사가 끼어들어 질문은 중단할 수밖에 없었다. 의사의 말대로 노아키는 녹초가 된 듯 침대에 몸을 기댔다. "실례가 많았습니다. 푹 쉬십시오. 나중에 다시 찾아뵙겠습니다"라는 곤도의 말을 끝으로 요시카와와 곤도는 병실을 나왔다.

6

"어떤 것 같나?"

병원을 막 나왔을 때 곤도가 담배가 피우고 싶다고 하여 잠시 쉬기로 했다. 화단 가에 걸터앉아 곤도는 휴대용 재떨이를 꺼냈다. 요시카와는 담배를 피우지 않으므로 근처 자동판매기에서 캔커피를 사 왔다.

곤도의 질문은 물론, 비밀 같은 건 모른다는 노아키의 반응에 관한 것이었다. 요시카와는 순식간에 머릿속을 정리하여 대답했다.

"생각해볼 수 있는 것이 몇 가지 있지요. 첫째, 피해자는 정말로 아무것도 모른다. 둘째, 알고 있지만, 대답하지 않는다. 셋째, 비밀을 알고 있지만, 본인은 그걸 모른다."

"그 정도겠지. 그래서 자네 느낌은?"

"거짓말하는 것 같진 않습니다. 직업이 패션 디자이너라면 업무 관련해서도 사생결단으로 지켜야 할 비밀이 있을 것 같지는 않고요."

"나도 동감이야. 실제로 보기 전까지는 반신반의했는데 그렇게까지 당하면서 지켜야 할 비밀이 있을 거라고는 전혀 생각되지 않는군. 혹여 손가락 하나 정도라면 또 모를까."

"그렇지요."

요시카와는 일전에 치료 직후의 모습을 보긴 했으나, 오늘 자신의 의사를 전달하려고 안간힘을 쓰는 노아키의 모습은 역시 충격이었다. 사람을 살려둔 채 의사를 전달하는 수단만을 빼앗는 이런 행위는 그야말로 악마의 소행이라고밖에 말할 수 없다. 노아키의 깊은 절망을 생각하면 형사에게 거짓말을 하면서까지 감추는 사실이 있으리라고는 생각되지 않는다.

"그렇다면 정말로 아무것도 모르거나 무언가를 알고 있지만 그걸 발설해서는 안 된다는 생각을 하지 않거나. 이 둘 중 하나려나."

곤도는 재떨이에 떨어뜨린 재를 들여다보며 말했다. 곤도가 서서히 기운을 잃어갔던 것은 사건의 처참함이 새삼 실감나기 때문일 것이다. 요시카와도 좀 더 그대로 주저앉아 있고 싶은 심정이었다.

"비밀을 알고 있다는 자각이 없다면 물어본다고 해도 알아내기 힘들겠지요. 그런 필담으로는 아주 간단한 것밖에는 전달이 안 되니까요."

"아예 죽여버리지 않은 것은 사형당하고 싶지 않아서겠지.

어이없는 이야기로군. 그런 놈이야말로 사형시켜버려야 한다고."

곤도는 담배꽁초를 재떨이에 넣고 소리를 내며 뚜껑을 닫았다. 그 거친 동작에서 곤도의 분노가 엿보인다.

"자네가 어렸을 때쯤에는 두 사람을 죽여도 사형당하지 않는 경우도 있었어. 있었다기보다 거의 그랬다고 해도 과언이 아니지. 사람을 둘이나 죽이고도 사형당하지 않았다고. 말이 된다고 생각해? 그 시절에 비하면야, 지금은 훨씬 명확해서 속은 후련하지. 하지만 이런 잔혹한 범인을 사형시킬 수 없다니 아직도 갈 길이 멀다고. 상대를 죽이지 않았더라도 사형에 처할 수 있다면 이 세상도 좀 더 평화로워질 거야."

곤도가 극단론을 펼치긴 했지만, 노아키의 상태를 본다면 찬성하는 사람도 적지 않을 것이다. 사형폐지론을 주장할라치면 사이비 종교라도 믿는 것으로 간주되는 실정이다. 곤도의 주장이 반드시 과격하다고 할 수는 없었다.

"자, 돌아가서 보고나 할까?"

곤도는 자신을 다독이듯이 말하며 일어섰다. 요시카와는 곤도가 자신에게 사형에 관한 의견을 구하지 않은 것에 안도하며 캔커피를 마저 마셨다.

정오가 좀 지나 본청 수사 지휘관이 기자회견을 열었다. 이를 기점으로 매스컴은 일제히 이 사건을 보도했다. 직후의 인터넷 기사는 단순히 사건의 개요를 기술하는 데 그쳤으나 저녁 무렵이 되자 전문가들의 의견이 몇몇 게재되었다. 요시카와는 탐문조사하는 중간중간, 그것들을 훑어보았다.

수사본부는 사건에 관한 견해를 밝히지 않았음에도 범인이 사형을 면하려고 피해자의 목숨은 빼앗지 않은 것이라는 추리가 대세를 차지했다. 사형제도가 얽히면 찬성파, 반대파 모두 논조가 과열된다. 이런 경우, 보통은 찬성파의 기세가 센 법이지만, 이번에 한해서는 폐지론자들이 득의양양했다.

이것이야말로 현시대의 범죄라는 것이 폐지론자들의 의견이었다. 이전과 같은 온건한 사회였다면 사형을 면한다는 발상은 태어나지 않으므로 이런 잔혹한 사건도 일어나지 않았을 것이다. 무조건 사형에 의존하는 난폭한 사회가 되어버리니 빠져나갈 길을 찾아서 범죄는 점점 더 교활해진다. 현대의 재판은 이른바 '북풍'이다. 죄를 범한 사람에게 온정을 베풀지 않으므로 범죄자도 반발한다. 근시안적인 보복 감정에 의존하지 말고 '태양'의 심정으로 범죄를 마주하는 것이 결국은 사회 평화 유지에 크게 공헌한다는 것이다.

몇 건의 기사를 골라서 읽은 바로는 이것이 사형폐지론자들의 종합적인 의견이었다. 딱히 새로울 것은 없지만, 노아키의 사건이 그들의 논리를 보강하는 모양새가 되고 있다. 이전처럼 사형 판결이 여간해서는 내려지지 않는 시대라면 일어나지 않았을 사건이라는 것은 틀림없으니 아이러니하게도 이번 범죄의 잔혹성이 사형폐지론자들에게는 큰 '무기'가 되었다. 그 주장의 이면에는 '피해자는 차라리 살해당하는 편이 나았다'라는 속내가 감추어져 있는 셈이지만, 논객 중 누구 한 사람 그런 사실을 공공연하게 말하지 않는다. 굳이 말하지 않아도 누구나 생각하는 것이기 때문인지 그 점을 지적하며 다그치는 사람도 없었다.

한편, 기묘한 일이지만, 사형 찬성론자들에게도 이 사건은 그다지 불리하게 작용하지 않았다. 찬성파의 의견은 곤도가 말한 것과 거의 같았다. 이 사건으로 인해 일본의 사형 기준이 아직도 안이하다는 점이 명백해졌다. 사형이란 인간의 존엄을 지키기 위한 제도다. 사람을 한 명 살해하면 사형이라는 식의 단순 공식 같은 것이 아니라 그 죄의 무게를 철저히 판별해야 한다. 우리가 안심하고 살아갈 수 있는 사회를 지키기 위해서는 사형의 범죄 억지력을 더욱더 강화할 필요가 있다.

성급한 이야기지만, 이 사건의 범인도 사형시켜버려야 한다는 의견이 전문가들뿐만 아니라 일반인들 사이에서도 팽배해졌다. 만약 내가 피해자와 같은 짓을 당한다면 어떡할까 하는 공포심이 수많은 사람을 극단론으로 몰아갔다. 폐지론자들의 세력이 강해지고 있는 만큼 찬성파도 점점 더 과격해지는 양상이었다.

요시카와는 이런 논쟁을 볼 때마다 자신의 입장은 무엇인지, 자문한다. 요시카와는 사형폐지론자는 아니지만, 경찰관으로서는 드물게 골수 찬성파도 아니다. 아직 어느 쪽이라고 입장을 정하기 어렵다는 것이 솔직한 심정이었다.

10년 전, 당시 대학생이었던 요시카와에게는 조카딸이 있었다. 터울이 많이 지는 누나가 낳은 딸아이였는데 그때 벌써 다섯 살이었다. 요시카와에게는 첫 조카였다. 막 태어난 갓난아기 때부터 성장하는 모습을 지켜봐 왔다. 생판 남의 아이가 아닌, 내 육친의 아이는 이렇게나 귀여운 존재라는 것을 삼촌이 되고 나서야 비로소 실감했다.

다섯 살쯤 되니 의사소통도 충분히 할 수 있었다. 삼촌이 어떤 존재인지도 이해하고 누나가 친정에 데리고 올 때마다 "놀아줘, 놀아줘" 하며 달라붙어 졸랐다. 평범한 대학생이었던 요시카와에게는 이처럼 어린아이가 따르는 경험은 처음이었기 때문에 조카딸의 그런 허물없는 친밀한 애정이 신기하고 사랑스러웠다. 지금은 천진난만하게 달려와 안기는 이 아이도 중학생쯤 되면 멀어지겠거니 하며 한참 먼 앞일을 생각하며 쓸쓸한 기분을 느끼기도 했다.

그러나, 조카가 중학생이 되는 날을 오지 않았다. 어느 날 갑자기, 조카의 인생은 부조리하게 끝나버렸기 때문이다.

유치원 소풍날이었다. 부모와 아이가 함께 어린이 동물원에 가는 행사여서 조카도 누나와 함께 참가했다. 누나는 경계심이 상당히 강한 편이므로 평소라면 딸에게서 절대 눈을 떼지 않았을 것이다. 하지만, 소풍 장소는 목가적인 분위기의 어린이 동물원이었고 주위를 둘러봐도 다 아는 얼굴들이었다. 선생님이 인솔하고 있으니 위험은 없을 것이라고 마음을 놓고 엄마들과의 수다에 빠져들고 말았다.

작은 동물들이 모여있는 광장에서 놀이를 마치고 조랑말 승마장으로 이동하려던 때였다. 사람 수를 세던 교사가 새파랗게 질린 얼굴로 한 명이 모자란다고 말했다. 엄마들은 각자, 허둥지둥 자기 아이 곁으로 달려왔다. 사라진 아이는 조카였다.

소풍은 이미 끝났다. 교사와 엄마들이 총동원되어 구역을 나누어 조카를 찾았다. 동물원 직원에게도 도움을 청하였지만, 아무 데서도 찾지 못하자 30분 후에 경찰에 신고했다. 다섯 살 어린아이가 부모와 친구들이 있는 곳에서 혼자 떨어져 동물원 밖으로 나갔을 리가 없다. 동물원 내에서 발견되지 않았다는 것은 범죄에 휘말렸을 가능성이 크다는 것을 시사했다.

불안은 너무나도 불행한 형태로 적중했다. 조카가 사라지고 나서 이틀 후에 아라카와강 부지에서 조카의 싸늘한 주검이 발견되었다. 조카는 실오라기 하나 걸치지 않은 몸이었고, 하체는 심하게 찢긴 상처를 입었다.

생각할 수 있는 최악의 결과였다. 그야말로 악몽이라는 생각밖에는 들지 않았다. 세상에는 불행한 일이 일어나는 법이라는 것을 머리로는 알고 있었지만, 그것이 내 가족을 덮쳐오리라고는 상상도 하지 못했다. 실제로 조카가 참혹한 모습으로 발견된 후에도 현실로 받아들일 수가 없었다. 요시카와는 끝없는 백일몽 속에 있었다. 마음 둘 곳이라고는 없었고, 도저히 빠져나올 수 없는 악몽의 한복판이었다.

비탄에 빠진 누나 부부의 모습은 차마 눈 뜨고 볼 수가 없었다. 누나는 단기간에 10kg이나 살이 빠졌고 허깨비 같은 모습이 되었다. 매형은 범인에 대한 증오만이 몸을 지탱하고 있는 듯이 늘 섬뜩한 눈초리로 노려보는 사람이 되었다. 요시카와도 분노와 슬픔에 짓눌려 죽을 것 같았으나 두 사람의 모습을 보며 그라도 냉정을 유지해야 했다. 같이 미친 듯이 분노한다 한들 누나 부부의 고통이 더욱 깊어질 뿐이라는 것을 알고 있었기 때문이다.

범인은 금세 잡혔다. 동물원 입구에서 그를 목격했다는 정보가 있었다. 삼십 대 남자가 혼자 어린이 동물원에 와서 손에는 커다란 보스턴백을 들고 있으면 애쓰지 않아도 인상에 남는다. 성범죄자 리스트 중에서 목격 정보와 비슷한 외모의 남자를 색출하여 경찰이 찾아갔을 때 남자는 도망치려 했다. 경찰이 오자 허둥지둥 도망치는 꼴을 보아하니 계획성은 눈곱만큼도 없는 치졸한 범죄였다는 걸 알 수 있었다. 단지 자신의 이상 성욕을 억누를 수 없어 충동적으로 저지른 범행이었다.

요시카와는 시신이 된 조카딸이 발견된 순간부터 줄곧 범인을 제 손으로 죽여버리고 싶다고 생각했다. 갑자기 등에 매달리곤 했던 조카 아이의 무게, 손을 잡고 걸을 때 맞잡은 작은 손, 사소한 일에도 쾌활하게 깔깔대고 웃던 모습, 잠들었을 때 이루 말할 수 없이 사랑스러운 옆얼굴, 그 모든 것을 돌연히 빼앗긴 슬픔은 복수 정도로는 도저히 치유될 수 없었다. 그나마 상대의 목숨을 빼앗는 것 정도 외에는 원통함을 풀 방법을 찾을 수 없었다.

 물론, 맘대로 복수할 수 있는 것은 아니었다. 일본은 법치국가다. 경찰이 기능을 수행하고 재판제도가 있으므로 범인의 처벌은 그들에게 맡기는 수밖에 없다. 실제로 경찰은 눈 깜짝할 새에 범인을 체포하여 재판에 넘겼다. 재판에서는 으레 그렇듯이 사형이 선고되었다.

 범인 측이 항소하는 바람에 시간이 걸리긴 했지만, 사건으로부터 3년 후, 사형은 집행되었다. 요시카와가 마음속 깊이 염원했던 범인의 죽음이었다. 범인이 사형을 당하기만 하면 머리 위를 뒤덮은 암운이 걷힐 것으로 믿었다. 그러나 실제로는 아무것도 변하지 않았다.

 오히려 요시카와는 인생의 의욕을 잃은 듯한 느낌이었다. 사건 이후의 요시카와는 범인을 향한 증오만을 의지하여 살아왔다. 그런데 사형으로 인해 증오라는 그 지지대를 상실했다. 남은 것은 무슨 말로도 형용할 수 없는 허무감뿐이었다.

 허무하다고 느끼는 건 내가 부모가 아니라서일까? 요시카와는 그렇게 생각했다. 누나 부부는 범인이 사형을 당함으로써 조금은 위안을 느꼈을까? 물어보고 싶었지만, 아무리 남매간이라고 해도 물어볼 수 없는, 너무나 무신경한 질문이다. 의문은 가슴 속에만 똬리를 틀고 있다 보니 오히려 허공에 붕 뜬 듯한 느낌만 강하게 남았다. 범인의 사형이 유족에게 무엇을 가져다줄지 요시카와는 아직도 모르겠다. 허무감만은 아니기를 간절히 바랄 뿐이다.

　사형에 반대하는 건 아니다. 그렇다고 해서 사형을 만능 해결책으로 순진하게 신봉할 수도 없다. 요시카와는 어느 쪽으로도 입장을 정할 수 없는 자신이 수치스러웠다. 요시카와가 결혼하여 가정을 꾸리려 하지 않는 것은 그런 복잡한 심경 때문이었다. 만약 내 아이나 아내가 살해당한다면 어떤 느낌일까? 무엇을 원해야 하는가? 사형이 모든 것을 해결해 주는 게 아니라는 것을 알아버린 지금은 답을 찾을 수가 없다. 답을 찾기 전까지는 가정을 꾸릴 용기가 솟아나지 않는다.

7

　사건 당일 밤, 노아키의 행적이 밝혀졌다. 노아키는 다른 직원들을 먼저 보내고 혼자서 야근을 하고 있었다고 한다. 아내인 치카가 노아키에게 들은 정보에 따르면 그는 자기 사무실이 있는 건물 엘리베이터 홀에서 습격당했다. 그 정보를 바탕으로 사건 당일 밤, 건물 주변의 탐문조사도 하기로 했다.

이와 동시에 노아키에게 원한을 품을 만한 사람을 추려낼 필요가 있었다. 노아키 본인에게 물을 수 있다면 좋겠지만, 그럴 수가 없는 상황이니 어쩔 수 없이 치카에게 경찰서로 와 달라고 하여 이야기를 들었다. 치카와의 면담은 이미 만나서 얼굴이 익숙한 요시카와·곤도 콤비에게 맡겨졌다.

"대단히 대답하기 곤란한 질문이라는 것은 알지만, 남편분을 위해서 숨김없이 알려주십시오. 남편분을 원망할 만한 사람으로 짐작 가는 사람이 있을까요?"

경찰서 응접실에 마주 앉아 곤도가 그렇게 이야기를 시작했다. 출석을 부탁할 때 질문 내용을 전달해 두었기 때문에 치카도 특별히 망설이는 기색은 없다. 오히려 사전에 답변을 준비해 온 듯이, 몇 명의 이름을 적은 메모지를 꺼냈다.

"우선 미리 양해를 구하고 싶은데요, 남편은 지극히 성실하게 생활해온 사람이라서 원한을 살 만한 짓은 전혀 하지 않습니다. 일단 명단을 가져오긴 했지만, 이 사람들이 남편에게 그런 짓을 할 만큼 증오하고 있으리라고는 생각하지 않습니다. 어떻게든 수사에 협력하고 싶어서 고심 끝에 명단을 가져온 거예요. 이 사람들을 의심하는 건 아니라는 것은 이해해 주세요."

"물론입니다. 무슨 말씀이신지 잘 알겠습니다."

"그리고 저희가 이 사람들을 남편에게 앙심을 품은 사람들로 지목하여 명단을 드렸다는 사실이 들통나지 않도록 심문

할 때 주의해 주시겠어요? 향후 일도 생각해야 하니까요."

"그러겠습니다."

용의자 취급당할 것을 알면서도 지인의 이름을 올린 것이니 신중해지는 것은 당연하지만, 자세와 말씨에서 치카가 영리한 여성이라는 것이 느껴졌다. 노아키가 지시할 수 있는 상황이 아니므로 이런 확인은 치카의 판단에서 비롯되었을 것이다. 요시카와는, 앞으로 살아가기 위해서 많은 도움이 필요한 노아키에게, 이렇게 현명한 여성이 아내라는 것은 불행 중 다행이라고 생각했다.

치카는 세 명의 이름을 댔다. 각각 노아키를 원망할 만한 이유도 알려주었다. 요시카와는 곧바로 세 명의 이름을 메모하고 응접실을 나와 수사본부로 가지고 갔다. 본청 수사 1과 계장이 그 세 명에게 보낼 담당 형사를 정했다. 요시카와와 곤도도 한 사람을 배정받았다.

요시카와와 곤도가 맡은 사람은 미사키 고스케라는 남성이었다. 노아키가 의상 디자인 전문학교에 다닐 때의 동급생으로 그 역시 디자이너를 지망했으나 현재는 중형 패션기업에 근무하고 있다고 한다. 현재 패션 디자이너로서 이름을 날리기 시작한 노아키와 대조적으로 미사키는 꿈을 이루지 못한 채 그다지 지명도도 높지 않은 회사의 기성복을 디자인하는 데 그친 셈이다. 한때 책상을 나란히 놓고 공부하던 친구와 압도적인 차이가 생긴 것을 미사키가 달갑게 여기지 않는다는 것이 치카의 생각이었다.

"이전에 동창회에서 만났을 때 시기심을 감추려 하지도 않고 대놓고 독설을 퍼부었다고 하더라고요. 노아키는 상대하지 않았다고 하던데 혹시 그런 태도가 원한을 샀을지도 모르겠어요."

치카는 미사키를 지목한 이유를 그렇게 설명했다. 그렇군. 그렇다면 눈을 짓뭉개고 손가락을 절단할 동기가 될 수 있다. 이야기를 듣고 보니 유력한 용의자 중 한 명이었다.

미사키 고스케가 근무하는 회사를 찾아가 접수대에서 용건을 말했다. 곧바로 응접실로 안내받아 잠시 기다렸다. 10분 정도 지나자 한 남성이 모습을 나타냈다.

"제가 미사키입니다."

고개를 숙인 남성은 한눈에 패션 계열 일을 하는 사람처럼 보이는 세련된 분위기였다. 20대 남성이 선호할 듯한 옷을 입고 있지만, 나이에 어울리지 않는다는 느낌 없이, 청결한 느낌을 주는 사람이었다. 요시카와는 도저히 엄두도 내지 못할 화려한 색상 조합의 옷차림이었는데 미사키의 뛰어난 감각이 엿보였다.

"업무 중에 갑자기 찾아와 죄송합니다."

곤도가 사과하자 미사키는 서글서글하게 "아뇨, 괜찮습니다"라고 말했다.

"노아키가 그런 일을 당했으니 예전 지인인 저한테도 형사님이 올 거라고 예상은 했습니다. 혹시 용의자인 건가요? 뭐, 꼬치꼬치 캐물으셔도 어쩔 수 없는 일이라고 생각하니까 뭐든지 물어보시죠."

미사키의 태도는 당당했다. 양심에 거리끼는 거라고는 하나도 없다는 듯이, 부러 스스럼없이 행동하는 것처럼 보이기도 한다. 용의자 후보의 태도로 드물지 않기 때문에 곤도는 이렇다 할 표정의 변화 없이 질문을 시작했다.

"노아키 씨 사건은 언제 아셨습니까?"

"뉴스에서 봤습니다. 끔찍한 사건이라고 생각했는데 피해자가 아는 사람이라서 깜짝 놀랐습니다. 모처럼 디자이너로서 이름을 떨치기 시작했는데 그런 일을 당했으니 더는 일을 계속하기가 힘들겠어요. 저야 뭐 고용된 디자이너지만, 그래도 눈과 손가락을 잃는다고 생각하면 등골이 오싹합니다. 노아키가 지금 어떤 심정일지 상상도 안 돼요."

미사키는 서슴없이 술술 말했다. 숨기고 싶은 게 있어서인지, 아니면 원래 그런 성격인지, 아직 잘 모르겠다.

"노아키 씨와 연락은 하지 않으시죠?"

곤도가 이어서 물었다. 미사키는 거들먹거리며 어깨를 움츠렸다.

"그런 사이는 아니거든요. 우리가 친할 거라고 생각해서 조사하러 오신 건 아니잖아요? 제가 그 녀석에게 심사가 뒤틀렸다는 이야기가 벌써 귀에 들어갔나요? 어차피 누군가가 말할 거로 생각했어요. 배알이 꼴리긴 했지요. 그야 누구라도 지금 노아키를 보면 부러워할 테죠."

예상외로 미사키는 솔직했다. 조사하면 금방 밝혀질 일을 숨겨봐야 인상만 나빠질 것으로 계산한 걸까? 솔직하게 말하는 것처럼 보이는 사람일수록 실상은 숨기고 싶은 것이 있는 경우도 많다. 미사키는 단지 위악을 부리는 타입인지 아니면 말할 수 없는 비밀이 있는 건지 확실하게 파악할 필요가 있었다.

"상당히 솔직하시네요. 하지만 배알이 꼴리는 정도로 노아키 씨를 그렇게 끔찍하게 해치지는 않는다는 말씀이신가요?"

곤도의 말은 듣는 사람에 따라서는 빈정거리는 것처럼 들릴 수도 있을 텐데, 담담한 말투라 그런지 그런 느낌은 들지 않았다. 미사키도 기분 상한 내색 없이 "그렇죠."라고 인정했다.

"노아키가 일을 할 수 없는 상태가 되었다고 해서 제가 유명 디자이너가 될 수 있는 것도 아니니까요. 저한테는 아무 이득도 없죠."

"그렇군요. 틀림없이 맞는 말씀입니다."

곤도는 고개를 끄덕였다. 곤도가 어떤 의도로 고개를 끄덕였는지는 모르지만 적어도 요시카와의 눈에는 미사키가 속마음을 속이는 것처럼 보이지는 않았다. 굳이 말하면 미사키는 단지 그런 무미건조한 사고방식을 가진 인간이 아닐까?

지금으로서는 그런 느낌이 든다.

"그래도 일단 사흘 전 밤 11시부터 자정 즈음까지 무엇을 하셨는지 알려주시겠습니까?"

곤도의 정중한 요청에 미사키는 쓴웃음을 지었다.

"알리바이 조사인가요? 제가 안 했다고 주장한다고 해도 조사하지 않으면 안 되겠지요. 수고가 많으십니다. 그렇긴 한데 요즘 들어 매일 밤, 그 시간에는 집에 있어요. 증명해 줄 수 있는 건 가족밖에 없습니다. 가족의 증언으로는 알리바이가 인정되지 않겠지요. 그러면 저의 알리바이는 성립하지 않는 셈이네요."

"가족분의 증언을 무조건 의심하는 것은 아닙니다만 제삼자의 보강이 있다면 바람직한 것은 분명합니다. 누군가에게 전화가 왔다거나 하지는 않았습니까?"

"밤 11시 넘은 시각이에요. 그런 시간에 전화를 거는 비상식적인 사람은 지인 중에 없어요. 문자 정도는 주고받았을지도 모르지만, 그걸로는 집에 있었다는 증거는 되지 않을 거고요. 사실 그 시간대에 알리바이가 있는 사람이 더 수상한 거 아닌가요? 평범한 직장인이라면 집에 있겠지요."

지당한 말이었다. 너무나 술술 대답하는 모습에, 마치 사전에 대답을 준비해둔 게 아닐까 생각했을 정도였다. 실제로 그럴 것이다. 머리가 좋은 남자라는 건 틀림없어 보였다.

"그렇군요. 모두들 그러실 거라고 생각합니다. 그럼 질문을 바꿔서 사형제도에 관해 뭔가 견해가 있으십니까? 찬성이라든가, 반대라든가. 기탄없이 고견을 들려주시면 감사하겠습니다만."

역시 그렇군. 곤도는 그쪽에서 치고 들어가는 건가? 요시카와는 조금 감탄하면서도 표정 변화 없이 미사키의 대답을 기다린다.

"사형제도 말씀인가요? 꼭 대답해야 하나요?"

처음으로 미사키가 머뭇거렸다. 머뭇거린다는 것은 사형폐지론자인 걸까? 요즘은 사형폐지론을 당당하게 말하는 데는 용기가 필요하다. 하물며 그 상대가 형사라면 말하고 싶지 않은 것도 당연한 일이다.

"사형에 반대하십니까?"

곤도는 다시 고삐를 당겼다. 미사키는 잠시 시선을 피하더니 체념한 듯이 작게 숨을 내쉬었다.

"아뇨, 글쎄요, 굳이 말하자면 반대긴 합니다. 다만 그건 제가 사형을 당하고 싶지 않다는 의미는 아닙니다. 저는 이래 봬도 일단 디자이너 나부랭이다 보니, 유럽의 트렌드에는 민감한 편입니다. 그런 관점에서 보면 역시 너무 쉽게 사형을 남발하는 일본은 야만적인 나라로 생각되거든요. 유럽에 가서 일본인이라고 자기소개를 하면 아아, 하고 경멸하는 눈빛으로 쳐다봅니다. 그 정도로 국제적인 이미지가 나빠지고 있어요. 사형제도를 반대하는 마음이 생기기도 한다고요."

흔히 들을 수 있는, 사형폐지론의 논거였다. 그에 대한 반론도 거의 정해져 있다. 서구 사람들은 자신들이야말로 선진 문화의 기수라고 생각하기 때문에 다른 문화를 깔보는 경향이 있다. 다른 종교, 다른 생사관이 있다는 것을 절대로 인정하지 않는다. 그런 완고한 가치관에 굳이 맞출 필요는 없지 않은가? 이런 반론에 일본인 대다수는 의견을 같이한다.

"그렇군요. 대단히 도움이 되었습니다."

골수 사형 찬성파이면서도 곤도는 반박하지 않고 미사키의 주장을 받아들였다. 곤도의 이런 면모에 과연 베테랑 형사라고 감탄해 마지않았다.

"아, 잠깐만요. 어쩔 수 없네요. 숨겼다는 둥 오해하시면 곤란하니 자백하겠습니다."

곤도가 선선히 물러서니 허를 찔렸다고 생각했는지 미사키는 갑자기 그런 말을 꺼냈다. 무엇을 '자백'하겠다는 건지 요시카와는 흥미를 느꼈다.

"제 숙부님 중에서 사형을 당한 사람이 있습니다."

그것은 놀라운 고백이었다. 곤도조차도 "오호"라고 말하며 눈썹을 치켜올렸다. 미사키는 자포자기한 듯이 빠른 말투로 계속 말했다.

"살인이었어요. 친척들은 살인이 아니라 상해치사라고 생각했지만요. 다만, 살의의 유무는 이미 논외 아닙니까? 그러니까 상해치사라고 해도 지금은 사형을 당하지요. 솔직히 말하면 무서운 세상이라고 생각해요."

미사키는 담담하게 그 숙부의 이름과 그가 일으킨 사건에 관해 이야기했다. 요시카와는 입을 다물고 전부 메모장에 받아적었다.

"뭐, 제가 사형에 반대하는 것은 친척 중에 그런 사람이 있기 때문이기도 합니다. 하지만, 그뿐이에요. 그것과 노아키 일과는 아무 관계도 없습니다."

믿어주지 않아도 어쩔 수 없다는 듯이, 헤어질 무렵, 미사키는 자포자기가 되었다.

이쯤에서 끝내고 사옥을 나섰다. 조금 걷다가 곤도가 물었다.

"어떻게 생각해? 친척 중에 사형당한 사람이 있다는 이야기, 관계있다고 생각하나?"

"글쎄요."

요시카와는 잠시 뜸을 들인 후에 떠오른 생각을 말했다.

"예를 들어 피해자를 죽이지 않고 잔혹한 짓만 저지른 채 살려둔 것은 사형제도에 대한 항의의 표시였다는 추리도 성립할까요?"

"항의라. 으으음."

곤도에게는 뜻밖의 지적이었던 모양이다. 어렵다는 듯이 신음하더니 입을 다물었다. 그리고 잠시 후에 불쑥 중얼거렸다.

"만약 항의를 위해 그런 짓을 한 거라면 피해자 입장에서 보면 참을 수가 없는 일이지. 너무 딱해."

"그렇죠."

사형에 관해 생각하면 결국 뒷맛이 씁쓸한 결론밖에 나지 않는다. 그래서 요시카와는 비겁하다고 생각하면서도 생각하기를 포기해버렸다.

8

노아키 치카가 지목한 세 사람뿐만 아니라, 그 외 인간관계도 철저히 파헤칠 필요가 있어서 회사 직원들에게도 이야기를 들어보기로 했다. 현재 회사가 휴업 상태이므로 직원이 한곳에 모이는 일은 없다. 어쩔 수 없이 형사들이 분담하여 찾아다니며 각자의 이야기를 듣기로 했다. 요시카와와 곤도도 다나베 오사무라는 사람에게로 향했다.

직원 연락처는 노아키 치카에게 받아두었다. 하지만 사전에 연락하지 않고 불시에 주소지를 찾아갔다. 이미 다른 직원에게서 경찰이 올 거라는 말을 들었을지도 모르지만, 최대한 마음의 준비가 되지 않은 상태에서 이야기하다 보면 속내가 나올 것이기 때문이다.

다나베는 그리 집세가 비싸 보이지는 않는 목조 연립주택에 살고 있었다. 노아키 자신은 유명해져서 수입도 그런대로 올리는 듯했으나 그 효과가 아직 직원들에게까지 미치지는 못한 것 같다. 초인종을 누르자 안에서 사람이 움직이는 기척이 느껴졌다. 인터폰이 아니어서 문을 사이에 두고 말을 주고받아야 한다. 하지만 안쪽을 향해 말을 하기 전에 갑자기 문이 열렸다.

"무슨 일인가요?"

도어 체인이 걸린 문틈으로 얼굴을 내민 사람은 머리가 부스스하고 어려 보이는 얼굴의 남자였다. 둥근 얼굴에 눈이 처지고 볼에 통통하게 살이 붙었다. 너무 어려 보이는 생김새라서 스무 살 전후로 보이지만, 실제로 그보다는 좀 많을 것이다. 최근에는 이렇게 언제까지나 학생 같은 분위기를 풍기는 사람이 늘었다. 경험과 연륜이 얼굴에 나타나지 않는다기보다 애초에 경험다운 경험을 쌓지 못한 게 아닐까 하는 생각이 드는 유치한 언행을 흔히 접한다. 이 다나베는 어떤 타입일까, 요시카와는 그의 얼굴에서 추측해보려 했다.

"실례합니다, 경찰입니다. 노아키 씨에 관해, 잠시 이야기 좀 여쭐 수 있을까 하고 찾아왔습니다."

문틈으로 경찰 배지를 보여주며 곤도는 고개를 숙였다. 다나베는 배지와 곤도의 얼굴을 번갈아 보고는 "네에" 하며 고개를 끄덕였다.

"하긴. 경찰이 올 만도 하네요. 이야기라고요? 몇 분 정도 걸릴까요?"

"가능하면 10분 정도 시간을 내주시면 고맙겠습니다."
"10분이라."

다나베는 중얼거리며 살짝 위쪽을 쳐다봤다. 그리고 머리를 긁적긁적 긁으며 말했다.

"저, 이제 막 일어나서 아무것도 안 먹었거든요. 바로 근처에 패밀리레스토랑이 있는데 거기서 먹으며 이야기해도 될까요?"

"알겠습니다. 상관없습니다."

"그럼 옷 갈아입고 올 테니 잠시만 기다려 주세요."

다나베는 일단 문을 닫고 2분 정도 후에 나왔다. 세련된 차림이었던 미사키와는 달리, 다나베는 역시 빈티 나는 대학생 같다. 급여의 차이인지, 센스의 차이인지 모르겠다.

다나베는 아무 말 없이 곧바로 앞장서서 패밀리레스토랑을 향했다. 요시카와와 곤도는 뒤를 따랐다. 3분 정도 거리에 있는 가게에 들어갔다. 다나베는 자리에 앉아 열심히 메뉴판을 보더니 요시카와와 곤도에게는 아무 양해도 구하지 않고 바로 주문했다. 두 사람도 음료 코너에서 커피를 가져왔다.

"노아키 씨가 이런 일을 당해서 놀라셨습니까?"

곤도는 그런 식으로 질문을 시작했다. 다나베는 반쯤 고개를 숙이고는 "그야 그렇지요"라고 답했다.

"누가 들어도 깜짝 놀랄 사건이죠. 더욱이 그 일이 자기가 다니는 회사 사장에게 일어난 일이라니, 놀라는 정도가 아니죠."

"회사는 어떻게 되는 건가요?"

"그런 거 모릅니다." 불쾌한 이야기였는지 다나베의 말투가 거칠어졌다. "우리 회사에는 사장을 대신할 만한 디자이너 따위 없으니까요. 사장이 일할 수 없으면 회사도 끝장 아니겠어요?"

"다나베 씨는 그래도 괜찮습니까?"

"괜찮지 않아도 할 수 없죠. 어쩔 수 없잖습니까?"

그는 화가 난 듯한 말투로 말하며, 고개를 들려고 하지 않았다. 탁자 위만을 뚫어지게 보며 곤도의 얼굴을 보려 하지 않는다. 사람과 시선을 맞추고 이야기하지 못하는 타입인 것 같다.

"회사가 없어지면 이직하셔야겠군요. 다른 직원분들과 그런 이야기를 하시나요?"

"하지요."

"이쪽 업계 사정에는 어두워서 잘 모르겠습니다만, 이직은 쉬운 편인가요?"

"쉽지 않죠. 요즘은 어디든 어려우니까요. 그래도 새로운 직장을 찾을 수밖에 없잖습니까?"

"역시 디자인 업무 지망인가요?"

"가능하면요."

"예를 들어, 디자이너로서의 실력이 있는 사람은 새 직장도 찾기 쉽다거나, 그렇기도 합니까?"

보조를 맞춰 질문을 이어가는 곤도에게 다나베는 무뚝뚝하긴 해도 즉시 답변을 하더니 갑자기 입을 다물었다. 무슨 생각을 하는지 손톱으로 탁자 표면을 긁기 시작했다. 왠지 초조해 보인다.

"아마 그럴 거예요. 아무리 월급쟁이라고 해도 당연히 디자인 센스가 있는 편이 좋겠죠. 저는 새 직장 구하는 게 힘들겠다고 생각하시는 건가요?"

"아뇨, 그럴 리가요. 저희는 다나베 씨가 디자인하신 것을 본 적이 없으니 알 리가 없잖습니까?"

갑자기 대드는 듯한 태도에 베테랑인 곤도도 당황한 모양이다. 얼굴 앞에서 손을 저으며 부정했다. 다나베는 점점 더 침착성 없는 태도로 탁자 표면을 긁었다.

그때 다나베가 시킨 아침 식사가 나왔기 때문에 일단 대화가 중단되었다. 다나베는 배가 고팠는지, 걸신들린 듯이 먹기 시작했다. 여전히 고개를 들려고 하지 않았으나 곤도는 상관하지 않고 계속 질문했다.

"다나베 씨가 보기에 노아키 씨는 어떤 사람이었습니까?"

"어떻다뇨, 그야 우수한 사람이죠. 노아키 신야라면 요즘 젊은 애들 중에서는 모르는 애가 없어요."

"그렇습니까? 저는 보시다시피 중년이라서 잘 몰랐습니다. 그럼 그런 유명한 사람 밑에서 일할 수 있어서 만족하셨습니까?"

"글쎄요. 공부는 되었지요."

"장차 다나베 씨 자신도 노아키 씨처럼 유명해지고 싶다는 생각을 하셨습니까?"

"그건 뭐, 저는 아직 꿈을 포기하기에는 어린 나이니까요."

"그러면 상사로서 존경하셨던 건가요?"

"그렇다는 건 아닌데요."

다나베는 얼굴을 접시에 향한 채 낮은 목소리로 말했다. 곤도는 그 반응을 놓치지 않았다.

"아니, 존경하셨던 건 아닙니까? 능력은 높이 평가하지만, 인간으로서는 좋아하지 않았다, 그런 말씀입니까?"

"유도 신문하지 마세요. 좋아하지 않는다고 하지는 않았어요. 다만, 함께 일을 하다 보면 좋을 수만은 없다는 겁니다. 그렇긴 하지만, 기본적으로는 인간으로서도 인정합니다. 당신도 그렇지 않습니까?" 다나베는 포크를 요시카와 쪽으로 뻗으며 물었다. "당신, 이 사람 부하죠? 줄곧 같이 있으면 이런저런 면이 보이지 않나요? 나쁜 면도 알게 되면 100% 긍정은 할 수 없지만, 그래도 그럭저럭 원만하게 지내는 거죠. 그 정도 아닌가요?"

"저는 곤도의 부하가 아니라 단순히 콤비를 이룬 것뿐입니다."

요시카와는 쓴웃음을 지으며 끼어들었다. 다나베는 "아, 그래요?" 하고는 다시 식사를 계속했다.

"저는 물론, 나쁜 면도 셀 수 없이 많은 평범한 사람입니다. 노아키 씨도 저처럼 결점이 많은 사람입니까?"

곤도가 다시 이야기로 돌아왔다. 다나베는 고개를 갸웃하며 말했다.

"보통이겠죠."

"보통이라. 즉 특별히 결점이 많은 건 아니지만, 인격이 훌륭한 건 아니라는 거네요."

"네, 그렇죠. 지극히 평범한 사람. 좀 독단적인 면도 있지만, 그것도 사장이니까 보통이라면 보통이죠."

"가령, 어떤 면이 독단적이었습니까?"

"독단적이라고 해야 할지……. 저를 포함하여 다른 직원들의 디자인을 깎아내리는 건 일상다반사였어요. 하지만 사장님 디자인이 제일 좋은 건 사실이니까 반론도 할 수 없지요. 뭐 그런 거예요."

"그렇군요. 디자인을 폄하당하여 노아키 씨에게 앙심을 품은 사람은 없었습니까?"

"아, 죄송합니다. 제가 좀 빙빙 돌려서 말했나 봐요. 무능력자 취급을 받으며 디자인 퇴짜맞는 것 정도는 늘상 있는 일이었어요. 그러니까 그런 거로 일일이 앙심을 품는다면 노아키 씨 목숨이 몇 개여도 모자랄걸요."

다나베는 그 말을 할 때만은 고개를 들고 입가를 일그러뜨렸다. 기분 나쁘게 웃는 남자였다.

9

그날 밤 수사 회의에서 각 형사가 탐문 성과를 발표했다. 우선 노아키 치카가 지목한 세 명 중에서 남은 두 명도 역시, 알리바이는 없었다. 즉 미사키를 포함하여 세 명 모두 범행 동기는 있지만, 알리바이가 없는 것이다. 아직 한 사람으로 압축할 결정타는 없었다.

이어서 회사 직원들을 만나고 온 형사들이 차례로 발표했다. 그중에서 다나베의 이름을 거론한 형사가 있어서 요시카와는 메모하던 손길을 멈추고 고개를 들었다.

"다나베라는 직원이 지난주 금요일에 노아키에게 호되게 질책당했다고 합니다. 다나베는 생활 태도가 방만하여 지각을 일삼는다는데 노아키는 그런 태만함을 용인하지 않고 '너 같은 놈은 사회의 어딜 가더라도 인정받지 못할 거다'라고 꾸짖었다고 합니다. 다나베는 그때는 진지한 얼굴로 듣고 있었지만, 노아키가 등을 돌리자 무섭게 노려보았다고 합니다."

형사의 발표를 들으며 요시카와는 다나베의 동안을 떠올렸다. 생활 태도가 태만한 것은 역시 아직 대학생티를 못 벗었기 때문일까? 다나베 자신은 디자인을 퇴짜맞았다고 말했으나 사실은 그 이전의 문제였던 것 같다. 스스로 말하지 않은 것은 다나베 나름의 자존심 때문일 것이다. 일일이 앙심을 품지는 않는다고 했던 말은 과연 진심이었을까?

또 한 가지 흥미를 끄는 정보가 있었다. 회사 사무실에 누군가가 침입했던 흔적이 있다는 것이었다. 그 정보를 얻어온 사람은 사누키였다.

"사무실은 보안업체와 계약을 맺고 있어서 문을 열 때 경보 시스템을 오프로 해두지 않으면 자동으로 보안업체에 신고가 들어오게 되어 있다고 합니다. 그 경보 시스템 온·오프는 기록으로 남는데 보안업체에서 한 달간 저장합니다. 그 기록에 사건 다음 날 심야에 출입한 흔적이 남아 있습니다."

"심야 출입이라."

사회를 맡은 본청 수사1과의 계장이 반응했다. 평소처럼 이마에 땀이 맺힌 사누키에게 계장은 질문을 던졌다.

"그 기록에 누가 출입했는지는 안 나오는 건가?"

"안 나옵니다. 단순한 시스템 온·오프 기록이라서요."

"직원 탐문을 갔던 사람들. 다음날 심야에 회사에 갔다고 말한 사람은 없었나?"

전체를 향한 질문이었으나 아무도 대답하지 않았다. 계장은 고개를 끄덕이고는 말했다.

"좋다. 그럼 내일 다시 한번 그 점을 확인하러 다녀오기로 한다. 만약 아무도 인정하지 않는다면 누군가가 밝힐 수 없는 목적으로 사무실에 침입한 것이 된다. 그렇다면 범인의 목적이 단순한 원한이 아니라, 사무실에서 무언가를 훔치는 것이었을지도 모르겠군."

계장은 자기 생각을 말했을 뿐이지만, 두말할 필요도 없이 수사본부 일동이 같은 추리를 하고 있었을 것이다. 원한 목적이 아니라면 수사방침은 급선회한다. 대체 범인의 목적은 무엇일까?

다음 날, 직원의 입회하에 사무실 수색이 시행되었다. 직원이란 터줏대감격인 40대 여성 직원으로 사무실에 관한 것은 노아키보다 더 잘 알고 있다고 한다. 만약 없어진 물건이 있다면 그녀가 바로 알아차릴 것이다.

수색 인력이 한꺼번에 몰려갈 수는 없으므로 제한된 인력만 가게 되었는데 요시카와도 그중에 포함되었다. 미나미아오야마까지 경찰서 승합차로 이동하여 장갑을 끼고 사무실로 들어갔다. 사무실은 약 $50m^2$ 넓이로 한 층 전체를 차지했다. 직원의 책상은 서로 마주 보는 형태로 되어 있고 창가에 딱 하나 큰 책상이 있었다. 아마도 그곳이 노아키의 자리일 것이다. 책상 위에 대량의 패션 잡지와 원단 샘플이 쌓여 있는 점이 일반적인 사무실과는 확연히 달랐다.

함께 입실하여 경보 시스템을 해제한 여성 직원이 우선 휙 하고 한눈에 둘러보았다. 수상한 흔적은 눈에 띄지 않았는지 그녀는 천천히 사무실 내를 걷기 시작했다. 각자의 책상 위와 벽 쪽의 캐비닛을 훑어보았으나 특별한 반응은 하지 않았다.

한번 둘러보고는 돌아와서 작게 고개를 저었다.

"특별히 달라진 모습은 없습니다. 하지만 금고와 중요 서류를 확인해 볼게요."

"부탁드립니다."

수색을 지휘하는 형사가 대답하자 여성 직원은 고개를 끄덕이고는 창가의 금고로 향했다. 입구에서 대기하고 있던 요시카와 일행도 그것을 계기로 안으로 들어갔다. 요시카와는 아무것에도 손을 대지 않고 책상 위를 관찰했다.

디자인 회사라고 하기에, 도화지와 색연필 등이 흩어져있는 모습을 상상했는데 실제로는 전혀 달랐다. 그런 것은 없고, 각각의 책상에 컴퓨터가 놓여 있는 것을 보니, 요즘에는 디자인을 모니터상에서 하는 것 같다. 컴퓨터는 각자가 쓰기 편한 것을 사용하는지 노트북인 사람도 있고 데스크톱 컴퓨터가 놓인 자리도 있다. 가장 안쪽 노아키의 책상에는 20인치가 넘는 대형 모니터가 놓여 있었다.

노아키의 컴퓨터에는 키보드와 마우스가 연결되어 있었는데 그것뿐만 아니라 서브 모니터, 필기 가능한 태블릿, 지문 인식 기기도 접속되어 있었다. 비싸 보이는 스피커까지 컴퓨터 주변은 꽉 채워져 있었다. 과연 인기 디자이너의 업무 책상이라고 할 만한 모습이었다.

여성 직원은 금고를 열고 내용물을 확인했다. 지폐를 세고 자기 태블릿 단말기에 들어있는 데이터와 대조하였다. 그 결과 돈은 도난당하지 않았음이 밝혀졌다.

이어서 중요 서류를 수납해둔 캐비닛도 확인했으나 문이 잠긴 상태 그대로였다. 그렇긴 하지만 노아키가 참혹한 모습으로 발견되었을 때 지갑과 열쇠가 없었다. 범인은 손에 넣은 열쇠로 이 사무실에 침입하여 캐비닛에서 필요한 물건을 충분히 훔칠 수 있었다. 억지로 연 흔적이 없다고 해서 아무것도 도난당하지 않았다고 단정 짓는 것은 성급한 판단이다.

여성은 파일을 하나하나 꺼내어 펼쳐보았으나 특별히 마음에 걸리는 것은 없는 듯했다. 다섯 권 정도 확인하고 나서 요시카와 일행 쪽으로 고개를 돌리고 말했다.

"이제 와서 이런 말을 하는 것도 기운 빠지는 얘기지만, 여기 있는 서류 자체를 훔칠 필요 없이 그저 복사만 해두면 되는 거잖아요. 범인이 복사를 했는지 아닌지는 저도 모르니까요."

"파일의 순서가 달라졌다든가, 그런 것은 없었습니까?"

수색 반장이 물었다. 여성 직원은 "없어요."라고 딱 잘라 말했다.

"게다가 이 서류는 일단 중요 서류라고 말은 하지만, 우리 회사에서 진짜 중요한 건 사장님의 디자인이니까요. 그러니까 가장 중요한 건 사장님 머릿속에 들어있는 거죠."

"그렇군요."

듣고 보니 당연한 말이다. 그러면 범인은 왜, 굳이 사무실에 침입한 것일까? 그 후에는 형사들도 도와서 사무실을 수색했으나 역시 누군가가 손을 댄 흔적은 발견되지 않았다.

소용없는 일일지도 모르지만, 일단 노아키 본인에게도 확인해 보기로 했다. 고참 직원에게도 알리지 않은, 사장만이 파악하고 있는 일은 없을까? 그런 생각에서 비롯된 결정이지만, 지푸라기라도 잡는 심정이라는 것은 부정할 수 없었다.

다시 요시카와와 곤도는 병원으로 갔다. 사전에 치카에게도 연락하여 청취에 함께해 달라고 부탁해두었다. 치카가 없으면 섬세한 뉘앙스가 담긴 부분까지는 알지 못할 수도 있을 것으로 생각했기 때문이다.

병실을 찾아갔을 때 침대에 누워있는 노아키가 눈에 들어왔다. 깨어 있는지 어떤지 보기만 해서는 알 수 없다는 것은 변함없다. 그러나 그것은 단순히 눈 주위를 붕대로 감아놨기 때문이 아니라는 것을 요시카와는 비로소 깨달았다. 그건 노아키의 몸 전체에서 생기가 느껴지지 않기 때문이다. 아마도 노아키는 살아갈 기력을 잃은 듯하다. 현재 상황을 생각하면 어쩔 수 없는 일이기는 하지만, 그만큼 한층 더 범인이 저지른 범행의 참혹함이 크게 부각되었다. 범인은 그저 눈과 혀, 손가락을 빼앗았을 뿐만 아니라 한 인간으로부터 삶의 기력을 송두리째 뽑아가 버린 것이다. 그것은 어떤 의미에서 살인보다 더 큰 죄가 아닐까? 요시카와는 그런 생각이 들어 견딜 수가 없었다.

형사님이 오셨어, 라고 침대 곁에 있던 치카가 귀띔했다. 노아키는 보일락 말락 하게 고개를 움직였다. 자고 있었던 것은 아닌 모양이다.

"실례합니다, 노아키 씨. 곤도입니다. 힘드실 텐데 번번이 찾아와서 죄송합니다만, 잠시 여쭙고 싶은 말씀이 있습니다. 괜찮으시겠습니까?"

곤도가 침대 곁으로 다가가 속삭이듯이 말했다. 노아키는 이번에도 작게 고개를 끄덕였다. 곤도는 에둘러 말하지 않고 바로 본론으로 들어갔다.

"노아키 씨가 습격당한 후에 누군가가 사무실에 들어간 흔적이 있습니다. 아마도 노아키 씨의 열쇠를 사용한 것으로 생각됩니다. 그런데 목적이 뭔지 알 수 없습니다. 혹시 짚이는 데가 있습니까?"

소용없을 거라는 걸 알면서도 역시 노아키의 대답에는 기대하지 않을 수 없었다. 노아키는 질문을 못 들었나 할 만큼 무반응이었는데 곰곰이 생각에 잠겨있었던 듯이, 마침내 천천히 고개를 가로저었다.

"짐작 가는 것은 없다는 말씀이신가요?"

곤도가 확인하자 노아키는 고개를 끄덕였다. 곤도는 앞으로 쑥 내밀었던 몸을 뒤로 빼며 요시카와 쪽을 보았다. 그 표정에는 실망한 기색이 역력했다.

"잘 생각해보십시오. 범인의 목적은 노아키 씨가 아니라 무언가 정보였을지도 모릅니다. 노아키 씨가 쥐고 있는 정보를 범인이 두려워하여 이런 짓을 저질렀을 가능성이 큽니다. 그 정보가 사무실에 있었던 것 아닐까요? 세상에 밝혀지면 누군가가 곤란해질 중요 정보를 노아키 씨가 쥐고 있는 것 아닙니까?"

곤도가 조금 강한 어조로 질문을 거듭했다. 수사 회의에서는 노아키가 누군가를 갈취하고 있는 것은 아닐까 하는 설까지 제기되었다. 범인은 노아키를 의사소통할 수 없는 몸으로 만들고 나서 공갈의 빌미가 된 것을 되찾기 위해 사무실에 침입했다. 상황만을 보면 충분히 성립하는 가설이었다.

그러나 노아키의 은행 계좌에 부자연스러운 입출금 내역은 없었고 오히려 비즈니스의 수입이 엄청난 금액에 달한다는 사실을 한눈에 알 수 있었다. 이 정도의 수입이 있는 사람이 공갈 따위에 손을 적실 필요는 없다. 상황을 잘 설명하는 가설이기는 했으나 역시 진실은 다른 곳에 있을 것이라는 의견이 대세를 이루었다.

그러나 노아키가 공갈을 하지 않았더라도 약점을 잡힌 쪽이 그것을 두려워하여 범행에 이르렀을 가능성은 여전히 존재한다. 그렇다면 그 비밀은 노아키 본인에게 직접 들을 수밖에 없는데, 범인의 속셈대로라고 해야 할지, 노아키는 도저히 말할 수 있는 상황이 아니다. 안타까움만이 점점 더 커져갔다.

노아키가 느릿느릿 오른팔을 올렸다. 팔꿈치를 내밀고 움직이는 동작을 했다. 무언가를 쓰고 싶은 듯하다. 곧바로 치카가, 익숙한 손놀림으로 팔꿈치에 연필을 동여맸다. 노아키가 무엇을 쓸지, 요시카와와 곤도는 숨을 죽이고 지켜보았다.
 치카가 내민 도화지에 노아키는 한 자 한 자, 감정을 싣듯이 글자를 썼다.
 억울하다, 라고.
 요시카와와 곤도는 말문이 막혀 한마디도 하지 못했다.

 병원을 나선 후에도 온몸을 짓누르는 무거운 기운이 달라붙어 있는 듯하여 요시카와는 입을 열 마음이 들지 않았다. 곤도도 같은 심정인 듯 아무 말 없이 담뱃갑을 꺼내어 눈앞으로 들었다. 요시카와는 무슨 말인지 알아듣고 고개를 끄덕였다. 담배를 한 모금 피우는 데 함께 있기로 했다. 이전과 마찬가지로 자동판매기에서 캔커피를 사 왔다.
 "…… 살아있으니 다행, 이라고만은 할 수 없잖아."
 담배를 반쯤 피우고 났을 즈음에야, 곤도는 입을 열 마음이 생긴 모양이다. 하늘을 올려다보며 개탄조로 말했다.
 "차라리 살해당해 죽는 편이 낫다는 사람들도 있는데 실제로 그 모습을 보면 정말로 그런 것 같기도 해. 사람을 그 지경으로 만든 죄가 단순한 상해죄라서 살인죄보다 가볍다는 건 어이없는 이야기지."

"노아키 씨가 앞으로 살아가는 데 있어서 새 희망을 발견할 수 있다면 좋겠습니다만."

그것이 상당히 어려울 것이라는 이미 알고 있지만, 요시카와는 그럼 염원을 품지 않을 수 없었다. 하지만, 곤도는 현실적인 이야기를 했다.

"펜도 마우스도 쥘 수 없지, 그뿐인가, 자신이 무엇을 쓰고 있는지조차 볼 수도 없고, 말을 못 하니 음성 입력도 할 수 없을 테고, 희망을 찾으려야 찾을 수도 없겠지. 사람이 사람에게 저지를 수 있는 범죄 중, 최악의 범죄야. 절대로 용서할 수 없어."

분노를 노골적으로 드러내며 곤도는 하늘을 노려보았다. 그 심정은 요시카와도 마찬가지였지만, 지금 곤도가 한 말에 기억의 일부가 자극되었다. 노아키에게 있어서 시련은 그뿐만이 아니다. 그리고 그것은 범인에게는 이익이 되는 것이 아닐까……?

"곤도 씨, 갑자기 떠오른 게 있는데 일단 경찰서로 돌아가시죠."

요시카와는 이어서 곤도에게 제 생각을 말했다. 듣는 도중에 곤도의 눈이 휘둥그레졌다.

예정대로라면 슬슬 올 때가 되었다. 깔끔하게 포장된 보도에는 전신주도 하나 없어서 몸을 숨길 곳이 없다. 어쩔 수 없이 요시카와와 곤도는 길 위에 그대로 서서 상대가 오기를 기다리고 있었다. 두 사람의 모습을 본다고 도망을 꾀하지는 않을 것이다. 그 정도까지 자신이 막다른 곳에 몰렸다는 것을 아직 깨닫지 못했을 것이기 때문이다. 도망하는 것은, 즉 자신이 범인이라는 것을 인정하는 것이다. 형사의 모습을 보고 나쁜 예감이 들 수는 있지만, 그것만으로 새 직장이 말짱 도루묵이 되리라고 생각지는 않을 것이다.

요시카와와 곤도가 기다리는 상대가 드디어 시야에 들어왔다. 아무것도 모른 채 경쾌한 발걸음으로 다가온다. 아마도 그의 가슴은 새로운 생활에 대한 희망으로 가득 차 있을 것이다. 노아키가 앞으로의 인생에서 결코 품을 수 없는 희망. 남의 희망을 빼앗아놓고 자신은 새로운 인생의 발걸음을 내딛으려 한다. 요시카와는 그것을 도저히 용서할 수 없었다.

상대와의 거리가 20m 정도 되었을 때 그는 드디어 요시카와와 곤도의 존재를 알아챘다. 순간 발걸음을 멈추고 조금 일그러진 표정으로 다가온다. "저한테 무슨 볼일이라도 있나요?"라고 묻는 목소리에는 아직 여유가 느껴졌다. 곤도가 한 발짝 앞으로 다가가 그 여유를 빼앗는 말을 했다.

"잠시 여쭙고 싶은 게 있으니 서까지 동행해 주시겠습니까?"

다나베 오사무의 동안이 추악하고 험상궂은 표정으로 변했다.

"노아키 씨가 생활하는 데 있어서 곤란한 것은 의사 전달 수단이 한정된다는 것뿐만이 아닙니다. 로그인 패스워드를 잊어버리면 컴퓨터에서 데이터를 꺼낼 수도 없고, 어쩌면 은행의 일부 ATM에서 돈을 뽑는 것도 불가능할지 모릅니다."

관할서의 수사본부로 돌아와서 요시카와는 형사과장에게 설명했다. 이미 요시카와의 추리를 들은 곤도는 공은 네 것이라는 듯이 옆에서 잠자코 듣고 있다. 요시카와는 이어서 간단히 설명했다.

"노아키 씨의 사무실에 있는 컴퓨터에는 지문 인식 기기가 접속되어 있었습니다. 아마도 컴퓨터를 부팅시킬 때 지문 인식을 거치지 않으면 로그인할 수 없을 겁니다. 즉 양손 열 손가락을 잃어버린 노아키 씨는 만약 패스워드를 잊어버리면 자기 컴퓨터에 로그인조차 할 수 없게 되어버렸습니다."

"아, 그렇겠군. 그래서 ATM도 그렇다는 거군. 손가락 정맥으로 본인 확인을 하는 ATM도 있으니까."

과장은 수긍한 듯 고개를 끄덕였다. 요시카와는 좀 전에 곤도를 깜짝 놀라게 한 말을 덧붙였다.

"그렇습니다. 하지만 범인은 노아키 씨 컴퓨터의 데이터를 볼 수 있습니다. 노아키 씨의 손가락을 가지고 있으니까요."

"뭐라고?"

과장은 곧바로 이해하지 못했는지, 불쾌한 말을 들은 것처럼 눈을 찡그렸다. 불쾌한 것은 요시카와도 마찬가지였다.

"인간의 신체 일부를 인식시키는 시스템을 일반적으로 생체 인식이라고 합니다만, 홍채 인식이나 정맥 인식과 달리, 지문 인식에는 약점이 있습니다. 지문이 반드시 생체일 필요가 없다는 거죠. 출입국 시에 실리콘으로 만든 위조 지문으로 빠져나간 외국인도 있거든요. 위조 지문도 인식할 정도니 사람 몸에서 절단한 손가락으로도 인식 시스템을 통과할 수 있습니다."

"그럼 범인의 목적은 피해자의 손가락 자체였다는 말인가?"

"아마도 그럴 겁니다."

그것이 요시카와의 추리였다. 열 손가락이 모두 절단된 데다가 눈은 뭉개지고 혀가 잘려나갔기에 범행 목적이 파묻혀 버렸다. 오른손 검지만 절단하면 경찰이 곧바로 컴퓨터 내의 데이터를 훔치기 위한 것이라는 것을 알아챌 것이다. 범인은 손가락이 필요하다는 동기를 은폐하기 위해 노아키에게 추가적인 위해를 가한 것이었다.

"본청 사이버팀에 의뢰하여 노아키 씨의 컴퓨터를 조사해보면 어떻겠습니까? 노아키 씨가 패스워드를 기억하고 있다면 키보드로 입력하여 로그인할 수 있습니다. 로그인할 수 있으면 범인이 데이터를 훔친 흔적이 남아 있을 겁니다."

"알겠다. 바로 요청하지."

과장의 조처로 경시청 사이버팀이 노아키의 사무실로 향했다. 해석한 결과, 누군가가 사무실에 침입했던 시간대에 사라진 데이터가 있음이 밝혀졌다. 데이터 복구 소프트웨어로 데이터를 복구한 결과 의상 디자인 이미지였다. 디자인의 색과 형태를 전해 들은 노아키는 미발표 디자인이라고 답했다. 범인은 노아키의 디자인을 훔쳤던 것이다.

디자인을 훔친 동기는 단 한 가지, 그것을 도용하여 어딘가에 팔아넘기는 것 외에는 생각할 수 없다. 그래서 대형 패션 기업과 디자인 사무소에 수사본부가 총동원되어 탐문을 돌았다. 그 결과, 노아키의 미발표 디자인을 가져온 인물이 밝혀졌다. 다나베 오사무였다.

다나베는 그 디자인과 함께 유명 디자인 사무소에 취직 통보를 받았다. 오늘은 임시 출근일이었는데 요시카와와 곤도가 사무실 앞에서 기다리고 있었다. 새로운 생활의 일보 직전에서 다나베의 희망은 싹둑 잘렸다. 그러나, 노아키의 절망에 비하면 아무것도 아닐 것이다.

"아무리 목적을 은폐하기 위함이라고 하지만, 그 정도까지 잔혹한 짓을 한 것은 역시 노아키 씨에게 원한을 품었기 때문인가?"

조사실에서 요시카와는 다나베를 추궁했다. 사람 얼굴을

보고 말을 못 하는 다나베는 고개를 숙인 채 웅얼웅얼 대답했다.

"원망하는 게 당연하잖아요."

"자네가 지각했으니 주의를 받았을 뿐이잖아. 그런 건 직장인으로서 당연한 일 아닌가? 그걸 일일이 앙심을 품는다면 노아키 씨의 목숨이 몇 개여도 모자랄 거라고 말한 건 바로 자네였어."

모든 것이 밝혀지고 난 후 너무나도 파렴치한 범행에 요시카와는 온몸의 힘을 다해 분노를 억눌러야 했다. 책상 상판을 내리쳤을 뿐, 다나베 본인을 주먹으로 치지 않은 것은 요시카와의 자제심이 간신히 분노를 눌렀기 때문이었다. 그런데도 다나베는 큰 소리에 겁을 먹고 어깨를 부르르 떨었다. 그 풀이 죽은 모습은 그가 저지른 잔혹한 범행과는 너무나도 동떨어진 것이었다.

"…… 죽이지는 않았으니까."

"뭐라고?"

"죽이지는 않았으니까 노아키 씨 목숨은 하나로 충분하지요."

다나베는 고약한 농담이라도 하듯이 지난번처럼 섬뜩한 미소를 지었다. 순간, 머릿속이 새빨갛게 물들었고 몸이 제멋대로 움직였다. 그러나 주먹으로 다나베의 얼굴을 후려치지는 않았다. 그런 폭력 충동이 전신을 지배했지만, 주먹은 가까스로 움직임을 멈췄다. 결국은 자제심이 이기고 말았다.

 이런 인간쓰레기를 패줄 수도 없는 걸까? 이전에 느껴보지 못한 절망감이 요시카와의 몸을 관통했다. 조카를 무참히 살해한 남자가 처형되어도 후련함은 느낄 수 없었고 지금 또 증오해 마지않는 범인에게 한 방 먹이지도 못했다. 요시카와는 감정보다 이성에 지배당하는 자신이 싫었다.

 다나베의 자백에 따라 죄상이 소상히 밝혀졌다. 다나베는 약물로 노아키를 재우고 나서 자기 차에 태워 자기 집으로 끌고 간 후 욕실에서 그에게 위해를 가했다고 한다. 주위에 사람의 이목이 없는 장소에서 저지른 범죄일 거라는 수사본부의 예측은 보기 좋게 빗나가고 말았다. 다나베는 그저 노아키의 팔다리를 묶고 입속에 낡아빠진 속옷을 쑤셔 넣었을 뿐이었다. 신음이 옆집에도 들렸을 것이 분명한데 도시의 무관심이 다나베의 범죄를 도운 셈이다.

 노아키에게 위해를 가할 때 사용한 흉기는 중화요리용 대형 식칼과 송곳, 조리용 가위 등이었다. 그런 일상적인 도구가 사용되었다는 것이 오히려 등골을 오싹하게 했다.

 다나베의 죄목은 상해죄이므로 가장 무거운 형벌이라고 해도 사형까지는 가지 않는다. 이 일에 대해 세상 사람들은 맹렬히 반발했다. 결국, 여론에 떠밀리듯이, 직후에 개회한 국회에서 중대 상해죄가 신설되었다. 중대 상해죄의 최고형은 사형이었다.

이 법의 개정에 따라 상대의 목숨을 빼앗지 않은 피고인에게도 사형 판결을 내릴 수 있게 되었다. 이렇게 일본은 또 한 단계, '냉혹한 사회'의 강도를 높였다.

새장 속의 새들

0

"즉 범인은 없다는 거지."

나의 단정적인 결론에 아무도 반론을 제기하지 않았다. 논리적으로만 생각하면 아무리 봐도 그 결론밖에 나지 않는다. 하지만, 실제로 사망자가 나왔다. 어떻게 이런 불가해한 일이 있을까?

악몽 같은 요 며칠은 그 비명에서 시작되었다…….

1

여자의 비명이 들렸을 때는 이미 끝났다.

누구 좀 와 봐! 외치는 소리는 치즈루의 목소리였다. 먼 산을 향해 카메라를 들고 있던 나는 그 심상치 않은 소리에 깜짝 놀라 뒤돌아보았다. 산길을 구르듯이 달려오는 치즈루는 나를 발견하고는 등 뒤를 가리키며 말했다. "큰일 났어."

"무슨 일이야?"

나의 물음에 치즈루는 제대로 대답하지 못했다. 평소에는 조금 짜증이 날 정도로 기가 센 치즈루가 바르르 몸을 떨며 말을 잇지 못하고 있다. 아무래도 저쪽에 무슨 일이 생긴 모양이다. 가 볼 수밖에 없겠다. 손으로 무릎을 짚은 채 거친 숨을 가라앉히고 있는 치즈루를 재촉했다. 치즈루는 "늪, 근처"라고 더듬더듬 말했다.

이제라도 쓰러질 듯한 치즈루의 팔꿈치를 부축하며 늪을 향했다. 치즈루의 옷은 진흙투성이였다. 게다가 카메라를 들고 있지 않았다. 소중한 카메라까지 팽개치고서 늪에서 달려온 듯했다. 예삿일이 아니라는 것은 치즈루의 모습만 봐도 쉽게 알 수 있었다.

늪으로 향하는 외길을 걸어서 늪 가에 도착했을 때 잡목이 좀 헤쳐져 있었다. 우리 쪽에서 볼 때 늪을 따라 100m 정도 앞쪽에 사람이 서 있었다. 아마도 가와치인 것 같다. 그리고 가와치의 발치에는 사람이 쓰러져 있었다.

나는 치즈루를 그 자리에 두고 가와치에게 뛰어갔다. 가와치에게 다가갈수록 당혹감을 느꼈다. 쓰러져 있는 사람이 누구인지 알 수 없었다. 복장을 본 기억이 없다. 우리 일행은 아닌 듯하다.

"무슨 일이야? 어떻게 된 거야?"

가와치에게 물으며 다가갔을 즈음에는 쓰러져 있는 사람의 모습이 완전히 시야에 들어왔다. 엎드려 있는 사람의 얼굴 주위에는 시커먼 액체가 퍼져 있다. 설마 이건 피? 깜짝 놀란 나는 가와치의 발치에 굴러다니는 소프트볼 크기의 돌을 포착했다. 그 돌도 검은색으로 젖어 있었다.

"이 남자가 치즈루를 덮쳤어."

"뭐?"

습격당한 치즈루를 구하려고 가와치가 등 뒤에서 돌로 내리찍은 것이다. 곧바로 상황을 파악한 나는 남자 옆에 웅크리고 앉았다. 목에 손을 대 보았다. 혈관이 움직이는 기색은 없다. 그뿐만 아니라, 깜빡이지도 않고 부릅뜬 채로 고정된 눈에는 생기가 전혀 없었다.

"죽은 거야……?"

눈앞에 있는 사람의 목숨이 이미 끊겼다는 현실을 좀처럼 이해할 수가 없었다. 나 같은 문외한이 그렇게 쉽사리 사람의 생사를 확인할 수 있을 리 없었다. 그렇게 부정해보려 해도 남자의 탁한 눈이 모든 것을 명백히 말하고 있었다.

"잠깐 기다려 봐. 다른 애들을 불러올게."

이 자리에 가와치를 남겨두고 가는 것이 불안했으나 나 혼자서 뭔가를 할 수 있는 상황이 아니었다. 모두를 데려와서 우선은 다 같이 이 사태를 확인해야 한다. 치즈루에게 뒤를 맡기고 주변에 흩어져있는 일행을 찾으러 돌아다녔다. 내 태도에서 심상치 않은 일이 일어났다는 것을 알아챈 듯이 세 명 모두 잠자코 따라와 주었다.

여섯 명이 시체를 둘러싸고 가와치와 치즈루에게 자초지종을 들었다. 하지만 내가 들었던 설명 이상은 두 사람 다 하지 못했다. 치즈루가 혼자서 이 늪 사진을 찍고 있었는데 등 뒤에서 갑자기 이 남자가 부둥켜안아서 넘어뜨렸다. 남자가 상의를 벗기려고 해서 치즈루는 필사적으로 저항했다. 소리를 지르려고 했으나 공포로 인해 목이 경직되었는지 큰 소리를 낼 수가 없었다. 눈을 감은 채 남자를 밀어젖히려고 할 때 둔탁한 소리와 함께 갑자기 남자의 몸에서 힘이 빠졌다. 눈을 떠 보니 돌을 손에 든 가와치가 서 있었다.

한편, 가와치는 그때 늪 근처에 있었는데 누군가가 실랑이하는 소리가 귀에 들렸다. 무슨 일인가 하고 다가가 봤더니 모르는 남자가 치즈루를 덮치고 있었다. 대번에 긴급사태라는 것을 깨달았고 피가 거꾸로 솟구쳤다. 치즈루를 구해야 한다는 일념으로 남자의 힘을 빼앗기 위해 돌을 집어 들었다. 죽일 생각은 없었는데 팔에 힘이 너무 들어가 버린 이유는 가와치 역시 눈앞에서 벌어지고 있는 비정상적인 광경에 이성을 잃었기 때문일 것이다. 가와치는 정신을 차리고 보니 남자가 쓰러져 있었다고 말했다.

남자의 얼굴을 아는 사람은 없었다. 꾀죄죄한 옷차림을 보아 별장 지대에 멋대로 굴러들어와 눌러앉은 노숙자가 아닐까 추측할 뿐이었다. 나잇대는 마흔 전후일까? 마구 자란 수염 때문에 가늠하기 어려웠다. 사실은 훨씬 더 젊을지도 모른다.

 그리고 가장 중요한 사실이 판명되었다. 남자는 역시 숨이 끊어져 있었다. 남자의 몸을 움직여도 될까 망설였는데, 아직 살아있다면 그런 말을 하고 있을 상황이 아니라는 나가시마의 한마디에 남자의 몸을 뒤집어 위쪽을 향하게 했다. 그 상태에서 심장에 귀를 대고 들어보았지만, 박동은 전혀 들리지 않았다. 가와치는 남자를 죽이고 만 것이다.

 남자는 죽었다. 그 사실은 우리 모두를 무겁게 짓눌렀다. 사람을 한 명 죽이면 사형당하는 시대이다. 비록 치즈루를 지키기 위해서였다고 해도 죽인 건 지나친 행위였다는 것이 누구의 눈에도 명백했다. 재판에 넘겨지면 가와치에게 사형 판결이 내려질 것이 확실했다.

 "경찰에 신고해야지."

 처음 말을 꺼낸 것은 당사자인 가와치였다. 충격이 아직 채 가시기도 전일 텐데 느릿느릿한 동작으로 호주머니에서 자기 휴대전화를 꺼내려 했다. 가와치는 머지않아 사법시험을 쳐서 검사가 되려고 할 정도니, 성실할뿐더러 욕이 나올 만큼 고지식한 남자다. 죄에서 도망치려는 생각은 전혀 없는 듯했다.

 "기다려 봐."

 그런 가와치를 제지한 것은 나가시마였다. 나가시마는 가와치의 팔을 붙잡고 휴대전화 조작을 막았다. 나는 나가시마의 행동에 가슴을 쓸어내렸다. 그렇다, 경찰에게 신고해서는 안 된다.

"가와치, 너 죽을 생각이냐?"

나가시마는 가와치의 팔을 붙잡은 채 정면에서 두 눈을 응시했다. 가와치는 그 강렬한 시선에 기가 질린 듯이 고개를 돌렸다.

"어쩔 수 없잖아. 사람을 죽여버렸으니까."

"말도 안 돼, 그건!" 소리를 지른 사람은 치즈루였다. "가와치는 나를 구해줬어. 잘못한 건 이 남자잖아. 왜 가와치가 사형당해야 해! 가와치는 잘못한 거 없어. 사형을 당해야 한다면 내가 당할 거야!"

치즈루는 이렇게 내뱉고는 양손으로 얼굴을 감싸며 주저앉아버렸다. 그런 치즈루의 양옆에서 유미코와 아키가 어깨에 손을 얹고 달랬다. 나도 가만있을 수가 없었다.

"그건 정말 불합리한 일이야."

머릿속은 뒤죽박죽 혼란스러운데 왠지 말은 조리 있게 나왔다. 바로 몇 분 전까지는 생각지도 못했던 것이 지금은 마음 한가운데 똬리를 틀고 자리를 잡았다. 그것은 스스로도 뜻밖인 의견이었다.

"상황에 상관없이 사람을 한 명 죽이면 사형이라니 너무 불합리해. 나는 여태까지 사형제도에 찬성이었지만, 지금 와서 비정상적이라는 걸 깨달았어. 왜 가와치가 죽어야 해? 말도 안 돼."

"하지만, 그게 사회의 규칙이니까. 사람을 죽였는데 사형당하지 않는다면 그런 사회가 더 무섭잖아. 규칙은 꼭 지켜져야 해."

반론을 제기한 사람은 다름 아닌 가와치였다. 뭐가 규칙은 규칙이냐. 고지식한 것에도 정도가 있다. 말은 그럴듯하지만, 몸은 덜덜 떨고 있지 않은가? 그것은 사람을 한 명 죽이고 말았다는 죄책감이라기보다 자기가 사형당하는 걸 현실로 상상하며 느끼는 공포 아닌가?

"우리 힘으로 가와치를 지키는 거야."

단호하게 말한 것은 역시 나가시마였다. 이럴 때 결단할 수 있는 사람은 나가시마밖에 없다. 나가시마라면 분명히 그렇게 말해줄 거라고 생각했다.

"속수무책으로 가와치를 사형당하게 할 수는 없지. 나도 아시카와와 마찬가지로 사형제도에는 아무 의문도 가져본 적이 없지만, 지금은 도저히 납득할 수가 없는 기분이야. 다행히, 이 남자에 관해서는 아무도 모를 테니 갑자기 자취를 감춘다고 신경 쓸 사람은 없을 거야. 그러니까 우리만 잠자코 있으면 가와치가 사형당하는 일 따위는 없어."

"그건 이상하잖아. 우리의 감정으로 법률을 왜곡시키면 안 돼. 나는 살인자니까 법대로 심판을 받지 않으면……."

"됐으니까 너는 잠자코 있어!" 나가시마가 강한 어조로 가와치의 주장을 가로막았다. "너는 지금, 냉정하게 판단할 수 있는 상태가 아니야. 머리가 식을 때까지 일단 아무 생각 하지 말고 전부 우리한테 맡겨. 우리가 알아서 할 테니까."

"하지만……."

"나가시마 말대로야. 치즈루를 위해서라도 자수 같은 말은 하지 마."

치즈루의 옆에 웅크리고 앉은 아키가 처음으로 의견을 말했다. 치즈루는 아직도 얼굴을 손에 묻고 흐느끼고 있다. 가와치는 그런 치즈루를 뭐라고 표현하기 힘든 복잡한 눈길로 내려다보았다. 결국, 뱃속에 고여있었던 것을 뱉어내듯이 작게 중얼거렸다.

"알았어."

치즈루를 위해서, 라는 말을 들으니, 아무리 고지식해도 원리원칙만을 고집할 수는 없었을 것이다. 그래, 그걸로 된 거다. 우리는 우선 마음을 진정하기 위해 남자를 그 자리에 그대로 두고 나가시마의 별장으로 돌아가기로 했다. 똑바로 눕혀진 남자는 공허한 시선으로 하늘을 노려보고 있다. 나는 남자의 옆구리를 걷어차 주고 싶은 심정이었다.

2

비수기 평일의 별장 지대이므로 우리 외에는 아무도 없을 줄 알았다. 이 별장 지대를 개발·관리하던 회사가 파산하여 지금은 방치상태라고 한다. 그게 싫었던 별장 소유자 대부분이 별장을 매물로 내놨다. 그래서 우리는 아무도 없는 산속 생활을 만끽하기 위해 이곳에서 합숙하기로 한 것이었다. 설마, 우리 이외의 사람이 별장 지대에 몰래 들어와 있었고 여자를 희롱하려고 할 줄은 꿈에도 생각지 못했다.

우리는 약 33㎡ 크기의 별장 거실에서 머리를 감싸 안고 있었다. 2층까지 천장이 뚫려있고 벽에는 난로도 있다. 이곳에 도착했을 때는 호화로움에 모두가 탄성을 질렀으나, 지금 주위를 살필 여유가 있는 사람은 아무도 없다.

"묻어야겠지."

나가시마가 불쑥 말했다. 목적어는 말하지 않았으나, 무엇을 묻을지는 전원이 알고 있을 것이다. 그렇다. 가와치의 죄를 은폐하려면 시체를 숨길 수밖에 없다. 늪에 가라앉힐 수도 있겠지만, 그러면 예기치 못한 원인으로 떠오를 가능성도 있다. 땅에 묻는 것이 확실한 방법이었다.

"하지만, 아직 괴로워. 좀 쉬게 해줘. 미안."

약한 소리를 뱉은 것은 나였다. 한심하지만, 내 눈으로 처음 본 타살 시체, 그리고 죽인 사람이 친구라는 사실에 완전히 기력을 소진했다. 게다가 시체를 은밀히 묻는다니 도저히 지금은 못 한다. 다행히, 잠시 내버려 두어도 이곳에는 아무도 오지 않는다. 그러니 행동으로 옮기는 것은 좀 더 기다려 주었으면 했다.

"그럼 나랑 가와치가 묻을까?"

나가시마는 당장이라도 벌떡 일어설 기색이었다. 나만 꺼림칙한 역할을 피하려고 하는 건가 싶어 괜히 켕겨서 마음이 불편했다.

"잠깐 기다려. 나도 할 거야. 그냥 조금만 기다려 달라는 거야. 하룻밤 정도 내버려 둬도 괜찮잖아. 내일이 되면 나도 할 수 있어."

여자애들은 내 생각에 찬성해준 듯했다. 말은 하지 않지만, 간절한 눈빛으로 나가시마를 보고 있다. 나가시마는 민감하게 알아차리고 고개를 끄덕였다.

"알았어. 그래도 시체를 비닐 천으로라도 말아두자. 벌레가 꾀거나 하면 그건 정말 못 참을 것 같아."

"아, 그건 그렇겠다."

그 정도라면 할 수 있겠다. 지하실에 비닐 천이 있을 거라는 나가시마의 말에 모두 같이 이동했다.

지하실은 폭이 좁은 목제 계단으로 연결되어 있었다. 어둡고 좁으니 남자 세 명만 내려가기로 했다. 여자애들은 계단 위에서 기다리고 있었다.

콘크리트로 사방이 막힌 지하실은 의외로 컸다. 넓이는 약 13m^2 정도일까? 서랍장에 자잘한 물건이 수납되어 있다. 그 외에, 잔디 깎는 기계로 보이는 물건과 삽, 낡은 컴퓨터의

CRT 모니터, 난로, 내용물을 알 수 없는 플라스틱 용기 등, 수많은 물건이 잡다하게 바닥에 놓여 있었다. 나가시마는 그 속에서 비닐 천과 포장끈을 주워들었다. 우리는 지상으로 돌아와서 모두 늪으로 향했다. 시체를 굴려서 비닐 천 위에 올리고 완전히 감싸서 끈으로 묶는 것을 마쳤을 때는 더는 조금도 움직일 수 없을 정도로 지쳤다. 물론, 이 정도의 노동으로 기진맥진할 정도로 몸이 약한 건 아니다. 마음이 이 이례적인 사태에 비명을 지르고 있는 것이었다.

"내가 단독행동을 해서 이렇게 돼버린 거야. 모두에게 정말 미안해."

별장 거실에서 치즈루가 그런 말을 꺼냈다. 치즈루답지 않은 말처럼 생각되었지만, 그만큼 큰 충격을 받은 것이리라. 치즈루는 시원시원한 성격의 소유자로 외모는 전형적인 미인형인 데 비해 성격은 거의 남자다. 그래서 함께 합숙에 온 여자가 세 명인데 다른 두 명과 행동을 함께하지 않는다. 도착하자마자 혼자서 절경을 찾아다니다가 그 늪을 발견했을 것이다. 평소에는 외모와 성격의 차이가 재미있게 느껴지지만, 이번만은 그 성격 때문에 사달이 난 형국이었다. 치즈루는 좀 더 자신의 용모가 남자들 눈에 어떻게 비치는지 의식할 필요가 있다.

"치즈루만 잘못한 건 아냐. 아무 생각 없이 모두 흩어져 행동했으니까 모두 주의가 부족했던 거지."

그렇게 위로한 사람은 아키였다. 아키도 치즈루와 마찬가지로 소년 같은 쇼트커트에, 어떤 음담패설도 대수롭지 않게 넘기는 농담꾼이어서 그다지 여성스럽지 않다. 그래도 외모는 상당히 귀여워서 입을 다물고 있는 편이 나은 여자다. 친구로서 어울리기에는 편하지만.

"이랬어야 했다느니, 저랬어야 했다느니 이제 와서 후회하는 말은 관두자. 앞으로의 일을 생각하자고."

나가시마가 부정적인 이야기의 흐름을 끊었다. 그래, 우리는 현 상황을 한탄만 하고 있을 게 아니라, 향후 대처법을 생각해야 한다. 그렇다고는 해도 다 같이 짜고 입을 맞출 필요는 없었다. 그 부랑자 일은 절대로 입 밖에 내지 않겠다고 서로 맹세하는 것만으로 이야기는 끝났다. 나는 딱히 할 일이 없어서 디지털카메라를 손에 들고 아까 촬영한 사진을 확인했다. 계절이 가을이니 산의 풍경은 알록달록 단풍으로 채색되어 있을 터였다. 그러나 내 눈에는 그런 풍경도 잿빛으로 보였다.

우리는 대학교 사진동호회 회원이었다. 모두 1학년으로 동아리에 들어와서 알게 된 사이였다. 공통점은 한 가지 더 있었는데, 동아리에 들어올 때까지 본격적으로 사진 촬영을 배운 적이 없다는 점이다. 당연히 기량은 선배들과 차이가 났고, 실은 내심 속상해하고 있었다.

때마침, 나가시마의 부모님이 산에 별장을 가지고 있다는 것을 알게 되었다. 적막한 곳이지만 주위 전망이 뛰어나다고 했다. 그렇다면 그곳에서 신입생만의 촬영 합숙을 열자는 말을 꺼낸 사람은 누구였지? 별생각 없이 술자리에서 모두 흥분해서 그러기로 하고 그 기세를 몰아 실현하기에 이른 것이었다.

이 건물은 나가시마의 부모님이 세운 것은 아니고 이미 있었던 건물을 저렴하게 샀다고 한다. 이전 소유자가 자녀가 많았는데, 이곳을 별장이 아니라 정착하여 살 거주 목적으로 사용하려고 지어서 방의 수가 많다. 그런데 아이들이 모두 장성함에 따라 한 명씩 독립한 데다가 관리회사가 파산하는 바람에 계속 살기가 어려워졌다. 그래서 거의 헐값에 팔아치웠다고 한다.

관리 면에서 불안감이 있긴 하지만, 도쿄에서 자동차로 3시간 정도의 입지는 나쁘지 않다. 자동차가 있으면 시내로 내려가 식료품을 조달할 수 있다. 나가시마의 부모님은 가격과 주거환경을 저울질하다가 나쁘지 않은 매물이라고 판단하여 구매했다고 한다. 실제로 나가시마 일가는 비교적 빈번하게 이용하고 있다고 했다.

남자뿐인 합숙이라면 넓은 방 하나에서 다 같이 새우잠을 자도 즐겁다. 하지만 여자애들이 있으면 그럴 수는 없다. 다행히 이 별장은 방의 수가 많다. 여섯 명이 각자 하나씩 방을 사용할 수 있을 정도다. 그 사실을 알고 여자애들도 관심을 보였다. 남자 셋, 여자 셋의 합숙이 성사된 것은 그런 절호의 조건이 있었기 때문이었다.

여기에 오기 전에 음료수와 식료품을 대량으로 사들였다. 음료수는 생수, 주스, 맥주 등, 식료품은 간편식과 통조림을 샀다. 즉 요리하는 데 손이 거의 가지 않는 것들이다. 누군가가 주방에 서 있을 필요는 전혀 없었지만, 여섯이서 입을 꾹 다문 채 거실에 모여있자니 기분이 가라앉았는지, 여자애들이 솔선하여 저녁 준비를 시작했다. 그걸 본 가와치가 "여자애들한테만 식사 준비를 맡기는 건 이상하다"라고 하며 자신도 주방으로 갔다. 가와치다운 말에 나가시마와 나는 얼굴을 마주 보고 웃었다. 조금은 안도감이 들었다.

저녁 시간에는 아무도 부랑자 이야기는 입에 담지 않았다. 아무 일도 없었던 것처럼 각자가 촬영한 사진을 화면에 띄워놓고 이러쿵저러쿵 품평했다. 아키는 신랄한 평을 하여 웃음을 자아냈다. 이럴 때 아키 같은 사람이 있어서 정말 위안이 되었다. 가와치의 얼굴은 경직되어 있었지만, 치즈루는 웃는 얼굴을 되찾아 안심했다.

모두 현실을 잊으려고 해서인지 맥주 소비량이 많았다. 졸려서 자러 간다는 사람이 한둘 나타나 이른 시간에 모임을 끝냈다. 나도 잘 수만 있다면 곧바로 잠들어 낮에 본 것은 그저 악몽이었다고 믿어버리고 싶었다.

날이 밝자 먼저 잠에서 깬 사람부터 한 명 한 명 거실로 모이기 시작했다. 술을 많이 마셨다고는 하지만 맥주였으니 숙취가 남은 사람은 없는 듯하다. 다들 모였는데 좀처럼 모습을 드러내지 않는 사람이 있었다: 치즈루가 아직 일어나지 않은 것이 조금 의외였다.

"치즈루 말이야, 이럴 때 안 일어나는 캐릭터였구나."

빠릿빠릿한 타입이라서 늦잠 잘 것처럼 보이지 않았는데 뭐 성격은 남자니까. 입을 크게 벌린 채 언제까지나 잠에 곯아떨어져 있을 가능성도 있었다. 계속 자게 놔두자는 의견도 있었지만, 먼저 아침을 먹는 것도 내키지 않았다. 적어도 상태라도 보고 온다며 여자애 두 명이 방으로 올라갔다.

비명이 들린 것은 바로 그 직후였다. 우리 남자들은 서로 얼굴을 마주할 틈도 없이 벌떡 일어섰다. 소파를 넘어뜨릴 기세로 박차고 치즈루의 방으로 향했다. 방문이 열려있었다.

"무슨 일이야?"

가장 먼저 뛰어든 나가시마가 갑자기 우뚝 멈춰섰다. 어깨 폭이 넓은 나가시마가 눈앞에 갑자기 방을 가로막고 서 있으니 방안이 전혀 보이지 않았다. 대체 무슨 일인가 싶어 나가시마의 어깨를 손으로 밀었다. 그러자 오른쪽 벽 쪽에 놓인 침대가 시야에 들어왔다.

침대 위에 치즈루가 누워있었다. 장난삼아 상상했듯이 입을 벌리고 있었다. 그런데 입만 벌리고 있는 게 아니라, 두 눈도 뜬 채였다. 두 눈을 부릅뜬 상태로 치즈루는 미동도 하지 않았다.

 치즈루가 덮고 있는 이불에는 이상한 얼룩이 묻어 있었다. 그것도 한두 곳이 아니었다. 검은 얼룩 중 하나에는 막대 같은 물건이 내리꽂혀 있었다. 그것이 식칼 자루라는 것을 알기까지 조금 시간이 걸렸다.

 조금 전부터 계속 사이렌 같은 소리가 들려오는 것 같다. 하지만, 그건 사이렌이 아니라 귀를 막은 채 웅크리고 앉아있는 유미코의 비명이었다. 쉬지 않고 소리를 지름으로써 믿을 수 없는 현실에 저항하고 있는지도 모른다. 하지만 그 소리는 이곳의 불길한 기운을 증폭시키고 있었다.

3

 치즈루가 누군가에게 살해당한 것은 확실했다. 이런 식으로 자살한다는 것은 도저히 생각할 수 없다. 일단 몸의 여러 곳을 칼에 찔렸다. 스스로 할 수 있는 일이 아니었다.

 치즈루의 몸에 박혀있던 식칼은 아마도 주방에 있었던 것으로 보인다. 식칼의 수가 줄었다고 여자애들이 증언했다. 치즈루가 누군가에게 살해당했다는 사실, 그리고 그 흉기가 별장 내에 있었다는 사실, 그 두 가지 사실이 우리의 마음을 무겁게 했다.

 아무도 입 밖에 내지는 않지만, 모두가 마음속으로 생각하고 있는 것. 그건 범인이 우리 중에 있다는 것이다.

대체 왜? 왜 치즈루가 살해당했는가? 우리는 그 이유를 도무지 알 수 없었다. 치즈루는 미인이지만 성격이 털털해서 남녀를 막론하고 인기가 있었다. 치즈루 본인은 말한 적이 없지만, 선배 중에는 치즈루에게 데이트 신청하려고 했던 사람이 몇 명이나 있었다고 한다. 같은 학년인 우리는 거의 남자처럼 대해서 연애감정이 싹트지는 않았지만, 유쾌한 동료임은 틀림없었다. 즉 치즈루를 죽인 사람이 우리 중에 있다고는 도저히 생각할 수 없었다.

누구야? 그렇게 묻고 싶은 심정을 필사적으로 억눌러야 했다. 지금은 모두가 멍하니 거실 소파에 앉아있다. 끊임없이 비명을 지르던 유미코도 지금은 진정되어 넋이 나간 것처럼 허공을 바라보고 있었다. 나는 앞으로의 일을 생각해야 한다는 것을 알면서도 머릿속이 뒤죽박죽이라서 도저히 정상적으로 사고할 수가 없었다.

"경찰에 신고해야겠지."

얼마나 시간이 흘렀을까. 마침내 입을 연 사람은 역시 나가시마였다. 나가시마의 말에 끌려서 모두 고개를 들었다. 모두의 표정에 떠오른 의문은 한 가지였다.

"치즈루 일은 경찰에 신고할 거야. 하지만 그 전에 해야 할 일이 있어."

"역시, 부랑자 시체는 땅에 묻는 거야?"

질문한 사람은 아키였다. 나가시마는 그쪽을 향해 고개를 끄덕였다.

"당연하지. 가와치를 죽게 할 수는 없으니까."

"상관없어, 나는 사형을 당해도. 모두 나를 두둔하지 마."

가와치는 치즈루의 죽음에도 책임을 느끼는 듯이 말을 뱉었다. 나가시마는 미간을 찌푸렸다.

"자포자기하지 마. 너는 아무 일 없을 거야. 우리에게 맡겨 둬."

가와치가 뭐라고 반박하려고 했지만, 그 전에 나가시마가 내 쪽으로 고개를 돌리고 말했다.

"상황이 이러니까 시간이 별로 없어. 바로 시작할 건데 괜찮지?"

"아, 응."

지금 와서 마음의 준비가 되지 않았다는 말 따위는 할 수 없었다. 지금 상황을 봐서는 가와치가 적극적으로 작업에 동참하리라고는 생각되지 않았다. 여자애들에게 이런 일을 시킬 수도 없는 노릇이니 나가시마와 나 둘이서 부랑자를 묻어야 한다.

나가시마와 나 둘이서 출발하려고 했는데 아키와 유미코가 할 수 있는 건 돕겠다고 하여 모두 같이 가기로 했다. 나가시마가 혼자서 지하실로 내려가 삽을 가지고 왔다. 삽을 메고 별장을 나섰다.

우선은 산속으로 들어가 시체를 묻을 장소를 정했다. 사람의 왕래가 있을 것 같지 않고 또 깊숙이 구덩이를 팔 수 있을 듯한 장소. 늪에서 너무 멀리 떨어진 곳은 시체를 옮기는 것이 힘들 테니 범위는 한정되어 있다. 간신히 적당한 장소를 발견하여 나가시마와 나는 땅을 파기 시작했다. 산속의 땅은 딱딱하게 굳어있어 여간해서는 삽이 들어가지 않았다. 산속의 서늘한 기후에도 불구하고 고작 10분 작업했는데 땀범벅이 되었다.

"교대하자."

보다 못한 가와치가 손을 내밀었다. 내가 삽을 건네기를 주저하자 아키도 교대하자고 말했다. 미안했지만, 짧은 시간이나마 교대해주면 숨을 돌릴 수 있다. 잠시 쉬었다가 다시 시작할 셈으로 삽을 건넸다.

결국, 유미코도 합류하여 다섯 명이 교대하며 한 시간 정도 작업하여 큰 구덩이를 팠다. 이번에는 늪으로 돌아가 비닐 천에 둘둘 만 시체를 옮겼다. 시체는 상상보다 훨씬 무거웠는데 완전히 축 늘어진 성인 시체의 섬뜩함을 느꼈다. 구덩이 속으로 밀어 떨어뜨리고 위에서 흙을 뿌릴 때는 죄책감을 느꼈다.

별장에 돌아왔을 때는 얼마 동안 일어서지도 못할 만큼 기진맥진했다. 말을 하는 사람도 없었다. 맥주를 마시고 싶은 기분이었지만, 주방까지 가지러 가는 것조차 귀찮았다. 나가시마도 삽을 지하실에 가져다 두지 않고 현관 앞에 내던져놓

왔다.

"모두 피곤할 텐데 미안하긴 하지만."

잠시 후, 여자애 목소리가 들렸다. 고개를 돌려보니, 말을 꺼낸 사람은 유미코였다.

"경찰을 부르기 전에 한 가지 더, 해두었으면 하는 게 있어. 별장 내에 있는 칼을 전부 모아서 처분하자."

"별장의 칼을?"

나가시마가 되물었지만, 유미코가 한 말의 의미를 잘 알 터였다. 유미코는 신변의 안전을 확보하고 싶은 거다.

"응. 왜냐하면, 범인의 목적을 모르잖아. 치즈루뿐만 아니라 또 죽이고 싶은 상대가 있을지도 모르니까."

분명히 지당한 말이다. 그런데 말하기 거북스러운 말을 콕 집어 거침없이 내뱉은 사람이 유미코라는 점에 나는 깜짝 놀랐다. 평소 유미코는 굳이 말하면 내성적인 성격이었기 때문이다.

털털한 성격의 다른 두 명과 달리, 유미코는 전형적인 청초한 요조숙녀 타입의 여자다. 길고 검은 머리카락에 갸름한 얼굴형, 치즈루와 아키에게도 지지 않을 만큼 빼어난 이목구비에 매우 좋은 가정환경에서 자랐을 듯한 기품을 겸비했다. 몇년 전에 사고로 언니를 잃었다는데 그 충격으로 인해 거의 말수가 없었다. 술자리에서도 다른 사람 이야기를 웃으며 들어주는 것이 보통이었다. 그런 유미코가 지금 아무도 꺼내지 못한 말을 했다. 놀란 것은 나뿐만이 아닌 듯했다.

"경찰이 올 때까지 불안하다는 의미야?"

나가시마가 확인했다. 유미코는 또렷이 고개를 끄덕이며 말했다.

"그래. 모두를 죽일 셈이라면 당장 지금 이 자리에서 식칼을 휘두를지도 모르는 거잖아. 모두 같이 있다고 해서 안전하다고 할 수는 없어."

비상시에 사람의 진짜 모습이 드러난다. 누군가가 지켜주지 않으면 쓰러져버릴 듯한 유미코가 실은 당찬 사람이었던 모양이다. 다시 봤다.

"...... 그 말도 일리가 있네. 모두 안심이 된다면 칼을 전부 처분하자."

나가시마는 수긍하며 일어섰다. 반대하는 사람은 없다. 모두가 주방으로 가서 모든 칼을 한데 모았다. 수건으로 감싸서 쓰레기봉투에 넣었다.

"이거 말고 또 있을까?"

유미코가 나가시마에게 확인했다. 나가시마는 잠시 생각한 후에 거실에 있는 캐비닛의 서랍을 살펴보았다. 얼음송곳 정도는 거기 있을지도 모른다고 생각한 듯하다. 하지만 흉기가 될 만한 물건은 눈에 띄지 않았다.

혹시 모르니 나가시마와 내가 지하실도 살펴본 후 유미코가 수긍하자 칼을 버리러 나갔다. 어디에 버리는 것이 가장 좋을지 모두 함께 생각하여 조금 떨어진 곳에 있는 벼랑 아래에 던지기로 결론 내렸다. 그 정도 높이라면 애써 찾으러 가기도 어렵다. 다시 모두 함께 벼랑으로 가서 멀리 던졌다. 별장으로 돌아오니 점심때였지만, 배는 전혀 고프지 않았다.

경찰에 연락해야 하지만, 막상 하려고 하니 겁이 났다. 어쨌든 우리는 시체 유기라는 범죄에 손을 댄 것이다. 빨리 연락하는 것이 좋다는 걸 알면서도 범인이 도망가는 것도 아니라는 이유로 저도 모르게 합리화했다. 나가시마조차 적극적으로 행동하려고 하지 않았다.

"저기, 누구야?"

침묵을 깬 사람은 이번에도 유미코였다. 처음 보는 모습도 아닌데 나는 또 깜짝 놀란다. 마치 유미코의 내면에 또 다른 인격이 깃들어있는 듯하다. 유미코는 우리 한 사람 한 사람 얼굴을 번갈아 보면서 다시 물었다.

"이 중에 있잖아. 누가 치즈루를 죽인 거야? 경찰에 신고하기 전에 적어도 우리에게는 이유를 말해줘."

유미코가 말한 것은 이 자리에 있는 모두가 마음속으로 원하는 것이었다. 아니, 정확히 말하면 한 사람을 제외한 사람들, 이겠지. 나는 아직도 이 중에 살인범이 있다는 것이 믿기지 않는다. 부랑자가 몰래 숨어들어왔던 것처럼 살인범은 다른 별장에 잠복하고 있는 거라고 믿고 싶었다.

하지만, 그럴 리 없었다. 그도 그럴 것이 별장의 문단속을 완벽히 했었기 때문이다. 우리는 치즈루가 살해당한 것을 확인한 후, 모든 창문을 확인했다. 한 곳도 파손된 곳이 없었다. 애초에 전날 밤에 잠기지 않은 창문이 없도록 꼼꼼히 살피고 다녔다. 다시 다른 부랑자가 숨어드는 사태는 절대로 원하지 않았기 때문이다.

별장은 안쪽에서 단단히 잠갔다. 그러므로 범인은 별장 내에 있었던 사람일 수밖에 없다. 아무리 믿고 싶지 않아도 나 이외의 네 명 중에 치즈루를 죽인 범인이 있는 것이다.

"난 아니야. 내가 아니라는 것은 확실해."

그렇게 말한 사람은 아키였다. 모든 심각한 사태도 농담으로 거뜬히 이겨낼 수 있다고 생각할 법한 아키지만, 지금은 한 번도 본 적 없는 굳은 표정을 짓고 있다. 진심으로 그런 주장을 다른 사람이 호락호락 수용할 것으로 믿는 걸까? 차라리 농담으로 말한 거라면 좋겠다.

"그거, 증명할 방법이 있어? 막무가내로 우기는 거라면 모두가 그렇게 말할걸."

유미코는 꽤나 신랄했다. 나를 포함하여 남자들은 어안이 벙벙하여 입도 뻥긋하지 못하는 상태다. 아키는 불만스러운 듯이 입이 뾰로통해졌지만, 말을 하지는 않았다. 할 말이 없는 것이리라.

유미코의 주도로 어젯밤 전원의 행동을 확인했다. 그렇긴 해도 모두 자기 방에서 자고 있었다고 말할 뿐이었다. 수상한 소리를 들은 사람도 없었다. 범인이 치즈루의 얼굴에 이불을 덮어씌웠는지 비명도 들리지 않았다.

껄끄러워진 분위기를 풀려는 듯이 나가시마가 주방에 서서 식사 준비를 시작했다. 여자애들 둘도 뒤를 따랐다. 칼을 사용할 수 없으니 간편식 카레와 밥을 데울 뿐이었다. 식사를 마친 후에는 순서대로 세면대에서 이를 닦고 화장실을 사용하는 사람도 있었다.

또 할 일이 없어졌을 때였다. 이제 슬슬 경찰에 연락해야겠다고 생각했을 때 그릇장 문이 달그락달그락 떨리기 시작했다. 천장에 달린 샹들리에도 좌우로 흔들리기 시작했다. 지진이 난 모양이다.

"어떡하냐, 하필 이럴 때."

나가시마가 흔들리는 샹들리에를 마뜩잖은 듯이 바라보며 말했다. 바닥이 솟구치는 듯한 충격이 우리를 덮친 건 그 직후였다.

4

강진이다, 순식간에 깨달았다. 왠지 몸이 붕 뜨는 듯한 느낌이었다. 나는 소파에 필사적으로 매달렸다. 머리 위의 샹들리에가 떨어질까 두려웠다. 그릇장 속에서 식기가 깨지고 여닫이문이 제멋대로 열려 파편이 바닥으로 튀었다.

꺄, 하고 비명을 지른 것은 유미코일까, 아키일까? 어느 쪽인지 확인할 여유조차 없다. 꽉 잡은 소파와 함께 끌려다니다가 이대로 바닥을 미끄러져 벽에 격돌하는 건 아닐까 싶었다. 별장 내의 이곳저곳에서 물건이 떨어져 부서지는 소리가 이어졌다.

진동은 1분 정도 지속되었을까? 그러나 내게는 족히 10분은 되는 것처럼 느껴졌다. 겨우 진동이 멈췄을 때는 고요 자체가 믿기지 않았다. 샹들리에는 크게 흔들렸지만, 기적적으로 떨어지지는 않았다.

"모두, 괜찮아?"

나가시마가 가장 먼저 말했다. 나도 그 목소리에 정신이 들어 거실을 둘러보았다. 모두, 앉아있던 소파에 매달려 있었다. 서 있는 사람이 없었던 것이 다행이다. 앉아있지 않았다면 그릇장 속에서 날아든 식기 파편을 정통으로 뒤집어썼을지도 모른다.

서로서로 무사하다는 말을 주고받고 있을 때였다. 아까의 지진과는 비교할 수 없는 거대한 땅울림이 시작되어 우리는 다시 움츠러들었다. 지진보다도 더 가까이서 느껴지는 충격. 너무나 비일상적인 굉음이었다. 토사 붕괴 이외의 가능성은 생각할 수 없었다.

"어딘가가 무너진 거야."

나가시마가 일어서서 창가로 달려갔다. 유리창에 금이 가긴 했지만, 깨지지는 않았다. 나가시마는 유리에 손을 베이지 않도록 주의하며 밖을 내다봤다. 나도 옆으로 가려 했지만, 일어설 기력이 나지 않았다.

"흙먼지가 일어났어."

나가시마의 목소리는 조용히 울렸다. 나는 그 말이 무슨 의미인지 당장은 몰랐다. 그저 별장이 무사해서 다행이라고 생각했을 뿐이다.

"저쪽 방향은 큰일인데."

계속해서 나가시마는 뭔가 불길한 말을 했다. 설명을 요청한 건 아키였다.

"저쪽 방향이라니?"

"여기로 오는 외길 부근에서 토사 붕괴가 일어난 건지도 몰라."

"앗."

그 말을 들으니 생각났다. 우리는 나가시마의 차로 산의 표면을 깎아 만든 듯한 길을 통해 이곳에 왔다. 그 경사면에서 토사 붕괴가 일어났다면 길이 묻힐 것이 확실하다. 별장 지대에서 나가는 길은 그 외에 없다. 즉 유일한 길이 막혀버리면 우리는 이곳에 갇히고 마는 것이다.

"핸드폰, 안 터져."

자기 휴대전화를 꺼내어 조작하던 유미코가 애원하듯이 고개를 들고 말했다. 그 말을 듣고 나도 내 휴대전화를 열어보았다. 안테나 마크를 보니 역시 전파가 닿지 않는다. 조금 전까지도 통했는데 근처 기지국에 문제가 생긴 것 같다.

"이거 참 큰일이네. 도움을 요청할 수도 없잖아."

마찬가지로 자기 휴대전화를 확인하던 나가시마가 반쯤 체념한 듯이 말했다. 흙먼지를 본 순간부터 그렇게 되리라고 예상했는지도 모르겠다. 역시 나가시마는 두뇌 회전이 빠르다. 나는 그제야 겨우 일어설 수 있게 되어 나가시마의 곁으로 가 창밖을 내다보았다. 그러자 다른 세 명도 창가로 왔다.

"아, 진짜네……"

아키도 기력이 빠져나간 듯한 목소리로 말했다. 태어나서 여태껏 경험한 적도 없는 큰 지진이었으니 토사 붕괴가 일어나도 이상할 것이 없다고 생각하고 있는지도 모른다. 나 역시 자연의 맹위를 눈앞에서 보고 나 자신의 무력함을 통감하고 있는 참이었다. 이곳에 갇혀있긴 하지만, 아무도 다치지 않고 건물도 무사하니 천만다행이다. 전화가 통하지 않더라도 여기서 버티고 있으면 언젠가 반드시 구조의 손길이 올 것이다.

"…… 어쨌든 별장 내 피해 상황을 확인해 볼까?"

나가시마가 제안했다. 그렇다, 그게 지금 해야 할 일이었다. 우선은 재해 필수시설의 점검이었다. 가와치가 조명 스위치를 조작했으나 불은 들어오지 않았다. 만약을 대비해 주방과 복도도 살펴봤지만, 역시 전기가 끊긴 듯했다.

안타깝지만 수도도 끊겼다. 여자애들이 실망으로 탄식했

다. 목욕은커녕 화장실도 사용할 수 없게 되었다. 용변을 보려면 늪까지 다녀올 수밖에 없다. 여자애들이 낙심하는 것도 당연했다.

가스는 놀랍게도 무사했다. 프로판가스여서 지진의 영향을 받지 않은 모양이다. 물을 데울 수 있는 것은 다행이다. 하지만 생수에도 한계가 있으니 음료수 이외의 용도로 쓸 수는 없었다.

주방의 식기도 거의 전멸이었다. 그중에서 이가 나간 정도여서 쓸 수 있는 식기를 건져냈다. 일회용 접시와 종이컵은 가져오지 않았으므로 간편식이 있어도 식기가 없으면 곤란하다. 냄비나 프라이팬은 멀쩡했다.

각자 방도 둘러보았다. 다행히 가구는 원래 적었으므로 참상은 면했다. 금이 간 창문이 몇 장 있긴 하지만 손상은 그 정도였다. 닫히지 않는 문도 없었다.

가장 피해가 큰 곳은 의외로 지하실이었다. 정확히 말하면 지하실 자체는 아니다. 지하실로 내려가는 목제 계단이 완전히 망가져 버렸다. 무리하게 가해진 힘으로 인해 뒤틀린 듯이 중간 부분이 뚝 부러져 지하실 바닥에 떨어져 있었다. 지하실에 무언가를 가지러 가려 해도 줄사다리가 없으면 올라오지도 못할 상태였다. 나가시마의 말에 따르면 줄사다리는 물론 그럴 때 쓸 만한 밧줄도 없다고 했다.

물과 음료는 아껴서 먹으면 이틀은 갈 것이다. 이틀만 버티면 어떻게든 구조의 손길이 올 것이다. 그 사실에 우리는 가슴을 쓸어내렸다. 전기와 수도가 끊긴 것은 타격이 크지만, 난방이 없어도 아쉬운 계절은 아니다. 잠을 잘 곳이 확보된 것만 해도 운이 좋다고 해야 할 것이다.

"그럼, 도로를 확인하러 가 볼까?"

별장 내 점검을 다 마친 후에 나가시마가 말했다. 여기에 머물러야 한다는 것을 전제로 별장을 둘러본 것이지만, 도로가 뚫려있다면 집으로 돌아가면 된다. 낙관할 수는 없지만, 확인해 보지 않으면 모른다. 여자애들도 가겠다고 주장했지만, 아직 여진이 발생할지도 모른다는 점을 생각하면 밖에 나가는 것은 위험하다. 상의한 결과 여자애 둘과 가와치가 남고 나가시마와 내가 걸어서 토사 붕괴 현장을 보러 가기로 했다.

"그럼, 다녀올게."

일부러 가벼운 어조로 말하고 현관을 나섰다. 그 순간, 불길한 가능성에 생각이 미쳤다. 어쩌면 나가시마가 치즈루를 죽인 범인일지도 모른다는 것이다. 생각하고 싶지 않지만, 범인의 목적은 전원을 살해하는 것일지도 모른다. 영화나 소설에서는 흔한 이야기다. 그렇다면 이렇게 단둘이 있는 상황은 절호의 기회 아닐까? 갑자기 겨드랑이 밑에서 불쾌한 땀이 스며 나왔다.

"경찰에 연락도 못 하게 돼버렸네."

가만히 있을 수가 없어서 내가 말을 꺼냈다. 옆에서 나란히 걷던 나가시마는 미세하게 어깨를 떨며 고개를 들었다. 어쩌면 나가시마도 나에게 경계심을 품고 있었던 건지도 모른다. 그렇다면, 나가시마는 범인이 아니라는 말이다. 서로에게 그건 고마운 일이었다.

"그러게. 토사 붕괴로 부랑자 시체가 나오지 않으면 좋으련만."

나가시마는 내가 미처 생각지 못한 점을 지적했다. 아아, 그런 염려도 있었구나. 나가시마는 진짜 두뇌 회전이 빠르다. 내심 감탄했다.

"그럼, 혹시 전화가 연결된다고 해도 우선은 그 시체가 제대로 묻혀 있는지 확인한 후에 연락해야겠구나."

"그렇지. 가와치를 우리가 지켜야 하니까."

이런 비상사태에도 나가시마는 친구에 대한 배려를 잊지 않는다. 이런 남자가 과연 동료를 죽일까? 내 생각이 안일한 건지도 모르지만, 나가시마는 범인이 아니라고 믿고 싶었다. 실제로 한동안 같이 걷고 있지만, 나가시마가 덮쳐오는 일은 없었다.

아무리 걸어도 도로는 계속 이어진 듯했다. 토사 붕괴가 어딘가 다른 곳에서 일어난 것이 아닐까 하는 기대감이 들기 시작했다. 그랬으면 좋겠다고 강한 소원을 품으면서도 우리는 발길을 돌리지 못하고 계속 걸었다. 그리고 절망적인 광경을 목격하고 말았다.

산이 무너져 내렸다. 토사는 우리의 키 높이보다 훨씬 높이 쌓여 있었고 완전히 길을 막아버렸다. 자동차로 지나갈 수 없는 것은 물론 토사 더미를 올라타고 넘는 것도 어려울 높이였다.

이걸로 우리 다섯 명이 바깥세상과 완전히 단절되었다는 것이 확정되었다.

5

길이 막혔다는 사실을 전해도 별장에 남아 있던 세 사람은 딱히 그렇다 할 반응을 보이지는 않았다. 식료품과 잘 곳이 있다는 안도감과 함께, 어느 정도 각오를 하고 있어서 공황 상태에 빠지지 않았을 것이다. 그리고 또 한 가지, 지진에 대한 공포보다 더 절박한 불안이 우리에게 있기에 토사 붕괴 정도로 소란을 떨 마음이 들지 않은 게 아닐까? 물론, 친구가 살해당했다는 믿기지 않는 사태다.

게다가 범인은 틀림없이 우리 다섯 명 중에 있다. 나는 새삼스럽게 모두의 얼굴을 슬쩍슬쩍 엿보았지만, 이전부터 잘 알고 지낸 그들이 살인자라고는 도저히 생각되지 않았다. 아니, 정확히 말하면 가와치는 이미 살인자다. 하지만, 그것은 너무나도 가와치다운, 정의감에 근거한 행동의 결과다. 그래서 비통한 사건이라는 생각은 하지만, 믿을 수 없는 건 아니다. 그에 비해 치즈루의 죽음은 설사 어떤 이유가 있다고 해도 도저히 받아들일 수 없었다.

가와치가 한 일과 치즈루를 죽인 것은 전혀 다른 차원의 이야기다. 그래서 가와치가 살인자라고는 해도, 치즈루까지 죽였다고는 생각되지 않는다. 애초에 가와치는 치즈루를 도와주기 위해 살인자가 된 것이다. 그 가와치가 치즈루를 죽인다는 건 전혀 이치에 맞지 않는다. 가와치가 범인일 리 없다고 나는 마음속으로 결론지었다.

그렇다면 나가시마는 어떨까? 아까 도로를 걸을 때 나가시마는 범인이 아니라고 생각했다. 하지만 그 근거는 가와치의 신상을 걱정하는 깊은 우정이었다. 가와치에게는 우정을 느꼈다고 해도 치즈루에게는 살의를 품은 이유가 있을지도 모른다. 나가시마와 치즈루의 관계가 어땠는지 나는 곰곰이 돌이켜보았다.

둘의 사이는 그리 나쁘지 않았다. 아니 오히려 꽤 좋았다는 것을 지금 와서 깨닫는다. 생각해보면 둘이서 이야기하는 모습을 여러 번 본 적이 있다. 치즈루는 시원시원한 성격이어서 나가시마도 대하기 편했을 것이다. 치즈루 쪽에서도 남자답고 리더십 있는 나가시마를 의지했었는지도 모른다.

그렇다면 역시 나가시마가 치즈루를 죽였다고 생각하기는 어렵다. 사이가 좋기에 오히려 살의가 싹트는 경우도 있긴 하겠지만, 우리의 교류라고 해 봐야 고작 반년이다. 아무리 친밀해졌다고 해도 그렇게까지 복잡한 감정이 싹트기에는 너무 짧다. 아무 증거도 되지는 않지만, 심정적으로 범인이 될 리는 없다는 결론에 이르렀다.

그러면 아키와 유미코는 어떨까? 내가 본 바로는 세 사람이 원만하게 지냈던 것 같다. 성격이 각각 다르다는 점이 오히려 좋은 대조를 이룬다고 생각했었다. 그렇긴 하지만, 관계의 친밀도를 따진다면 아키와 유미코가 특히 더 가까웠고 치즈루는 약간 거리를 두는 기미가 있었다. 그래서 어제도 혼자서 행동했던 것이다. 무슨 반목이 있었다고 해도 남자인 내가 간파해내지 못한 것에 불과할 수도 있다.

여자들 사이의 일은 잘 모르겠다. 애초에 성격조차 내가 파악한 것은 표면적인 부분에 불과하다는 걸 오늘에 와서야 절실히 깨닫지 않았는가? 유미코가 그런 과단성 있는 성격일 줄은 꿈에도 몰랐다. 그렇다면 아키와 치즈루도 겉으로 보이는 대로의 성격이 아닐 가능성이 있다. 아니, 틀림없이 그럴 것이다. 아무리 남자처럼 행동한다고 해도 치즈루는 어디까지나 여자이고 익살꾼 아키도 고민이 전혀 없는 것은 아닐 것이다. 그렇다면 유미코나 아키 중 누군가가 살인자라고 해도 나는 놀라지 않을 것이다. 불쾌한 결론이 되고 말았지만, 두 사람 중 한 명이 범인일 거라는 추측에 도달했다.

우리는 다시 거실에 모였지만, 별로 대화는 하지 않았다. 입을 열면 서로를 의심하는 말이 튀어나올지도 모르기 때문일 것이다. 지금 나 자신도 여자애들에게 의혹의 눈길을 보내고 있다. 다른 네 명이 마음속으로 나를 범인이라고 생각하고 있다고 해도 이상할 것이 없다.

모두 제각기 심신이 피폐해져 있는 듯하지만, 의외로 나가시마가 가장 큰 충격을 받은 것처럼 보였다. 아까부터 고개를 90도에 가깝게 푹 꺾은 채 앞으로 숙이고 있다. 그대로 고개가 굳어버린 게 아닐까 싶었다. 그리고 급기야는 코를 훌쩍이는 소리가 들렸다. 나가시마는 울고 있다. 눈물을 보이지 않으려는 건지 자리에서 일어서더니 창가로 갔다. 그대로 바깥 풍경을 바라보며 이쪽으로 고개를 돌리려 하지 않았다.

"나가시마, 숨기지 않아도 돼. 눈물이 나는 건 당연해. 친구가 죽었는데도 울지 않는 우리가 어딘가 잘못된 건지도 몰라."

그런 나가시마에게 말을 건 사람은 유미코였다. 그 말을 듣고서야 비로소 여태까지 아무도 울지 않았다는 걸 깨달았다. 슬프지 않은 것은 아니다. 그보다 충격이 너무 커서 감정이 마비된 것이다. 나가시마도 방금까지 울지 않았으나, 시간이 흐름에 따라 마침내 현실이 확 피부로 다가온 것이 아닐까?

"우리 중에서 가장 큰 충격을 받은 사람은 나가시마일 테니까."

계속해서 아키가 말했다. 나는 그 말에 고개를 갸웃했다. 왜 나가시마가 가장 큰 충격을 받아?

"어머? 아시카와랑 가와치는 몰랐나 보네. 남자들은 이런 거에 둔감하구나."

아키가 농담조로 말하려 했으나, 거의 울음과 웃음이 섞인 표정이 되었다. 아키가 무엇을 암시하는지 나는 도통 알 수가 없었다.

"…… 그만둬."

나가시마가 창밖으로 시선을 향한 채로 말했다. 하지만 아키는 입을 다물지 않았다.

"왜? 어차피 경찰이 오면 말해야 하잖아. 비밀로 할 필요 있어?"

"비밀이라니 무슨 말이야? 혹시 나가시마랑 치즈루가 사귀었어?"

나는 그럴 리 있겠냐고 생각하며 말해본 건데 아키는 어이가 없다는 듯이 답했다.

"혹시가 아니라, 사실이야."

"앗!"

꿈에도 몰랐다. 가와치도 눈치채지 못했던 듯, 눈이 휘둥그레졌다. 대조적으로 유미코는 전혀 동요하지 않았다. 아무래도 여자애들은 알고 있었던 모양이다.

"일부러 숨길 생각은 아니었어. 왠지 쑥스러워서."

나가시마는 가와치와 나에게 살짝 눈길을 주었다가 다시 창밖을 보았다. 그랬구나, 두 사람이 사이가 좋다고 생각했더니 단순한 우정이 아니었던 것이다. 남자 같은 치즈루의 행동에 감쪽같이 속아 넘어간 꼴이지만, 전혀 낌새도 알아차리지 못했다니 분명히 둔하긴 했던 것 같다. 무심결에 가와치와 눈이 마주쳤는데 가와치는 입을 앙다물었다.

"그렇다면 정말 충격이 이만저만이 아니지. 무슨 말을 해야 위로가 될지 전혀 모르겠다."

나의 말에 나가시마는 허리 부근에서 크게 손을 저었다.

"그만둬. 그야 충격이긴 하지만, 모두 마찬가지지. 어쨌든……"

나가시마는 도중에 말을 삼켰다. 감정에 사로잡혀, 해서는 안 될 말을 뱉을 뻔한 듯했다. 나가시마가 하려고 했던 말은 "이 중에 범인이 있다"라는 말일 것이다. 그렇다, 우리 각자에게는 틀림없이, 치즈루가 죽었다는 사실보다도 치즈루를 죽인 범인이 이 중에 있다는 쪽이 더 심각할 것이다. 나가시마를 번민하게 하는 것도 그 사실인지도 모른다.

"그만두자."

나가시마는 고개를 한 번 젓고는 창가에서 물러나 소파로 돌아왔다. 고개를 떨군 채 머리카락을 쥐어뜯는 자세 그대로 굳어버렸다. 더는 아무도 말을 하지 않았다.

저녁 준비를 할 때는 잠시나마 숨통이 트였다. 천근만근 무거운 마음을 안고 얼굴을 맞대고 앉아있는 것보다 몸을 움직이는 편이 훨씬 낫다. 즉석밥은 사람 수보다 한 개 적게 데워서 모두 나눴다. 통조림은 세 개를 뜯어서 먹고 부족하면 한 개씩 더 뜯는 것으로 했다. 가스는 사용할 수 있으니 따뜻한 음식을 먹을 수 있다. 속이 허하면 불길한 생각만 하게 되는데 따뜻한 음식을 위에 넣으니 조금이나마 만족감을 느꼈다.

저녁을 먹은 후에 전원의 휴대전화가 일제히 울리기 시작했다. 아마도 회선이 복구된 모양이다. 밀려있던 메일이 한꺼번에 도착한 것이다. 각자, 상황 확인을 위해 휴대전화를 만지기 시작했다. 그 결과, 여러 가지 사실을 알게 되었다.

우선, 지진은 매그니튜드 6이었다. 상당히 크다. 시내에서도 피해가 발생하여 교통기관이 마비된 탓에 혼란 상태였던 것 같다.

진원지는 이즈반도 앞바다였다. 시즈오카의 피해가 가장 커서 가옥 파괴와 토사 붕괴가 각지에서 발생했다. 다만 해일로 인한 피해는 없다고 한다. 오히려 산간 지방이 연락이 끊긴 만큼 피해가 클 것으로 추정된다고 했다.

사실상 이곳도 피해가 큰 곳 중 하나다. 그 사실을 고려하면 별장이 무사한 것은 정말 큰 행운이다. 설령 토사 붕괴로 별장과 함께 우리 전원이 죽었다고 해도 이상하지 않은 상황이었던 것이다. 지진 규모를 알고 나니 이제 와서 식은땀이 흘렀다.

"그럼, 경찰에 연락한다."

나가시마가 말했다. 구조 요청일까, 아니면 살인사건의 신고일까? 양쪽 다 필요하니 우리로서는 굳은 표정으로 고개를 끄덕일 수밖에 없었다. 전화가 연결되자 나가시마는 차분한 어조로 현재 상황을 설명했다.

"그렇습니까? 알겠습니다."

3분 정도 이야기했을까? 마지막에 나가시마는 그렇게 말하고는 전화를 끊었다. 휴대전화를 닫으며 그를 주목하고 있는 우리를 향해 말했다.

"토사 붕괴는 경찰도 파악하고 있더라고. 복구는 내일 이후가 될 거래. 조금 더 여기서 버틸 수밖에 없을 것 같네."

막연하게 예상하고는 있었지만, 실망스러운 감정을 억누를 수 없었다. 전화만 연결되면 당장이라도 이곳을 탈출할 수 있으리라고 착각하고 있었다. 기대했던 만큼 낙담도 컸다. 모두가 발산하는 실망의 기운은 손으로 만져질 듯 농밀하고 무거웠다.

6

그날, 자기 전에 나는 생각했다. 오늘 아침은 인생 최악이라고 할 만한 사건과 함께 맞이했다. 오늘 또 하룻밤이 지나고 내일은 어떨까? 우리는 내일을 평온하게 맞이할 수 있을까? 이런 걱정을 해야 한다는 것이 안타까워 견딜 수 없었다.

이 별장은 방이 많긴 하지만, 아이들 방이었기 때문에 문이 잠기지 않는다. 여기에 왔을 때는 그 사실을 개의치 않았지만, 상황이 이렇게 되고 보니 조금 불안했다. 가구를 옮겨서 문을 열리지 않게 하고 싶어도 애초에 가구가 없어서 그것도 불가능하다. 아예 모두가 방 하나에서 자는 편이 안전하지 않을까 하는 생각도 했지만, 안타깝게도 그렇게 큰 방은 없었다. 그리고 아무리 신변의 안전을 위한 것이라고 해도 여자애들은 싫어할 것이다.

그런 이유로 나는 불안을 떠안은 채 누웠다. 도저히 잠이 들 것 같지 않다고 생각했지만, 정신적으로나 육체적으로 기진맥진해서인지 눈 깜짝할 새에 잠에 곯아떨어졌다.

그리고 사흘째 아침. 나는 휴대전화의 알람 소리에 눈을 떴다. 느긋이 자고 있을 때가 아니므로 7시에 설정해두었다. 화장실과 세면대는 사용할 수 없으니 바로 거실로 갈 수밖에 없다. 옷을 갈아입고 복도로 나왔다.

내 방에서 거실 쪽으로 옆방이 나가시마의 방이다. 그 방 앞을 지나가려는데 이상한 것이 눈에 띄었다. 방문 틈이 박스테이프로 봉해져 있는 것이었다.

"이게 뭐지?"

무심결에 말했다. 바깥쪽에서 발라진 것이니 나가시마가 스스로 한 것으로는 생각되지 않는다. 밤중에 누군가가 했을 것이다. 장난으로 한 거라면 상관없지만, 이런 비상사태하에 그런 장난을 치는 사람이 있으리라고는 생각할 수 없었다. 예사롭지 않은 일이 발생했다고 볼 수밖에 없다.

"모두, 일어나!"

나는 큰소리로 외쳤다. 아직 자고 있을지도 모르지만, 신경 쓸 상황이 아니다. 목소리에서 다급함이 배어났는지 가와치가 곧바로 뛰어나왔다. 유미코는 이미 거실에 있었던 듯, 그쪽에서 모습을 드러냈다. 아키는 그때까지 자고 있었는지 "무슨 일이야?" 하며 방 안쪽에서 목소리만 들렸다.

"이거 어떻게 생각해?"

나는 문틈에 발라진 박스테이프를 가리키며 가와치와 유미코에게 의견을 구했다. 둘 중에서 특히 유미코가 이 광경에 충격을 받은 듯, 숨을 삼켰다. 역시 나처럼 불길한 느낌이 들었나 보다. 가와치는 반대로, 주저 없이 방문을 두드렸다.

"나가시마, 어이, 일어났어? 일어났으면 대답해."

이 모습을 보고 가장 먼저 나가시마가 무사한지 확인했어야 했다고 반성했다. 나는 박스테이프로 밀폐된 방문을 본 순간, 어느 한 가지 생각이 머릿속에서 떠나지 않아 절망했다. 솔직히 말하면, 나는 나가시마가 이미 방 안에서 죽어있을 거라고 단정 지었던 것이다.

그래서 더욱 대답해 주길 간절히 바랐다. 아무 일 없다는 듯이 대답하여 내 생각이 틀렸다는 것을 증명해주길 바랐다. 하지만 안쪽에서는 아무 소리도 들리지 않았다. 아키가 옷을 갈아입고 "무슨 일인데?"라며 복도로 나왔을 뿐이다.

"나가시마! 자는 거야? 빨리 일어나."

나도 애원하듯이 불렀다. 유미코도 "나가시마" 하고 불렀다. 아키만이 영문을 모르는 모습으로 두리번두리번하고 있다.

"문 연다!"

기다리다 못해 가와치가 선언했다. 문틈에 발라놓은 테이프를 떼려고 했다. 나는 황급히 말렸다.

"잠깐만! 지금 여기서 열면 위험해. 열면 안 돼."

"무슨 말이야? 문을 안 열면 무슨 수로 나가시마의 안전을 확인하냐?"

"문을 열면 우리 모두 죽을지도 몰라."

"뭐?"

내 말에 놀란 것은 가와치만이 아니었다. 유미코와 아키도 입이 떡 벌어졌다. 나는 밀폐된 문에서 연상한 것을 말하지 않을 수 없었다.

"황화수소, 였나? 그게 방안에 가득할지도 몰라."

"왜? 왜 그런 생각을 해?"

수긍이 되지 않는다는 듯이, 반 시비조로 아키가 물었다. 나는 테이프로 발라진 문틈으로 아이들의 주의를 돌렸다.

"이런 식으로 방을 밀폐한 것은 방 안 공기가 새어 나오지 않게 하려는 거 아냐? 그럼 누가 무엇을 위해 이런 짓을 했을까? 아무 일도 없었을 때라면 모를까, 사람이 살해당한 판국이니, 최악의 사태를 상정해야 하잖아."

"누군가 황화수소를 발생시키고 이 방을 밀폐시켰다는 말이야?"

확인하는 아키의 말에 나는 고개를 끄덕였다. 이런 설명은 하고 싶지 않았다.

"밖으로 나가서 창문으로 방안을 확인해 보자. 커튼이 닫혀 있겠지만, 틈새가 있을지도 몰라."

우리는 현관으로 돌아 나가서 나가시마의 방 창문을 확인했다. 안타깝게도 커튼은 꼼꼼히 닫혀 있었다. 덜렁거리는 성격인 아키라면 모를까, 나가시마가 커튼에 틈을 남겨둔 채로 잤을 리가 없다. 창문이 열리지 않는지 시험해 보았지만, 안쪽에서 잠겨있었다. 나가시마의 방 유리창에는 금이 가지 않았다. 그걸 보면서 창문에 간 금이 내 목숨을 구했을지도 모른다고 생각했다. 내 방 창문에는 지진으로 균열이 생겼다.

창문을 두드리며 이름을 불러보았지만, 역시 대답이 없다. 어쩔 수 없이 유리창을 깨기로 했다.

"창을 깨면 위험하지 않아?"

유미코가 당연한 질문을 했다. 나는 얼굴이 굳어지는 것을 느끼며 대답했다.

"위험해. 그러니까 다들 거실에 돌아가 있어. 나 혼자서 할 테니."

"그건 말도 안 돼! 아시카와까지 죽으면 어떡해."

유미코와 아키가 걱정해주었지만, 나라고 죽을 생각인 건 아니다. 괜찮다고 달래며 계획을 설명했다.

"조금 떨어진 곳에서 돌을 던져볼 거야. 잘 맞을지 모르지만, 몇 번 하다 보면 유리창을 깰 수 있겠지. 그러고 나서 한동안 내버려 둘 수밖에 없어. 몇 시간쯤 놔둬야 안전해질지는 전혀 짐작이 안 가지만."

다른 세 명도 내 제안 외에 다른 수가 없다는 것을 이해한 듯했다. "무리하지 마", "조심해"라는 말을 남기고 별장으로 돌아갔다. 나는 10m쯤 거리를 두고 땅바닥에서 작은 돌을 주웠다. 야구 경험이 없어서 한 방에 깰 자신은 없었다. 하지만, 표적이 크니까 어떻게든 될 것이다.

꽤 힘껏 작은 돌을 던졌다. 다른 방 창문을 깨버리면 최악의 사태라고 생각했는데 운 좋게도 첫 한 방에 나가시마의 방 창문이 맞았다. 빠직, 하는 소리가 들렸기 때문에 당장 그 자리에서 도망쳤다. 지식은 거의 없지만, 황화수소는 조금만 흡입해도 위험하다고 뉴스에서 들은 기억이 있다.

현관을 통해 거실로 돌아왔다. 유미코와 아키가 각각 "수고했어"라고 말했다. 나는 나가시마가 방에서 뛰쳐나오기를 기대했지만, 그런 기척은 없었다. 방 유리창이 깨졌는데도 잠에서 깨지 않고 계속 잘 리가 없다. 슬프게도 나가시마의 목숨은 이미 끊겼다고 생각할 수밖에 없었다.

소파에 앉아있던 가와치가 스마트폰을 조작하고 있었다.

고개를 들어 내가 돌아온 것을 확인하고는 "좀 알아보고 있었어"라고 말했다.

"환기하는 데 몇 시간쯤 걸리는지 알아봤는데 잘 모르겠네. 상황에 따라 다를 테니까 일률적으로 말할 수는 없을 것 같아."

"뭐, 그럴 테지."

나가시마가 아직 방에서 나오지 않는다는 사실이 모든 것을 설명해주었다. 굳이 나가시마의 시신을 확인해 볼 필요도 없다. 그래서 환기에 필요한 시간을 몰라도 상관없다고 결론지을 수 있었다. 스스로가 참으로 냉정한 친구라는 자책감만 무시한다면.

"내가 알기로 황화수소는 아주 쉽게 발생시킬 수 있어. 뭐랑 뭐를 섞는 거였더라?"

누구에게랄 것도 없이 물었지만, 정확한 지식을 가진 사람은 없었다. 가와치가 "잠깐만"이라고 하더니 스마트폰을 조작했다.

"여기 있다. 욕실용 세정제와 석회유황합제를 섞는 거야."

"석회……, 뭐?"

귀에 익숙하지 않은 단어였으므로 되물었다. 가와치는 스마트폰 화면에 눈을 고정한 채 대답했다.

"석회유황합제. 농약이군."

"농약."

욕실용 세정제는 그렇다 치고 농약 같은 게 이 별장에 있었을까? 만약 있었다고 하면 지하실이겠지. 잘도 찾아냈군.
 동시에 왜 범인이 그런 수단을 쓴 건지, 그 이유도 알아챘다. 나는 무심결에, "그랬군" 하고 중얼거렸다.
 "뭐? 뭔가 알아냈어?"
 눈치 빠르게 내 혼잣말을 들은 아키에게 반쯤 멍한 상태로 대답했다.
 "칼이야. 어제, 칼을 전부 처분해버려서 흉기가 없었잖아. 그래서 범인은 독극물로 살해할 것을 꾀한 게 아닐까?"
 "아아……"
 유미코의 얼굴이 새파래졌다. 칼을 처분하자는 말을 꺼낸 사람은 유미코였다. 모두의 안전을 위하여 제안한 것인데 제2의 범행을 막지 못했다. 그렇기는커녕 황화수소에 의한 살인은 더 처참하다고 할 수 있을지도 모른다. 유미코는 괜한 짓 하지 말 걸 그랬다고 후회하고 있는 걸까?
 나는 유미코의 제안을 쓸데없는 짓이라고 생각하지 않았다. 그때는 그게 최선이었다. 하지만, 범인은 그런 대책에 아랑곳하지 않고, 다음 범행수단을 생각해냈다. 그 영악함에 나는 마음속 깊은 곳에서 전율했다.

7

"욕실용 세정제와 농약이 정말 이 별장에 있는지 확인해 볼까?"

나는 세 명에게 제안했다. 아마 있으리라고는 생각하지만, 만약 없다면 범인은 황화수소가 아닌 다른 수단을 쓴 걸지도 모른다. 이제 와서 그걸 확인해서 뭘 하랴마는, 넷이서 머리를 쥐어 싸고 있는 것보다는 낫겠다 싶었다.

반대하는 사람이 없으므로 우선은 화장실에 가 봤다. 세면대 아래 수납장을 열어보니 욕실용 세정제가 있었다. 이걸로 우선 한 가지 재료는 확인했다. 문제는 농약이었다.

"농약 본 사람 있어?"

물어봐도 답하는 사람은 없었다. 나가시마만 있었어도 쉽게 알 수 있었을 텐데, 하고 새삼 원통한 마음이 든다. 자력으로 찾을 수밖에 없었다.

"있다면 지하실이겠지."

나의 추측을 따라 모두 지하실로 가 보았다. 정확히는 입구에서 지하실을 엿볼 뿐이다. 문을 열고 대충 살펴봤지만, 이거다 싶은 물건은 보이지 않았다. 아키가 한쪽 무릎을 꿇고 몸을 내밀어 사각지대가 된 부분까지 살펴보며 "저걸까?" 하고 말했다.

"저쪽에, 초록색 라벨이 붙은 플라스틱 용기가 있어. 그게 농약 아닐까 싶은데."

듣고 보니, 떠오르는 게 있었다. 부랑자 시체를 감쌀 비닐 천을 꺼낼 때, 그 용기를 봤다. 그게 농약이었나?

"어떤 거?"

아키 대신에 유미코가 얼굴을 내밀었다. 그러고는 "아아" 하며 고개를 끄덕였다.

"저거 농약 맞아. 저 노란 글자 본 적 있어. 우리 집에서도 사용한 적 있고. 대형 생활용품점 가면 대부분 팔아."

그러면 농약은 여기에서 조달했다고 봐도 틀림없겠다. 역시 범인은 황화수소를 발생시켜서 나가시마를 죽인 것이다.

혹시나 해서 다른 장소도 찾아봤지만, 농약은 발견되지 않았다. 특히 수납장을 샅샅이 뒤져봤지만, 농약은 물론 다른 약품류도 일절 없었다. 여기저기 분산시켜서 보관하는 것도 부자연스러우니 농약은 지하실에만 있었다고 생각하는 게 맞을 성싶다. 황화수소 이외의 위험한 화합물을 생성할 수 있는 약품도 별장 내에는 없었다.

미심쩍은 점을 밝혀낸 것은 한걸음 전진처럼 보이지만, 사실상 달라진 것은 아무것도 없었다. 우리는 거실로 돌아와 소파에 몸을 던졌다. 아직 전기는 복구되지 않았는지 텔레비전은 들어오지 않았다.

"아침, 먹을까?"

유미코의 말에, 모두 식사 준비를 했다. 준비라고 해봐야, 식빵에 마가린과 잼을 바르는 정도다. 물은 끓일 수 있으니 인스턴트커피는 마실 수 있었다. 충격으로 멍한 머리에 커피의 카페인이 흡수되는 듯했다.

나는 기계적으로 빵을 베어먹으며 멍하니 어제 일을 회상했다. 어제는 끔찍한 하루였다. 아침에 일어나보니 치즈루가 누군가에게 살해당했고 그 충격에서 벗어나기도 전에 대지진이 일어나 바깥세상으로부터 고립됐다. 그런 극적인 하루는 앞으로 수십 년을 산다고 해도 두 번 다시 없을 것이다. 다시는 경험하고 싶지 않은 일뿐이었다.

어라? 나는 고개를 갸웃했다. 기묘한 사실을 깨달았다. 어제 별장 내에서의 각자의 동선을 정확히 떠올려보려고 애썼다. 내 동선은 기억하고 있다. 다른 사람들은 과연 어땠을까? 만약 내 기억이 맞는다면, 몹시 이상한 상황이 되어버리는데……

"저기 있잖아, 확인하고 싶은 게 있는데, 어제 누군가가 지하실에 가는 모습을 본 사람 있어?"

다른 세 명에게 물어봤지만, 각자 고개를 가로저을 뿐이었다. 지하실에 갔다고 자진 신고하는 사람이 없는 것은 당연하다고 쳐도 본 사람도 없는 것은 어떻게 된 걸까? 나 자신도 본 기억이 없다.

"이상하지 않아? 왜냐하면, 지하실에 내려갈 수 있었던 건 지진이 나기 전이잖아. 계단이 부서져 버린 후에는 물건을 가지러 갈 수가 없었고. 즉 지난밤 사이에 갔던 게 아니야. 갔다면 어제 낮 동안이라고."

"그저께일 리는 없겠지? 그때는 아직 칼이 있었으니까."

아키가 내 생각을 먼저 읽었다. 그렇다. 그제는 아직 농약을 입수할 필요가 없었다. 실제로 치즈루는 식칼로 살해당했다. 우리가 신변의 안전을 생각하여 모든 칼을 벼랑 아래에 버린 후에야 범인은 다른 흉기를 원하여 농약을 입수했을 것이다.

"어제 각자의 행동을 다시 한번 떠올려보자."

나는 그렇게 제안했다. 무언가 간과한 것이 있을 거라고 생각했기 때문이다. 네 사람의 기억을 대조해보면 범인이 지하실에 갔던 시점을 콕 집어낼 수 있을지도 모른다. 즉 그것은 누가 범인인지 밝혀내는 일이기도 했다.

"우선, 누가 가장 먼저 일어났는지……는 생각할 필요가 없겠구나. 그 시점에는 아직 칼이 있었으니까."

알고 있는 사실이지만, 일단 말해보았다. 반드시 말로 정리함으로써 하나하나 명확해지리라고 생각했기 때문이다.

"필요는 없지만, 가장 먼저 일어난 사람은 나였어. 다음은 나가시마, 그리고 가와치. 아키와 아시카와는 비슷하게 일어났어."

유미코가 대답했다. 그 순서는 왠지 모르게 각자의 성격을 말해주는 것 같아서 우스웠다. 우스워할 기분은 아니었지만.

"치즈루가 일어나지 않아서 확인하러 갔다가 죽은 것을 발견했어. 그 후에는 모두 이곳에 돌아와서 대책을 생각했지. 그래서 부랑자 시체를 땅에 묻기로 했잖아."

내 말에 모두가 수긍했다. 함께 행동했기 때문에 기억의 차이는 없었다. 계속 진행했다.

"그러고 나서 부랑자 시체를 묻었어. 별장으로 돌아와서 잠시 후에 유미코가 칼을 처분하자는 제안을 했지."

문제는 여기부터다. 차근차근히 생각해보면 내 기억에도 모호한 부분이 있다. 그것을 다른 세 명이 메워 주면 좋겠다.

"별장에 있는 칼을 전부 모으기 위해 꽤 오래 흩어져 행동했지. 이때 누군가가 지하실에 갈 수 있지 않았을까?"

기본적으로는 주방에 모두 모여있었던 것 같다. 하지만 주로 칼을 찾는 사람은 나가시마와 유미코였고 다른 사람은 방관하는 모양새였다. 누군가가 몰래 빠져나가지는 않았던가?

"유미코는 줄곧 주방 아니면 거실에 있었어."

가장 먼저 아키가 증언했다. 나도 그렇다고 생각한다. 가와치도 고개를 끄덕였으므로 유미코는 단독행동을 하지 않았던 것이 확실해졌다.

"나는 전원이 여기 있었던 것으로 기억하는데. 모두 주방에 주의를 집중했다고 해도 남은 사람은 셋이잖아. 세 사람 중 한 명이 없어지면 금방 알아챘겠지."

이렇게 말한 사람은 가와치였다. 실은 나도 같은 의견이었다. 아키나 가와치도 자리를 뜬 적은 없었던 것 같다. 하지만 단언할 자신이 없었기 때문에 모두에게 확인하는 것이다.

"나도 가와치와 아시카와는 계속 여기 있었던 것 같아."

아키가 동의했다. 나도 포함하여 표명한 것이니 이 시점에서는 역시 아무도 지하실에 가지 않은 것으로 간주했다.

"그 후, 칼을 찾으러 지하실에 갔었지? 실제로 아래로 내려간 건 나가시마랑 나였지만."

"위에서 우리도 보고 있었는데 아시카와 군은 농약을 몰래 가지고 나오지 않았어."

유미코가 증언해주었다. 남은 두 사람도 고개를 끄덕였다. 그렇다, 나는 그런 짓을 하지 않았다. 나가시마도 물론이다.

"그럼, 그때 일은 넘어가도 되겠지. 그럼 다음으로 또 별장을 나가서 벼랑 아래에 칼을 버렸어. 모두 같이 있었다는 건 틀림없지."

확인할 것까지도 없었다. 모두 동시에 고개를 끄덕였다.

"돌아오고 나서 한동안, 이 거실에 모여있었어. 화장실에 간 사람은 있었지만."

화장실에 간 것은 단독행동이긴 하지만, 문제는 그 위치였다. 화장실은 지하실 입구와 반대쪽에 있다. 화장실에 가는 척을 하고 지하실에 간다는 것은 불가능하고, 화장실에 다녀오는 길에 들르는 것도 무리다. 이 거실을 통하지 않고는 화장실에서 지하실로 갈 수 없다. 참고로 공동 목욕탕과 세면장도 마찬가지로 화장실 쪽이다.

"화장실 말고 지하실 쪽으로 간 사람은 없었던 것 같아. 어때?"

확인했지만, 이의는 없었다. 역시 가능성이 하나하나 닫혀 간다. 왠지 섬찟하다.

"그 후, 아침 겸 점심을 때웠지. 이때 준비는 유미코, 아키, 그리고 나가시마가 해줬어."

"맞아. 거실에 남아 있었던 사람은 나랑 아시카와였어. 아시카와는 계속 여기 있었어."

가와치가 딱 잘라 말했다. 그렇다고 나도 맞장구를 칠 뿐이다.

"가와치도 있었어. 지하실에 가지 않았다는 건 분명해."

"주방 팀도 모두 있었어. 그리고 주방을 빠져나와서 지하실로 가려면 거실을 통과해야 하니까 아시카와, 가와치도 우리 행동을 증명해 줄 수 있을 것 같은데."

아키가 말했다. 그 말도 맞다. 주방에 있었던 세 명은 지하실에 가지 않았다.

"식사 끝내고 뒷정리할 때는 어땠지? 식기를 설거지한 사람은 나랑 가와치. 계속 둘이 같이 있었어. 유미코랑 아키는?"

"우린 세면장에서 양치했어. 나랑 유미코랑 각각 화장실에 갔고. 그동안 나가시마 군은 거실에 있었어."

"그러면, 둘 중 한 사람이 화장실에 간 사이, 거실을 빠져나와 지하실로 갔다고 해도, 나가시마 외엔 본 사람이 없는 셈이네."

말하기 껄끄러웠지만, 굳이 지적했다. 그러자 이미 각오한

바지만, 역시 아키와 유미코 모두 불쾌한 표정을 지었다.
 "안 갔어!"
 "알아. 모든 가능성을 말해본 것뿐이야. 실제로는 주방에 있어도 거실 상황은 다 알아. 아무도 거실을 빠져나가지 않았던 거로 기억해. 가와치는 어때?"
 "나도 그런 사람 없었던 것 같아."
 "그렇지? 이상한 말 하지 마."
 아키는 손을 가슴에 얹고 호들갑스럽게 숨을 내쉬었다. 유미코도 곤혹스러운 표정을 짓고 있다. 하마터면 범인으로 몰릴 뻔했다고 생각하는 건지도 모른다.
 "하지만, 그러면 역시 이상해. 지진이 일어난 건 그 직후잖아. 지진이 일어난 후에는 이미 지하실에 가는 통로가 끊겼어. 아무도 지하실에 가지 않은 거라면 독극물로 나가시마를 살해할 수 없어. 즉 범인은 없다는 거지."

8

 나의 결론에 아무도 반론을 제기하지 않았다. 이론적으로 생각하면 결국은 그렇게 되기 때문이다. 하지만, 실제로 사람이 죽었다. 이런 불가해한 일이 있을까……?
 모든 것이 현실로 느껴지지 않았다. 동료가 차례차례 살해당하는 것만으로도 악몽 같은데 범인이 이 중에 없다니, 초자연적인 일이 일어나는 공포 영화 속에 빨려 들어와 있는 것 같다. 설마 투명인간, 혹은 다른 차원에서 온 존재가 나가시마를 죽인 건 아닐까 하는 생각까지 들었다. 그렇게라도 생각하지 않으면 이 상황은 설명이 되지 않는다.

"지하실에 간 사람이 아무도 없었다는 거랑은 아무 관계 없는 얘긴데……"

갑자기 입을 연 사람은 아키였다. 이곳에 온 후로 아키는 특유의 장난기를 완전히 잃어버렸다. 지금도 이제까지 본 적 없는 심각한 표정을 짓고 있다.

"결국, 사형이라는 건 범죄 억지 효과가 없는 거네. 한 명 죽였다는 이유로 사형이라면 두 명 죽이나 세 명 죽이나 마찬가지라는 생각이 들지 않겠어? 분명 범인은 범행을 계속하려는 거야. 어차피 똑같으니까."

생각지도 않았던 지적이다. 뒤통수를 둔기로 맞은 듯한 충격을 느꼈다. 그렇구나, 범인은 이미 살인에 아무 저항감을 느끼지 않겠구나. 지금 여기서 그만둘 이유가 없는 것이다. 전원 살해가 목적이라면 마지막까지 목적을 완수할 뿐이다. 사형의 공포는 이미 범인을 옭아매지 못한다.

"그럼, 사형에 범죄 억지력이 있다는 이야기는 틀렸다는 거야?"

유미코가 답했다. 그러자 깜짝 놀랄 정도로 큰 목소리가 거실에 울렸다.

"그럴 리 없어! 사람을 한 명 죽이고도 뻔뻔하게 사는 놈이 있다니 용서할 수 없어. 한 사람의 목숨이 그렇게 가벼운 거야? 논리를 따져서 생각하지 말고 순리에 따른 정의감으로 정해야 하는 거 아니냐고."

그야말로 검사를 지망하는 가와치다운 발언이었다. 가와치는 언제나 요즘 보기 드물게 강직하다. 진지함도 도가 지나치면 우스꽝스러워진다. 그런 진지한 가와치는 항상 아키와 치즈루에게 놀림감이 되었고 우리 중에서 소위 사랑받는 캐릭터가 되었지만, 역시 이 상황에서는 웃을 수 없었다.

아무도 가와치의 말에 반응하지 않았다. 반응할 수 없었다. 왜냐하면, 그건 전부 가와치 자신에게 되돌아오는 말이기 때문이다. 이 비정상적인 상황 탓에 가와치는 자신이 부랑자를 살해한 것을 잊은 걸까? 가와치는 지금 자신이 사형당해야 한다고 역설하는 것과 다를 바 없다. 원리원칙을 고수하다가 결국 자가당착에 빠져버리는, 너무나 가와치다운 말이긴 하지만.

우리의 곤혹스러운 표정을 보고 가와치도 자신이 주장한 말의 모순을 깨달은 모양이다. 겸연쩍은 듯이 시선을 피하고는 이마에 손을 대고 고개를 떨구었다. 그걸 끝으로 다시금 한동안 침묵이 이어졌다. 침묵을 깬 것은 이번에도 아키였다.

"말하고 싶지는 않지만, 가와치랑 아시카와는 모르는 것 같으니 말할게."

아키가 그렇게 운을 떼고는 흘긋 유미코를 보았다. 뭘까, 뭔가 의미가 담긴 듯한 저 눈빛은. 내 의문은 곧바로 아키가 풀어주었다.

"유미코의 언니, 사고로 죽었다고 했지만, 사실은 자살이었어. 그것도 황화수소 자살."

"뭐?"

나와 가와치는 거의 동시에 소리를 질렀다. 유미코의 언니가 죽었다는 사실은 알고 있었다. 하지만 아키의 말대로 사고사인 줄 알았다. 설마 황화수소 자살이었을 줄이야.

"그래서 어쨌다는 거야."

평소 나긋나긋한 유미코라고는 생각되지 않는, 가시 돋친 말투였다. 불시에 비밀이 들추어져서 화가 난 것일 테다. 극한 상황에 내던져지자, 좋았던 두 사람 사이가 틀어지기 시작했다.

"황화수소를 발생시키는 방법 같은 건 보통 모르잖아. 가까운 데서 그런 일이 있으면 제조법을 알지 않았을까 싶어서."

아키는 진심으로 유미코를 의심하는 걸까? 유미코를 화나게 한 것은 아랑곳하지 않고, 정면에서 맞받아친다. 유미코도 지지 않고 반박했다.

"황화수소 자살 사건은 자주 보도되잖아. 그런 건 인터넷을 검색해 보면 금방 알 수 있어. 전혀 전문적인 지식도 아니고. 아키도 만들 수 있을 정도야."

"나는 몰랐어."

지식의 결여가 무죄의 증명이라도 되는 듯이, 아키는 턱을 치켜들며 딱 잘라 말했다. 유미코는 그런 아키를 잠시 노려보더니 생각지도 못한 반격을 했다.

"자 그럼 나도 아시카와와 가와치가 몰랐던 사실을 알려줄게. 아키는 전부터 나가시마를 좋아했어. 그런데 나가시마가 치즈루와 사귀는 바람에 엄청난 충격을 받았지? 치즈루를 죽일 동기도 되고, 사랑하는 마음이 클수록 미움도 커진다는 말처럼 나가시마까지 죽인 거 아냐?"

"무, 무슨 말이야. 그럴 리 없잖아."

아키는 명백히 동요했다. 그랬었구나. 내가 둔감해서인지 모르지만, 각자의 감정이 이렇게 복잡하게 얽혀 있을 줄은 꿈에도 몰랐다. 남녀 구별 없이 친한 6인조라고 생각했었던 것은 한낱 환상에 불과했던 모양이다.

"어쨌든, 나는 황화수소 만드는 법 따위 몰라. 만들 줄도 모르는데 농약을 찾을 생각을 할 리 없잖아. 그러고 보니 아까 용기 라벨을 보자마자 그게 농약이라는 걸 알았잖아. 언니가 사용했던 거랑 똑같아서 바로 안 거 아니야?"

"나도 지하실에 그 농약이 있다는 건 몰랐어. 지하실에는 한 발짝도 들어가지 않았으니 알 리가 없잖아."

두 사람의 언쟁은 점점 진흙탕 싸움의 양상을 띠었다. 여태까지 친하게 지냈던 두 사람인 만큼 귀를 막고 싶어질 정도로 추한 싸움이었다. 사건이 결정적으로 우리의 관계를 파탄 내 버렸다. 그 의미에서도 나는 범인이 증오스러웠다.

그러나 두 사람의 욕설 공방전은 내 사고를 자극했다. 두 사람이 지금, 뭔가 결정적인 말을 한 것이 아닌가? 농약을 발견한 타이밍, 각자가 서 있었던 위치. 그것을 모두 종합해서 생각해보면 답은 하나밖에 없었다. 하지만, 왜일까? 왜 범인은 그런 짓을 한 걸까? 그 점만은 추리로 도저히 알아낼 수가 없었다.

9

"확인하고 싶은 게 있어. 모두 같이 가주지 않을래?"

서로 욕설을 퍼붓는 두 사람 사이에 끼어들어 그렇게 말했다. 유미코와 아키는 허를 찔린 듯한 표정으로 내 쪽을 멍하니 보았다. 나는 상관하지 않고 일어섰다.

"가자. 따라 와줘."

반 명령조로 말하고 세 사람을 지하실 쪽으로 데리고 갔다. 나 혼자서 확인하는 것보다 모두 함께 보는 쪽이 이해가 잘될 것이다.

"여기에서라면 보이는 부분이 한정되잖아."

지하실로 통하는 문을 열고 그 위치에서 바라보았다. 주로 정면에 있는 물건이 내려다보일 뿐, 좌우 양쪽은 완전히 사각지대가 된다.

"모두 여기 서서 확인해줄래? 농약은 보이지 않지?"

나는 옆으로 비켜서서 유미코부터 순서대로 거기에 세웠다. 유미코는 둘러보고는, 고개를 끄덕였다. 이어서 아키와 가와치도 고개를 끄덕였다.

"아까 유미코와 아키의 말에서 내가 착각하고 있었다는 걸 깨달았어. 범인은 흉기로 쓸 수 있는 칼이 없어져서 황화수소를 발생시키는 방법을 썼다고 생각했거든. 그런데 그게 아니라 농약을 발견한 것이 계기가 된 것 아닐까? 농약이 있었기에 황화수소로 살인을 하려고 생각한 거지."

"그게, 뭐가 다른 거야?"

내 설명을 이해하지 못한 모양이다. 아키가 고개를 갸웃했다. 나는 거실로 돌아가자고 말했다.

"우선 농약이 있었다는 걸 전제로 하자. 그 시점으로 사건을 재조명하면 여러 사실이 완전히 달라질 거야."

소파에 앉은 후에 나는 세 사람의 얼굴을 번갈아 바라보며 말했다. 이 말만으로는 이해할 수 없을 테니 설명을 계속했다.

"범인은 농약을 발견하고 이걸 사용하면 황화수소를 발생시킬 수 있겠다고 생각했어. 황화수소 자살은 발견자의 생명까지 빼앗는 위험한 방법이라고 자주 보도되었잖아. 즉 우리를 전부 죽일 셈이라면 최고의 방법인 거지."

"뭐라고!"

이제 와서 놀랄 만한 말도 아닌 것 같은데 새삼스럽게 말로 하니 충격인가 보다. 아키와 유미코 둘 다 눈이 휘둥그레졌다. 나는 그녀들을 향해 고개를 끄덕였다.

"범인이 치즈루를 식칼로 살해한 이유는 알 수 없어. 이 거실에서 황화수소를 발생시켜도 너무 넓어서 전원을 죽일 수 없다고 생각했을지도 모르지. 그래서 우선 확실하게 칼로 살해해서 사람 수를 줄이고자 생각한 게 아닐까? 자기까지 휘말려 죽을지도 모르는 황화수소보다 칼로 살해하는 방법이 결과가 확실하니까."

이 추측이 옳은지 확인하기 위해 세 사람 중 한 명의 얼굴을 응시했다. 그러나 특별한 반응은 없었다. 어쩔 수 없다. 어차피 조만간 답해주겠지.

"하지만 그 후, 유미코의 제안으로 별장 내의 모든 칼을 처분해버렸어. 그러면 보험 삼아 준비해둔 농약이 빛을 발하게 되지. 목을 조르거나 구타를 해서 죽일 수도 있지만, 상대가 소란을 일으킬 위험성이 있잖아. 다른 사람이 눈치채지 못하게 죽이려면 황화수소를 발생시키는 시도를 해볼 수밖에 없었던 거야."

여기서 잠시 말을 쉬었다. 새삼스레 내가 지금 이렇게 살아 있다는 행운을 곱씹었다. 운명이 자칫 뒤틀렸다면 죽은 사람이 나였을지도 모른다. 그건 다른 두 명도 마찬가지다. 우리가 얼마나 운이 좋았는지 설명해야 한다.

"원래는 모두를 죽이려고 입수한 농약이었지만, 순조롭게 풀릴지 어떨지는 실험해보지 않으면 모르지. 그 실험대상으로 뽑힌 사람이 나가시마였던 거야. 왜 나가시마였을까? 그건 단순히 그 녀석 방 유리창에 금이 가지 않았기 때문이야. 방을 밀폐하지 않으면 황화수소로 인한 살인은 실패할지도 모르니까."

"고작 그런 이유로 운명이 갈렸다니……"

누군가가 중얼거렸다. 운명이란 실로 불공평하고 가혹하다.

"처음으로 다시 돌아가서 이야기해보자. 그러니까 범인은 처음부터 황화수소로 살인할 계획이었어. 그렇게 생각하면 칼을 처분한 후, 아무도 지하실에 가지 않은 것도 이상할 게 없지. 범인은 칼을 처분하기 전에 이미 농약을 손에 넣었으니까."

드디어 나는 본론으로 들어갔다. 긴장되어 입안이 바짝바짝 말랐다.

"황화수소로 죽일 생각을 품고 농약을 찾은 게 아니야. 농약을 발견했기에 황화수소에 의한 살인을 떠올린 거야. 알겠지, 이 부분을 잘 생각해. 칼을 처분한 후에 농약을 찾는다면 그건 의도적이야. 하지만 칼이 존재하는 단계에서는 굳이 스스로 농약을 찾을 필요가 없어. 실제로 범인은 치즈루를 칼로 죽였으니까. 역시, 우연히 발견했다고 생각할 수밖에 없어. 그렇지?"

모두의 얼굴을 둘러보며 확인했다. 이의를 제기하는 사람은 없었다. 나는 단숨에 몰아붙였다.

"그러면 농약을 발견할 기회가 있었던 사람이 범인이 되겠지. 지하실 문을 연 것은 지진으로 계단이 망가지기 전에는 세 번뿐이었어. 나와 가와치, 나가시마가 부랑자를 숨길 비닐천을 찾으러 갔을 때, 나가시마가 혼자서 삽을 가지러 갔을 때, 그리고 처분할 칼이 있는지 확인하러 나와 나가시마가 내려갔을 때. 일단 말을 덧붙이자면, 계단을 내려가지 않는 한, 농약은 사각지대에 있어서 보이지 않아. 그건 아까 확인한 대로야. 농약을 찾으려는 의도가 없다면 지하실에 내려갈 필요도 없어. 즉 유미코와 아키에게는 농약을 발견할 기회가 없었던 셈이야."

"그럼 범인은 나 아니면 아시카와 둘 중 하나라는 뜻이네."

비아냥거리는 말투로 가와치가 말했다. 나는 가와치의 얼굴을 똑바로 바라보는 것이 괴로웠다.

"맞아, 가와치. 나와 너 둘 중 한 명이 범인이야."

"내가 범인이라고 말하고 싶은 거지? 하지만 내가 아니라고 우기면 어쩔래? 아시카와 네가 범인이 아니라고 증명할 수 있어?"

"증명할 수 있어."

나는 선뜻 대답했다. 가와치는 얼굴에는 놀란 기색이 역력했다. 내가 결백을 증명할 수단이 있다는 것을 생각하지 못한 것이리라.

"아키와 유미코에 의하면 농약이 든 용기 라벨은 녹색이고 거기 노란색 글자로 쓰였다지. 잊었어? 나는 그런 조합은 못 읽어. 색맹이니까."

10

나는 색각 이상이다. 정확히는 선천성 적록색각이상이라고 한다. 증상은, 붉은색과 녹색을 식별하기가 어렵다. 내게는 붉은색이 검은색으로, 녹색은 노란색으로 보인다. 그래서 내 눈에는 부랑자와 치즈루가 흘린 피가 거뭇거뭇하게 보이고 단풍으로 물든 산도 회색으로밖에 보이지 않았다.

선천성 적록색각이상이 있는 사람에게 녹색과 노란색의 조합은 구별하기가 어렵다. 최근에는 그런 색의 조합을 피하도록 하는 내용의 지침이 만들어져서 실생활에서 불편한 점은 없는데 아마도 그 농약 라벨은 녹색 초원에 노란색 해바라기라도 피어있는 이미지가 들어가지 않았을까? 내게는 그저 밋밋한 노란색뿐인 라벨로 보였다.

가와치에게 이 말이 뜻밖이었던 듯하다. 허를 찔린 표정을 짓더니 한동안 천장을 올려다보았다. 나는 이 몸짓을 그가 더 반론할 마음이 없다는 의미로 해석했다.

"왜 그런 거야, 가와치? 왜 우리 모두를 죽이려 한 거야. 우리는 가와치의 죄를 감쌌잖아. 고마워하지는 못할망정, 죽일 정도로 증오한다는 건 당치도 않잖아."

"맞아, 왜 그런 거야!"

아키가 내 말에 편승하여 비난했다. 가와치는 마침내, 천장을 바라보던 고개를 내렸다. 그 표정은 평온했고 비웃음 같은 것도 띠지 않았다. 하지만 평소대로의 모습이라는 것이 오히려 무서웠다.

"아키, 네가 말한 대로야. 한 사람 죽이나 두 사람 죽이나 똑같잖아. 나는 어차피 사형이야. 그러면 사형당하기 전에 사회공헌이나 해볼까 했지."

"사회공헌? 치즈루와 나가시마를 죽인 게 어떻게 사회공헌인데?"

나는 수긍이 되지 않았다. 가와치의 말은 도무지 이해할 수가 없다.

"나는 살인자야. 사형당해 마땅한 인간이야. 그런데 너희는 그 죄를 은폐하려고 했잖아. 사후 종범(범인의 범행 후에 그를 도와주는 행위)은 같은 죄야. 그런데 너희는 평생, 자신의 죄를 숨기고 살아갈 생각이었지. 그러니까 내가 사법부를 대신하여 심판해 준 거야. 너희가 한 짓도 사형에 상응하는 죄니까."

나는 아연실색했다. 아키와 유미코도 마찬가지일 것이다.

이 무슨 뒤틀린 논리인가. 가와치는 자신의 주장이 얼마나 기이한지 깨닫지 못하는 걸까? 우리는 가와치를 두둔한 것이다. 그것은 우리 일신의 이익을 위한 게 아니다. 순수하게 가와치에 대한 우정 때문이다. 그런데 고지식한 가와치에게는, 사회정의가 우정보다 더 무겁고 중요한 것이다. 원칙론이 얼마나 무서운지 뼈저리게 느꼈다.

아키와 유미코도 완전히 한 방 맞은 듯한 표정이다. 가와치의 일방적인 규탄에 반론하려고도 하지 않았다. 실은 나도 같은 기분이었다. 가와치의 논리 앞에 그 어떤 말도 통하지 않을 것이다. 인간으로서의 자연적인 감정으로 가와치의 논리는 이상하다고 느끼지만, 그 논리의 허점을 지적할 수가 없는 것이다.

"하지만, 미안. 미안하다."

이윽고 가와치가 불쑥 중얼거리더니 일어서서 현관으로 향했다. 문 여닫는 소리가 들렸다. 우리는 그 소리를 듣고도 뒤쫓아가려 하지 않았다. 틀림없이 아키와 유미코도 예감은 했을 것이다. 외골수처럼 고지식한 가와치가 지금 이 자리를 떴다면 그가 생각하는 것은 한 가지뿐이라고 짐작했다. 그렇기는 하지만 우리는 가와치를 따라가지 않았다. 가와치가 생각하는 일이야말로 이 비극에 어울리는 결말이라고 생각되었다.

잠시 후, 먼 곳에서 비명 같은 소리가 전해졌다. 우리는 곧바로 일어서서 별장을 뛰쳐나갔다. 아키와 유미코도 따라왔다. 우리가 향한 곳은 식칼을 버린 그 벼랑이었다.

벼랑 위에 도착하자 예상한 광경이 눈에 들어왔다. 벼랑 아래에는 양팔 양다리를 활짝 벌린 채 누워있는 가와치가 있었다. 가와치의 머리 주위에 퍼지고 있는 것은 검은 얼룩. 그것이 붉은색으로 보이지 않는 나는 행복한지도 모르겠다.

"대체 왜……"

떨리는 목소리로 말하며 웅크리고 앉은 사람은 유미코였다. 아키도 허리에서 힘이 빠져버린 듯이 주저앉았다. 나도 서 있는 것조차 괴로웠다.

융통성 없이 고지식한 가와치를 살인으로 내몬 것은 무엇이었을까? 정의감일까, 윤리관일까, 아니면 사회제도일까? 내게 반론할 말을 허락하지 않는 것은 우리가 당연하게 받아들여 온 '상식'일까? 나는 여태껏 사형에 관해 아무런 생각도 해 본 적이 없었다. 사람을 죽인 자가 사형을 당하는 것은 당연하다고 생각했다. 그러나 그 무비판적 수용이 내게서 할 말을 빼앗아버린 건 아닐까? 가와치가 한 행동은 절대적으로 틀렸지만, 적어도 녀석은 나보다 많이 생각한 것이다. 가와치는 자신의 주장을 가지고 있었다.

지금처럼 가와치와 의견을 나누고 싶다고 생각한 적은 없었다. 그런데 가와치는 이미 벼랑 아래 누워있다. 살아남은 나의 가슴 속에는 강렬한 죄책감이 북받쳐 올랐다.

레밍의 무리

1

 텔레비전 아나운서가 그 뉴스를 전할 때 사야코의 손이 멈췄다. 큰 충격을 받은 듯이 눈도 깜빡이지 않고 텔레비전 화면을 응시하고 있다. 나는 그런 사야코에게 시선을 고정한 채, 모든 신경은 아나운서가 말하는 내용에 집중하고 있었다. 사야코가 왜 동작을 멈추었는지 아나운서가 낭독하는 뉴스의 서두만을 듣고 바로 알아차렸다.
 뉴스는 남자 중학생의 자살에 관한 보도였다. 그 중학생이 자기 방에 있는 책장 모서리에 끈을 걸고 거기에 목을 매달았다는 내용이었다. 책장과 천장 사이에 책장이 넘어지는 것을 방지하기 위한 압축봉이 설치되어 있는데 끈은 거기에 감겨 있었다. 50kg 이상의 체중이 가해졌는데도 지지용 압축봉과 책장이 버텼다. 어머니가 발견했을 때는 이미 숨을 쉬지 않았고, 구급 대원의 응급조치도 소용이 없었다.
 남자 중학생은 유서를 남겼는데 거기에는 학교 폭력을 암시하는 부분이 있었다고 한다. 아나운서는 자살과 학교 폭력의 인과관계는 아직 밝혀지지 않았다고 말했다.

사야코가 텔레비전에서 내 쪽으로 시선을 옮겼다. 입술을 바르르 떨고 있었다. 나는 선수를 치고 말했다.

"때를 놓치기 전에 다시 한번 확인해봐야겠군."

자살한 중학생과는 아무 인연도 없다. 가엾다는 생각은 들었으나, 부고를 듣고 울지는 않는다. 하지만 남의 일로 치부할 수 없는 이유는 우리 부부에게도 중학생 아들이 있기 때문이다. 최근 아키히코의 태도에 변화가 생겼다.

이전에는 잘 웃는 아이였는데 표정이 어두워졌다. 요즘엔 학교생활에 관해 물어봐도 많은 말을 하지 않는다. 두 번 정도 팔에 멍이 든 것을 사야코가 보았다. 사야코의 기분 탓인지 모르지만, 지갑에서 돈이 없어진 적도 있는 것 같다고 한다.

이 정도의 일들이 겹치면 부모는 학교 폭력을 의심하게 된다. 아키히코가 학교 폭력을 당하는 건 아닐까? 그러나 직접 물어보았을 때 아키히코는 그런 일 없다고 부정했다. 꼬치꼬치 캐물으니 뺏성을 냈다. 부모에게 화를 낸 적이 없는 아이가 방에서 당장 나가라며 언성을 높였다. 사야코는 말도 못 붙였다.

나도 물어보았지만 결과는 같았다. 중학생쯤 되면 학교에서 일어난 일을 부모에게 시시콜콜 말하지 않는다. 고민이 있어도 혼자 끌어안고 끙끙 앓는 법이다. 나에게도 그런 기억이 있으므로 무리하게 따져 물으면 오히려 역효과가 난다는 것을 알고 있었다. 걱정은 되지만, 조금 더 상태를 지켜볼 수밖에 없었다.

다행히, 라고 해야 할지 어떨지 모르겠지만, 아키히코의 태도가 점점 더 이상해지는 일은 없었다. 학교 폭력을 당하는지는 모르겠지만 심각해지는 듯한 낌새는 없었다. 그렇다면 학년이 바뀌면서 자연적으로 해소되거나 혹은 아키히코가 제 힘으로 해결할 가능성도 있다. 그렇게 생각하며 현재는 가만히 지켜보는 중이었다.

그러던 참에 이 뉴스를 본 것이다. 사야코가 충격을 받은 것도 무리는 아니다. 나 자신도 얼굴이 경직되는 것을 느꼈다. 솔직히 말하면 자살의 위험성은 심각하게 고려해보지 않았다. 만약 아키히코가 자살을 생각할 정도로 벼랑 끝에 몰린다면 부모인 우리에게 도움을 요청하겠지, 하고 내심 낙관하고 있었다.

자살한 중학생의 성격이 어떤지 짧은 보도만으로는 알 수 없다. 자살의 이유가 학교 폭력이었는지도 아직 단정하기는 이르다. 하지만 부모 입장에서 보면 아들의 자살은 청천벽력이 아닐 수 없을 것이다. 내 아이의 자살을 예측하고서도 두 눈 뻔히 뜨고 아이를 잃는 부모는 없다. 그렇다면 같은 일이 우리 집에서 일어난다고 해도 전혀 이상할 건 없지 않은가? 가슴 밑바닥에서 수많은 벌레가 기어오르는 듯이, 알 수 없는 절박함이 덮쳐왔다.

아키히코는 지금 학원에 갔다. 아홉 시 반쯤 돌아올 것이다. 도시락을 싸 가지고 다니는 아키히코는 우리와 식사를 함께하지 않고 목욕을 하고는 곧바로 제 방으로 들어가 버린다. 이번만은 목욕하기 전에 붙들어서 차분히 이야기해볼 필요가 있었다.

"돌아오면 내가 이야기하지."

짧게 선언하자 사야코는 불안해하면서도 고개를 끄덕였다. 이후로는 음식을 먹어도 아무 맛도 느낄 수 없었다.

평소처럼 아키히코는 아홉 시 반이 넘어 귀가했다. 현관 앞에서 맞이하며 "잠깐 할 얘기가 있다"라고 말했다. 아키히코는 표정의 변화는 없었지만, 뭐라고 해석하기 힘든 눈빛으로 바라보았다. 거부하는 것인지, 도움을 요청하는 것인지, 아니면 부모에게 걱정을 끼치는 자신을 한심하다고 생각하는 것인지 모르겠다. 어떤 심경인지는 모르지만, 이쪽도 물러설 수는 없었다.

사야코는 빼고 둘이서 이야기하기로 했다. 아키히코도 남자로서 자존심이 있을 테니 학교 폭력을 당하고 있다는 사실을 엄마에게 고백하고 싶지는 않을 것이다. 우리는 거실 탁자를 사이에 두고 마주 앉아 둘 사이에 감도는 긴장감에 무슨 말을 해야 할지 망설였다. 어색한지 아키히코는 눈을 내리깐 채 고개를 들려고 하지 않았다. 내가 먼저 말을 시작해야 했다.
"조금 전에 남자 중학생이 자살했다는 뉴스가 있었다. 원인은 학교 폭력일지도 몰라."

그리고 잠시 말을 끊었다. 아키히코는 반응이 없는 듯했으나, 아주 살짝 어깨가 흔들렸다. 나는 그것을 놓치지 않았다.

"알잖니. 남의 일이 아니야. 아빠는 너를 자살 따위로 잃고 싶지 않다. 죽은 중학생은 자살할 용기가 있으면 부모에게 고민을 털어놓았어야 했어. 부모에게 의지하는 것은 절대 부끄러운 일이 아니야. 자살보다도 훨씬 현명한 해결책이다. 아빠는 네가 현명한 선택을 하면 좋겠구나."

사전에 준비해 둔 말은 아니었다. 아키히코의 얼굴을 본 순간, 자연스럽게 흘러나온 말이었다. 중학생 남자아이에게 부모를 의지하는 것보다는 자살이 나은 선택으로 생각될 것이다. 그러나 그건 틀렸다는 것을 어른이 말해주어야 한다. 스무 살 넘은 성인이라면 또 모를까, 열네 살이라는 나이는 아직 부모에게 보호받아도 될 나이였다.

"...... 자살 같은 거 안 해."

고개를 푹 숙인 채 아키히코는 불쑥 말했다. 어깨에 잔뜩 힘이 들어갔다. 무릎 위에 올려놓은 손을 꽉 쥔 모양이다.

"하지만, 죽는 게 더 낫겠다고 생각한 적은 있어."

쥐어 짜낸 듯한 말과 함께 눈물방울이 아키히코의 볼을 타고 턱으로 떨어졌다. 한번 넘쳐흐르는 감정을 주체할 수가 없는지 아키히코는 있는 힘껏 고통을 견디듯이 이를 악물고 애써 오열을 눌렀다.

2

 그때부터 가혹한 날들이 시작되었다. 우리는 우선 학교 담임교사를 만나 교장까지 포함하여 적절한 대응을 해 달라고 요청했다. 가해 학생을 질책하는 것만으로는 앙심을 남겨 음침한 형태의 괴롭힘으로 변질될 뿐이다. 학급 전원과 함께 학교 폭력에 관해 이야기를 나누고 그 자리에는 교장도 동석하여 학생들에게 사태의 심각성을 인식시킬 것도 요구했다.
 그뿐만 아니라, 가해 학생의 부모와도 만났다. 가해 학생 세 명의 부모는 처음에는 자기 아이가 학교 폭력 따위에 가담했을 리 없다고 일축했다. 그러나 끈기를 가지고 집요하게 몇 번이나 면담을 요청하여 결국은 그들을 모두 만날 수 있었다. 그리고 죽은 중학생의 유족에게는 미안하지만, 자살 사건을 최대한 활용하여 그 부모들에게 겁을 주었다. 이런 일이 일어나면 어떻게 책임질 생각이냐고 강하게 밀어붙였더니 그들 모두 제 아이들을 따끔하게 혼내겠다고 약속했다. 그것이 본심인지, 정말 자기 아들이 잘못했다고 생각하는지 나로서는 판단이 서지 않았지만, 경고한 것에 일단은 만족할 수밖에 없었다.

그러는 동안, 아키히코가 학교를 쉬게 하지는 않았다. 학교에 가는 것이 너의 투쟁이라고 타일렀다. 한번 학교를 쉬면 두 번 다시 갈 수 없게 된다. 학교 폭력이 가라앉더라도 등교 거부가 되어버리면 문제가 바뀌어버릴 뿐이다. 의연한 태도로 학교에 감으로써 가해 학생들에게 압력을 가할 수도 있다. 고독을 두려워하지 말라고 아키히코에게 잘 일러두었다.

 일단 어느 정도 모든 것이 수습될 때까지 한 달이 걸렸다. 나는 회사에 출근하면서 일의 해결에 나섰기 때문에 상당히 힘든 한 달이었다. 마침 회사가 워크셰어링을 시행하고 있어 업무량이 줄고 야근하지 않아도 되는 점이 다행이었다. 나는 밤과 주말을 이용하여 아들을 위해 동분서주했다.

 남 일이 아니었으므로 자살 사건의 후속 보도를 늘 예의 주시했다. 남자 중학생 한 명의 자살이 불러일으킨 파문은 날이 갈수록 추한 양상을 띠어갔다. 학교 측은 처음에 학교 폭력은 없었다고 잡아뗐다. 그러나 매스컴의 조사로 학교 폭력 현장을 목격한 학생이 다수 있다는 것이 판명되었다. 그뿐만 아니라 학생 중 몇 명은 교사에게 그 사실을 알렸다. 담임교사와 교장 모두 자살한 학생이 학교 폭력을 당했다는 사실을 파악하고 있었던 것이다. 그럼에도 불구하고 아무 대책도 취하지 않았고, 비난당할 것을 두려워하여 첫 기자회견에서는 모든 사실을 은폐했다.

 교육위원회도 마찬가지였다. 교육위원회는 학교 폭력의 상세 내용에 관해 학교로부터 보고를 받았으나 발표하지 않았다. 그뿐만 아니라, 매스컴에 아무 말도 하지 않도록 학교를 통해 전교생에게 지시를 내렸다. 그러나 인터넷이 없었던 시대라면 모를까, 누구나 정보를 공유할 수 있는 요즘 같은 시대에 완벽한 함구령이란 불가능하다. 교육위원회의 높으신 분들은 그 사실을 이해하지 못했고, 당연히 입막음 시도는 세상에 알려지게 되었다. 그리하여 맹렬한 비난이 쇄도했다.

결국 끔찍한 학교 폭력의 실상도 서서히 드러나기 시작했다. 옷을 벗기고 벌거벗은 채로 화장실에 내버려 두거나 교과서와 노트를 찢고 흙탕물을 먹이는 일은 시작에 불과했다. 부모의 돈을 훔쳐오라고 하고 편의점에서 물건을 훔치게 했을 뿐더러 급기야 여학생에 대해 치한행위를 방불케 하는 행위까지 시키는 등 범죄라고밖에 할 수 없는 강요 행위가 드러났다. 인터넷에 떠도는 정보를 보며 이것이 요즘 중학생의 학교 폭력 수준이란 말인가 싶어 나는 전율했다. 내가 어렸을 적에도 학교 폭력이 있긴 했으나 이렇게까지 음습하지는 않았다. 예전과 무엇이 달라졌을까 생각해보아도 요인이 너무 많아서 하나로 추릴 수가 없었다.

"나는 이 정도로 심하진 않았어요."

우리를 안심시키려는 생각인지, 아키히코는 뉴스를 보며 불쑥 내뱉었다. 나와 사야코는 거의 동시에 고개를 돌려 아키히코의 얼굴을 보았다. 아키히코는 표정의 변화 없이 반복했다.

"이렇게 심하지 않아서 다행이에요."

아키히코의 경우는 오로지 정신적인 면의 공격이었던 것 같다. 학급의 대장 격인 학생의 눈치를 살피며 비위를 거스르는 것을 두려워한 학급 아이들이 모두 아키히코를 모른 체하게 되었다. 때때로 아키히코를 쿡쿡 찌르거나 돈을 요구하기는 했으나 그렇게 빈번하지는 않았다. 그대로 내버려 두었으면 더 심해졌을지도 모르지만, 미리 막을 수 있었다. 사망한 남자 중학생의 부모가 딱하긴 하지만, 솔직히 우리가 그런 꼴을 당하지 않아 다행이라는 생각이 들었다.

보도를 계기로 사람들의 분노가 들끓었다. 범인 찾기가 시작된 것이다. 가해 학생이 누구인지, 인터넷상에서 다양한 정보가 오고 갔다. 매스컴은 가해 학생의 이름을 공개하지 않았지만, 지금은 국민 한 사람 한 사람이 정보 제공자가 될 수 있는 시대다. 사건이 일어난 학교의 관계자와 인근 주민으로 생각되는 사람들이 진위가 확실하지 않은 정보를 흘리기 시작했다.

인터넷 정보는 신뢰할 수 없다. 실제로 생판 다른 사람이 가해 학생으로 지명되어 혼란이 일어났다. 그 학생은 등교할 수 없게 되었고 해당 시에서 정식으로 가해 학생이 아니라는 성명을 내는 지경에 이르렀다. 매스컴은 일제히 인터넷 정보의 무책임함에 대해 경고했다.

그러나 날이 갈수록 정보는 집약되어 갔다. 초기의 혼란은 가라앉고 거의 틀림없을 것으로 생각되는 정보에 도달했다. 텔레비전과 신문에는 나오지 않지만, 인터넷에서 검색하면 이름은 물론, 주소와 얼굴 사진까지 찾아낼 수 있었다. 가해 학생 세 명의 정보가 인터넷상에 넘쳐나기 시작했다.

중학생에 관한 정보라는 게 사실 뻔하다. 정보라고 해 봐야 결국 부모까지 포함한 가족 관련 정보였다. 부모의 성명, 아버지 근무처, 근무처 주소, 사내 직책까지 폭로되었다. 당연하겠지만 의분에 휩싸인 일반 시민들이 입을 모아 가해 학생과 그 부모들을 비난했다. 그 세 가족은 마치 일본 전체의 적이 된 것 같았다.

이것은 내 추측에 지나지 않지만, 세 가족이 모두 부유하다는 점이 공격에 박차를 가한 것 같았다. 가해 학생의 아버지는 모두 일류 기업에서 그럴듯하고 번듯한 지위를 얻은 사람들이었다. 사는 곳은 두 가족이 단독주택, 한 가족은 고급 아파트였다. 자택 사진이 인터넷상에 업로드되자 시기 섞인 음습한 힘이 더해져 비난의 목소리는 점점 더 높아졌다.

불에 기름을 부은 것은 가해 학생이 모두 도피했다는 사실이었다. 사립 중학교와 대안 학교 등으로 전학하여 그 지역에서 모습을 감췄다. 부모도 어딘가로 종적을 감추어 행방이 묘연했다. 이것은 소문 수준에 불과할 테지만, 부모들은 아들의 행위를 부끄러워하기는커녕 몸을 숨겨야 하는 사태에 분개하고 있다고 한다. 심약한 학생이 자살 같은 걸 하니 자신들이 이런 봉변을 당하는 거라고 부모 중 한 사람이 발설했다는 이야기가 진실인 양 유포되었다.

"자식이 영락없는 범죄자니 부모도 같은 죄 아닌가?", "사람을 한 명 죽이면 사형이니까 가해자 놈들도 전원 사형에 처해야 한다", "부모도 같은 죄라면 같이 사형이다" 이런 과격한 의견들이 인터넷상에서 지극히 자연스럽게 눈에 띄기 시작했다. 여전히 세 가족의 행방 추적은 계속되어 아버지가 오사카의 호텔에 묵고 있는 것을 보았다느니, 일가족이 친척 집에 몸을 숨기고 있다는 등의 정보가 끊임없이 떠돌았다. 마치 일본 전 국민이 세 가족을 추적하고 있는 듯했다. 학교 폭력을 당한 쪽의 부모인 나조차도 정보 사회가 두렵게 느껴졌다. 도주 중인 세 가족은 이미 일본 전체가 증오하는 손가락질의 대상이 되었다.

세 가족의 아버지는 직장을 휴직한 상태이고 아마도 일가가 뿔뿔이 흩어졌으니 아들이 저지른 행위의 대가를 충분히 치르고 있는 것으로 보였다. 그래도 사람들은 세 가족을 용서하지 않고 추적의 손길을 늦추지 않았다. 성명과 자택 주소가 밝혀졌을 때처럼 도피처 역시 확실한 정보로 인터넷에 폭로되었다. 그렇다 보니 가해자 일가도 계속 도망 다니지 않을 수 없다. 자세한 내용은 알 수 없지만, 심한 중상中傷과 수난을 겪고 있을 것이다. 어떤 범죄든 엄벌을 요구하게 된 사회의 풍조가 가해 학생의 가족을 끝까지 몰아붙이고 있었다.

그리고 결국은 사건이 일어났다. 학교 폭력의 주동자로 알려진 남학생이 살해당한 것이다.

나는 그 사실을 학교 폭력 피해 학생 자살 사건이 일어났을 때와 마찬가지로 저녁 뉴스를 통해 알았다. 아키히코도 함께 있었다. 나는 텔레비전 화면을 보고 있지 않았는데 아나운서가 전하는 이름에 기억이 자극되었다. 당황하여 시선을 화면으로 돌리자 거기에는 낯이 익은 소년의 얼굴 사진이 있었다.

"이 아이, 그 가해 학생⋯⋯."

먼저 지적한 사람은 아키히코였다. 하지만 말할 필요도 없이 나와 사야코도 알아차렸다. 가해 학생의 사진이 놀랄 만큼 많이 인터넷상에 업로드되어 있었기 때문이다. 유치원 시절부터 아주 최근 사진까지 성장 과정이 고스란히 드러나는 대량의 사진이 돌아다녔다. 그래서 조금 생김새가 변했다 하더라도 못 알아볼 일은 없었다.

아나운서가 낭독하는 뉴스를 들으며 몸서리를 쳤다. 남학생은 대안 학교 귀갓길에 느닷없이 괴한에게 공격을 당했다고 한다. 범인 남성은 걸어가던 학생을 멈춰 세우고는 갑자기 칼로 학생의 가슴을 찔렀다. 반드시 죽여버리겠다는 강한 의지의 발로였는지 한 번이 아니라 여러 차례나 칼로 찔렀다고 한다. 쓰러진 학생 위에 올라타고 칼을 계속 내리찍고 있는 남자를 지나가던 사람이 발견했고 현장은 소란스러워졌다.

누군가가 110번으로 신고하여 달려온 경찰관에 의해 남자는 현행범으로 체포됐다.

남자는 애초에 도망갈 의지도 없이 이미 학생이 절명했는데도 그 자리를 떠나지 않고 경찰이 오기를 기다렸다고 한다. 인근 경찰서에 연행된 후에도 신원을 묻는 말에 순순히 대답했다고 한다. 동기에 관해서는 수사 중이라는 설명으로 매듭짓고 아나운서는 다음 뉴스로 넘어갔다.

"…… 자살한 아이의 친척일까?"

사야코가 쭈뼛쭈뼛하며 말했다. 아버지가 아니라 친척으로 추측한 것은 범인이 28세로 젊었기 때문이다. 형제라고 하기에는 터울이 많이 지는데 사촌일까? 상식적으로는 그렇게밖에 생각할 수 없었다.

그러나 내 뇌리에는 다른 가능성도 떠올랐다. 제발 틀리기를 바라는 끔찍한 상상이다. 그래서 입 밖에 내지 않고 "글쎄, 어떻게 된 걸까?"라고만 답했다. 그러자 아키히코가 내게 심각한 질문을 했다.

"만약 내가 자살하면 아빠는 나를 괴롭힌 자식을 죽일 거예요?"

어떻게 답해야 할까, 순간적으로 생각이 정리되지 않았다. 죽이지 않겠다고 말하면 아키히코가 실망할지도 모른다. 하지만 살인과 복수를 긍정하는 듯한 말을 하여 아키히코의 가치관에 올바르지 않은 기준을 심어주고 싶지는 않다. 잠깐이나마 숙고한 후에 대답했다.

"죽여버리고 싶구나. 하지만 실제로 죽일지 어떨지는 상대방의 반성 여부에 따라 달라지겠지."

내가 아들의 복수로 치달을 것이라고는 도저히 생각할 수 없었다. 그러나 실제 당해보지 않은 이야기이므로 상상할 수 없는 것뿐인지도 모른다. 가해 학생과 그 부모가 전혀 반성하지 않고 철면피 같은 태도를 보인다면 살의를 전혀 느끼지 않으리라고 단언할 수 없다. 성장하면서 체득한 윤리관과 자연적인 감정 중 어느 쪽이 이길지는 나 자신조차 모르는 일이기 때문이다.

"흐음."

아키히코의 반응은 만족인지 불만족인지 확실하지 않았다. 단지, 만약 그렇게 된다면 상대방을 죽여 주었으면 한다는 등의 말을 듣지 않은 것에 가슴을 쓸어내렸다. 아키히코가 그런 말을 하길 원치 않고 그에 대한 나의 대답도 들려주고 싶지 않았다. 받아들이든 거부하든 아키히코에게 악영향만 끼칠 뿐이라고 생각했기 때문이다.

살인사건의 상세 내용은 다음 날 보도되었다. 경찰의 발표에 따르면 범인 남성은 피해자인 남학생과 면식이 없을 뿐만 아니라 아무런 이해관계도 없었다. 학교 폭력으로 인한 자살 사건에 관한 일련의 보도를 접하고 분노를 느껴 남학생을 죽인 거라고 한다. 범인은 자신의 범행이 의분에서 우러난 행동이며 개인적인 원한 등이 아니라고 말했다.

나는 충격을 받았다. 사건 속보를 들었을 때의 상상이 들어맞았기 때문이다. 복수라고 하는 편이 차라리 낫다, 범인이 아무 관계도 없는 남자라면 더 무섭다고 반사적으로 생각했었다. 철저하게 가해자를 추적하여 거처를 알아내 인터넷을 통해 전 세계에 공개하는 것만으로도 음습하지만, 신체적 위해까지 가하는 데 이른다면 그것은 사적 제재다. 사적 제재가 일어나게 된다면 이 일본 사회는 여태까지와는 전혀 다른 모습으로 변모할 것이다. 과장스럽지만 나는 거기까지 생각했다.

범인은 범행에 관해 아무것도 감출 마음이 없는 듯했고 오히려 자신의 행위를 자랑스럽다는 듯이 모든 것을 숨김없이 자백했다고 한다. 며칠에 걸쳐 보도된 정보를 종합해보면 대략 다음과 같다.

살해당한 학생은 자살 사건이 있었던 학교에서 전학한 후에도 대안 학교를 여러 곳 전전했다. 인터넷에서 거처가 밝혀질 때마다 전학을 반복한 것이 아닐까 생각된다. 그러면서까지 학교에 다니기를 고집한 것은 자기에게 도망 생활을 강요하는 세상에 대한 항의의 뜻인가, 아니면 순수하게 학교가 좋아서인가. 학생이 사망한 지금 그의 본심은 누구도 알 수 없다.

학생은 대안 학교에서 하교하던 도중에 공격을 받았다. 공격한 사람은 28세, 무직 남성이었다. 남자는 학생의 이름을 불러 멈춰 세우려 했으나 학생은 모른 체했다. 모르는 남자가 이름을 불렀을 때는 당연히 학교 폭력에 대해 비난받을 것을 알았기 때문일 것이다. 그러나 남자는 인터넷에 유출된 사진과 학생의 얼굴을 비교해보고는 당사자임이 틀림없다고 확신했다. 그는 스마트폰에 사진을 저장하고 즉시 볼 수 있도록 해 두었다. 범인은 칼을 꺼내 주저 없이 학생의 가슴을 푹 찔렀다. 학생은 비명도 지르지 못한 채 그대로 쓰러졌다.

심장을 노린다고 노렸으나 조금 빗나간 듯한 느낌이 들어서 확실하게 숨통을 끊어놓기 위해 학생 위에 올라탔다. 칼을 내리찍기 편한 방향으로 다시 쥐고 양손으로 내리찍었다. 한두 번으로는 목숨을 끊었다는 것이 실감 나지 않아 몇 번이나 반복했다.

그길로 경찰에 자수할 예정이었으나 목격자가 있어 110번에 신고할 것으로 생각하여 기다리기로 했다. 정말로 학생이 죽었는지 계속 마음에 걸렸는데 경찰서에서 학생의 사망을 전해 듣고 안도했다. 그렇게 범인은 자백했다고 한다.

범인의 성장배경도 밝혀졌다. 범인은 대학을 졸업한 후에도 취직자리를 구하지 못한 채 아르바이트와 임시 파견업무로 근근이 생활비를 벌었다. 적은 수입이지만 생활이 가능했던 것은 부모와 함께 살았기 때문이다. 그런데, 아버지가 회사에서 해고당했다. 일가의 가장이 실직하여 범인도 생활이 궁핍해졌다. 더는 유일한 낙이었던 만화 카페에 갈 수도 없고 변변치 못한 수입을 얻기 위해 아침부터 밤까지 끊임없이 일해야 하는 잿빛 날들에 절망했다. 범인은 자살을 생각했다.

그러나, 자신이 살아온 인생의 증거를 아무것도 남기지 않고 죽는 것은 원통하다는 마음이 들었다. 어차피 죽는 거라면 무언가를 이루고 죽고 싶다. 그래서 사회의 기생충을 박멸하기로 했다. 세상에는 썩은 인간이 수없이 많지만, 그중에서도 타인을 죽음으로 몰아넣고도 뻔뻔하게 살아가는 놈들을 가장 용서할 수 없다. 범인 자신도 초등학교 시절에 학교 폭력을 당한 경험이 있어서 자살에까지 내몰린 아이들의 기분을 잘 안다. 가해 학생을 죽이는 것은 사회정의를 위한 것처럼 여겨졌다.

게다가 마침 그를 돕듯이, 현재는 사람을 한 명 죽이면 사형을 당하는 시대다. 자살이라는 무서운 짓을 하지 않아도 국가가 목숨을 끊어준다. 사실, 범인은 자살할 용기가 없었다. 그래서 국가가 사형시켜준다면 이보다 더 좋을 수는 없다고 생각했다. 게다가 사회의 기생충도 말살할 수 있으니 그야말로 일거양득이었다. 그런 생각에 이르자 더는 범행을 망설일 이유가 전혀 없었다.

이것이 사건의 동기였다. 경찰이 범행 동기를 발표하자 세상은 시끄러워졌다. 사형을 당하고 싶어서 가리지 않고 아무나 죽였다고 말하는 범죄자는 과거에도 있었다. 그러나 그런 경우는 무차별적으로 지나가는 사람을 노리는 것이 보통이었지 특정한 사람을 노린 범인은 없었다. 하물며 살해당한 상대가 세간의 증오를 한몸에 받고있는 인물이다 보니 당연히 범인을 칭송하는 목소리도 높아졌다. 매스컴은 엄중하게 사적 제재는 안 된다고 경종을 울렸으나 인터넷상에서는 찬성파와 반대파로 쫙 갈라졌다. 중학생을 잔혹하게 살해한 남성의 범죄 행위를 치켜세우는 이상 사태가 발생한 것이다.

가공할 만한 일이었다. 사회의 빗장이 완전히 풀린 듯했다. 학교 폭력의 실태가 처참한 것은 사실이다. 누구나 분개하고 가해 학생을 증오하는 감정이 솟아오르게 마련이다. 뉘우친다면 그나마 다행이지만 가해 학생은 물론 부모도 반성하는 기색이 털끝만큼도 없다면 가해 학생과 그 가족이 응당 받아야 할 죗값을 치르지 않는 것이 불합리하다고 느끼는 것은 극히 당연하다. 이렇게 말하는 나 역시도 그렇게 생각했다. 아키히코가 학교 폭력으로 인해 한창 고통스러워하는 때였기에 더욱 다른 사람보다 그렇게 느꼈는지도 모르겠다.

가해 학생을 두둔할 생각은 없다. 십 년 묵은 체증이 내려가는 기분이 전혀 없었다면 거짓말일 것이다. 사람을 직접 죽이면 사형인데 간접적으로 자살로 내몬 경우는 처벌을 받지 않는다는 것은 너무나 불합리하다. 그에 상응하는 벌을 받아야 했다고 생각한다.

그러나, 그렇다면 가해 학생을 죽인 남자도 같은 죄였다. 사람 한 명의 목숨을 빼앗았다는 의미에서는 다르지 않기 때문이다. 그런데도 사람들은 가해 학생을 살해한 남성을 칭송한다. 그것은 올바른 행위였다고 인정하는 사람이 적지 않다. 살인자를 인정하고 칭송하는 사회를 나는 두려워하지 않을 수 없었다.

아키히코 역시 사건에 관해 이런 소회를 밝혔다.

"나는 이 범인이 나쁜 사람이라고 생각하지 않아요. 나를 괴롭힌 자식들을 누군가가 죽여준다면 정말 고마울 거예요."

"너는 가해 학생들을 죽이고 싶은 거냐?"

경악하여 되묻자 아키히코는 겸연쩍은 듯이 눈을 내리떴다.

"그렇게까지 생각하는 건 아니지만……"

부정하기는 했지만, 틀림없이 솔직한 심정을 토로한 것이리라. 폭력을 당하는 쪽의 원통함과 울분은 그렇게 쉽게 사라지지 않는다. 나는 아키히코를 나무랄 수 없었다.

그 주 일요일에 나는 사야코와 함께 장인의 집을 방문했다. 사야코의 아버지는 우리 집에서 도보로 20분 정도 떨어진 곳에 살고 있다. 자녀들은 모두 둥지를 떠나고 아내를 앞세운 후, 현재는 혼자 살고 있다. 이미 정년을 맞이했으나 전직 교사였던 만큼 늘 등줄기를 꼿꼿하게 세운 바른 자세를 유지하고 있고 사고와 발언이 명료하다. 나는 그런 장인과 난해한 주제에 관해 이야기 나누기를 즐겼다.

"끔찍한 사건이 일어났습니다."

녹차를 우려내는 장인에게 나는 그렇게 말문을 열었다. 갸름한 얼굴형이지만 턱이 각진 장인의 얼굴은 직사각형에 가깝고 웃는 얼굴이 별로 어울리지 않는 인상이다. 언뜻 보면 화가 난 건가 싶지만, 본래 그런 표정이라는 것을 나는 안다. 장인은 심각한 표정을 지은 채 나를 보았다.

"학교 폭력 가해 학생 살해 사건 말인가?"

"네. 아키히코도 괴롭힘을 당했기 때문에 도저히 남의 일 같지 않습니다."

"끔찍하다는 건 사람들이 범인의 행위를 긍정하고 있기 때문인가?"

"바로 그겁니다."

명석한 장인은 이해도 빠르다. 장인이 그 건에 관해 어떤 의견을 가지고 있는지 나는 대단히 궁금했다. 솔직히 말하면 답답한 나의 심정을 쾌도난마로 속 시원하게 풀어주길 바랐다.

"자연적인 감정이라는 게 있네."

장인은 별로 생각할 틈도 두지 않고 이야기를 시작했다. 나는 귀를 기울였다. 옆에 앉은 사야코도 차에는 손도 대지 않은 채 귀를 쫑긋 세웠다.

"선악의 판단이란 본디, 자연적인 감정을 토대로 결정되었지. 특정인이 결정하는 게 아니라 누구나가 옳다고 생각하는 것이 선, 누구나가 틀렸다고 생각하는 것이 악이었네. 인간 사회가 단순했을 때는 그래도 아무 문제 없었지."

자연적인 감정으로 선악이 결정된 것은 언제까지였을까, 나는 생각했다. 일본의 경우는, 야요이 시대(기원전 3세기경~기원후 3세기경의 약 600년의 기간) 즈음이려나? 아니면 좀 더 이후의 전국시대(1467년경~1573년경) 즈음이려나? 에도시대(1603년~1868년)는 어땠을지 상상해보아도 판단이 서지 않는다. 분명한 것은 근대 이후에는 자연적인 감정만으로는 사회가 성립할 수 없으리라는 것이다.

"복수라는 개념은 난해하네. 자연적 감정은 복수를 정당화하기 때문일세. 특히 일본인은 원수 갚는 것에 깊은 의미를 두네. 그것이 아무리 불합리한 행동일지라도 복수당하는 쪽이 아닌 복수하는 쪽의 편에 선다네. 기라 고즈케노스케가 명군이라는 것을 알면서도 영주를 잃고 그에게 복수한 아코 지방의 47인의 무사에게 감정이입 하는 것을 막을 수 없어(일본의 대표적 고전문학 《주신구라》의 내용으로 주군을 잃은 47명의 무사가 복수를 완수하고 전원 할복자살함)."

"아, 그렇구나. 가해 학생을 죽인 범인은 아코 무사들과 같은 입장인 거군."

그렇게 설명을 듣고 보니 수긍이 갔다. 객관적으로 보면 아코 무사들은 치안을 어지럽힌 테러리스트들이고 그렇기에 할복을 면할 수 없었다. 그러나 세상 사람들은 죽음을 각오하고 원수를 갚은 무사들에게 쾌재를 부른다. 하물며 학교 폭력 가해 학생은 명군도 아니다. 복수당한 쪽의 사정 따위 헤아릴 필요는 없었다.

"자연적인 감정은 규범을 초월한다네. 규범에 따라 할복을 강요당해도 인간은 거기에서 미학을 발견해내지. 가해 학생을 죽인 남자가 칭송받는 것은 다시 말해 전통적으로 불가피한 일일세."

사람의 감정을 통제하는 것은 무리라는 의미인가? 세상이 위험한 방향으로 향하고 있다고 생각하면 염려스럽지만, 에도시대부터 일본인은 이러했다는 말을 들으니 조금 안심된다. 아직은 사건이 생생하여 세상이 떠들썩하지만, 머지않아 사람들은 언제 그랬냐는 듯이 잊어버릴 것이다. 나는 그렇게 결론을 내고 일단 요동치는 마음을 진정시켰다. 역시 장인어른과 이야기하길 잘했다.

그러나, 머지않아 나의 예측이 얼마나 안이했는지 뼈저리게 느꼈다.

3

피해자의 나이를 생각하면 범행이 대낮에 일어나는 것은 당연한 일이었다. 그래서 나는 이번에도 저녁 식사 때 그 뉴스를 들었다. 아나운서는 시작부터 표정이 조금 굳어있었다.

날마다 이런저런 사건을 보도하는 텔레비전 아나운서조차 평정을 지키기 어려운 일이 일어난 것이다.

"또 중학생이 살해당했습니다."

딱딱한 목소리로 아나운서는 말했다. 나는 식사할 마음이 싹 사라져 화면을 주시했다. 아나운서는 다소 빠른 어조로 뉴스를 전달했다.

피해자는 남자 중학생 자살 사건의 관계자라고 했다. 지난번과 달리 얼굴 사진을 공개하지 않는 것은 향후의 파장을 경계해서일까? 아나운서가 모호한 표현법을 사용하여 피해자에 관해서 얼굴도 이름도 알 수 없었으나, 남은 가해 학생 중 한 명이라는 것은 틀림없었다.

범인은 현행범으로 체포되었다고 한다. 이번에도 역시 범인은 피해자 곁에서 도망치려고 하지 않았다. 아나운서는 경찰이 자세한 범행 동기를 추궁하고 있다고 말했으나 나는 무슨 일이 일어난 건지 순식간에 알았다. 이 사건은 지난번 사건의 모방범죄다.

"혹시 또 자살 희망자일까……"

아키히코도 같은 추측에 이른 것 같다. 나와 아키히코가 유별나게 예리한 것은 아니다. 일련의 보도를 관심 있게 봐온 사람이라면 누구라도 생각할 수 있는 일이다. 자살을 생각하는 자가 지난번 범인의 동기를 알고 자극받았다. 자신도 세상 사람들의 칭송을 받으며 죽고 싶다는 마음을 품고 두 번째 가해 학생을 찾았다. 그리고 순조롭게 목적을 이룬 것이다. 체포당하기를 바랐다는 점에서 볼 때 그렇게밖에 생각할 수 없었다.

"역시 빗장이 풀려버렸어. 사회의 빗장이."

사람을 죽이고 박수갈채를 받는다면 같은 일을 해보고자 생각하는 자가 나타나는 건 당연하다. 어쨌든 죽여야 할 상대가 아직 남아 있다. 우려스러운 것은 이걸로 끝이 아니리라는 것이다. 동급생을 자살로 내몬 가해 학생은 아직 한 명 더 있다.

"경찰이 보호하지 않으면 세 번째 사건이 일어날 거야."

나는 나 자신이 불길한 예언을 하는 예언자처럼 느껴졌다.

곧 자세한 범행 내용이 밝혀졌는데 역시 지난번 사건의 완벽한 모방이었다. 범인은 무직으로 자살 희망자였다. 피해자와의 접점은 전혀 없었다. 피해자는 자살 사건 가해자 중 한 명으로 친척 부부의 양자가 되어 성을 바꾸고 사립 학교에 다녔다. 그러나 세상 사람들의 눈은 그를 놓치지 않았고 결국 최근 거처가 발각되었다. 범인은 인터넷에서 그 정보를 얻어 하교 도중에 소년을 공격했다. 칼로 난도질한 수법까지 범인은 충실히 선행자의 본을 따랐다.

이 사건으로 사람들의 논조가 바뀔까 생각했으나 놀랍게도 거의 아무 변화가 없었다. 당연한 일로 여기는 사람이 예상외로 많았다. 학교 폭력 가해자는 세 명 모두 사형에 처해야 하지만, 현행법하에서는 그것이 무리이므로 누군가가 목숨을 걸고 사회정의를 실현할 수밖에 없다. 제 목숨을 희생하면서까지 정의의 철퇴를 가한 범인은 자살특공대원에 필적하는 애국자다. 그런 극단론까지 대두했다.

물론 사형당하고 싶어서 타인을 죽인다는 것은 용인되어서는 안 된다고 주장하는 사람도 적지 않았다. 특히 텔레비전이나 신문에서는 그런 논조가 주류를 이루었다. 그러나 그런 주장은 어딘가 겉치레 말 같은 냄새를 풍겼다. 정론을 내세우는 사람도 자기 자식이 학교 폭력의 피해자가 되면 그런 말은 할 수 없을 것이다. 그런 말이 인터넷상에 난무하면 효과적으로 반론을 펼 수 있는 사람은 별로 없을 것이다.

겉치레 말은 설득력을 잃었다. 사람들은 장인이 말한 '자연적인 감정'을 적나라하게 드러내기 시작한 듯했다. 본래 인터넷에는 떠오르는 생각을 여과하지 않고 그대로 적는 사람이 많았다. 예전에는 익명이라서 극단론과 과격론을 내뱉을 수 있다고 생각했지만, 현재는 실명이라고 해도 정제되지 않은 글을 쓰는 사람이 늘었다. 아마도 그것은 자연적인 감정으로 이치를 논하는 사람이 다수파가 되었기 때문일 것이다. 과격론이 소수였을 때는 양식 있는 사람들로부터 비난을 받았다. 하지만 수적 균형이 무너지면 다수파가 곧 정의다. '자기 가족이 학교 폭력 때문에 자살한다면'이라는 가정 앞에서는 어떤 정론도 힘을 잃었다.

사람들은 남은 가해자 한 명의 죽음을 바랐다. 일본 사회 전체가 중학생 한 명의 죽음을 염원하는 사태. 기이하기 짝이 없는, 소름 끼치는 상황이지만, 이것이 현재의 일본이다. 사람들이 요구하는 정의감이 넘치는 국가다.

한 명 남은 가해 학생은 사죄문을 공개했다. 얼굴을 드러내고 매스컴을 대동하고 학교 폭력으로 자살한 학생의 유족을 만나러 갔다. 유족은 거부하지 않고 사죄를 받아들였다. 그리고 더는 가해 학생의 죽음을 원하지 않는다고 카메라를 향해 선언했다.

이 양식 있는 행동으로 인해 한 명 남은 가해 학생은 목숨을 부지할 수 있을 것으로 생각했다. 물론 경찰은 빈틈없이 가해 학생을 경호하고 수상한 인물의 접근을 막았다. 테러리스트가 아닌 자살 희망자가 경찰의 완벽한 경비를 돌파할 능력은 없다. 가해 학생을 완벽히 지켜낼 수 있다면 사람들의 광기 어린 소란도 조만간 시들해질 것으로 기대되었다.

그러나, 다음 화살은 생각지도 못한 곳에 겨누어졌다. 최초 피해자의 어머니가 공격당한 것이다.

주범 격인 가해 학생의 어머니였다. 인터넷상의 소문에 따르면 가해 학생의 외할아버지는 시의회 의원으로 지역에서 절대적인 영향력을 가진 인물이라고 한다. 어디까지나 소문에 지나지 않지만, 교육위원회가 은폐 공작에 나선 것도 이 의원의 입김 때문이었다는 말이 돌았다. 가해 학생의 어머니는 제 아버지 힘을 등에 업고 육성회에서 여왕이라도 되는 양 행동했다는 평판이었다.

심약한 학생이 자살 같은 걸 해서 폐를 끼친다는 등의 발언을 했다는 것도 이 어머니였다. 정확히 말하면 소문에 지나지 않지만, 아이를 같은 학교에 보냈다는 부모 중 몇 명이 틀림없이 제 귀로 들었다고 증언했다. 부모도 같은 죄, 라는 논리가 등장한 것은 이 어머니가 사람들의 증오를 샀기 때문이다. 나뿐만 아니라, 사람들은 모두 그 부모에 그 자식이라고 생각했다.

그런 부모라도 제 자식은 사랑했다. 맹목적으로 사랑하다 보니 동급생을 자살로 내몰고도 반성하지 않았을 것이다. 그래서 아들이 살해당하고 허탈감에 빠진 상태로 나날을 보내고 있다고 한다. 가방 하나 들지 않은 채 집 주위를 서성거리고 다니더라는 정보가 인터넷에 올라왔다.

그러던 차에 괴한에게 공격당했다. 이번에도 범인은 칼로 난도질하는 수법을 썼다. 피해자는 등 뒤에서 공격당하여 엎드린 자세로 길바닥에 쓰러진 채 두 번 다시 일어나지 못했다. 범인은 그녀의 등을 열 번 가까이 칼로 찔렀다.

학교 폭력 소동 중에도 이 어머니는 유독 눈에 띄게 미움받았다. 두 번째로 살해당한 가해 학생보다 사람들의 빈축을 샀다고 해도 과언이 아니었다. 그래서 이 어머니를 살해한 범인은 또다시 칭송의 대상이 되었다. "잘 죽였다"라는 식의 발언이 인터넷을 휩쓸었다.

이렇게 되면 범행의 표적이 될 사람이 한둘이 아니었다. 가해 학생들의 부모는 물론이려니와 학교 폭력을 묵인한 담임 교사, 교감과 교장, 은폐하려 했던 교육위원회의 면면, 압력을 가한 시의회 의원에 이르기까지 누가 공격당할지 모른다. 그도 그럴 것이 상대방은 이해관계가 없는 인물이기 때문이다. 사전에 짐작할 수 없으니 경찰의 경비인력만으로는 부족했다.

언제 누가 누구를 죽일지 모르고 게다가 그 살인이 일어나기를 일본국민의 다수가 바라고 있다. 한번 빗장이 풀린 일본은 전 세계에서 사람의 목숨이 가장 가벼운 나라가 될 위기에 처했다.

4

"사형이 범죄 억지력을 상실한 거지."

장인은 이렇게 단정했다. 장인의 어조는 여느 때처럼 논리정연했다.

"애당초 다른 선진국들에서 사형의 범죄 억지력은 의문시되었네. 살인범은 죄를 저지르는 순간, 자신이 사형당할지도 모른다는 생각 따위 하지 않는다고 하네. 사형에 공포를 느끼지 않으면 억지력은 없지. 그것이 여러 나라의 논리인데 일본은 역방향으로 극단으로 치달음으로써 그 논리가 옳다는 것을 증명해버린 셈이야."

도보로 약 20분 거리에 장인이 살고 있기는 하지만, 자주 찾아오는 건 아니다. 기껏해야 한 달에 한 번 정도다. 하지만 이번에는 내가 장인과 이야기를 나누고 싶어서 찾아왔다. 현 사회 정세를 지켜보면 장인이 아니더라도 누구하고든 의견을 나누지 않고는 견딜 수 없었다.

"자살하고 싶은데 용기가 없으니 국가가 죽여주면 좋겠다고 생각하는 자는 이전부터 있었네. 그러나 사형 판결이 좀처럼 내려지지 않던 때는 범행의 장벽도 높았어. 어떻게든 세 명 이상을 죽여야 확실히 사형 판결이 났거든. 사람을 세 명 이상 죽이는 건 꽤 어려운 일이지. 어지간한 결의와 광기가 없으면 무리야. 그렇기에 자살 희망자가 안이하게 살인에 손을 더럽히는 것을 억지했다고 할 수 있네."

"사형 판결을 간단히 내림으로써 도리어 사형은 범죄 억지력을 상실했다는 말씀이군요."

나는 사형반대론자는 아니지만, 처벌 강화 추세에는 의구심을 느꼈다. 국가가 사람의 목숨을 손쉽게 앗아가게 되면 사회가 변질된다. 구체적으로 예상해본 것은 아니지만, 막연한 공포를 느꼈다. 그리고 정말로 예상은 적중했다.

"아이러니한 일이지. 마치 거대한 사고실험 같은 거네. 일본은 국민의 목숨을 희생물로 삼아 전 세계에 의미 깊은 반면

교사가 되었어."

"희생된 건 목숨뿐일까요?"

장인의 말을 들으니 내 가슴속에 모락모락 피어난 의구심이 서서히 구체화되는 듯했다. 그렇다. 일본인은 중요한 것을 잃어버린 것이 틀림없다. 그것이 자연적인 감정의 발로인지 모르지만, 인간이 오랜 기간에 걸쳐 쌓아 올려온 윤리관의 파괴이기도 했다.

"살인 행위에 대한 혐오. 사형이 억지력을 가지는지 아닌지와 관계없이, 그야말로 살인을 증오하는 자연적인 감정을 오늘날의 일본인은 잃어버린 게 아닐까요? 가해자의 부모가 살해당했다고 모든 사람이 환호하는 사회는 명백히 비정상입니다."

"하지만 그것 역시도 일본인의 전통적인 사고방식이라네. 연대책임, 연좌제, 자식의 죄는 부모의 죄. 에도시대부터 면면히 일본인의 뇌리에 새겨진 발상은 부모가 살해당하는 것을 정당화하지. 오히려 자연적인 감정을 따르면 부모가 책임을 지고 죽임을 당하는 것은 지극히 당연한 일일 뿐이네."

선진국 대부분이 사형제도를 폐지하는 와중에 일본만은 역행하여 처벌 강화의 길을 걸었다. 그것은 일본인 특유의 감각에 의한 선택이었을까? 지난번 장인과의 대화에서는 세간의 반응이 역사적 필연이라는 것을 알고 안도했으나 이번에는 거꾸로 불안과 불쾌감이 늘었을 뿐이다.

"일본 사회가 이렇게 된 것이 당연한 결과라는 건가요? 죽음을 해결책으로 삼지 않은 사회는 불가능한 것일까요?"

나는 학교 폭력을 증오한다. 다른 사람을 괴롭히고도 눈 하나 깜짝하지 않는 심성을 가진 아이들과 그 아이들을 키운 부모들을 증오한다. 하지만, 그렇다고 해서 가해자와 그 부모가 죽기를 바라는 것은 아니다. 죽음이 모든 것의 해결책이라고 생각하지 않기 때문이다.

그렇긴 하지만, 누군가가 그건 네 아들이 자살하지 않아서 하는 말이라고 하면 그렇지 않다고 100% 부정할 수는 없다. 결국, 학교 폭력으로 제 자식을 잃은 부모의 심정을 타인은 도저히 헤아릴 수 없기 때문이다. 헤아릴 수 없기에 가정假定은 절대적인 힘을 가지고 모든 '양식 있는 발언'을 튕겨낸다. 자식 잃은 슬픔 앞에 양식과 이상론은 무력하다는 것이다.

"자네가 우려하는 것은 이해하네. 현재의 풍조에 대해 품는 혐오감은 인간으로서 지극히 평범한 것이네. 자네 의견이 소수파라고 나는 생각하지 않아. 살해당한 그 어머니는 세상 사람들이 미워할 만한 요소를 전부 갖추었어. 그래서 사람들은 그저 십 년 묵은 체증이 내려간 듯한 기분을 느끼는 것뿐일세. 조만간 평형 상태가 돌아올 거야. 살인을 혐오하는 사람들도 좀 더 목소리를 높이겠지."

"그러면 좋겠습니다만."

장인이 단순히 말뿐인 위로를 하는 것으로는 생각되지 않았다. 장인은 사회 정세를 냉정하게 분석하여 얻은 결론을 내게 말하는 것이다. 장인은 예전에 수학 교사였다. 수식의 답을 도출해내듯이 얻어낸 결론은 장인의 단호한 어조로 인해 더욱 설득력을 띠었다.

장인은 정년퇴직한 후, 재취직은 하지 않고 집에 머물고 있다. 나는 장인처럼 뛰어난 사람이 묻혀버리는 것은 사회적 손실이라고 생각하지만, 장인은 세상일에 적극적으로 참여하고자 하는 마음이 없는 듯하다. 혹시 칩거하는 이유가 책이라도 집필하려는 것은 아닌가 하는 생각이 들기도 한다. 소설이든 전문서든 장인에게는 더없이 잘 어울린다. 장인이 원고를 완성하는 날을 내심 기대하고 있다.

장인이 말한 평형 상태란 무엇을 계기로 돌아올까? 시간이 지나면 양식 있는 무리가 다시 발언력을 얻을까, 아니면 무언가 특별한 일이 일어날까? 나는 전자를 바라지만, 과열된 사회는 그리 쉽게 식지 않았다. 얼마 지나지 않아 네 번째 사건이 발생했다.

이번 사건의 피해자는 가해자들의 괴롭힘을 묵인한 담임교사였다. 보도에 따르면, 이 교사의 죄는 무거웠다. 학교 폭력이 발생했던 학급의 학생들은 나 몰라라 하며 방관하지 않았다. 피해 학생이 어떻게든 해 달라고 수차례 담임교사에게 호소했다. 그러나 40대 후반의 남성 교사는 그 자리에서는 "주의를 시키겠다"라고 약속하고서 실제로는 아무 행동도 하지 않았다. 가해 학생들이 후에 자살한 학생에게 지렁이를 억지로 먹이는 장면을 목격하고서도 "징그러운 짓 관둬라."라고 한마디 했을 뿐 말리려고 하지 않았다.

이 교사가 왜 이렇게까지 방관적이었는지 보도만으로는 전혀 알 수 없었다. 가해 학생의 할아버지인 시의회 의원의 눈치를 살핀 걸까, 아니면 원래 열정이라고는 없는 교사였을까? 자살 사건을 계기로 밝혀진 사실은 학생들의 괴롭힘을 보고도 못 본 체하는 교사가 많다는 것이다. 가뜩이나 매일 격무에 시달리는데 성가신 일을 추가적으로 떠맡고 싶지 않았던 것일까?

이 교사도 인터넷상에서 규탄의 대상이었다. 학생이 자살한 후, 학교는 사죄 기자회견을 열었으나 담임교사는 나오지 않았다. 교장과 교감이 판에 박힌 대사를 읊으며 고개를 숙였을 뿐이다. 그 때문에 더욱 사람들의 증오를 샀고 담임도 죽여버리라는 목소리가 이전부터 나왔다.

본인이 공적인 자리에 나와 사죄하지 않으면 사람들은 더욱 열띤 자세로 신원을 추적한다. 교사의 얼굴 사진, 주소는 즉시 인터넷에 유출되었다. 그다음은 그저 누가 행동에 옮기느냐의 문제였던 것이다. 그도 그럴 것이 자살 희망자도 그 지역에는 이미 남아 있지 않을 거로 추측되었기 때문이다.

하지만 일본 전역을 대상으로 하면 자살 희망자가 끊이지 않는다. 왜냐하면, 일본은 매년 3만 명 전후의 사람이 스스로 목숨을 끊는 자살 대국이기 때문이다. 이 수는 선진국 중에서도 월등히 많은 수다. 사형 판결을 난발하길 바라는 국민성은 자기 목숨도 가볍게 생각하는 것이다. 사형제도의 남용과 높은 자살률 사이에는 모종의 인과관계가 있는 것은 아닐까?

자살 희망자 전원이 국가에 의한 사형을 바란다고는 생각할 수 없다. 그러나 10%가 그런 발상에 솔깃하다면 3천 명이 살인자 예비집단이 된다. 도저히 경찰 인력만으로 저지할 수 있는 수가 아니었다.

이번 범인은 일부러 도쿄에서 원정 왔다. 지역에 관한 지식이 전혀 없어도 범행 대상인 교사의 생활 범위는 인터넷에서 검색하면 알 수 있다. 교사는 현재 자택 근신 중이지만, 교육위원회나 제삼자위원회 출석이 있으므로 집 밖으로 나오는 일도 많았다. 외출할 때는 어느 역에서 전차를 타는지, 역에 갈 때는 어느 길을 지나가는지 등의 정보는 의분에 활활 타는 사람들에 의해 낱낱이 인터넷에 올라오고 있었다. 마치 사형집행인이 나타나기를 고대하기라도 하듯이.

그러나, 과거 세 건의 사건과 다른 점이 한 가지 있었다. 첫 두 건의 피해자는 청소년, 세 번째는 여성이었지만, 이번에는 성인 남성이 범행 대상이다. 게다가 범행 대상은 자신이 습격당할지도 모른다는 사실을 충분히 예상할 수 있었다. 그러다 보니 범인의 습격은 일방적인 것으로 끝나지 않고 피해자의 도주를 허락하고 말았다. 범인은 등 뒤에서 교사를 칼로 찔렀으나 최초의 일격은 깊지 않아서 교사는 문자 그대로 죽을 힘을 다해 도망쳤다. 범인은 칼을 휘두르며 바싹 뒤쫓아가 재차 삼차 공격을 가했다. 도망치던 교사는 큰소리로 도움을 요청했다. 그 목소리를 듣고 인근에서 사람들이 모여들어 교사와 범인 사이에 끼어들었다. 도우러 나타난 사람들의 수는 적지 않아서 범인은 당해내지 못하고 제압당했다.

현재 교사는 입원 중이다. 습격당한 직후에는 도주할 기력이 있었으나 폐에 손상을 입어 위독한 상태라고 한다. 이에 대해 인터넷에서는 "죽어버려라", "자살해라" 등의 폭언이 난무했다. 범인의 범행 실패를 한탄하며 비판하는 목소리도 있었다.

한편, 피해자가 죽지 않음으로 인해 이성을 되찾은 사람들도 생긴 것 같다. 양식 있는 자들의 목소리가 과거 세 건보다 커진 듯이 느껴졌다. 그에 더해 총리 및 각 야당 대표들이 모두 성명을 내어 의분에 의한 사적 제재는 근대국가에서는 있어서는 안 될 일이라고 비판함으로써 양식 있는 자들이 힘을 얻었다. 텔레비전에서는 연일, 자살 희망자들의 행동의 옳고 그름을 논하는 프로그램이 방송되었다.

논의가 일어나는 것은 바람직한 일이다. 살인을 당연시하는 풍조는 무엇보다 아이들에게 악영향을 끼친다. 아키히코가 일련의 사건을 어떻게 생각하는지 나는 궁금했다.

"습격당한 교사가 죽어야 했다고 생각하니?"

저녁을 먹으며 이야기할 화제로서는 적당하지 않았지만, 중학생 아들과 대화를 나눌 기회는 좀처럼 찾을 수가 없다. 내가 생각을 묻자 아키히코는 마치 아무 말도 듣지 못한 것처럼 잠시 잠자코 식사를 계속하더니 마침내 대답했다.

"텔레비전에 나온 이야기가 사실이라면 너무 화가 나요."

"살해당해 마땅한 죄라고 생각하는 거냐?"

"…… 자살한 학생은 틀림없이 선생님이 도와주길 간절히 바랐을 거예요. 그런데 교사는 아무것도 안 한 거잖아요. 버림받았다고 느꼈을 학생의 절망감은 이루 말할 수 없이 컸을 거예요. 교사의 죄는 가해자들만큼 무겁다고 생각해요."

"그렇구나."

나는 그런 아키히코를 나무랄 수 없었다. 당사자라면 당연히 느낄 수 있는 감정이기 때문이다. 아키히코는 자신이 처한 상황을 교사에게 말하지 않았다. 그러므로 상황도 다르고, 내가 본격적으로 팔 벗고 나서서 대처를 요구한 후에는 교사도 확실한 행동을 보여주었다. 아키히코는 가정을 전제로 하여 대답한 것에 지나지 않는다.

살인은 어떤 상황에도 용인될 수 없다고 당당하게 타이르고 싶었다. 하지만 나는 그러지 못했다. 이런 상황을 자초한 무능력한 교사가 원망스러웠기 때문이다.

5

다나카 이치로가 자신의 기벽을 발견한 것은 아주 최근이었다.

그때까지 다나카 이치로는 자신을 평범한 사람이라고 생각해왔다. 특출난 재능이 없는 대신에 범죄 성향도 없는 어디에나 있는 흔하디흔한 일반인. 특별한 능력이 없는 것을 한탄한 적도 없고, 반사회적 행동에 유혹을 느낀 적도 없다. 평범하게 살다가 평범하게 늙어서 평범하게 죽으면 충분하다고만 생각했다.

그러나 인생에는 생각지도 못한 일이 일어나게 마련이다. 어느 날 갑자기 여장 취미에 눈을 뜬 남성이 세상에 있는 것처럼 다나카 이치로도 자신의 내면에 잠자고 있던 기벽을 발견한 것이다.

예를 들어 눈앞에 권총이 있다고 하자. 살상능력을 가진 물체에 혐오감을 느끼며 손도 대려 하지 않는 사람이 적지 않을 것이다. 하지만, 희귀한 물건에 대한 호기심으로 만져보고자 하는 사람도 있을 것이다.

그때까지 전혀 권총에 관심이 없었지만 실제로 손에 쥐어봄으로써 비로소 권총의 매력에 사로잡히는 사람도 있을 것이다. 권총의 만듦새, 감촉, 무게 등에 강하게 끌리는 사람이 있다고 해도 전혀 이상한 일이 아니다. 권총에 관심을 가지게 된 사람이 다음에는 무엇을 할까? 총알 장전을 확인하거나 분해해볼까?

 그것보다 우선 겨누어보지 않겠는가? 방아쇠에 손가락을 걸고, 표적을 정해본다. 권총을 손에 쥔다면 누구나 해 볼 만한 행동이다. 이는 당연한 일이며 죄라고는 할 수 없다.

 표적을 겨눈 다음에는 무엇을 할까? 쏴보고 싶다고 생각하는 게 인지상정일 것이다. 권총이 있으면 겨누고 싶고, 겨누면 방아쇠를 당기고 싶다. 인간이란 그런 호기심을 원동력으로 하여 문명을 발전시켜 왔다.

 다나카 이치로는 세상의 다양한 사건과 현상에 대해 깊이 고찰하기를 좋아했다. 정치, 경제, 과학, 예술. 무슨 분야든 천착을 거듭하여 생각하면 할수록 불가사의하게도 같은 결론에 도달한다. 세상의 비밀, 생명의 비밀, 우주의 비밀이다. 인간의 호기심이 점점 확장해 가나 보면 결국 그 범위가 중첩되고 궁극의 비밀이 떠오르게 된다. 다나카 이치로는 평범한 인간에 지나지 않았지만, 깊이 있는 고찰을 하는 데 있어서는 비범한 인물인지도 모른다. 매일 아등바등 살아가는 사람 중에서 그렇게까지 깊이 있게 고찰하는 사람은 드물기 때문이다.

 세상의 비밀은, 즉 인간의 비밀이기도 하다. 인간은 왜 태어나서 왜 죽는가? 그 물음이 항상 다나카 이치로의 머릿속에 똬리를 틀고 떠나지 않았다. 이 물음에 대한 대답은 단순히 생각하는 것만으로는 얻을 수 없을지도 모른다. 그런 막연한 예감이 들던 차에 다나카 이치로의 눈앞에 권총이 나타났다.

물론 이건 비유다. 폭력조직이나 외국인 절도단 등과는 아무 관계 없는 인생을 살아온 다나카 이치로에게 실제로 권총을 손에 넣을 기회가 찾아올 리 만무하다. 다나카 이치로의 눈앞에 나타난 것은 '사람을 죽일 수 있는 기회'였다. 모든 일본국민에게 평등하게 찾아온 기회. 그러나 눈앞에 있는 기회를 아무도 눈치채지 못했다. 눈치챈 사람은 다나카 이치로뿐이었다.

권총이 있다면 쏴보고 싶다. 사람을 죽일 수 있는 기회가 있다면 죽여보고 싶다. 세상은 왜 이렇게 생겼는가? 인간은 어디에서 와서 어디로 가는가? 그 해답은 제 손으로 사람의 목숨을 빼앗아봄으로써 비로소 발견할 수 있을지도 모른다.

그것은 온몸의 털이 곤두설 정도로 두근거리는 상상이었다. 다나카 이치로는 권총을 쏴보고 싶어서 견딜 수 없었다.

6

자살 사건 관련자들은 엄중히 경호 받게 되었다. 이미 인력 부족은 변명거리가 되지 않았다. 해당 현 경찰 인원이 총동원되어 가해 학생과 부모, 교사들, 교육위원회의 높은 사람들을 경호했다. 중학교 한곳에서 일어난 자살 사건이 이제는 일본 전국의 치안을 뒤흔드는 대사건으로 발전했다. 현 경찰은 명예를 걸고 무슨 일이 있어도 더 이상의 살인사건을 막아야 했다.

경찰의 태세가 소홀하리라고는 생각할 수 없었다. 총리가 국가공안위원장과 함께 직접 현 경찰본부를 방문하여 사태의 수습을 지시했다. 실패가 허락되지 않는 상황에서 전문 암살자도 아닌 일개 자살 희망자가 경비망을 뚫을 능력이 있을 리 없다. 어느 선까지 경호해야 할지 모른다는 점에서 헛된 노력처럼 보이기도 했으나, 사람들의 과열된 흥분이 식을 때까지 경찰관들이 우직하게 경호를 계속할 것임은 틀림없었다.

그러나, 경찰의 인식이 안이했다. 아니, 다음 사태를 예상할 수 있는 사람이 과연 일본 전체에 몇 명이나 있었을까? 그 정도로 새로운 사건은 상상하지도 못한 형태로 일어났다. 소용돌이의 중심에 있는 지역과 전혀 상관없는 곳에서 남자 중학생 한 명이 자살했다.

자살의 원인은 학교 폭력이었다. 중학생 자신이 자신의 블로그에 상세하게 심경을 기록했기 때문에 그건 확실했다. 학교 폭력이 시작된 계기, 그가 당한 온갖 괴롭힘과 폭행, 자신이 시도해본 갖가지 대응책, 모든 것이 무의미하다는 것을 깨달은 후의 절망감, 속수무책인 교사, 지옥이 기다리고 있다는 것을 알면서도 등교해야 하는 심경, 스스로 목숨을 끊는 것 외에 다른 길이 없다는 생각에 이르기까지 궁지에 몰린 마음의 변화.

중학생은 자신을 괴롭힌 아이들의 이름과 주소를 명확히 밝히고 얼굴 사진까지 업로드한 후, 마지막에 이렇게 썼다.

"누군가 저의 원수를 갚아 주세요."

너무나도 자극적인 내용이었기 때문에 블로그의 존재는 순식간에 퍼졌다. 요동치는 민심을 파악한 경찰은 인터넷 서비스 공급자에게 블로그 삭제를 요청했으나 이미 때는 늦었다. 블로그의 글은 무한히 복제되어서 인터넷상에서 없앤다는 것은 불가능했다.

마치 출전을 기다리던 자살 희망자들이 줄을 서 대기하고 있었던 것은 아닐까 하는, 얼토당토않은 상상이 들 정도로 움직임이 신속했다. 남자 중학생이 자살한 바로 다음 날, 가해 학생 중 한 명이 살해당했다.

이번 사건의 범인은 40대 남성이었다. 그는 자금 마련에 실패하여 회사가 도산했다. 가족에게 빚을 떠넘기지 않으려고 아내와는 이혼하고 자녀들과도 헤어져 거의 몸만 달랑 남은 상태였다. 언제라도 죽을 각오를 하고 있었는데 어차피 죽는 거라면 세상에 도움이 되는 일을 하고 죽고 싶다고 생각했다. 기회를 기다리고 있었는데 큰 소란이 된 자살 사건의 주변 인물은 경찰의 경호가 엄중해졌으므로 실행에 옮길 수 없었다. 이대로는 무의미한 죽음일 뿐이라는 위기감을 느끼고 있었기에 다른 자살 보도가 나왔을 때는 그 누구보다도 신속하게 행동해야 한다고 생각했다.

경찰에 현행범으로 체포당해 조사를 받는 도중에 범인은 "이제 사형당할 수 있게 되었다고 생각하니 정말로 만족스럽다"라고 말했다고 한다. 그런 말을 부주의하게 발표한 경찰은 살인을 더욱 부추긴다는 비난을 받았다.

소동이 갈 데까지 갔기 때문에 더는 무슨 일이 일어난들 놀라지 않을 것이다. 그렇게 생각한 사람들이 많지 않았을까? 그러나 전혀 관계없는 곳으로 불똥이 튀자 더 큰 경악이 사회를 강타했다. 설마 이런 형태로 불길이 번질 줄은 아무도 생각하지 못했다. 언제 어디서 새로운 사건이 일어날지 알 수 없게 됨으로써 사람들은 뉴스 보도를 남일로 치부할 수 없게 되었다. 당장 내일이라도 바로 제 곁에서 누군가가 살해당할지도 모르는 것이다. 이것이 전보다 더 충격이 컸던 이유 중 하나였다.

그리고 범인이 젊은 사람이 아니라는 점은 충격을 증폭시킨 두 번째 이유였다. 과거 네 건의 사건을 통해 사람들은, 자살하는 대신에 사형당하고 싶어 하는 범인은 정직원이 되지 못한 젊은 노동 빈곤층일 것이라는 이미지를 만들어냈다. 그러나 자살 희망은 젊은 층에만 국한되지 않는다. 중년도, 노인도, 남성뿐만 아니라 여성도, 제각각의 이유로 인생에 절망하고 있다. 현대 사회에서는 자살을 생각하는 사람이 바로 곁에 있어도 전혀 이상할 것이 없다. 즉 지인이 살인사건의 피해자가 될 가능성이 작지 않은 것과 마찬가지로 사람들은 어느 날 갑자기 친구나 가족이 가해자가 될 수도 있다는 공포를 느끼기 시작했다.

마치 두더지 잡기 게임 같다. 일련의 보도를 보며 나는 그렇게 느꼈다. 저쪽을 막으면 이쪽에서 나온다. 지명 당한 가해 학생의 신변을 황급히 경호해도 또 일본의 어딘가에서 자살자가 나오면 같은 일이 되풀이될 뿐이다. 두더지는 당장이라도 우리 곁에서 불쑥 고개를 내밀지도 모른다.

못 푼 한을 남긴 채 죽은 자살자의 억울함을, 똑같이 자살을 생각하는 이가 풀어준다. 자살자끼리의 연대는 삶에 대한 의지가 없는 만큼 여간 성가신 문제가 아니었다. 자살 대국 일본에서는 죽고 싶은 사람이 꼬리에 꼬리를 물고 나타난다. 자살 희망자가 모두 사라질 때까지 이 악몽의 연쇄가 계속되는 건 아닌가 하는 가공할 상상이 뇌리를 스쳤다.

"오늘 학교에서 그 자식들이 고개를 숙였어요."

밤에 아키히코가 그런 말을 했다. 아키히코를 괴롭히던 녀석들이 이제 와서 새삼스럽게 아키히코에게 사과했다고 한다.

"그 자식들 실실 웃으면서 자살 같은 거 하지 말아 달라고 하더라고요. 그걸 보고, 이놈들은 전혀 반성하지 않았다는 걸 알겠더라고요. 아빠가 학교에 찾아오니까 형식적으로만 사과하고 얌전히 굴었던 것뿐이에요. 이번에는, 내가 자살해버리면 자기들 목숨이 위협받을 테니 고개를 숙이기로 한 거죠. 왠지 전보다 더 열이 받더라고요."

아키히코는 담담히 말했지만, 아키히코의 가슴 깊은 곳에 감추어진 분노가 느껴졌다. 나 역시 그 이야기는 불쾌하기 짝이 없었다.

결국, 그런 것일까? 사람은 강요한다고 해서 반성하지 않는다. 또 자기 목숨이 위험에 처해도 진심으로 뉘우치지 않는다. 사죄는 단지 제 목숨을 지키기 위한 수단에 지나지 않는다.

한순간, 정말 한순간이지만, 자살 희망자들에 의한 복수를 옹호하고 싶은 마음이 싹텄다. 죽어 마땅한 인간은 틀림없이 존재한다. 타인의 고통을 모르는 사람, 타인을 해치고도 아무런 양심의 가책을 느끼지 못하는 사람은 죽음의 순간에야 비로소 자기 죄를 뉘우치는 것이 아닐까? 그렇다면 복수도 전혀 의미가 없는 것은 아니다.

곧바로 나 자신의 심경 변화에 섬뜩함을 느꼈다. 살인이 일상의 일부가 된 사회는 단호히 부정하고 싶다. 그 신조는 확고하고 흔들림이 없을 터인데 순간 마가 낀 듯이 살인에 정당성을 부여하고 말았다. 나처럼 현재 풍조를 비판적으로 보는 사람조차 이럴진대 단지 자연적인 감정에 생각을 맡기고 의견을 입에 담는 사람들이 살인범을 칭송하는 것도 당연한 일인지 모른다.

과연 이 사태가 수습되긴 할까? 생각할수록 우리를 기다리는 건 절망적인 미래뿐인 것 같아서 참담한 마음을 금할 수 없었다.

7

권총을 쏴보기 위해서는 인터넷 지식이 불가결했다. 인터넷 없이는 살해할 상대를 찾을 수 없다. 길거리를 걸어 다니며 아무나 붙들고 "자살하고 싶습니까?"라고 물어볼 수는 없는 노릇이다. 자살 희망자를 찾아내기 위해서는 인터넷을 통달할 필요가 있었다.

다나카 이치로는 그때까지 인터넷을 극히 상식적인 목적으로만 사용했다. 하지만, 인터넷 세상은 일견 익명성이 높아 보이지만, 실은 이메일을 보낸 사람, 글을 올린 사람을 찾아내기가 쉽다는 것을 알고 있었다. 발각되지 않으려면 어떻게 해야 할까?

깊이 생각할 것도 없이 두 가지 수단을 떠올렸다. 신분 확인을 하지 않는 피시방을 이용하든가 대포폰을 사는 것이다. 양쪽 모두 인터넷상의 흔적을 쫓는다고 해도 당장에 다나카 이치로에게 도달하지는 않을 것이다. 하지만, 피시방이든 대포폰 구매든 사람과의 접촉은 피할 수 없다. 누군가에게 얼굴을 보이지 않고는 할 수 없다. 역시 위험이 뒤따르는 수단이다.

인터넷에서 대포폰을 사는 방법도 없는 것은 아니다. 그러나 그 경우도 스마트폰 수령 방법이 문제다. 상대에게 이쪽 주소를 알려주어야 하기 때문이다. 수령하기 위해서는 사설 사서함 같은 것을 사용해야 하는데 그러면 사서함을 빌릴 때 사람과 얼굴을 마주해야 한다. 어떻게 하든 어딘가에서 얼굴이 노출될 위험을 피할 수는 없다.

역시 인터넷 지식을 익힐 수밖에 없다. 발신자의 신원을 숨기는 방법으로 다른 사람의 컴퓨터를 발판으로 삼는 테크닉이 있다는 것을 들은 적이 있다. 컴퓨터 바이러스를 침투시키는 방법이라고 하는데 바이러스를 생성시키는 법 자체는 그리 어렵지 않다고 알고 있다. 이제부터 공부하면 어느 정도 시간이 걸릴지 알 수 없었으나, 일신의 안전을 위해서는 할 수밖에 없었다.

원래 다나카 이치로는 새로운 지식을 습득하는 것을 좋아했다. 한 가지 일에 몰입하여 평균 이상으로 숙달하는 재주가 있다고 할 수 있다. 집중력은 누구에게도 지지 않고 이해력에도 자신이 있다. 게다가 지금은 권총을 쏴보고 싶다는 확고한 목적이 있다. 호기심만 있으면, 아무리 어려운 일이라도 극복할 수 있는 법이라고 생각했다.

실제로 다나카 이치로는 삼시간에 인터넷에 통달했다. 이제는 모르는 용어도 없거니와 효과적인 테크닉을 몇 가지 마스터했다. 동유럽의 수상쩍은 서버를 익명으로 빌리는 데도 성공했다. 그 서버를 경유하면 상당히 안전하게 다른 사람의 컴퓨터에 잠입할 수 있다는 것도 확인했다. 모든 요소를 검증하여 자신의 흔적을 남길 염려가 없다는 확신이 들자 마침내 다나카 이치로는 행동을 개시했다.

다행히 그가 공부 중일 때 정세가 그에게 유리한 방향으로 움직였다. 소동이 특정 지역에만 머물러 있는 동안은 다나카 이치로가 관여할 여지가 없었다. 하지만, 그는 조만간 어딘가로 불똥이 튈 거라고 예상했다. 학교 폭력은 일본 각지에서 일어나고 있기 때문이다.

그리고 그의 예상대로, "저 대신 복수해주세요"라는 유언을 남기고 자살한 중학생이 나타났다. 다나카 이치로가 노리던 바였다. 그 수가 있었다니, 하고 느낀 사람도 한둘이 아니었을 것이다. 그는 반드시 추종자가 나타나리라고 짐작했다.

한편, 다나카 이치로는 범인으로 삼을 자살 희망자를 물색했다. 길거리에서 찾으면 자살 희망자가 눈에 띨 리 없지만, 인터넷상에서는 아무 수고도 없이 발견할 수 있다. 사람은 자기 얼굴이 드러나지 않는 곳에서는 고민을 선뜻 털어놓는다. 제삼자에게 조언을 구하는 게시판이나 자살을 생각하는 사람이 모인 불법성 게시판을 엿보자 범인 후보는 산더미만큼 있었다. 다나카 이치로는 그들의 고민을 찬찬히 읽어보고 숙고한 후에 말을 걸었다.

그가 노리는 대상은 자살하고 싶은데 결단력이 없어 주저하는 사람이었다. 실행력이 있는 사람은 인터넷에 게시글 같은 것 올리지 않고 깨끗이 죽는다. 좀 더 행동력이 있는 사람은 학교 폭력 관계자를 살해하고 경찰에 잡힌다. 대부분의 사람은 그렇게 할 담력이 없으니 이러쿵저러쿵 인터넷에 고민을 쏟아놓는 것이다. 그런 사람 중에서 다나카 이치로는 한 남성을 골라냈다.

고미네 료타라는 이름의 32세 독신 남성이다. 고등학교를 졸업한 후에 한 번 취직한 적이 있는데 그 회사가 너무 힘들고 고되어 두 손 들고 1년 만에 그만두었다. 이후에는 정규직을 구하지 못하고 파견회사에 등록하여 직원 기숙사를 전전하며 보냈다. 부모의 눈 밖에 났으니 부모를 의지할 수도 없고 태어나서 어태까지 여성을 사귀어본 적도 없고 무엇 하나 삶의 낙이 없다고 한다. 고미네는 차라리 죽어버리고 싶으나 아픈 것은 싫다고 했다.

전형적인 자살 희망자로 이런 사람은 지천에 널렸다. 아니, 자살 희망이라고 말하는 것은 표현 자체가 강하다. 자살을 동경하는 사람이라고 평하는 것이 적절할 것이다. 이런 부류의 사람은 무언가를 동경할 뿐, 제힘으로 한 발짝도 내디디려 하지 않는다. 그러니 다나카 이치로가 등을 떠밀어줄 뿐이다.

'가해 학생을 죽이고 영웅이 되면 되지 않겠어?'

다나카 이치로는 이렇게 제안했다. 세상 사람들에게 칭송을 받을 뿐만 아니라 국가가 안락하게 죽여줄 것이다. 이미 몇 명이나 영웅이 되었는데 왜 머뭇머뭇 망설이고 있는 건가?

'내가 살인을 어떻게 해.'

고미네가 대답했다. 다나카 이치로는 고미네와 게시판에서 댓글을 주고받은 끝에 신뢰를 얻어 지금은 SNS의 다이렉트 메시지로 직접 소통한다. 물론 전혀 관계없는 제삼자의 컴퓨터를 발판으로 사용하는 것은 잊지 않는다. 경찰이 IP 주소를 추적한다고 해도 그 제삼자가 대화의 상대자라고 생각할 것이다.

'그러면 좋은 생각이 있긴 한데 네가 입이 무거운 사람인지 알 수 없으니 아직은 말할 수 없어.'

일부러 변죽을 울렸다. 이런 식으로 말하면 대부분의 사람은 반드시 관심을 보인다. 처음부터 미주알고주알 늘어놓으면 경계의 대상이 될 뿐이다. 호기심을 가지게 하여 상대방을 이쪽의 판으로 끌어들여야 한다.

'앗. 좋은 생각이라니 뭔데? 관심 있어. 말해 봐.'

'아무에게도 말하지 않는다는 보장이 있어?'

'나는 친구가 없으니까 말할 상대도 없어.'

고미네는 쓸쓸한 말을 했다. 그럼 그렇지, 다나카 이치로는 비웃었다.

'너 대신 내가 가해 학생을 죽여주지. 그러고 나서 네가 했다는 증거를 일부러 남겨두는 거야. 그러면 너는 체포를 당할 거고 국가가 널 사형시켜줄 거야. 영웅이 되는 것은 물론이고. 좋은 생각 같지 않아?'

'뭐? 네가 나 대신 죽여준다고? 왜?'

'네가 불쌍하니까. 자살하려고 했는데 실패하면 비참하잖아. 사형을 당하는 게 가장 확실한 거 아냐?'

'그렇긴 하지만 살인이라니 너는 꿈자리가 사납지 않겠어?'

'상대가 죽어도 싼 놈이기도 하고 너를 위해서였다고 생각하면 어떻게든 버틸 수 있을 것 같아. 우린 친구잖아.'

물론 다나카 이치로는 고미네에게 우정 따위 털끝만큼도 느끼지 않는다. 그러나 마음에도 없는 입에 발린 말에 고미네는 너무 쉽게 감동했다. 친구라는 말을 들어본 것은 난생처음이었다는 사실까지 털어놓았다. 가련한 놈, 다나카 이치로는 진심으로 동정했다.

다나카 이치로는 대형 할인매장에서 칼을 산 후 물품보관함에 넣어두었다. 보관함 열쇠는 공원 벤치 뒷면에 테이프로 붙여놨다. 고미네에게 그곳으로 가서 열쇠를 회수하여 물품보관함 속의 칼에 지문을 묻혀두라고 지시했다. 지문뿐만 아니라 손수건과 휴대전화 줄 등 일상적으로 사용하는 물건도 물품보관함에 넣어두라고 명했다. 그것들을 유류품으로써 범행현장에 남겨둘 것이다.

온갖 감언이설로 고미네의 기분을 띄워놓았기 때문에 그는 별다른 망설임 없이 지시에 따랐다. 약속한 날 그는 물품보관함을 열고 다시 그 열쇠를 공원에 돌려놓았다. 고미네가 벤치나 물품보관함을 감시하고 있지 않는다는 것을 충분히 확인하고 나서 다나카 이치로는 칼과 휴대전화 줄을 챙겼다. 고미네가 남긴 휴대전화 줄은 왜 이런 걸 달고 다니는지, 센스가 의심스러울 정도로 기분 나쁜 캐릭터 인형이었다.

준비는 끝났다. 이제 복수를 원하는 사람이 나타나기를 기다리는 것만 남았다. 그리 오래 기다릴 필요는 없을 것이라고 짐작했다. 역시 그의 예상대로 우후죽순처럼 인터넷상에 복수 의뢰가 몇 건이나 나타났다. 그중에서 가장 자세한 정보를 제공하고 지리적 조건이 좋은 곳을 골라서 범행일시를 정했다. 그날을 고미네에게 전달하고 알리바이를 만들지 않도록 전등도 켜지 말고 집에 틀어박혀 있으라고 명령했다. 남이 애써 대신 살인을 해주었는데 당사자에게 알리바이가 있다면 허사가 된다. 고미네는 '화이팅'이라는 태평한 답장을 보내왔다.

가해 학생 본인은 이름과 얼굴 사진이 인터넷상에 이미 유출되었다는 것을 알고 있으니 집에 틀어박혀 밖으로 나오지 않았다. 당연한 반응이다. 영원히 집에만 틀어박혀 있을 수는 없으니 언젠가 밖에 나올 것은 틀림없지만, 그때를 느긋하게 기다리고 있는 생각은 없다. 대신 부모를 노릴 수도 있겠지만, 보다 죄가 무거운 담임교사를 죽이기로 했다.

담임은 삼십 줄의 여성이었다. 학생들은 그녀를 얕보았다. 그녀는 학교 폭력이 일어나고 있다는 것을 알면서도 효과적인 대책을 하나도 세우지 않았다. 가해 학생들이 위협하자 겁을 집어먹고 오히려 괴롭힘을 조장하기도 했다. 가해 학생의 비위를 맞추려 했던 건지, 수업 중에 피해 학생을 놀리는 듯한 언행을 하기도 했다는 소문이 인터넷에 퍼졌다. 주저 없이 죽여도 될 만한 상대였다.

집에 틀어박혀서 일신의 안전을 꾀할 수 있는 학생과 달리, 자살자가 나온 학급 담임은 이곳저곳에 불려가서 상황 설명을 해야 한다. 교사의 자택은 알려져 있으므로 다음은 낮에도 잠복할 수 있는 장소를 근처에서 찾는 것만 남았다.

교사의 집에서 역으로 가는 도중에 유료 주차장을 발견했다. 이곳에 차를 세워두고 교사가 지나가기를 기다리면 된다. 유료 주차장에서 좀 더 역 쪽으로 가까운 곳에 마치 철거를 기다리는 듯한 폐연립주택이 있었다. 다나카 이치로는 조건은 완벽히 갖추어졌다고 생각했다.

그리고 그날이 찾아왔다. 고미네에게 '다녀올게'라는 메시지를 보내고 나서 출발했다. 복장은 눈에 띄지 않도록 회색 톤으로 평범하게 입었다. 그 외 일회용 마스크와 장갑도 준비했다.

칼자루에 묻혀놓은 고미네의 지문이 지워지지 않도록 칼자루에 랩을 씌워두었다. 그리고 수건에 말아서 가방에 넣었다.

준비는 철저하다. 빠진 건 하나도 없다.

다나카 이치로는 요 며칠 사람의 숨이 끊어지는 순간만을 곱씹었다. 사람의 죽음은 어떤 느낌일까? 추상적인 개념이 아니라 실제로 사라지는 것이 있을까? 사람을 죽이는 것은 상대를 완전히 지배하에 두는 것이기도 하다. 평범하게 살아온 다나카 이치로가 갑자기 그런 특별한 힘을 소유하는 것이다. 상상만으로 꼬리뼈에서 정수리까지 전기가 흐르는 듯한 도취감을 느꼈다.

차를 운전하며 머릿속으로 순서를 확인했다. 범행 일체는 낱낱이 기억 속에 간직해둘 필요가 있다. 전부 고미네에게 보고해야 하기 때문이다. 경찰은 모호한 부분이 있으면 다른 범인이 있는 것은 아닌지 의심할 것이다. 그것은 고미네에게도 바람직한 전개가 아닐 것이다. 고미네는 정말로 자기가 범행을 저지른 것처럼 자백할 수 있어야 한다.

물론 고미네가 자수하기 전에 다나카 이치로와의 대화 기록은 전부 삭제시킬 것이다. 스마트폰 내에서만 삭제하는 게 아니라 스마트폰 본체 자체를 파괴하도록 말해두었다. 어차피 다음은 죽음만 남았으니 전화도 필요 없을 것이다. 설령 스마트폰이 경찰의 손에 들어간다 해도 다나카 이치로에게 수사의 손길이 뻗어올 가능성은 전혀 없긴 하지만.

경찰을 상대로 거짓을 관철할 수 있도록 대역으로 삼은 대상은 머리가 좋은 사람으로 고른다고 골랐다. 그러나 무언가 실수로 들통이 난다고 해도 다나카 이치로가 수사 선상에 떠오를 일은 없다. 인터넷상에 흔적을 남기지 않았고 살해 대상인 담임교사와의 이해관계도 일절 없다. 진정한 의미에서 안전하게 다나카 이치로는 사람을 죽여볼 수 있는 것이다.

점찍어둔 유료 주차장에 도착했다. 이른 아침이므로 빈 주차 공간은 충분했다. 일단 차에서 내려 교사의 집까지 걸어가보았다. 교사의 집에 인기척이 있었다. 교사는 독신으로 혼자 살고 있다. 집 안에 있는 사람은 교사 본인임이 틀림없었다.

교사는 자택 근신 명령을 받았으므로 밖으로 나오지 않을 수도 있다. 그 경우 오늘은 허탕이다. 그러나 그래도 괜찮다. 조바심을 내다가 허튼 실수를 하는 것이 가장 어리석다. 다나카 이치로는 신중함과 과단성이 가장 필요하다고 생각했다.

차로 돌아가 좌석을 뒤로 눕혀 밖에서 얼굴이 보이지 않도록 하고 나서 계속 기다렸다. 그리 오래 기다리지 않았는데 담임교사가 나타났을 때 다나카 이치로는 자신에게 운이 따른다는 것을 느낄 수 있었다. 다나카 이치로는 칼을 수건에 감싼 채로 손에 들고 차에서 내렸다. 담임교사와의 거리를 서서히 좁혀 폐연립주택 앞에서 따라잡기 위해 걸음 속도를 높였다. 아직 오전 이른 시각이므로 담임교사는 등 뒤를 전혀 신경 쓰는 기색이 없었다.

폐연립주택 앞에 이르렀다. 길 전후방에 인적은 없다. 다나카 이치로는 단번에 쫓아가 수건에서 꺼낸 칼을 들이밀었다.

칼로 찔렀을 때 튀는 피를 뒤집어쓰지 않기 위해서라도 여러 번 찔러서는 안 된다. 등 뒤에서 단 한 번, 심장에 칼끝까지 푹 찔렀다. 심장 위치, 갈비뼈 사이의 폭까지 다나카 이치로는 머릿속에 단단히 외워두었다. 온몸에 힘을 실어 담임교사에게 부딪치며 목표한 곳에 칼날을 쑥 찔러넣었다.

교사의 입을 막고 그대로 연립주택 부지로 끌고 갔다. 담장 뒤까지 질질 끌고 길에서 보이지 않는 위치까지 옮겨갔다. 교사는 저항은커녕 숨조차 쉬지 않았다. 아무래도 일격으로 목숨을 끊어놓은 듯했다.

칼날이 신체로 들어가는 느낌을 다나카 이치로는 그다지 맛보지 못했다. 목격당하면 안 된다는 생각에 몰두했기 때문이다. 생명이 떠나가는 순간도 놓치고 말았다. 칼 사용이 너무나 능숙하여 곧바로 절명해버린 것은 계산 착오였다. 좀 더 몸부림치는 모습을 보고 싶었다.

그래도 사람 한 명의 목숨을 빼앗았다는 사실의 무게는 각별했다. 이미 담임교사는 꿈쩍도 안 한다. 부릅뜬 두 눈은 자신의 운명에 당황한 듯이 허공을 응시하고 있었다. 깜빡거리지 않는 눈은 이채로웠고 이걸 볼 수 있는 것만으로도 수확이었다.

모처럼 얻은 기회이므로 손목에 손을 대고 체온이 식어가는 과정을 느끼고 싶었다. 생물이 물체로 변화해 가는 과정. 이 얼마나 스릴 넘치고 신비한 현상인가? 두 세계가 지금 이 담임교사의 몸을 매개로 하여 만난 듯한 생각이 들었다.

정말 짜릿하다. 다나카 이치로는 실감했다. 이렇게 재미있는 일일 줄은 꿈에도 몰랐다. 더 해보고 싶다. 권총에 탄알이 여섯 발 들어있다면 전부 쏴보고 싶은 것이 인지상정이다. 세상은 아직 소란 속에 있으므로 살인 기회는 앞으로도 수차례 더 있을 거라고 예상했다. 다나카 이치로는 다음번에는 좀 더 천천히 인간의 목숨을 음미해야겠다고 생각했다.

8

학교 폭력 피해자의 자살이 일본 각지에서 일어나기 시작했다. 연쇄 자살은 과거에도 있었다. 아이돌 가수가 투신자살하자 뒤를 따르듯이 젊은 사람들이 죽었던 것이다. 현재 상황은 그때와 비슷한 듯하지만 실제로는 전혀 다르다. 당시는 아이돌 가수와의 연대감이 자살자들의 등을 떠밀었을 테지만, 지금은 '희망'이 학교 폭력 피해자에게 자살을 재촉하는 것이다.

누군가가 복수해 줄 것이라는 희망이.

이것은 상상에 지나지 않지만, 가해 학생에 대한 원한이 깊으면 깊을수록 피해자는 기꺼이 스스로 목숨을 끊는 것이 아닐까? 굳이 말하면 자살은 복수이자 가슴속 응어리를 해소하는 행위이기도 한 것이다. 학교 내에서는 어떻게 해도 이길 수 없고 당한 대로 갚아 줄 수 없었던 상대에게 한 방 먹이는 수단인 것이다. 원한을 품은 상대가 반드시 살해당할 것을 확신할 수 있다면 스스로 죽음으로 향할 때의 공포도 누그러질 것이다. 희망을 품고 자살하는 사람을 막을 방법은 아무 데도 없었다.

그리고 고인의 마지막 뜻을 이은 복수 살인도 빈발했다. 사례가 한두 건에 불과할 때는 여간해선 결단하지 못했던 자살 희망자도 많았을 것이다. 그러나 지금처럼 차례차례 영웅이 나타나자 이 흐름에 편승해야 한다는 의무감을 느끼는 사람이 나온다고 해도 이상하지 않다. 자살이 하나의 트렌드가 된 것처럼 복수 살인 역시 인생의 선택 중 하나가 되었다. 계속 삶을 이어갈 것인가, 자살할 것인가, 복수 살인을 할 것인가. 계속 삶을 이어가는 것이 괴로운 사람 중에서 세 번째 선택지를 택하고자 하는 사람이 적지 않았다.

나는 아키히코를 데리고 장인을 찾아갔다. 아키히코에게도 장인의 의견을 들려주고 싶었기 때문이다. 학교 교사도 살해당하는 판국에 전직 교사였던 장인은 어떤 생각을 하고 있을까? 이 비정상적인 사태를 긍정적으로 받아들이고 있는 아키히코에게 인간으로서 올바른 윤리관을 심어주길 바랐다.

"가해 학생이 사죄했다지?"

장인에게 아키히코가 학교 폭력을 당한다는 것은 상세히 보고해 왔다. 내가 해결에 나섰을 때 장인의 조언이 유익했다. 아키히코도 그 사실을 잘 알고 있다.

"네."

아키히코는 고개를 끄덕였다. 할아버지에게 아키히코는 꼬박꼬박 존댓말을 쓴다. 장인의 꼿꼿한 태도 때문에 저절로 그렇게 되는 모양이다. 장인은 손자라고 해도 엄한 표정을 풀지 않고, 근엄하고 정중한 태도로 대한다.

"사죄가 겉치레에 지나지 않아서 화가 났다고?"

장인은 내가 전한 말을 다시 확인했다. 아키히코는 "네"라고 짧게 답했다. 장인은 아키히코를 정면으로 바라보며 담담하게 말을 이어갔다.

"상대에게 기대를 하니까 화가 나는 거란다. 상대가 인간쓰레기라면 진심으로 반성 따위 할 리가 없다. 제 목숨이 아까워서 사죄하는 우스꽝스러운 모습을 실컷 비웃어주면 된다. 쓰레기와 같은 공간에 있어야 하는 것은 인생의 한때일 뿐이란다. 십 대의 1년이란 길게 느껴지겠지만, 그건 주관적 느낌일 뿐이야. 1년이 그리 긴 시간은 아니다. 속으로 맘껏 상대를 멸시하다 보면 1년은 금방 지나간다."

지당한 말씀이다. 막연하게 느끼고는 있었지만, 장인의 논리정연한 설명을 듣고 비로소 깨달았다. 그것은 아키히코도 마찬가지인 모양으로 생각지도 않은 관점의 제시에 깜짝 놀란 표정을 짓고 있다. 가해 학생을 '인간쓰레기'라고 딱 잘라 말하는 장인의 태도에 위로를 받은 걸까?

"사죄 같은 걸 받고자 생각하는 것이 틀린 거군요."

아키히코의 질문에 장인은 "그래"라며 고개를 끄덕였다.

"타인의 의지를 바꾸는 것은 불가능하다고 생각하는 게 좋다. 하물며 성격은 바뀔 수 있는 게 아니야. 그래도 어떻게든 하고 싶다면 죽이는 수밖에 없지."

"아, 그렇군. 상대를 반성하게 하고 싶다, 굴복시키고 싶다고 열망하는 마음이 복수 의뢰로 이어진다는 건가?"

장인의 지적에 수긍이 갔다. 애초에 '반성'의 결여가 문제다. 반성하지 않으므로 가해 학생과 그 부모가 증오의 대상이 된다. 그러나 죽인다고 위협한다고 해도 허울뿐인 사죄밖에 끌어낼 수 없다. 그렇다면 반성하지 않는 상대를 용서하느냐 용서하지 않느냐의 문제로 귀착된다.

"아키히코, 너는 너를 괴롭힌 상대를 죽이고 싶은 거냐? 아니면 무시해버리면 그만인 정도인 거냐? 곰곰이 생각해보렴."

장인의 말에, 아키히코는 순순히 "네" 하며 고개를 떨구었다. 현재의 풍조에 영향을 받아 아키히코는 살인을 단순히 해결수단 중 하나로 받아들이고 있었을지도 모른다. 하지만 이렇게 장인의 논리적인 정리를 듣고는 이분법적으로 생각할 필요는 없다는 것을 깨달았을 것이다. 데리고 오길 잘했다고 진심으로 생각했다.

"세상 사람들이 아버님처럼 생각할 수 있으면 좋을 텐데 말입니다. 세상을 향해 아버님의 생각을 발표할 수는 없을까요?"

나는 진심으로 말했다. 인터넷에 올리는 것도 좋겠지만, 유명인이 아닌 일개 일반인의 말에 얼마나 많은 사람이 주목해줄지 확신이 안 섰다. 어쨌든 죽을 필요는 없다고 전국의 학교 폭력 피해자에게 전하고 싶었다.

"내가 하는 말에 영향력은 없네. 아키히코는 내 손자니까 말해본 것뿐이지."

항상 무서울 정도로 근엄한 표정을 짓고 있는 장인이 이때만은 쓴웃음을 짓듯이 입꼬리를 올렸다. 하지만 나는 포기할 수 없었다. 적어도 유명한 교육 평론가를 통해서 장인의 생각을 퍼뜨릴 수 없을까 진지하게 생각했다.

"걱정할 것도 없이 나 같은 무명인이 말하지 않아도 사람들은 조만간 깨달을 걸세." 장인은 잘라 말했다. "인간쓰레기에게 반성을 요구해도 소용없다는 것은 자명한 이치니까. 이전에도 말했지만 평형 상태가 반드시 찾아올 거네. 일본인은 금세 큰 조류에 편승하고 다른 사람과 똑같이 행동하고 싶어하는 민족이야. 하지만, 역으로 식을 때도 금세 식어버리지. 곧 썰물처럼 빠질 거야."

"그럴까요? 정말 자살과 복수의 연쇄가 멈출까요?"

"멈출 거야. 단 언제가 될지는 알 수 없어. 이미 복수를 의뢰하고 자살해버린 아이들이 몇 명이나 있으니까. 그 복수가 전부 끝날 때까지는 식지 않을지도 모르지."

"전부 끝날 때까지……."

복수 살인은 거의 매주 단위로 일어나고 있다. 학교 폭력 피해자 한 명의 자살은 몇 명이나 되는 복수 대상을 낳는다. 그 사람들이 전부 살해당할 때까지 이 사태가 가라앉지 않는다면 평온이 찾아오는 것은 당분간 먼일이라고 할 수 있다. 이제 일본은 자살과 살인이 일상의 일부인 나라가 되고 말았다.

"역시 처벌 강화가 틀린 선택이었겠죠. '눈에는 눈, 이에는 이'라는 발상으로 현대 사회를 살아갈 수는 없잖아요."

생각할수록 그렇게 느껴졌다. 사람들은 사형 판결에 누구나 이해하기 쉬운 기준을 도입했다. 그것이 장인이 말한 '자연적인 감정'이었다. 그러나 사람의 죽음을 감정에 맡겨 판단하면 안 된다. 사람을 죽이는 것은 아무런 해결책도 되지 않는다. 보복이 창궐하여 극으로 치닫는 비정상적인 사회가 됨으로써 일본은 세계에서 고립되고 말았다. 타 국가들은 일본에 관해, 무조건적인 평등주의가 봉착하는 최악의 실패 사례로 기억할 것이다.

"아니, 그건 모를 일일세."

그러나 의외로 장인은 그런 말을 했다. 나는 내 귀를 의심했다. 장인은 담담하게 공포스러운 말을 했다.

"처벌 강화가 틀렸는지 어떤지 평가하기는 아직 이르네. 적어도 평형 상태가 온 후에야 평가할 수 있을 거야. 어찌 됐든 이것은 국민의 목숨을 볼모로 하는 거대한 사고실험이라네. 소용돌이의 한가운데 있는 우리는 이 실험 결과를 주시해야 해."

이 앞에는 대체 무엇이 있을까? 장인의 말은 수긍할 수 없었으나 여태까지의 통찰력을 생각하면 아마도 장인의 말이 옳을 것이다. 그러나 이미 향후의 일은 내 상상력이 미치는 범위가 아니었다.

보복 살인은 그 후에도 몇 건의 실패 사례가 이어졌다. 보복 대상으로 지목당한 쪽도 몇 번이나 같은 일이 반복되면 학습한다. 생활 패턴이 예측되면 목표물이 되므로 불규칙한 패턴으로 생활하여 자신을 보호하고자 한다. 집 주위에 수상한 사람이 어슬렁거리면 경찰에 신고하면 된다. 체면이 걸려있는 경찰은 쏜살같이 달려와 수상한 사람을 담당 경찰서로 끌고 간다. 개중에는 아주 교묘하게 살인을 성공시키는 자도 있었으나 곧 실패하는 사람이 많아졌다.

동시에 사죄가 대유행했다. 목표대상이 되어 목숨이 위태로운 자는 그야말로 목숨 걸고 사죄했다. 인터넷에 사죄문을 업로드하는 것은 비일비재했다. 바닥에 무릎을 꿇고 고개를 조아리는 동영상을 업로드하거나 신문 광고로 사죄하기도 하고 텔레비전 취재를 통해 전국에 사죄의 말을 전하기도 했다. 가해 학생과 그 부모의 사죄는 무시무시할 정도였다. 그도 그럴 것이 아키히코를 괴롭힌 아이들과 달리, 그들에게는 실제로 목숨의 위기가 코앞까지 닥쳤기 때문이다. 오열하고 애원하며 이마를 바닥에 비볐다. 가해 학생들은 인간으로서의 긍지도 존엄도 내던지고 사죄했다.

그것은 피해자의 자살을 유발한 학교 폭력에 그치지 않았다. 학교 폭력의 기억이 있는 자는 모두 고개를 숙였다. 장인이 말하는 거대한 흐름이었다. 학교 폭력으로 인한 자살이 유행하면 잇따라 자살자가 나타난다. 보복 살인이 수차례 일어나면 추종자가 나타난다. 마찬가지로 지금은 사죄가 대유행이 된 셈이었다.

규탄해야 할 상대가 백배사죄하면 주먹을 휘두르려던 쪽도 김이 식는다. 학교 폭력으로 인한 자살이 뚝 끊겼고 보복 살인도 실패가 반복되는 동안 도전하는 자들이 없어졌다. 그야말로 썰물 빠지듯이 사태가 진정되어갔다. 쉽게 달아오르는 일본인은 식을 때도 금세 식었다.

그리고 수개월의 피비린내 나는 기간이 지나고 마침내 다시금 일본 사회에는 평화가 찾아왔다. 자살자가 나오지 않고, 살인자도 나오지 않으며 학교 폭력조차 일어나지 않는 평화로운 사회가 되었다. 그러나 분위기는 확실히 변했다. 사람들은 잊어버린 듯이 살아가지만, 그 비정상적인 기간에 관한 기억이 뇌리에서 사라질 리 없었다. 표면적으로만 가장된 평화. 가짜 고요의 이면에 팽팽한 긴장이 도사리고 있었다.

이것이 현재 우리가 살아가는 일본이다.

9

다나카 이치로는 익숙해지는 것이 중요하다는 생각을 했다. 별로 긴장하지 않는 다나카 이치로지만 역시 사람 한 명의 목숨을 빼앗는 순간에는 시야가 좁아졌다. 타인을 완전히 지배하는 순간의 감촉과 느낌을 완벽하게 맛볼 수가 없었다. 반성할 점이 많았다.

다음번에는 꼭 이루리라고 벼르며 두 번째 살인에 도전하기로 했다. 순서 자체는 바꿀 필요가 없다. 인터넷에서 자살 희망자를 찾고 죽일 상대를 정하고 실행한다. 지난번 범행 이후 시간이 흘렀음에도 불구하고 고미네가 자수함으로써 사건은 그대로 마무리되었다. 따로 범인이 있을 거라는 생각은 누구도 하지 못했다. 그러니 다나카 이치로의 주위에 수사의 손길이 뻗어오는 일은 영원히 없을 것이다.

고미네는 조건을 전부 만족하는 인재였다. 자살할 용기는 없었지만, 경찰을 끝까지 속일 수 있는 만큼의 담력이 있었고 입이 무거웠다. 그런 사람을 다시 찾아내야 하지만, 그리 어려울 것 같지는 않았다. 왜냐하면, 일본에는 죽고 싶어하는 사람이 지천에 널렸기 때문이다. 그중에는 고미네같은 인재도 적잖을 것이다.

이 부분에 시간을 들였다. 대역을 찾는 일이야말로 계획의 핵심이라고 해도 좋다. 그러므로 서두르지 말고 주도면밀하게 인터넷을 살펴보았다. 후보를 몇 명으로 추리고 각 사람을 접촉한다. 상대방의 진짜 성격은 아무래도 어느 정도의 시간을 투자하지 않으면 파악할 수 없다. 그리고 몇 명은 대역이 되어주지 않을까 하는 반응을 느꼈다.

그다음은 고미네 때와 똑같았다. 말을 걸고 감질나게 한 후 계획을 밝힌다. 다만 이미 한번 실행한 적이 있다는 사실은 덮어 두었다. 살인 경험자라는 것을 알게 되면 상대가 지레 겁먹고 내뺄지도 모른다는 생각에서였다. 기본적으로 자살 희망자는 소심하므로 다루는 데 신중을 기해야 한다.

죽일 상대를 선정하는 것은 첫 번째보다 어려웠다. 복수란 선착순이기 때문이다. 다나카 이치로의 라이벌은 전국에 수없이 존재한다. 우물쭈물하다가는 선수를 빼앗기고 만다. 인터넷에서 지목당한 가해 학생과 그 관련자는 목숨의 위험을 느끼며 자기방어로 치닫는다. 그러므로 점점 살해하기 어려워지고 죽이기 쉬운 대상에게는 자살 희망자가 쇄도한다. 실제로 동시에 남자 두 명에게 공격받은 사람이 있었다. 범인들은 자신이 가한 상해가 치명상이라고 서로 우기는 촌극을 벌이기도 했다.

어쩔 수 없이 살해 대상은 성인 남성으로 정했다. 성인 남성이라면 죽이기 쉽지 않은 상대이므로 라이벌도 꽤 줄어든다. 학교 폭력 사실을 알면서도 아무 대책도 실행하지 않음으로써, 결과적으로 학생을 자살로 몰고 간 학교 교장을 표적으로 정했다. 기자회견을 개최했을 때 판에 박힌 답변으로 일관한 모습이 괘씸했던 인물이다.

교장은 이름이 거론되자 집에 칩거했으나 동거인이 없다는 점이 유리한 조건이었다. 자녀는 두지 않았고 아내와는 사별한 교장은 단독주택에 혼자서 살고 있다. 그렇다면 침입도 불가능한 건 아니다. 길거리에서 범행을 시도하는 것보다 훨씬 안전하다고 할 수 있다.

몇 번이나 사전 조사를 하고 나서 계획을 실행에 옮겼다. 교장의 집은 낡고 감시 카메라 같은 것이 설치되어 있지 않다. 유리 절단기로 화장실 창을 깨고 안으로 침입하는 것은 그리 어렵지 않았다. 내부 구조는 잘 몰랐지만, 크지 않은 집이라서 곧바로 침실에 이르렀다. 방을 살짝 열고 엿보니 침구 속에서 숨소리를 내며 자는 초로의 남성이 있었다.

어둠에 눈이 적응되기를 기다렸다가 단숨에 움직였다. 이불을 들춤과 동시에 상대의 입을 막고 저항할 틈을 주지 않고 칼을 심장에 내리꽂았다. 한순간에 일어난 일이므로 교장은 제 몸에 무슨 일이 일어난 건지 알아차리지도 못한 채 절명했을 것이다. 저 자신의 뛰어난 솜씨에 다나카 이치로는 도취했다.

칼 손잡이에서 한동안 손을 떼지 않았다. 입을 막은 반대쪽 손도 마찬가지다. 생명이 몸에서 빠져나가는 과정을 이번에야말로 충분히 느낀다. 생명은 어디에서 와서 어디로 가는 건지 생각했다.

예를 들어, 손가락을 잘라냈다고 하자. 절단된 손가락은 몸에서 분리된 순간 생명력을 잃는 것일까? 그렇지 않다. 부패가 시작되기 전에는 수술로 봉합할 수 있기 때문이다. 즉 절단된 손가락은 저 스스로 움직일 수 없다는 의미에서는 한낱 물체에 불과하지만, 생물로서의 측면도 겸비하고 있는 것이다. 절단된 손가락에 생명력은 있는가, 없는가?

손가락이 아닌 몸 전체라면 어떨까? 교장의 심장은 지금 칼로 파괴되었다. 교장은 죽은 상태다. 그러나 곧바로 심장이식을 한다면 어떻게 될까? 부패가 시작되기 전의 신체는 아직 죽었다고는 할 수 없지 않을까? 그렇다면 생명이란 어디에 존재하는 것인가?

생각할수록 불가사의하고 흥미진진했다. 한두 사람 죽여본 정도로 진리에 도달한다는 건 무리였다. 아직 부족하다, 다나카 이치로는 생각했다.

세 번째 범행은 꽤 고생했다. 우려했던 대로 선수를 빼앗기고 말았다. 점찍어둔 상대의 죽음을 언론 보도로 접했을 때의 낙담은 도저히 한마디 말로는 표현할 수 없었다. 나만의 소중한 보물을 생판 남이 더럽힌 듯한 심경이었다. 그 살인범에게 증오심까지 느꼈다.

신중함을 잊으면 안 되지만, 동시에 행동은 신속해야 한다. 다나카 이치로는 명심했다. 살인범이 되고 싶어하는 사람이 오늘날 일본에는 셀 수 없이 많다. 지금까지 머리로는 이해했지만, 실감하지 못했다. 그런데 선수를 빼앗기고 나자 비로소 라이벌의 존재를 의식할 수 있게 되었다.

남은 시간이 그리 많지 않음을 느꼈다. 자살 희망자에 의한 살인 미수가 간간이 눈에 띄기 시작했기 때문이다. 아무리 여론이 등을 밀어준다고 해도 살인은 그렇게 쉬운 것이 아니다. 자기 눈앞에서 누군가가 공격당하는 것을 보면 말리고자 나서는 사람이 역시 많을 것이다. 사회의 분위기가 바뀌기 시작했다. 아마도 앞으로 기회는 기껏해야 한 번 정도일 것이라고 마음의 준비를 했다.

살해 대상의 자택에 침입하는 것은 예상외로 쉬웠다. 길거리에서 공격하는 것은 아무래도 목격당할 리스크를 동반하지만, 한밤중에 혼자 사는 집에 침입할 때는 주위의 눈을 거의 신경 쓰지 않아도 된다. 경비 시스템이 있는지 경계해야 하지만, 그건 사전에 확인하면 될 일이다. 그러므로 세 번째도 같은 수법을 사용하기로 했다.

낡은 단독주택에 혼자 사는 인물. 누군가 자기 목숨을 노리고 있다는 것을 알더라도 도망할 수 없고 집에 틀어박혀 있을 수밖에 없는 사람이라고 하면 교장이나 교육위원회 위원이다. 그렇게 목표를 정하고 대상을 추려내자 간단히 발견할 수 있었다. 교육위원회 교육장(교육위원회 업무를 총괄하며 교육위원회를 대표하는 자)이 조건에 해당했다.

다나카 이치로는 자택에 침입하여 죽였다. 맥이 빠질 정도로 경계심이 없었다. 설마 내가, 라는 의식 때문이었을 것이다. 결국, 그것은 죄의식도 낮다는 것을 의미했다. 학교 폭력으로 자살자가 나왔는데도 자책감이라고는 눈곱만치도 느끼지 않는 교육장. 죽음은 마땅히 그가 치러야 할 대가였다.

지난번과 마찬가지로 칼로 찌른 순간에는 생의 심연을 엿보았다. 가능하다면 몸에서 떠나가는 생명을 만져보고 싶었다. 그러나 생명은 눈에 보이지 않기에 신비로운 것이다. 어디에나 있지만, 그 존재조차 모호한 생명이라는 것. 생애를 걸고서라도 탐구할 가치가 있는 주제라고 다시금 느꼈다.

그러나, 거기까지였다. 일본 사회는 극단에서 극단으로 치달았다. 보복을 부정하는 세력이 발언력을 되찾고 살인은 다시 규탄당하는 행위가 될 것이다. 다나카 이치로는 침착하게 시대의 흐름을 읽었다.

예상대로 사회 분위기는 급속히 변했다. 제 목숨이 아까운 자들의 필사적인 사죄가 끊이지 않았고, 가해 학생이 어느새 약자가 되어 있었다. 눈물을 흘리며 반성하는 아이들에게 사람들은 쉽게 마음을 허락했다. 이렇게까지 사죄하는데 죽이는 건 불쌍하다. 그런 동정론이 제기되자 더 이상 복수는 용인되지 않았다.

그렇게 세상은 다시금 평정을 되찾아갔다. 이제 다나카 이치로의 눈앞에서 권총은 사라졌다. 없는 물건은 쏠 수 없다. 다나카 이치로의 살인 경험은 세 번으로 끝났다.

그렇지만, 축제가 끝난 후의 허탈감 같은 건 없었다. 왜냐하면, 이 평온함에는 어딘가 거짓의 기운이 감지되었기 때문이다. 인간뿐만 아니라 동물은 약자를 철저하게 괴롭히는 본능을 가졌다. 지금은 발톱을 숨기고 있지만, 본능에 휩쓸리는 자가 반드시 나타날 것이다. 절망적이지만, 괴롭힘이 없는 세상 따위 있을 리 없다. 특히 일본 사회는 거대하게 흔들리는 시계추다. 한쪽 끝에 도착하면 시계추는 다시 돌아온다. 그때가 올 때까지 다나카 이치로는 가만히 숨어 지낼 생각이다.

살인을 경험함으로써 신세계의 문을 활짝 연 다나카 이치로이긴 하지만, 평범한 일반 시민으로서의 생활도 여전히 유지하고 있다. 아내는 일찍이 여의었지만, 자녀와 손주가 있다. 오늘은 매월 한 번꼴로 딸 부부가 오는 날이다. 슬슬 올 때가 되었다고 생각할 즈음, 현관 초인종이 울렸다.

일어서서 딸 부부를 맞았다. 다나카 이치로는 사위와 함께 난해한 주제에 관해 이야기 나누는 것을 좋아한다.

고양이는 잊지 않는다

1

건물 입구에서 드문드문 사람이 밖으로 나오고 있었다. 오늘은 수요일. 야근 없는 날로 지키는 회사가 많을 것이다. 업무를 마치고 귀가하는 사람들이 속속 나오고 있지만, 나는 그자를 절대로 놓치지 않을 자신이 있었다. 아무리 붐비는 인파 속이라도 내가 그자의 얼굴을 못 알아볼 리가 없다. 녹화된 텔레비전 뉴스를 몇 번이나 반복해서 보며 뇌 주름에 새겨놓은 그자의 면상. 아무리 먼눈으로라도, 한밤중의 어둠 속에서도 그자를 찾아낼 수 있을 것이다.

스사카는 17시 15분경 모습을 드러냈다. 평소와 같은 시각이다. 끈질기게 뒤를 밟으며 알아낸 사실인데 스사카는 규칙적인 생활을 좋아하는 성격인 듯하다. 까다로워 보이는 스사카의 얼굴을 떠올린다. 감정에 휘둘리지 않고 항상 논리에 따라 자로 잰 듯 살아왔을 것이다. 틀림없이 냉혹한 남자일 거라는 나의 추측이 아주 얼토당토않은 억측은 아닐 것이다.

스사카는 자기에게 향한 시선은 눈치채지 못한 채 건물을 나와 그대로 역 쪽으로 발걸음을 옮겼다. 건너편 건물의 으슥한 곳에서 감시하고 있던 나도 천천히 걷기 시작한다. 주위에는 수많은 남녀 회사원들이 통행하고 있으므로 미행이 들통날 염려는 없었다. 지금까지 수없이 이렇게 스사카의 뒤를 밟아왔지만, 그자가 미행을 경계하는 기미를 보인 적은 한 번도 없었다.

스사카는 역 주변에서 어딜 들르는 일도 없었다. 곧장 개찰구로 향하여 IC 정기권을 대고 빠져나갔다. 나도 조금 걸음을 재촉하여 뒤를 따랐다. 역 안은 혼잡하여 거리를 좁히지 않으면 놓치기 십상이다. 스사카는 키가 큰 편이 아니므로 항상 뒷모습이 보이는 거리를 유지할 필요가 있었다.

스사카는 에스컬레이터를 걸어서 플랫폼으로 올라가 곧 도착한 전차에 탔다. 사람들로 붐비므로 나도 같은 칸에 올라탔다. 스사카는 내 얼굴을 모를 테지만, 만일의 경우를 대비하여 일회용 마스크를 쓰고 있다. 나와 스사카 사이에는 기껏해야 대여섯 명 정도가 서 있었다. 나는 스사카 쪽을 보고 있지는 않지만, 시야의 가장자리에 두고 있다. 스사카는 손잡이를 단단히 잡고 스마트폰을 꺼내어 만지작거리고 있었다.

스사카는 일단 전차에서 내려 민영 전철로 갈아탔다. 이 역은 승객들로 붐비는 곳이므로 주의하지 않으면 놓치고 만다. 실제로 이전에 한 번 미행에 실패했던 적이 있었다. 그때 이후 이 역에서만큼은 스사카에게서 5m 이상 떨어지지 않고 따라간다. 처음에는 스사카가 뒤돌아보지는 않을까 마음을 졸였지만, 뒤쪽을 신경 쓰는 모습을 보인 적은 없었다. 평범한 삶을 사는 사람은 자기가 미행당하고 있다는 생각은 꿈에도 하지 못할 것이다. 스사카가 평범하게 살아가는 인간이라고 인정하고 싶지는 않지만 말이다.

전철을 갈아탄 후 다섯 번째 역에서 내린 스사카는 개찰구를 빠져나와 자택 방향으로 걷기 시작했다. 스사카의 집이 역에서 꽤 떨어진 곳에 있는 것은 나에겐 다행한 일이었다. 역에서 가까우면 기회를 노릴 틈이 적어진다. 여태까지의 미행으로 스사카가 인적 없는 길을 지나간다는 것을 알고 있었다.

혼자 사는 스사카는 사흘에 한 번꼴로 슈퍼마켓에 들른다. 이곳은 오후 10시까지 영업하는 곳이라서 퇴근길의 직장인도 장을 볼 수 있다. 오늘은 슈퍼마켓에 들를 때쯤 되었을 거라는 짐작이 들었는데 아니나 다를까 슈퍼마켓으로 들어간다. 나는 따라 들어가지 않고 주차장에서 입구를 계속 주시하고 있다.

그다지 상상하고 싶지 않지만, 아마 누나도 이 슈퍼마켓에 온 적이 있었을 것이다. 스사카와 나란히 걸으며 행복하게 웃는 얼굴로 식재료를 고르는 누나의 모습이 머릿속에 그려진다. 스사카는 용케도 그런 추억이 있는 슈퍼마켓에 태연히 드나드는군. 나였다면 양심의 가책에 시달렸을 것이다. 누나를 연상시키는 물건은 전부 처분하고 집도 옮겼을 것이다. 스사카가 이사하지 않는 것은 자신의 결백을 주장하기 위함이겠지만, 그래도 그렇지, 뻔뻔하기도 하다. 역시 인간으로서 정상적인 감각의 소유자라고는 생각되지 않는다.

15분 정도 지나자, 스사카가 슈퍼마켓에서 나왔다. 주차장 쪽으로는 눈길도 주지 않고 자택 방향으로 걷기 시작한다. 나도 다시 미행을 시작했다.

스사카는 주택가를 지나서 귀가한다. 주택가이므로 집 안에는 사람이 있겠지만, 야간에는 의외로 인기척이 느껴지지 않는 법이다. 무언가 행동을 취하려면 여기가 제격이라고 나는 전부터 눈여겨 봐두었다. 그 '무언가'를 아직 정하지 못하고 있어, 초조하지만 말이다.

슈퍼마켓에서 멀어질수록 오가는 사람이 점점 적어진다. 마침내 길을 걷고 있는 것은 나와 스사카뿐이다. 이럴 때 한 번이라도 뒤를 돌아보면 위험하므로 상당히 거리를 두었다. 마스크도 눈에 띄는 특징이 되므로 벗었다. 스사카가 경계하는 듯한 낌새는 전혀 보이지 않았지만, 신중하게 행동하는 것이 최선의 방책이다.

드디어 스사카는 앞쪽의 저층 아파트에 들어갔다. 입구가 도어록은 아니지만, 고급스러워 보인다. 아마도 집세도 싸지 않을 것이다. 스사카의 집은 이 아파트 3층에 있다. 누나가 수차례 드나들었을 집이었다.

나는 전신주 뒤에서 스사카의 모습이 3층에 나타나는 것을 지켜보았다. 복도식 아파트여서 사람이 오가는 모습이 바깥쪽 길에서도 보인다. 스사카는 엘리베이터에서 내린 후 오른쪽에서 세 번째 집의 문을 열고 안으로 들어간다. 문이 닫히자 나는 가슴 속에서 익숙한 감정이 치밀어 오르는 것을 느꼈다.

그것은 조바심과 무력감이었다. 오늘도 아무것도 못 한 채 스사카가 귀가하는 것을 그저 바라봤을 뿐이다. 나는 대체 뭘 할 수 있을까? 갈 길을 보여주는 사람이 있다면 그 앞에 납작 엎드려 가르침을 애걸하고 싶은 심정이었다.

2

화장실에서 나오니 나나는 스마트폰을 보고 있었다. 내가 나온 걸 보고 스마트폰을 가방에 넣는다. 그 얼굴은 어딘가 어두워 보였다. 귀찮은 문자라도 온 걸까 싶어서 "왜 그래?" 하고 물었지만, 나나는 "으응, 아냐" 하고 고개를 가로젓는다. "아무것도 아냐. 가자."

그렇게 말하며 나를 재촉한다. 우리는 이제 막 영화를 보고 나와서 차를 마시러 가려는 참이다. 서로 화장실에 갔는데 어찌 된 일인지 남자 화장실이 혼잡하여 내가 늦게 나왔다. 나나가 스마트폰으로 시간을 때우고 있었던 걸 보니 상당히 기다린 모양이다. 보통은 여자 화장실이 더 붐비는데 이상한 일이었다.

쇼핑몰 내의 카페를 둘러보다가 운 좋게 빈자리를 발견했다. 커피를 사 와서 자리에 앉는다. 조금 전에 본 영화의 감상을 말하자 나나도 "맞아, 맞아"라며 기다렸다는 듯이 맞장구쳤다. 여러 가지 면에서 취향이 잘 맞는 나와 나나는 무언가에 대한 감상이 엇갈리는 경우가 거의 없다. 오늘 영화도 재미있었다는 평가로 일치했다.

"아까 내가 화장실에서 나왔을 때 영화평 보고 있었던 거야? 악평이라도 있었어?"

한바탕 열을 올리며 이야기한 후, 갑자기 떠올라서 물어봤다. 내가 재미있다고 생각한 것에 관해 나쁜 평을 듣게 되면 제작자도 아니고 아무런 관계도 없는데 안타까운 기분이 든다. 나나의 표정이 흐렸던 것은 그런 기분의 표출이 아니었을까 짐작했다.

하지만 나나는 "아니" 하며 고개를 저었다.

"영화와는 전혀 상관없는 일이야. 왜 있잖아, 최근 자주, 학교 폭력 사건에 연루된 사람이 살해당했잖아. 또 누가 살해됐더라고."

"아, 그거."

자살 욕구를 가진 사람이 어차피 죽을 바에야 사회에 도움을 주고 나서 죽고 싶다는 생각으로 학교 폭력에 관련된 사람을 살해하는 사건이 빈발하고 있었다. 가해 학생에 대한 복수를 기대하며 죽이고 싶은 상대를 유서에 지명한 후 자살하는 아이까지 나타났다. 요즘 들어 매월 한두 건은 그런 살인사건이 일어나고 있다. 사회 분위기가 살벌해지고 있는 것이 피부로 느껴지지만, 반드시 그게 나쁜 일이라고 생각하지 않는 사람도 많았다. 나도 그중 한 명이었다.

"나쁜 짓을 했으니 응징을 받는 것은 당연하지. 남을 괴롭히거나 그걸 보고도 못 본 체하고 두둔하는 건 나쁜 짓이라는 걸 일본인 모두가 확실히 깨달았잖아. 틀림없이 이번 일을 통해 학교 폭력도 없어질 거야."

"사람을 죽여서 깨닫게 하는 건 너무 강압적이지 않아? 난 그런 거 이상한 거 같은데."

나나는 눈살을 찌푸렸다. 나도 인상을 찌푸리고 싶어졌다.

성격이 정말 잘 맞아 다른 여자와 사귄다는 건 도저히 상상조차 할 수 없다는 생각이 드는 나나지만, 단 한 가지, 도저히 메울 수 없는 의견의 골이 있다. 사형제도에 대한 입장이었다. 나나는 요즘 세상에 드물게, 사형폐지론자였다.

나나와 나는 고등학교 동창이었다. 고등학교 시절의 나나는 눈에 띄지 않는 존재여서 솔직히 안중에도 없었다. 육상부 소속이었던 나나는 매일같이 연습에 매진했기 때문에 햇볕에 타서 살갗이 새까맸다. 껑충 키가 크고 새까만 여자애 정도의 인식밖에 없었고 얼굴이 어떻게 생겼는지도 몰랐다. 이런 얼굴이었나, 하고 다시 보며 새삼스럽게 놀란 것은 대학생이 되고 나서 처음 열린 동창회에서 만났을 때였다.

 흰 피부에 옅은 화장을 한 나나는 고등학교 당시와는 완전히 딴사람이었다. 나는 처음에 누군지 못 알아보고 이름을 물어봤다. 나나라는 것을 알았을 때는 너무 놀란 나머지 성형을 했냐고 꽤나 실례가 되는 질문까지 했다. 나나는 화를 내기는커녕 깔깔대며 웃었다. 나의 무례함이 오히려 강한 인상을 남겼는지 결국 그 일을 계기로 사귀기 시작했다.

 나나가 몰라볼 정도로 예뻐졌다는 것도 부인할 수 없긴 했지만, 내가 나나에게 호감을 느낀 건 말이 잘 통해서였다. 좋아하는 영화, 텔레비전 드라마, 만화 모두 일치했다. 다른 사람 눈에는 둘 중 한쪽이 장단을 맞춰주는 것처럼 보이리만큼 우리는 마음이 척척 맞았다. 이렇게 잘 통할 줄 알았으면 고등학교 시절부터 더 많은 이야기를 나눴을 텐데, 하고 깊이 후회했다.

 서로에 관해 2년 정도 늦게 알아차린 것은 통한스럽지만, 어쨌든 결국 우리는 서로를 발견했다. 잃어버린 몸의 일부를 마침내 찾아낸 듯한, 의심의 여지 없이 확실한 느낌이었다. DNA 상태에서 이미 한 쌍이 되기로 결정되었다는 확신이 들 만큼 우리는 성격이 잘 맞았다. 상대가 나와 같은 생각을 하고 있다는 기쁨이 이렇게 큰 건지 몰랐다. 나는 나나의 생각을 속속들이 이해하고 있다고 믿어 의심치 않았다.

 사형에 관해 내가 부주의한 감상을 말하기 전까지는.

사형에 반대하는 사람을 최근 몇 년간 만난 적이 없었다. 나쁜 짓을 하면 사형당한다는 것은 너무도 당연한 상식이 되어 의심할 여지가 없는 일이었다. 사람을 살해하면 자신도 살해당한다. 단순명료하여 좋지 않은가? 무엇이 문제인지 나는 도저히 이해할 수 없다. 그래서 사형반대론자라는 부류가 세상에 존재한다는 것을 알고 있긴 했지만, 그저 별종들이라고밖에 생각하지 않았다.

사람의 눈을 짓뭉개고 혀를 잘라내고 양손의 손가락을 전부 절단한 범인이 체포되었을 때의 일이다. 나는 별생각 없이 지극히 자연스럽게 내 생각을 말했다. "이런 자식, 사형시켜 버려야 해."

시력을 잃고 말도 할 수 없고 물건을 집는 것조차 할 수 없게 되다니, 상상하는 것만으로도 소름 끼치는 끔찍한 범죄다. 하지만, 피해자가 죽지는 않았다. 범인은 그런 극악무도한 만행을 저지르고도 피해자가 살아있다는 이유로 사형을 면한 것이다. 이런 어처구니없는 일이 또 있을까?

그래서 나는 범인을 사형에 처해야 한다고 말한 것인데 나나는 동의하지 않았다. 나나가 나의 의견에 수긍하지 않은 것은 처음이었다.

"사형시키면 된다니, 그렇게 쉽게 말하지 않는 게 좋겠어."

딱 지금처럼 나나는 미간을 찌푸리고 말했었다. 나는 처음에 어안이 벙벙했다. 나나가 하는 말을 듣고도 바로 의미를 이해하지 못했다. 마치 나나가 갑자기 영어로 말하는 것 같았다. 그 정도로 나나의 말은 내 귀에 뚱딴지같이 들렸다.

"엥? 왜?"

나는 얼빠진 말투로 반문했다. 정말로 몰라서 묻는 거였다. 나나가 인상을 쓰고 있는 이유도 모르겠고 내 말을 나무라는 이유도 전혀 짐작이 가지 않았다. 내가 뭔가 이상한 말을 한 건가, 하고 다시 한번 머릿속에서 내 말을 돌이켜보았지만, 이상한 점을 하나도 찾을 수 없었다.

"사형시켜버리면 좋겠다는 말은 죽어버리면 좋겠다는 의미잖아. 타인에게 죽어버리면 좋겠다는 말을 하다니, 왠지 살벌하지 않아?"

그것이 나나의 설명이었다. 듣고 보니 틀림없이, 죽어버리면 좋겠다는 말은 살벌한 표현이긴 하다. 그러나 범인은 그런 말을 들어도 마땅한 짓을 하지 않았는가? 범인이 사형당하지 않는 게 이상하다고 생각하는 사람이 나뿐은 아닐 것이다. 오히려 일본국민 모두가 그렇게 생각할 것이라고 확신했다. 설마 진짜로 세상에, 그것도 이렇게 가까운 곳에 반대하는 사람이 있으리라고는 예상조차 하지 못했다.

"잠, 잠깐만 기다려 봐." 나는 당황하여 반박했다.

"나는 사형시키면 좋겠다고 했지, 죽으면 좋겠다고 말하지 않았어. 의미는 같을지도 모르지만, 뉘앙스는 다르잖아. 사형은 법으로 심판한 결과니까."

"사람을 죽이는 것을 법으로 허용한다니, 이상하다고 생각하지 않아?"

"에에엥?"

나는 놀라 자빠질 뻔했다. 나나가 이상한 종교 같은 데 빠진 게 아닐까 생각했다. 수상쩍은 신흥종교 중에는 신자들에게 사형은 용납될 수 없다고 가르치는 단체도 있다고 한다. 그야말로 사이비라고밖에 표현할 도리가 없는 종교다. 눈앞에 있는 사람이 나나가 아니라 나나의 모습을 한 다른 사람이 아닐까 진심으로 의심했다.

"나나, 왜 그래? 내가 뭐 화나게 하는 말이라도 했어?"

나한테 삐친 일이라도 있어서 괜히 나한테 트집을 잡고 싶은 거라고 해석했다. 그렇게라도 생각하지 않으면 사형에 반대한다니 납득할 수가 없었다.

"화 안 났어. 화난 건 아닌데 그런 말을 듣는 건 좀 거북해서."

나나는 내게서 시선을 돌리고는 중얼거리듯이 말했다. 나는 아직도 말을 이해하지 못했다.

"설마 그럴 리 없겠지만, 혹시 나나는 사형반대론자야?"

나의 물음에 나나는 머뭇머뭇 고개를 끄덕였다. 나는 천지가 뒤집힌 듯한 느낌이 들었다.

"음, 그러니까, 내가 좀 혼란스러워서 그러는데, 머리를 좀 정리하고 싶어. 내가 이상한 말은 하나도 안 한 것 같은데. 타인에게 해서는 안 될 짓을 한 놈은 사형당해야 한다. 이 말이 뭐가 이상해?"

새삼스럽게 묻자 나나는 무척 슬픈 표정을 지었다. 나나는 작게 고개를 가로젓고는 몸을 기울이지 않으면 들리지 않을 만큼 작은 목소리로 말했다.

"됐어. 그만두자. 나, 이 이야기 하기 싫어."

나나는 일방적으로 이야기를 끝냈다. 나는 찜찜한 기분이 남았지만, 더 이상 건드리고 싶지 않다는 점에는 동감이었다. 나나에게서 나로서는 이해할 수 없는 부분을 처음으로 발견한 것이 상당한 충격이었다.

그런 일이 있고 난 뒤, 일부러 그런 것은 아니지만, 우리는 서로 사형에 관한 화제는 피하게 되었다. 깊이 파고들다 보면 충돌할 거라는 것을 서로가 알고 있기 때문이다. 하지만, 언제까지나 회피하며 지낼 수는 없다. 사형에 찬성하는가, 반대하는가 하는 것은 삶의 방식이라는 근본적인 부분에 관련된 문제이기 때문이다. 여기에서 엇갈리면 언젠가 우리 교제가 파탄 날 거라는 공포가 도사리고 있었다.

그래서 나는 최대한 조심스럽게, 사형을 화제에 올려보기도 했다. 왜 사형 반대 같은 특수한 사고방식을 품게 되었는지 그 계기가 궁금했다.

"부모님이 그렇게 생각하셨거든."

언젠가 불쑥 나나는 이유의 일부를 말한 적이 있다. 아 그렇구나, 그럴 수도 있겠다고 나는 조금 수긍했다. 부모가 사형반대론자가 아니라면 보통 그런 사고방식을 품게 되지는 않는다. 전 남자친구가 사형반대론자였다 등의 고백을 듣지 않은 것에 오히려 안도했다.

그러나 한편으로 다른 불쾌한 상상도 떠올랐다. 나나의 친지 중에 사형당한 사람이 있는 것은 아닐까? 사형폐지론자 대부분은 가까운 사람 중에 사형수가 있는 사람이라고 들은 적이 있다. 친지 중에 사형당한 사람이 있다고 해서 나나가 싫어지는 일은 없겠지만, 소문이 나서 좋은 이야기가 아닌 것은 사실이었다.

"부모님은 왜 사형에 반대하셔?"

이번에도 쭈뼛쭈뼛 질문을 건넸다. 나는 언젠가 나나와 결혼하고 싶은데, 아내의 부모가 이상한 신조를 고수한다면 상당히 괴로운 일이다. 우리 쪽 친척들이 맹렬하게 반대할 게 뻔하다.

"우리 엄마, 아빠는 외국에서 산 적이 있거든."

"아아, 그렇구나."

나는 무심결에 큰 소리로 말했다. 생각할 수 있는 범위 내에서 최선의 대답이었다. 그렇구나. 외국에서 물든 거였구나. 사형폐지론자 중에서 가장 질이 덜 나쁜 사람들이다. 나는 폐 깊숙한 곳에서 안도의 숨을 내뱉었다.

"아, 그래서 그랬구나. 하지만, 국가가 다르면 국민성도 다르잖아. 모든 면에서 서양 국가들이 뛰어나다는 건 지금은 시대착오적인 생각이야. 일본이 왜 이처럼 치안이 좋은지, 서양 국가들이야말로 생각해 봐야 하지 않을까?"

 나는 그런 식으로 말했다. 별달리 특이한 주장을 한 것도 아니다. 오히려 신문이나 텔레비전에서 자주 접하는 논리다. 그대로 따라 말한 것 같아서 부끄럽긴 하지만, 백번 옳은 말이라고 생각하므로 어쩔 수 없다. 애초에 나쁜 짓을 하지 않으면 사형 따위 신경 쓰지 않아도 되니 선량한 사람에게는 일본만큼 안전하게 살 수 있는 나라도 없다고 생각했다.

 학교 폭력은 나쁜 짓이다. 이에 이견이 있는 사람은 없을 것이다. 학교 폭력 탓에 자살하는 아이도 있다. 타인을 자살로 몰아가다니 도저히 용서받을 수 없는 일이다. 그런 짓을 하면 대가가 따른다. 단순명료하여 좋지 않은가? 나는 그렇게 생각했고 세상 분위기도 마찬가지인 것 같다.

 그러나 지금 또다시, 나나는 그런 세상의 흐름을 거스르는 말을 한다. 사람을 죽여서 깨닫게 하는 건 너무 강압적이라고. 나는 반론해야 하나 말아야 하나 망설이며 이전에 나눈 대화를 떠올렸다. 사형이 있으므로 일본의 치안이 유지되는 것이라고 나는 주장했다. 하지만 현재 한 달에 한두 번은 학교 폭력과 관련된 살인이 발생하고 있다. 이래서야 정말로 치안이 좋은 상태라고 말할 수 있는 것인지 문득 의문이 들었다.

"틀림없이 말해도 못 알아듣는 놈들이었을 거야. 대화를 통해서는 괴롭힘이 없어지지 않으니 괴롭힘당한 아이가 자살하는 거겠지. 부조리한 짓을 저지르는 강한 자와 그저 참을 수밖에 없는 약한 자가 있다면 나는 약자의 편이 되고 싶어."

반박은 했지만, 왠지 이야기가 어긋나는 느낌이 들었다. 나는 학교 폭력 가해자 살인사건들의 내막을 모르고 감정론을 주장하고 있다. 그에 대해 나나는 학교 폭력을 긍정하는 것은 아니며 살인이라는 최종 수단으로 즉시 직행해버리는 것을 문제시하는 거라고 말했다. 나나가 말하고자 하는 의미는 알겠지만, 감정을 무시할 수는 없다.

"피해자 중에는 살해당할 만큼 끔찍한 짓을 하지 않은 사람도 있지 않을까? 나쁜 놈은 죽여버리라는 생각은 정말 무서워."

나나는 고개를 떨군 채 애먼 티스푼을 만지작거리며 중얼거렸다. 그런 나나에게 나는 논리로 반박할 마음이 더는 들지 않았다.

3

나나가 이 문제에 관해 그다지 적극적으로 이야기하고 싶어하지 않는 것은 나와의 사이가 틀어질 것을 두려워하기 때문만은 아니다. 학교 폭력 가해자 살인을 긍정하고 싶은 나의 심정을 조금은 이해하고 있기 때문이다. 적어도 나는 그렇게 해석한다.

죄를 저지른 자는 정당하게 심판받아야 한다. 이 사고방식은 일본뿐만 아니라 전 세계에서 마찬가지일 것이다. 그러나 실제로는 죄를 짓고도 심판받지 않고 버젓이 살아가는 인간도 있다. 친구를 괴롭혀 자살할 지경까지 몰아넣은 놈들이야말로 그 예이다. 학교 폭력을 보고도 못 본 체하거나 조장하는 자들도 마찬가지다. 그런 놈들은 간혹 상해죄로 계도 받는 경우는 있지만, 살인자 취급을 당하지는 않는다. 또 묵인하고 조장한 자들은 자신도 범죄자라는 자각이 있을 리 없을 것이다. 그런 건 말도 안 된다는 생각이 인간으로서 지극히 당연한 발상 아닐까?

죄를 저지르고도 심판을 받지 않는 것은 학교 폭력 사건 연루자뿐만은 아니다. 세상에는 심증은 100% 유죄지만 증거 불충분을 이유로 체포당하지 않는 놈도 있다. 나는 일본의 법과 경찰을 신뢰했으므로 설마 체포당하지 않는 범인이 존재할 줄은 꿈에도 생각지 못했다. 내 측근에서 사건이 일어난 후에야 비로소 법과 경찰에게도 한계가 있지 않을까 생각하게 되었다.

무슨 일이든 전조가 있는 법인데 그것을 눈치챘을 때는 이미 돌이킬 수 없는 사태가 되어버린 경우가 있다. 나에게 돌이킬 수 없는 사태란 누나의 죽음이었다. 나는 누나가 죽을 때까지 스토커에게 시달렸다는 사실을 전혀 몰랐다. 그저 왠지 목소리에 힘이 없는 것 같다고 느끼는 정도였다. 그도 그럴 것이 서로 성인이 된 후에는 같은 집에 사는 것도 아니므로 평소에 특별히 신경 쓰지는 않았다. 마지막으로 만났던 것은 상당히 오래전이었고 목소리를 들은 것도 전화를 통해서였다. 그러다 보니 누나가 먼저 스토커에 관한 고민을 털어놓지 않는데 내 쪽에서 알아채기란 불가능했다.

내 본가는 지바 현의 애매한 위치에 있다. 도쿄 시내까지 나오려면 전차로 1시간 반 정도 걸리는 곳이다. 대학생인 나에게는 통학하지 못할 거리는 아니다. 이른 오전 수업은 수강 신청하지 않고 밤에 친구들과 놀 때는 어딘가에서 얹혀 자면 되기 때문이다. 하지만 직장인이 된 누나에게 1시간 반의 통근은 너무 길다. 그래서 도쿄 도내에 저렴한 원룸을 빌려서 자취를 시작했다.

동생인 내가 말하기는 뭐하지만, 누나는 누구나 돌아볼 미모의 소유자다. 그 정도의 외모이니 사귀는 남자가 생기는 것도 당연했을 것이다. 굳이 물어본 적은 없었지만, 사귀는 남자쯤 있겠거니 하고 생각했었다. 실제로 있었다.

경찰의 연락은 어머니가 받았다. 어머니는 너무 놀란 나머지, 정상적인 사고를 할 수 없었다. 아버지와 내게 전화를 걸어 횡설수설하며 무슨 일이 일어났다는 것만을 전해주었다. 나는 아버지와 상의한 후 다시 경찰에 연락했다. 그제야 누나가 살해당했다는 것을 알게 되었다.

누나는 원룸 내에서 목이 매달린 채 죽었다. 현관문은 안쪽에서 잠겨있었지만, 창문이 열려있어서 범인은 창문으로 드나든 것으로 추정되었다. 누나 방은 2층인데 홈통을 타면 침입할 수 있는 위치에 있었다. 창문이 깨진 흔적은 없었다. 왜 잠겨있지 않았는지는 밝혀지지 않았다. 베란다에서 침입할 만한 수상한 사람을 스스로 집에 들였을 리가 없으므로 아마도 누나가 잠그는 것을 잊어버린 것으로 추측되었다.

누나 방에서는 현금이 없어졌다. 그래서 처음에는 강도살인 가능성이 제기되었다. 그러나 곧 용의자가 떠올랐다. 누나를 집요하게 따라다니던 남자가 있었던 것이다. 그자가 스사카였다.

스사카는 인물이 좋은 남자였다. 키는 평균 키였지만, 얼굴 생김새가 반듯하여 용모에 끌리는 여자도 있을 법하다. 하지만 실제로는 독점욕이 상당히 강한 성격의 소유자였다. 사귀는 여자를 자신의 소유물로 취급하며 속박했다. 때로는 폭력까지 휘두르는 최악의 남자였다.

누나는 스사카의 그런 성격을 모른 채 사귀기 시작했다. 스사카는 누나의 회사 거래처에 근무하는데 한때 빈번하게 만날 기회가 있었다고 한다. 누나는 누가 보더라도 미인이었으므로 점찍어두었던 것이리라. 그리고 스사카도 성격을 모른다면 멋진 남자로 보였을 테니 누나는 교제를 수락했다.

교제 기간은 반년 정도였던 것으로 경찰 조사에서 밝혀졌다. 헤어지자는 말을 꺼낸 것은 누나였다. 사귀는 반년 동안 스사카의 성격을 알아차렸을 것이다. 그러나 스사카는 자존심이 센 남자였으므로 여자에게 헤어지자는 말을 듣고 순순히 그러마고 수용하지 않았다. 절대로 헤어지지 않겠다고 버티는 바람에 수차례 옥신각신했던 것 같다. 그래도 누나는 체념하지 않고 스사카와 연을 끊기로 했다. 화가 난 스사카는 누나에게 스토커 행위를 시작했다.

스사카도 회사원이므로 24시간 누나를 따라다닌 것은 아니다. 그렇지만 그의 행위는 상당히 악질적이었다. 누나 방의 열쇠를 멋대로 복제하여 무단으로 침입했다. 우편물을 몰래 보고 불법 촬영 카메라를 설치하기도 했다. 미친 듯이 메시지를 보냈는데 그 내용은 횟수를 더해감에 따라 격화되었다. 너를 죽이고 나도 죽겠다는 등 과격한 내용의 문자를 하루에도 수십 통씩 보냈다.

전화를 걸고 주말에는 미행도 했다. 누나는 두려움에 떨며 친구들과 상의했다. 그 친구들이 증언해주어 누나가 구체적으로 스사카에게 어떤 피해를 당했는지 밝혀졌다. 친구들은 경찰에게 상담하라고 조언했다고 하는데 누나는 그렇게 하지 않았다. 이유는 모른다. 상담해도 소용없다고 생각했을 수도 있고, 상담하러 가기 전에 살해당하고 만 걸 수도 있다. 경찰에 도움을 요청했다면 이런 일이 일어나지 않았을 거라고 몇 번이나 생각했지만, 이미 때는 늦었다. 경찰의 무능력함을 뼈저리게 깨달은 지금은 설령 경찰에 신고했더라도 결과는 같았을 거라는 생각도 든다.

죽여버리겠다는 메시지를 보내고 불법으로 주거침입을 했으니 스사카가 용의자로 맨처음 수사 선상에 오른 것은 당연한 일이다. 돈을 훔친 것은 단순 강도살인으로 위장하기 위한 눈 가리고 아웅 식의 은폐 공작일 것이다. 스사카가 체포되는 것은 시간문제라고 나는 단순하게 생각했었다.

그런데 사태는 여기서부터 지지부진했다. 경찰은 스사카를 임의동행으로 조사했으나 자신은 죽이지 않았노라는 일관된 주장을 했고 결국 자백은 하지 않았다. 사건 당일 밤, 알리바이를 물어도 집에 있었다고 말할 뿐 아무것도 증명할 수 없었다. 그가 사는 저층 아파트 주민 중 교류하는 사람이 있는 것도 아니었기에 그날 밤에 스사카가 집에 있었는지 없었는지 누구 한 사람도 증언해 줄 수가 없었다. 철벽같은 알리바이는커녕 알리바이 자체가 아예 없는 것이지만, 그것이 오히려 스사카를 지켜주었다. 알리바이가 없다는 이유만으로 경찰이 용의자를 체포할 수는 없는 노릇이기 때문이었다.

물적증거가 하나도 없었다. 범행현장이 된 누나 방에는 범인의 지문도 발자국도 머리카락 한 올조차 남아 있지 않았다. 원룸 부근의 목격 증언도 없고 경찰은 속수무책 상태였다. 스사카는 체포된 게 아니라 임의동행이었으므로 경찰로서는 증거가 없으니 방면할 수밖에 없었다. 스사카는 기세등등하게 경찰서를 나왔다.

누나의 죽음 자체에 특이점이 있는 것은 아니지만 누가 봐도 수상한 용의자가 체포당하지 않는 사실이 매스컴의 관심을 끌었다. 누나가 미인이고 스사카도 화면발이 잘 받는 남자였던 것이 보도를 과열시켰다. 스사카는 몰려오는 리포터들에 눈도 깜짝하지 않고 질문에 당당하게 답했다. 나는 결백하다. 경찰이 성급한 판단으로 임의동행을 요구한 것뿐이다. 스토커 행위를 했다는 것도 실상을 모르는 제삼자의 생트집이고 우리는 서로 사랑하는 사이였다. 연인을 잃고 마음에 깊은 상처를 입었다. 범인이 한시라도 빨리 잡히기를 간절히 바라는 바다. 그런 말을 텔레비전 카메라를 향해 태연자약하게 나불댔다.

솔직히 내가 누나와 남달리 친했던 것은 아니다. 친한 정도로 치면 여느 남매들과 비슷했던 것 같다. 다만 스사카가 텔레비전에서 나불거리는 모습을 보니 이전에 겪어본 적 없는 격한 분노가 치밀어 올라서 견딜 수 없었다. 안구의 혈관이 터진 게 아닐까 생각이 들 정도로 시야가 붉게 물들었다. 인간은 극심한 분노에 사로잡히면 망막에 비치는 것을 인식할 수 없게 된다고 한다. 붉은색이 된 시야에 별이 깜빡깜빡했고 거의 실신 직전 상태였다. 무엇이든 아주 사소한 자극이라도 가해진다면 아무거나 잡히는 대로 텔레비전 화면을 향해 집어 던질 참이었다.

나는 화면에서 눈길을 떼고 아무것도 보지 않기로 했다. 그때는 스사카의 얼굴 따위 다시는 보고 싶지도 않다고 생각했다. 그러나 스사카가 수차례 매스컴에 등장했다는 이야기를 듣고 생각을 바꿨다. 죽어도 잊지 않도록 스사카의 면상을 기억에 새겨놓기로 했다.

온몸을 채운 분노는 스사카의 얼굴을 수차례 보는 동안 하나의 점으로 수렴되었다. 이자는 죽어 마땅하다는 생각이었다. 그렇지 않은가? 사람을 한 명 죽이면 사형을 당하는 것이 상식이다. 그럼에도 불구하고 이자는 버젓이 살아남았다. 그뿐인가, 자기도 피해자인 양 행동하고 있다. 이런 자를 용인해도 되는가? 사회정의를 위해, 그리고 누나를 위해 절대로 용서해서는 안 된다.

즉 내가 정당한 처벌을 고집하는 것은 '그것이 당연하니까'라는 이유로 생각하기를 포기한 결과가 아니다. 나나도 그 사실은 충분히 알고 있다. 그렇기에 사실은 사형제도에 반대하면서도 내 앞에서는 자기주장을 강하게 펼치지 않는 것이었다. 나나의 마음 씀씀이가 고마웠다.

사형은 야만적이라는 등 이러쿵저러쿵 말하는 사람은 본인이 가까운 사람을 잃어보면 된다. 그제야 자신이 얼마나 당사자의 기분을 배려하지 않은 의견을 함부로 입에 담았는지 이해하게 될 것이다. 사형시킬 것이 아니라 반성하게 해야 한다는 의견에도 나는 찬성할 수 없다. 왜냐하면, 입으로만 하는 반성이 아니라는 것을 증명하는 것은 불가능하기 때문이다. 스사카가 반성할 거라고 나는 도저히 생각할 수 없다. 이제 와서 반성하는 말을 한다고 해도 나는 절대로 믿지 않을 것이다. 스사카는 제 목숨으로 속죄해야 한다.

4

아직 나나는 약속 장소에 오지 않았다. 내가 너무 일찍 나왔으니 당연하다. 약속 시각까지 앞으로 20분이나 남았다. 나는 화단 가장자리에 걸터앉아 책이라도 읽기로 했다.

나는 본래, 빈말로도 독서가라고는 할 수 없었다. 그런데 최근 독서를 많이 하게 되었다. 미스터리 소설만 읽는다. 그것은 이유가 있기 때문이었다.

나나는 다른 사람을 기다리게 하는 타입이 아니다. 보통 약속 시각 10분 전에는 도착한다. 그러므로 나도 10분만 기다리면 되었다. 나나는 나를 발견하자 "많이 기다렸지?"라고 말했다.

"요즘, 책을 많이 읽네. 갑자기 책벌레라도 된 거야?"

예전의 나를 알고 있는 나나가 조금 놀리는 말투로 말했다. 고등학교 시절의 나는 책을 펴고 10분만 지나도 머리가 지끈지끈했다. 나를 놀리고 싶은 나나의 마음도 모르는 바는 아니지만, 나는 웃을 기분이 아니었다. 그러나, 속마음을 감추고 "그냥."이라고 답했다.

"읽어보니 재미있어. 나나도 읽어볼래?"

"그 책, 미스터리지? 난 연애소설은 읽지만, 무서운 건 좀 별로라서……."

"안 무서워. 나나는 겁쟁이구나."

내가 웃으니 나나는 "아니 그게 아니라." 하며 난처한 표정을 지었다.

"사람이 죽는 이야기잖아. 난 그런 건 별로야."

나나는 허구의 이야기라고 해도 살인 이야기는 싫은 듯하다. 나와는 다른 사고방식이지만, 그런 평화주의는 그 나름대로 훌륭하다. 아마 나나는 단지 부모의 생각을 그대로 따라서 사형 반대를 주장하는 것은 아닐 것이다. 나나의 의견을 한 번쯤은 단도직입적으로 물어보고 싶었지만, 지금의 나에겐 무리다.

오늘은 나나와 수족관에 갈 예정이었다. 좀 희귀하고 그로테스크한 생물을 모은 특별전이 열렸다. 기간 한정이므로 볼 생각이면 지금밖에 기회가 없다. 평소에는 그다지 돈이 들지 않는 데이트를 하는 우리지만, 오늘은 특별히 예외다.

나나는 가끔 생각지도 못한 반응을 보일 때가 있다. 이번에도 괴상한 생물을 보고 희한한 비유를 연발하는 바람에 나는 웃음보를 터뜨렸다. 나나와 함께 있으면 한순간도 지루할 틈이 없다. 언제까지나 함께 있고 싶다.

　수족관을 나와 차를 마시기로 했다. 카페 카운터석에 나란히 앉아 방금 보고 온 이상한 생물에 관해 반추해본다. 나나는 특히 지느러미를 다리처럼 사용하여 바닥을 걷는 물고기가 맘에 들었나 보다. 묘하게 얼빠져 보이는 얼굴도 마음에 드는 요소라고 했다.

　"그런 거 키워보고 싶긴 한데 개인은 무리겠지."

　나나는 진심으로 아쉬워하며 말했다. 나는 문득 나나를 좀 놀리고 싶어졌다.

　"나나는 악취미구나. 나는 어차피 키우는 거라면 귀여운 생물이 좋은데. 토끼나 기니피그 같은 거."

　"그 걷는 물고기도 귀엽잖아. 하지만 토끼랑 기니피그도 좋아. 귀여운 거랑 이상한 거 둘 다 키우면 되잖아?"

　나나는 선뜻 대담한 말을 했다. 한심하게도 나는 그 즉시 눈치 빠르게 대답하지 못했다.

　양쪽 다 키우면 되지 않느냐는 제안은 나와 함께 살 것을 전제로 하는 게 아닐까? 물론 나도 그런 미래를 꿈에 그리고 있지만, 아직 학생 신분이니 구체적인 프러포즈를 생각하고 있는 건 아니다. 그런 맘을 내비치는 말을 한마디도 한 적이 없는데 나나는 마음속으로 나와 함께 살아가는 미래를 기정사실로 받아들이고 있는 것 아닐까? 기쁨으로 가슴 깊은 곳이 서서히 뜨거워졌다.

그러나 한편으로 단순하게 기뻐하고만 있을 수 없는 현실이 있었다. 스사카의 존재다. 나는 도저히 누나의 죽음을 잊은 채 살아갈 수 없다. 어떻게든 깔끔하게 매듭을 짓지 않으면 진심으로 웃을 수도 없을 것 같다. 조만간, 가슴에 탁 걸려 있는 스사카라는 존재를 깨끗이 지워버리고 싶다. 그러나 그 결과로 내가 경찰에 잡혀버리면 나나와 함께 살아가는 미래도 존재할 수 없다. 나나와 함께 살아갈 미래를 위해서라도 나는 경찰에 잡히지 않는 방법을 생각해내야 했다.

이것은 너무도 높은 장벽이었다. 나에게 동기가 있다는 것은 부인할 수 없기 때문이다. 동기 면에서 범인을 찾는다면 가장 먼저 내 이름이 수사 선상에 오를 것이다. 경찰의 주목을 받는 것은 불가피하다고 치고 혐의를 피할 방법 같은 게 있을까?

나는 아직 그것을 발견하지 못했다. 알리바이를 만들면 된다고 생각하고 유명한 알리바이 트릭을 사용한 미스터리 소설을 몇 권이나 읽어봤지만, 그다지 참고가 되지 않았다. 소설 속에서는 마지막에 반드시 알리바이가 무너지기 때문이다. 완전범죄 방법을 가르쳐주는 미스터리 소설은 아직 만나지 못했다.

알리바이 트릭을 고집하는 것은 슬슬 포기하는 게 좋을지도 모르겠다. 그렇다면 어떻게 경찰의 의혹의 눈길을 피한다? 뾰족한 수가 없었다. 그런데 지금 갑자기 섬광처럼 뇌리에 떠올랐다. 결혼을 암시하는 나나의 말이 나의 뇌에 채찍을 가해준 덕분일지도 모른다.

자살로 위장하면 되는 거다. 누가 봐도 완벽한 자살이라면 살해 동기가 있다고 해도 의심받지 않는다. 스사카가 자살을 할 법한 인간인지는 의문이지만, 경찰의 추적을 끝까지 피할 수 없을 거로 생각하고 체념했다는 시나리오가 성립한다. 스사카가 자살한다고 해도 절대로 이상한 일이 아니었다.

나는 승리의 제스처를 취하고 싶었지만, 나나의 눈앞에서 그럴 수는 없고 은밀하게 왼쪽 주먹을 불끈 쥐었다. 그런 나에게 나나가 "있잖아" 하고 말을 시켰다.

"갑자기 왜 그래? 입을 꾹 다물고."

나나는 자신이 동거를 넌지시 내비쳐서 내 기분이 가라앉은 것으로 받아들였는지도 모른다. 실은 정반대이므로 허둥지둥 얼버무렸다.

"아, 미안. 그렇지, 둘 다 키우면 되겠네."

데이트 중에 남자친구가 딴생각을 하고 있다는 걸 알면, 기분이 좋지 않을 것이다. 게다가 그 생각이 온당치 못한 것이라면 나에 대한 나나의 마음은 어떨까? 아무것도 숨기고 싶지 않은 사람에게 말할 수 없는 비밀이 있다는 것은 괴로운 일이다. 괴롭다는 말로는 다 표현할 수 없을 정도로 꺼림칙했다.

"멍해 보이는데? 혹시 아직도 잠을 잘 못 자?"

걱정스러운 표정으로 나나는 내 얼굴을 들여다보았다. 미간을 살짝 찌푸렸다. 누나가 죽은 이후, 요즘 나나는 자주 이런 표정을 짓는다.

"그런 거 아니야. 수면제 잘 챙겨 먹고 있으니까 전혀 문제없어. 너무 걱정하지 마."

애써 밝은 말투로 말하자 나나는 고개를 끄덕이며 "그렇다면 다행이고"라고 말했다. 그다지 수긍한 것 같지는 않지만.

나는 누나가 살해당한 후부터 잠을 잘 자지 못했다. 잠은 머릿속을 비우지 않으면 오지 않는 것이라는 걸 이 나이가 되어서 처음 알았다. 잠자리에 들어도 왜 누나가 죽어야 했는지 생각이 꼬리에 꼬리를 물었다. 텔레비전 카메라 앞에서 청산유수로 말하는 스사카를 보고 난 후 그자에 대한 분노로 머리가 꽉 찼다. 달아오른 머리로 잠이 들 리 만무했다. 어느새 서너 시까지 뜬눈으로 새우는 일이 허다했다. 간신히 살포시 잠이 들었나 싶으면 스마트폰 알람 소리에 선잠 깨는 날들이 이어졌다.

한때 나는 상당히 핼쑥해졌던 모양이다. 눈 밑에 다크서클이 생기고 몸무게도 3kg 정도 빠졌다. 하지만 나 자신은 느끼지 못했다. 나나의 말을 듣고 나서야 볼이 홀쭉해졌다는 것을 깨달았다. 누나의 죽음으로 생각이 꽉 차 있었던 동안은 거울을 보고도 내 얼굴을 인식하지 못했던 것 같다.

불면은 꽤 심각한 고민이었으므로 몹시 망설인 끝에 병원에 가서 상담을 받았다. 나는 의사에게 의지하고 싶지 않았지만, 나나가 무조건 가라고 엄명을 내렸다. 평소에는 나에게 이래라저래라 지시하는 일이 없는 나나가 그렇게 강한 어조로 말할 정도였으니 걱정할 정도로 야위었던 것이리라. 나는 의사에게 수면제를 처방받아 겨우 잠들 수 있게 되었다.

하지만 수면제의 힘을 빌려 억지로 자는 잠은 숙면과는 거리가 멀었다. 왠지 찌뿌둥하게 눈뜨는 순간, 기분이 상당히 불쾌했기 때문에 곧 복용을 멈췄다. 하지만 병원에는 계속 다녔다. 수면제를 모아두면 무언가에 도움이 되지 않을까 생각했기 때문이다.

조금 전, 섬광처럼 떠오른, 자살로 위장한다는 아이디어에 수면제를 사용할 수 있을지도 모른다. 하지만 수면제로 사람을 죽이려면 상당히 많은 양을 먹여야 할 것이다. 저항을 막으면서 어떻게 대량의 약을 먹일 수 있을까? 그럴듯한 발상이긴 했으나, 현실적으로 생각해보면 실행은 불가능하니 체념할 수밖에 없을 것 같다.

어떻게 하면 될까? 내 마음속에서 초조감이 나날이 커졌다. 지금처럼 그저 스사카의 미행만 하다가는 언젠가 들통나 버릴 것이다. 밤에 깊은 잠을 자기 위해서도 나나와의 미래를 위해서도 이른 시일 내에 어떤 해결책을 생각해내야 한다.

"토끼 중에서 나는 귀가 늘어진 토끼가 좋더라."

느긋하게 원래 나누던 이야기로 화제를 돌렸다. 적어도 나나와 있을 때만큼은 마음속에서 원한을 몰아내고 싶다. 절실히 그렇게 바랐다.

나도, 라며 동의한 나나는 내 마음을 채워주는 포근한 미소를 지었다.

5

일단 수면제를 사용하겠다는 아이디어는 포기했지만, 아무래도 버리기는 아쉽고 미련이 남았다. 수면제를 대량으로 먹여서 죽이는 것은 무리일지라도 무엇에든 도움이 되지 않을까? 저항하는 상대를 제압하는 데 수면제처럼 효율적인 것은 없다. 일단 수면제를 먹인 후에 다음 단계로 넘어가면 된다는 쪽으로 생각을 바꾸었다.

그러나 그 '일단 수면제를 먹이는 것'이 어렵다. 친한 관계라면 함께 술이라도 마시는 동안 수면제를 넣을 수도 있겠지만, 우리는 그런 관계가 아니다. 차라리 스사카에게 접근해볼까 생각도 해 봤지만, 속마음을 억누른 채 그자와 웃으며 어울리는 건 무리라는 결론밖에 나지 않았다.

그렇게 고민하고 있을 때 나는 텔레비전 뉴스에서 어느 사건을 접했다. 가부키초의 유흥주점에서 수많은 손님이 피해를 본 사건이었다. 단순히 바가지 씌우는 정도가 아니라 카드 범죄라고 불러야 할 악질적인 범죄였다.

일단 가게에서 손님에게 술을 진탕 먹여 인사불성이 되게 한다. 손님이 곯아떨어지면 지갑에서 신용카드를 꺼내어 번호를 베껴 적는다. 그리고 그 자리에서는 상식적인 금액을 계산하고 손님을 보낸다. 그 직후에 미리 베껴둔 카드 번호를 이용하여 인터넷 쇼핑몰에서 고액 결제를 하는 수법이었다.

처음에 들었을 때는 나와 아무 상관도 없는 이야기라고만 생각했다. 나는 유흥주점 같은 곳에 가지 않기 때문이다. 그런데 술에 만취된 상태에서 간계를 부리는 수법은 내가 원하는 일에 응용할 수 있지 않을까 하는 생각이 문득 떠올랐다. 처음부터 수면제를 먹이려고 하니까 어려운 것이었다. 그 전에 사전 단계를 추가하면 되지 않을까?

그렇다고는 해도 스사카가 때맞춰 술에 곯아떨어져 주리라고는 생각할 수 없었다. 설령 그렇다고 해도 그 자리에 내가 없다면 의미가 없다. 그렇다면 무슨 다른 수가 없을까?

어떤 일이든 전심전력하여 계속 생각하다 보면 뭔가 아이디어가 떠오르게 마련이다. 나는 살인 방법을 모색하면서 그 사실을 경험했다. 인생관에 큰 영향을 미친 경험이긴 하지만, 다른 사람에게 자랑할 수는 없다. 애초에 떠오른 아이디어 자체가 그다지 고상하다고 할 수는 없기 때문이다.

술로 필름을 끊기게 할 수 없다면 좀 더 직접적인 수단에 의존하면 된다. 나는 그렇게 마음을 바꿨다. 예를 들어 머리를 쳐서 기절시키는 것이다. 물론 그런 방법으로는 자살로 위장할 수는 없을 것이다. 그러나 방향성으로서는 그걸로 충분하지 않을까? 나는 스사카를 두드려 패고 싶은 것이다. 내 희망은 충분히 이룰 수 있다.

머리를 강타하는 것이 안 된다면 약품을 사용하면 어떨까? 클로로폼을 적신 천으로 등 뒤에서 입을 막아 기절시키는 방법은 텔레비전 드라마나 소설에 흔히 나오지 않는가? 하지만 약품을 입수할 방법을 조사해보니 그렇게 손쉽게 손에 넣을 수 있는 것이 아니라는 것을 알게 되었다. 독극물이므로 손에 넣기 위해서는 인허가가 필요하다. 게다가 설령 클로로폼을 흡입하게 한다고 해도 드라마에서처럼 쉽게 정신을 잃는다는 보장도 없는 듯했다. 이 방법도 '불가'다.

그러고 나서 나는 전기충격기를 떠올리기에 이르렀다. 순간적으로 고압 전류를 흘려보내 상대를 기절시키는 호신용 무기다. 이거라면 내 이름을 밝히지 않고 손에 넣을 수 있고 사용법도 어렵지 않을 터였다. 호신용으로 팔고 있으니 효과가 있을지 없을지 걱정할 필요도 없다. 졸도시키는 용도라면 전기충격기다. 나는 일단 그런 결론을 얻었다.

그러나 기절시킨 후에는 어떻게 하지? 그 자리에서 죽이는 것은 의미가 없다. 스사카가 기절한 사이에 자살로 위장 조작을 해야 한다. 과연 그런 일이 가능할까?

그렇다. 여기에서 수면제를 넣으면 된다. 스사카가 가지고 있는 열쇠를 훔쳐서 집에 몰래 들어가 냉장고 안에 있는 음료에 수면제를 넣는다. 그러면 자연스러운 형태로 스사카에게 수면제를 먹일 수 있지 않을까?

다만, 전기충격기로 기절한 사람이 정신이 들 때까지 얼마나 걸리는지 확실하지 않았다. 아마도 개인차가 있을 것이다. 길가에 쓰러져있으면 지나가던 행인이 발견할 가능성도 있다. 사용할 수 있는 시간은 길어야 3분 정도일까? 3분 사이에 몰래 집에 들어가 수면제를 넣는 것은 무리다.

애초에 누가 집에 숨어들었다는 것을 스사카가 눈치채면 곤란하다. 그러면 잔뜩 경계할 것이다. 냉장고 안의 음료에는 손도 대려 하지 않을지도 모른다. 들키지 않기 위해서는 스사카가 기절한 사이에 열쇠를 되돌려놔야 한다. 갈수록 태산이었다.

좋은 계획이 그렇게 쉽게 떠오를 리 없다. 한 걸음씩 앞으로 나아가고 있는 것 같으니 여기서 포기하지는 않지만, 일사천리로 계획을 완성할 수는 없다. 일단 보류해두고 잠자리에 들었다. 머릿속을 비우려고 해도 막다른 골목에 봉착한 계획이 생각 사이로 언뜻언뜻 스쳐 갔다. 결국, 동이 트기 시작할 때까지 잠을 이룰 수 없었다.

그다음 날, 수업을 들으면서도 머릿속 한구석에서는 계획에 관해 계속 생각했다. 본격적으로 생각에 집중한 것은 학교를 나온 후부터였다. 내 방에 틀어박혀 어제와 똑같이 책상 앞에 앉아 생각을 한 점으로 모았다. 그랬더니 또다시 다음 단계로 이행할 아이디어가 퍼뜩 떠올랐다.

 열쇠를 복제할 수는 없을까? 스사카가 기절한, 고작 3분간 열쇠 복제품을 만들 수 있을 리는 없지만, 본을 뜰 수 있는 수단이라면 있지 않을까 생각한 것이다. 컴퓨터를 켜고 검색해봤다. 그러자 예상치도 못한 좋은 방법이 눈에 띄었다.

 열쇠 사진과 제조번호만 있으면 열쇠 복제품을 만들어주는 업체가 있었다. 그렇다고 해서 수상쩍은 업체도 아니다. 요즘은 그런 서비스도 일반적으로 이루어지고 있다. 이거다, 라고 생각했다.

 정리해보자. 우선 귀갓길의 스사카를 전기충격기로 기절시킨다. 그 사이에 스사카의 집 열쇠 사진을 찍는다. 그 날은 그것뿐이다. 스사카는 괴한의 습격을 받았다고 경찰에 신고할지도 모르지만 특별한 피해를 보지 않았으므로 경찰이 진지하게 접수해줄지는 의문이다. 스사카도 그렇게 예상하고 경찰서에는 가지 않을 가능성도 있었다.

 열쇠 복제품을 만든 후 스사카가 없는 낮에 그의 집에 은밀히 숨어든다. 냉장고 안에 있는 무언가에 수면제를 넣는다. 문제는 스사카가 언제 수면제가 든 음료를 마실지 모른다는 점이다. 그 날 밤에 마실 거라고 생각하는 것은 너무 낙관적이다. 확인할 수단이 필요했다.

 도청기를 설치할까? 곧바로 떠오른 생각이었다. 소리가 나는 동안은 스사카가 깨어 있는 것이고, 소리가 나지 않으면 잠든 것이다. 아주 단순하다. 콘센트에 장치하는 타입의 도청기라면 전지가 닳을 걱정을 하지 않아도 된다. 효과적인 수단으로 생각되었다.

이제 마지막 단계다. 자살로 위장하려면 황화수소나 연탄을 사용하는 것이 좋을 것이다. 황화수소는 화학반응이 시작될 때 나도 휘말릴 위험성이 있으니 연탄으로 해야 하려나? 안쪽에서 방의 모든 틈새를 잘 막고 현관문에 자물쇠를 채우면 누가 봐도 자살이다. 스마트폰에 뭔가 넌지시 암시하는 말이라도 남겨 놓으면 완벽하지 않을까?

"다 됐다……."

무심결에 입 밖으로 말이 나와버렸다. 다 됐다. 완성이다. 이거라면 내가 의심을 살 일도 없다. 누나를 살해하고 뻔뻔하게 살아가는 스사카에게 정의의 철퇴를 가할 수 있겠다. 나쁜 짓을 하면 반드시 응징을 받는 법이다. 그 사실을 스사카는 죽는 순간에 깨닫게 될 것이다.

6

준비해야 할 것은 전기충격기, 도청기 그리고 연탄이었다. 전기충격기과 도청기는 아키하바라에서 살 수 있을 것이다. 문제는 연탄인데 생각 끝에 일부러 스사카의 집에서 멀리 떨어진 곳에서 사기로 했다. 자살하는 사람의 심리는 잘 모르지만, 근처에서 사고 싶지 않은 심리가 발동하지 않을까? 연탄을 산 가게 영수증을 남겨두면 특별히 의혹을 살 일은 없을 것으로 생각했다. 물론, 영수증에는 스사카의 지문을 묻혀둘 필요가 있다.

아키하바라에서는 점포를 신중하게 골랐다. 전기충격기와 도청기라니, 아무리 봐도 사용 용도가 수상쩍다. 그러니까 당연히, 각각 다른 가게에서 살 생각이었다. 도청기는 놀랄 만큼 종류도 다양했고 입수도 어렵지 않았다. 이 세상에 도청기가 필요한 사람이 이렇게나 많다는 말인가 싶어 조금 묘한 기분이 들었다.

그렇게 대놓고 팔 정도니까 나도 숨어서 구매할 필요는 없었다. 당당히 물건을 살펴보고 콘센트에 설치하는 타입을 샀다. 전기충격기는 잡다한 물건이 잔뜩 쌓여 있는 뒷골목 가게에서 발견했다.

연탄은 감시 카메라가 없는 개인이 운영하는 연료 가게에서 샀다. 만에 하나, 주인이 얼굴을 기억할까 봐 일회용 마스크를 썼다. 손끝에는 지문이 남지 않도록 액상 밴드를 발라두었다. 그 손가락으로 영수증과 연탄을 받았다.

준비가 완료되었다. 이제 망설일 이유가 없었다. 이미 스사카를 수차례 미행했기 때문에 행동 패턴을 파악하고 있다. 결심만 하면 된다.

기회만 오면 실행한다. 그렇게 결심하고 오늘도 스사카를 미행하기로 했다. 수요일이 아니므로 사무실에서 몇 시에 나올지는 모른다. 야근이 꽤 길어질 때도 없는 건 아니었다. 하지만, 밤이 깊어지면 그만큼 나에게 기회가 생긴다. 그러기 위해서라도 건물을 감시하고 있는 것을 들키면 안 된다.

건물에서 50m 정도 떨어진 곳에, 밤에는 술도 제공하는 카페가 있었다. 카페의 창가에 진 치고 앉으면 먼눈으로 건물에 드나드는 사람들을 확인할 수 있다. 잠시 여기서 감시하기로 했다. 하지만, 너무 오래 있으면 안 된다. 가게 사람이 기억할지도 모른다. 한 시간으로 정하고 맥주를 홀짝홀짝 마시며 창밖을 계속 주시했다.

슬슬 장소를 옮겨야겠다는 생각이 들었을 때 마침 스사카가 모습을 드러냈다. 아무래도 운이 나를 따르는 것 같다. 나는 미리 준비해둔 잔돈을 전표와 함께 집어 들어 계산대에 두고 카페를 나왔다. 스사카는 늘 그렇듯이 곧장 전차역 방향으로 향했다. 나는 거리를 유지하며 뒤를 쫓았다.

그다음은 평소대로 익숙한 미행이었다. 스사카는 나를 눈치채지 못한 채 집 근처 역에 내렸다. 걸어가는 동안, 점점 행인의 수가 적어지는 것도 예상했던 일이다. 기회는 오늘이라는 예감이 들었다.

스사카가 사는 저층 아파트에 거의 다 왔을 즈음 길 앞쪽에 인적이 사라졌다. 나는 바지 주머니에 손을 찔러넣고 전기 충격기를 쥐었다. 사용법은 몇 번이나 연습하여 익혀두었다.

빠른 걸음으로 스사카의 등 뒤로 따라붙었다.

내가 스사카의 목덜미에 전기충격기를 갖다 댐과 거의 동시에 스사카가 인기척을 느끼고 돌아보려 했다. 하지만 스사카의 동작은 도중에 멈추고 무릎이 꺾이며 픽 주저앉았다. 땅바닥에 머리를 부딪치지 않도록 그의 몸을 받쳐주었다. 왜 그가 다치지 않도록 도와야 하는지 내가 원하는 바는 아니었지만, 현재 시점에 이자를 다치게 해서는 안 된다.

길 위에 천천히 눕히고 길의 전후방을 다시 한번 확인했다. 아무도 없다. 나는 서둘러 스사카의 가방을 뒤져서 열쇠 지갑을 찾았다. 안에 들어있는 열쇠는 한 개뿐이었다. 스마트폰으로 열쇠의 앞뒤 사진을 찍었다. 열쇠 지갑을 닫아 가방에 다시 넣었다. 이대로 스사카를 내버려 두면 차에 치일지도 모르므로 그의 몸을 길가로 잡아끌었다. 그러고 나서 급히 그 자리를 떴다.

돌아갈 때는 되도록 이리저리 골목길로 멀리 돌아서 역으로 갔다. 정신이 든 스사카는 자기에게 무슨 일이 일어났는지 바로 알아차리지는 못할 것이다. 이윽고 누군가가 강제로 졸도시켰다는 것을 깨달으면 지갑을 확인할 것이다. 그러나, 금전은 도둑맞지 않았다. 이상히 여기면서도 집이 코앞이니 일단 집으로 갈 것이다. 그 후, 경찰에 신고할지 말지는 내가 알 수 없는 일이다. 그가 신고한다고 해서 계획을 변경할 생각은 조금도 없다.

전차에 타고서야 겨우 제대로 숨을 쉴 수 있었다. 역에서 점점 멀어져갈수록 안도감이 뱃속 깊은 곳에서 솟아올랐다. 계획의 첫 단추는 잘 끼웠다. 스사카가 경찰서로 달려간다고 해도 나에게 연결된 만한 단서는 아무것도 없다. 두려워할 필요는 없었다.

집으로 돌아와 컴퓨터로 열쇠 복제를 의뢰했다. 완성될 때까지 닷새 걸린다고 한다. 지금까지 걸린 시간을 생각하면 닷새 정도는 기다리는 축에도 들지 않는다.

그사이에 한 번, 나나를 만났다. 딱히 특별한 목적 없이, 시부야를 적당히 돌아다녔다. 그러다가 눈에 띄는 가게가 있으면 들어가서 사지도 않으면서 구경하고 나오고 피곤해지면 카페에 들어가 쉬었다. 돈이 없는 대학생에게 지극히 평범한 데이트였다. 나는 나나와 함께 있는 것만으로 기뻤다.

카페에서는 창가 카운터석에 나란히 앉았다. 창밖 풍경이 잘 보였다. 내 대각선 앞에는 건너편 건물의 벽면을 뒤덮은 거대한 스크린이 있다. 나나와 이야기하면서 그 스크린을 별 뜻 없이 바라보고 있을 때 내가 좋아하는 연예인이 화면에 나왔다. 나도 모르게 홀린 듯 입을 다문 채 그 연예인을 바라봤다.

스크린에 의식이 집중되어 있었던 나는 나나가 어떤 표정으로 나를 보고 있었는지 알아채지 못했다. 나나가 말을 걸었을 때야 비로소 아차 하며 후회했다. 나나는 정확히 내 생각을 꿰뚫어 보고 있었다.

"…… 저 애, 누님하고 닮았지."

그렇다. 스크린에 나온 연예인은 누나와 많이 닮았다. 쌍둥이 같다고 할 정도는 아니지만, 볼 때마다 누나를 떠올리게 할 만큼 얼굴 생김새가 비슷한 데가 있었다. 이목구비가 뚜렷하여 무표정일 때는 조금 위압감을 주지만 활짝 웃으면 순식간에 친근한 인상으로 변한다는 점도 같았다. 누나가 살아있을 때는 딱히 호감이 없었는데 누나가 죽고 나서 좋아하게 되었다.

"응, 닮았어."

아닌 척 시치미를 뗄 수는 없었다. 시치미를 뗀다고 해도 나나의 눈을 속일 수는 없다. 죽은 누나가 떠올랐다는 정도의 설명은 나나도 기분 나쁘게 생각하지 않으리라는 것이 나의 짐작이었다.

그러나 나나의 통찰력은 내 상상을 훨씬 뛰어넘었다.

"누님의 복수를 할 생각이야?"

나는 아연실색하여 눈이 휘둥그레진 채 나나 쪽으로 돌아보고 말았다. 정면으로 눈이 마주쳤고 나의 이런 반응을 뒤늦게 후회했다. 이렇게 동요하는 모습을 보이다니, 아무리 부인한다고 해도 빤히 속이 들여다보인다. 너무 놀란 나머지 나나의 추측을 인정하고 만 꼴이 되었다.

"역시, 그랬구나."

마치 자기가 떳떳하지 못한 생각을 한 것처럼 나나는 눈길을 피했다. 나는 어떻게든 둘러대려고 머리를 굴렸지만, 그건 아무 소용없는 노력임을 알고 포기했다. 나나를 상대로 진실하지 못한 행동은 할 수 없다. 솔직히 말하는 것이 나나를 대할 때 올바른 태도라고 생각했기 때문이다.

"우리나라에서 사람의 생명은 무거워."

평소 생각해온 것을 그대로 말했다. 사람의 생명은 무겁다. 누나를 잃고 나서 그 사실을 뼈저리게 실감했다.

"사람을 죽이면 응징이 따른다. 그건 너무나 당연한 일 아냐? 정당한 대가가 없다면 사회는 엉망이 되지 않겠어?"

나나는 즉시 반응하지 않았다. 고개를 숙인 채 내 말이 들리지 않는 것처럼 꼼짝도 하지 않았다. 다시 건드리면 안 되는 화제를 건드려버렸다는 생각이 들었지만, 이제 와서 돌이키기엔 늦었다. 사형 반대 같은 신념을 딸에게 심어준 나나의 부모가 원망스러웠다.

"…… 나는 가족이 살해당하는 고통스러운 경험을 해 보지 않았어. 그래서 그런 경험을 한 사람의 심정을 진정 이해한다고 생각지는 않아. 하지만 그래도 소중한 사람이 살인자가 되는 것은 바라지 않아. 타인의 목숨을 빼앗는다고 해도 아무것도 달라지지 않잖아."

나는 무슨 말이든 나나의 말이라면 "그렇지"라고 맞장구쳐 주고 싶었다. 나나의 의견에 "틀렸어"라고 반론을 제기하고 싶지 않았다. 하지만 복수가 무의미하다는 것이 나나의 신념이라면 틀렸다고밖에 말할 방도가 없었다. 복수는 나 자신의 응어리를 풀기 위해서만 하는 것은 아니다. 그것이 정의라고 믿기 때문에 복수를 결심한 것이다. 정의가 실현되지 않는 사회는 잘못되었다. 일본 사회가 정의롭기를 바라기에 나는 스사카에 대한 복수를 완수하려는 것이다.

"나도 스사카가 체포되고 형이 집행된다고 하면 내 손으로 복수하려는 생각 따위 하지 않았을 거야. 하지만 일본은 에도시대처럼 봉행소(에도시대에 재판하고 죄인을 문초하던 곳)의 재판을 하고 있지 않아. 범인이 틀림없는 놈이라도 증거가 없으면 체포도 할 수 없어. 그러니까 내가 할 수밖에 없잖아? 스사카는 자신의 죗값을 마땅히 받아야 한다고."

나나에게 이해받지 못할지도 모른다고 반은 체념했다. 그래도 할 수만 있다면 알아주었으면 했다. 나는 나나와 헤어지고 싶지 않았고, 나나 이외의 여자와 사귄다는 것은 생각할 수도 없었다. 이런 사람은 세상 어느 곳에서도 찾을 수 없을 것이다. 스사카의 일 따위로 다투는 건 어리석은 일이고 화가 나서 견딜 수 없었다.

"…… 미안해, 그건 틀린 것 같아."

하지만 나나는 나를 인정해주지 않았다. 아, 역시 그렇군. 무력감과 허탈감에 사로잡혀 머릿속이 새하얘졌다. 가장 소중하게 여기는 사람과 이야기가 통하지 않는 서글픔. 사람과 사람이 서로 이해한다는 것이 이토록 어렵다는 것을 이제까지 전혀 몰랐다.

"범인이라는 증거가 없다면 아무리 의심스러워도 체포할 수 없는 것은 당연하다고 생각해. 증거도 없는데 사형에 처한다면 일본은 야만적인 나라가 되어 버릴 거야. 그러니까 복수는 용납되지 않아. 제발 부탁이야. 다시 한번 생각해 봐."

나나는 고개를 들고 내 눈을 똑바로 바라보며 애원했다. 남의 눈이 없었다면 내게 매달리며 신신부탁했을지도 모르겠다. 다만, 나는 그런 나나의 진의를 모르겠다. 사형제도에 반대하기 때문에 복수도 인정하지 않는 것인가? 아니면 진짜 나를 걱정해주는 것인가? 유감이지만 나나가 나를 생각해서 설득하는 것으로 느껴지지는 않았다. 그래서 나는 가벼운 말투로 대답했다.

"뭐 내가 진짜로 복수를 생각하고 있는 건 아니야. 그럴 리 없잖아. 복수하고 싶다고 생각하긴 하지만, 실행에 옮기는 것은 또 다른 문제니까."

모두 농담으로 하고 넘어가고 싶었다. 나나가 내 말을 어떻게 받아들였는지는 모르겠다. 표면적으로는 안심한 표정을 지으며 "다행이다"라고 말했지만, 마음속까지 읽을 수는 없었다.

나 자신이 더 이상 나나에게 속마음을 털어놓으려 하지 않기 때문이었다.

여기까지인가? 가슴 속에서 무언가가 툭 끊어지는 소리가 들렸다. 끊어지지 않길 바랐다. 하지만, 세상에는 어쩔 수 없는 운명이라는 것도 존재한다. 나와 나나의 미래는 포개어질 수 없는 운명이었다는 사실을 지금 확실히 깨달았다.

나나의 속마음을 읽을 수 없는 나였지만, 딱 한 가지 확신할 수 있는 것이 있었다. 나나 역시 지금 이 순간 우리가 끝났다는 사실을 확실히 자각했으리라는 것이다. 그때부터 우리는 이런저런 잡담을 나누다가 헤어졌다. 평소와 똑같은 듯했지만, 결정적으로 어딘가 다른 결별이었다.

7

복제한 열쇠가 도착했다. 그것이 계획 제2탄의 시작 신호였다. 나는 스사카가 회사에 가 있는 낮 시간대에 그자가 사는 저층 아파트로 향했다. 한낮이므로 늦은 밤보다는 사람들의 눈이 훨씬 많다. 길을 걸을 때는 어쩔 수 없다고 해도 아파트에 들어갈 때나 외부 복도에서 눈에 띄지 않도록 세심한 주의를 기울여야 한다.

저층 아파트는 도어록이 아니고 다행히 감시 카메라도 설치되어 있지 않았다. 건물 안으로 들어가는 것 자체는 전혀 어렵지 않다. 일단 사람의 눈을 피해 엘리베이터를 이용하지 않고 3층까지 계단으로 올라갔다. 계단 출구에서 외부 복도를 엿본 후 아무도 없다는 것을 확인하고 나서 빠른 걸음으로 스사카의 집 앞까지 이동했다. 그리고 복제한 열쇠를 열쇠 구멍에 넣고 돌렸다.

조금 뻑뻑하지만, 열쇠가 돌아가더니 문이 열렸다. 열쇠를 복제한 것이니 당연한 일이지만, 나는 깜짝 놀람과 동시에 가벼운 감동까지 맛보았다. 서둘러 집 안으로 들어가 등 뒤에서 문을 잠갔을 때는 이제 이미 돌이킬 수 없다는 사실을 실감했다.

집은 방 하나, 거실과 주방이 따로 있는 구조였다. 현관에서 전체가 한눈에 들어왔다. 오른쪽은 주방이고, 왼쪽에 있는 문은 화장실일까? 정면에는 2인용 소파의 등받이가 보이고 그 안쪽에는 꽤 큼직한 크기의 액정텔레비전이 있었다. 오른쪽 벽을 따라서 코르크 게시판 같은 것이 보였는데 묘하게 크기가 작다. 무엇을 위한 게시판인지 용도를 모르겠다.

나는 전등을 켜지 않은 채 집안의 모습을 파악했다. 검은색 커튼이 쳐져 있는데 세로로 난 작은 틈새로 햇빛이 새어들었다. 그래서 조명을 켜지 않고도 실내를 둘러볼 수 있었다.

나는 이미 손에 고무장갑을 끼고 있었다. 아파트 안으로 들어올 때 고무장갑을 끼었다. 신발을 벗고 주방에 놓인 냉장고 손잡이를 잡았다. 열어보니 안에는 우유 팩과 우롱차 페트병이 들어있었다. 좋은 기회다. 회사에서 돌아온 스사카는 아마도 우롱차 한 잔 정도는 마실 것이다. 여기에 분말로 만들어온 수면제를 넣어 두면 스사카를 재울 수 있을 것이다.

다행히 페트병은 개봉된 상태였다. 내용물이 조금 줄어있었다. 나는 페트병을 꺼내 싱크대 위에 놓았다. 수면제 분말은 종이에 싸서 가지고 왔다. 적정량을 모르므로 가져온 분량을 전부 넣기로 했다. 한 번에 복용한다면 많은 양이지만, 페트병에 들어있는 우롱차에 녹이면 한 컵 분량은 그다지 많은 양도 아니다. 이걸로 스사카를 죽일 수는 없을 것이다. 깊은 잠에 빠져주면 그걸로 충분하다.

병뚜껑을 열고 접어온 종이를 삼각형으로 폈다. 모서리에서 분말이 흘러 들어가도록 페트병 주둥이에 가져다 대었다. 흰 가루는 사르르 페트병 안으로 떨어졌다.

수면제를 전부 넣고 나서 뚜껑을 닫고 흔들었다. 우롱차는 색이 진해서 분말이 섞여도 언뜻 봐서는 모른다. 시간이 흐르면 더 녹겠지. 조심조심 흔들고 나서 냉장고에 다시 넣어두었다.

그때 발에 무언가가 닿아 나는 펄쩍 뛰어올랐다. 스사카가 바닥을 기어 와서 내 발목을 움켜쥔 줄 알았다. 하지만 시선을 발치에 떨어뜨리고는 쓴웃음을 지었다. 내 발을 건드린 것은 몸길이가 40cm 정도 되는 고양이였다.

머리끝부터 꼬리털 끝까지 온통 새까만 고양이였다. 몰랐는데, 스사카는 고양이를 키우고 있었던 모양이다. 자신의 전 여자친구에게 스토커 행위를 일삼다가 결국 살해한 잔혹한 자식이 반려동물을 키우고 있다는 건 조금 의외였다. 하지만 현실은 그런 법이다. 귀자모신(해산과 유아 양육을 맡은 여신으로 늘 남의 어린아이를 잡아먹었음)도 제 자식은 사랑스러운 법이다. 고양이는 딱히 내게 몸을 비비고 싶었던 게 아니라 문이 열린 냉장고에 관심이 있었던 듯하다. 멋대로 냉장고 안의 음식을 먹어버리면 곤란하므로 허둥지둥 문을 닫았다.

반려동물이 있다는 것은 계산 밖이었다. 그런 건 생각지도 못했다. 이 집을 밀폐하고 연탄불을 피우면 고양이도 죽어버릴 것이다. 아무리 스사카가 키우는 고양이라고 해도 고양이는 아무 죄도 없다. 같이 죽여버리는 건 너무 가엾게 느껴졌다.

놔주자. 그렇게 마음을 정했다. 지금 놔 준다면 퇴근하고 온 스사카가 뭔가 이상하다는 것을 눈치챌 것이다. 그러므로 아직은 이르다. 스사카가 수면제를 넣은 우롱차를 마시고 잠든 후에 고양이만 밖으로 내보내면 된다. 사람 손에 키워진 고양이가 갑자기 길고양이가 되면 힘들겠지만, 죽는 것보다는 나을 것이다.

냉장고를 닫자 고양이는 다시 멋대로 가버렸다. 다시 한번 실내를 둘러봤을 때 오른쪽 벽에 있는 콘센트를 발견했다. 가까운 곳에 가전제품이 없으므로 아무것도 꽂혀있지 않았다. 도청기는 여기에 설치하는 게 좋겠다.

미리 챙겨간 드라이버를 사용하여 20분 정도 걸려서 도청기를 부착했다. 콘센트 커버를 끼워버리면 그 안에 도청기가 있다는 것을 알아차리지 못할 것이다. 시험 삼아 텔레비전을 켜둔 채 화장실로 들어갔다. 수신기를 온으로 켜고 이어폰을 귀에 꽂자 텔레비전 소리가 들려왔다. 제대로 실내의 소리를 수집하고 있는 것 같다.

오케이. 준비는 완료됐다. 나는 화장실에서 나와 마지막 확인을 했다. 두고 가는 물건은 없고, 원래 있었던 물건은 손도 대지 않았다. 장갑을 끼고 있었으니 지문도 남지 않는다. 내가 여기 침입한 흔적은 전무했다.

현관문을 잠그고 서둘러 아파트를 빠져나왔다. 나올 때도 아무에게도 들키지 않았다. 계획은 순조롭다. 아무 문제도 없다. 이렇게까지 착착 진행되는 걸 보니 계획은 틀림없이 성공할 거라는 확신이 들었다. 운명이 나와 나나 사이를 갈라놓은 거라면 내가 스사카를 죽이는 것 역시 운명이다. 운명이 이끄는 대로 행동하면 된다고 생각하자 마음이 편해졌다.

8

회사에서부터 스사카를 미행하여 귀가하는 모습을 지켜봤다. 방에 등이 켜지는 것을 올려다보며 수신기 스위치를 켰다. 스사카는 귀가하면 바로 텔레비전을 켜는 모양이다. 수신기에 잡히는 것은 버라이어티 프로그램의 웃음소리였다. 이러면 스사카가 잠들었는지 아닌지 어떻게 알지? 곤란하다고 생각하면서도 일단은 소리에 집중할 수밖에 없었다.

텔레비전 소리 중간중간, 스사카의 목소리가 들렸다. 고양이에게 말을 하고 있다. 사료를 주는 것 같다. 반려동물을 귀여워하는 스사카의 모습은 상상할 수도 없지만, 이것 역시 스사카의 일면일 것이다. 이제 와서 의외인 면을 발견했다고 해서 내가 망설일 이유는 없다. 계획을 변경할 마음은 털끝만큼도 없다.

조금 전부터 냉장고를 여닫는 듯한 소리가 들렸다. 고양이에게 줄 음식을 꺼내는 것 같은데, 그 김에 자기도 우롱차를 마시려고 하지 않을까? 소리만으로는 우롱차를 마셨는지, 마시지 않았는지 판단할 수가 없었다. 초조함에 오른쪽 다리를 달달 떨었다.

한곳에 머무르면 의심을 살 수 있으므로 몇 번인가 자리를 옮겼다. 하지만 아파트에서 너무 멀리 떨어지면 도청기 전파를 수신할 수 없으므로 주변을 맴돌 뿐이었다. 여전히 텔레비전 소리가 들렸다. 하지만 조금 지나자 그 소리 외에는 아무 소리도 안 들린다는 걸 깨달았다. 스사카는 잠든 걸까? 확신이 서지 않아 나는 그저 서성였다. 도청기가 아니라 몰래카메라로 했으면 좋았겠다고 생각했으나 그러면 발각될 위험도 커진다. 이게 최선이었다고 나 자신을 달랬다.

30분 동안, 상황을 살폈다. 역시 스사카가 움직이는 소리는 들리지 않았다. 옳지, 행동을 개시할 타이밍이다. 나는 결의를 다지고 아파트로 돌아왔다.

하지만, 느닷없이 복제 열쇠로 문을 따고 침입하는 우는 범하지 않았다. 우선 초인종을 눌러봤다. 안에서 스사카가 다가오는 기척이 느껴지면 그대로 도망치면 된다. 무반응이라면 스사카는 잠이 든 것이다. 나는 긴장하면서 동태를 살폈다.

정적이 흘렀다. 초인종에 반응하는 목소리도 기척도 느껴지지 않았다. 그렇다면 안으로 들어가면 된다. 복제한 열쇠로 문을 열고 주저 없이 문 안쪽으로 몸을 밀어 넣었다.

바로 눈에 들어온 것은 바닥에 누워있는 스사카의 모습이었다. 마치 죽은 사람 같다. 수면제를 먹어 버릇하지 않은 사람에게는 효과가 즉각적인 것 같다. 혹시 모르니 스사카에게 다가가 허리 부근을 콕콕 찔러봤다. 스사카의 숨소리가 들릴 뿐 눈을 뜨지는 않았다.

계획대로다. 역시 이건 운명이다. 새삼 그렇게 확신하며 나는 챙겨온 새 박스테이프로 방의 모든 틈을 막기 시작했다. 우선은 창틀과 창문 사이 틈, 벽에 뚫린 환기용 구멍, 그리고 환기팬을 막았다. 텔레비전이 켜져 있는 것은 부자연스러우므로 껐다.

스마트폰이 책상 위에 놓여 있기에 집어 들었다. 패스워드로 잠겨있지 않으면 안에 유서로 보이는 글을 남길 생각이었다. 고무장갑을 낀 상태로는 조작할 수 없으므로 어쩔 수 없이 장갑을 벗었다. 화면은 주먹을 쥔 채 중지의 두 번째 관절로 터치했다. 화면을 켜 보고 조금 낙담했다. 잠겨있다. 적당히 숫자를 넣어봤지만, 그렇게 쉽게 열릴 리가 없었다.

뭐, 상관없다. 설사 유서가 없더라도 스사카가 자살할 동기는 명백하다. 정황상 틀림없이 자살로 간주될 것이다. 단 한 가지, 스사카가 수면제를 입수했다는 흔적을 남기지 않은 점이 불안하지만, 하나부터 열까지 명명백백히 판명되는 경우가 오히려 드물지 않을까? 연탄과 박스테이프를 샀을 때 받은 영수증은 스사카의 지갑에 몰래 넣어놨으니 상황 증거는 충분할 터였다.

도청기는 이대로 남겨둘 수 없으니 회수했다. 나사로 달고 떼면 되므로 도청기가 설치되었던 흔적은 남지 않는다. 떼어낼 때는 붙일 때만큼 시간이 걸리지 않았다.

마지막으로 큼직한 접시를 식기장에서 꺼내어 싱크대에 놓고 거기에 연탄을 놓았다. 연탄에 불을 붙이는 일만 남겨두고 마지막으로 고양이의 모습을 찾았다. 고양이는 소파 위에서 나른하게 몸을 늘어뜨리고 있었다. 잡아서 현관 밖에 내놓으려고 할 때였다.

"아얏."

당황하여 손을 움츠렸다. 고양이가 할퀴었다. 마침 고무장갑으로 덮이지 있지 않은 손목 부근에 발톱 자국이 새겨졌다.

피부에 생긴 세 줄의 선에 금세 피가 맺히기 시작했다. 큰일이다. 고양이 발톱에 내 피부 조각이 남아버렸다. 피부 조각에서 DNA가 검출될 것이다. 그런 결정적인 증거를 그대로 둘 수는 없다. 무슨 수를 쓰더라도 고양이를 잡아서 밖으로 내쫓아버려야 했다.

그런데 그게 쉬운 일이 아니었다. 고양이가 나를 적대시하며 잔뜩 경계했다. 낮은 소리로 으르렁거리며 이제라도 점프할 것처럼 등을 둥글게 구부리고 있다. 차마 손을 대지 못하고 노려보고 있으니 갑자기 텔레비전 뒤에 숨어버렸다.

기다려, 마음속으로 외치며 쫓았다. 텔레비전 뒤쪽을 들여다보았더니 고양이는 몸을 둥글게 만 채 눈만 형형하게 빛났다. 손을 뻗고 싶었지만, 또다시 고양이가 할퀼 게 뻔하다. 곤충 채집망 같은 거라도 없을까 하고 허무하게 집 안을 둘러보았지만, 그런 게 있을 리 없었다.

어쩔 수 없다, 포기할까? 고양이 때문에 조금 열이 받아서 살려주려는 마음이 사라졌다. 손을 긁히면서까지 고양이를 살려둘 이유는 없다. 이대로 스사카와 함께 가두어 일산화탄소 중독으로 죽여주지. 나중에 다시 한번 돌아와서 고양이 사체를 회수해야 하는 번거로움은 있지만, 이 자리에서 술래잡기하는 것보다는 훨씬 낫다.

그렇게 마음을 정하고 그냥 고양이를 내버려 두었다. 주방으로 돌아와 연탄을 손에 들었다. 연탄은 착화제를 발라둔 타입이므로 손쉽게 불이 붙는다. 가스레인지 불에 연탄을 쬐고 불기둥이 가라앉을 때까지 기다린 후 싱크대의 접시에 놓았다. 연기가 꽤 피어오르고 있다. 제대로 불이 자리 잡은 것 같다. 나는 현관을 나온 후 문을 잠갔다. 여기서 누군가에게 목격을 당하면 모든 게 허사로 돌아가므로 서둘러 자리를 떠났다.

한 시간 정도 지나면 충분하리라고 생각했으나 혹시 몰라서 두 시간 동안 기다리기로 했다. 이 부근에서 얼쩡거리다가 누군가의 눈에 띄면 안 되니 일단 전차를 갈아타고 멀리 떨어진 곳의 역 앞에 있는 패밀리레스토랑으로 들어갔다. 아무것도 하지 않으면 의심을 살 수 있으니 커피를 마시며 책을 보는 척했다. 그러나 눈은 활자 위를 미끄러져 다닐 뿐 내용은 전혀 머릿속에 들어오지 않았다.

두 시간 후에 다시 스사카의 아파트를 찾아갔다. 전등이 켜져 있는 것이 창문으로 보였다. 내가 조명을 켜둔 채로 나왔으니 당연하다. 다시 3층까지 계단을 걸어 올라가 초인종을 누르고 아무 반응이 없는 것을 확인하고 나서 안으로 들어갔다. 숨을 멈추고 입가를 손수건으로 막았다.

서둘러 고양이를 찾았다. 눈에 띄지 않는 곳에 죽어 있으면 여간 성가신 일이 아닌데 고맙게도 텔레비전 앞에 있었다. 스사카도 마지막으로 봤을 때 모습 그대로 꼼짝도 하지 않았다. 신발을 벗고 들어가 스사카의 입가에 손을 가져다 댔다. 더 이상 호흡하지 않는다. 이미 죽었다.

성취의 기쁨을 맛보고 있을 여유는 없었다. 산소를 원하는 뇌가 호흡하라고 아우성치고 있다. 하지만 여기서 숨을 들이마실 수는 없다. 서둘러 고양이의 목덜미를 움켜쥐고 현관까지 되돌아왔다. 밖에 나가기 전에 고양이를 종이봉투에 넣은 후 문을 빼꼼히 열고 복도의 상황을 엿보았다. 아무도 없는 것을 확인하고 나서 밖으로 나와 크게 숨을 들이마셨다.

신선한 공기를 코와 입을 통해 단숨에 빨아들였다. 집 안은 죽음의 기운으로 가득했다, 라는 시적인 표현이 머릿속에 떠올랐다. 그 정도로 이 문 하나를 사이에 두고 안과 밖은 천양지차였다. 나는 마침내 죽음의 세계에 스사카를 가두었다. 나는 누나의 원수를 갚은 것이다.

뛰는 듯이 빠른 걸음으로 서둘러 아파트를 뒤로했다. 두 번 다시 여기에 오는 일은 없을 것이다. 고양이 사체는 종이봉투째로 가방에 쑤셔 넣었다. 당장 내버리고 싶은 심정이었으나 이 근처에 던져놓고 갈 수는 없는 노릇이다. 어딘가 멀리 떨어진 강에 던져버릴 생각이었다. 지금은 그럴 시간이 없으니 일단 집으로 가지고 돌아갈 수밖에 없었다.

전차에 타서도 어깨에 멘 가방이 유독 무겁게 느껴져서 견딜 수가 없었다. 전차 내에 있는 사람이 가방에서 풍기는 냄새를 눈치채는 것은 아닐까 불안해졌다. 물론 아직 시체 썩는 냄새는 나지 않는다. 걱정하지 않아도 나한테 주목하는 승객은 아무도 없었다.

 이런 망할 고양이 한 마리 때문에 성취감을 맛보기는커녕 묘한 불안을 느꼈다. 할 수만 있다면 종이봉투째로 전차역 쓰레기통에 내동댕이치고 싶었다.

9

 스사카의 죽음은 주로 인터넷에서 화제가 되었다. 단순 자살은 보통 텔레비전 뉴스나 신문에서 다루지는 않지만, 미모의 직장 여성 살인사건의 관계자이다 보니 인터넷에서는 떠들썩했다. 인터넷 뉴스도 명색이 뉴스이니만큼 자살 이유에 관해 추측 기사를 내보내지는 않았지만, 일반인의 댓글 중에는 수사의 손길이 뻗어오는 것을 두려워한 것이 아닐까 하고 당당하게 쓴 사람이 많았다. 스사카의 죽음이 타살이라는 것을 의심하는 사람은 적어도 내가 보기엔 없었다.

 다만, 나나에게서 아무 연락도 없었다. 이 사건에 관해 모를 리가 없으므로 그 침묵이 의미하는 것은 단 하나다. 나나는 스사카의 자살을 의심하고 있다. 당연히 내가 그자의 죽음에 관여했다는 의혹도 품고 있을 것이다. 나는 이미 나나와의 관계를 회복할 수 있으리라고는 생각지 않는다. 살인이라는 죄를 범하고도 이전과 똑같은 생활을 유지할 수 있을 거라는 언죽번죽한 생각은 하지 않았다. 나나와의 교제가 끝나버린 것도 살인 행위의 대가인 것이다. 지금은 그렇게 스스로 수긍하고 있다.

바라는 것은 그저, 의혹을 의혹으로 품고만 있어 주는 것이었다. 이상하다고 생각되어도 다른 사람에게 아무 말도 하지 않았으면 좋겠다. 그것이 비록 잠시나마 나나에게 특별한 존재였던 자로서 내가 품고 있는 단 한 가지의 바람이다. 직접 만나 부탁할 수도 없는 일이니 멀리서나마 소원을 비는 심정으로 생각했다.

하루하루가 아무 일도 없이 고요하게 흘러가고 있는 듯했다. 하지만, 스사카가 죽은 지 이틀 후에 경찰이 나를 찾아왔다. 왜 경찰이 날 찾아왔을까, 나는 경계했지만, 아마도 만일을 위한 수사일 것이다. 거부하면 오히려 부자연스럽게 여길 테니 나는 질문에 응했다.

"실례합니다. 잠깐이면 됩니다만 말씀 좀 여쭙겠습니다."

대학 교정에서 나를 멈춰 세운 형사는 정중하게 말했다. 40대 후반 정도로 보이는 억센 얼굴의 남자였다. 마음속에 무슨 속셈을 감추고 있는 것처럼 보였다. 동행한 남자는 체구가 커서 딱 봐도 유도 유단자라는 느낌이 들었다. 마음속으로 나는 내게 말을 건 사람을 '괴물', 입을 다물고 옆에 서 있는 남자를 '검은 띠'라고 부르기로 했다.

나는 사람들의 이목이 신경 쓰여 학교 건물 뒤쪽으로 돌아갔다. 형사들은 나를 벽 쪽으로 몰아넣고 좌우에 버티고 섰다. 마치 내가 도주할까 봐 경계라도 하는 듯하다. 불쾌했지만, 대놓고 싫은 내색을 할 수는 없었다.

"스사카 마사미치 씨가 돌아가셨다는 사실은 알고 계십니까?"

괴물이 대뜸 스사카의 이름을 댔다. 나의 반응을 살피기 위해 그랬는지는 모르지만, 나는 동요하지 않았다.

"알고 있어요."

"어떻게 생각하십니까?"

이 질문 역시 단도직입적이다. 딱하게 생각한다는 둥 마음에도 없는 답을 하는 것이 오히려 의심을 살 듯하여 본심을 말했다.

"자기가 누나를 죽인 범인이라는 걸 인정한 거랑 마찬가지라고 생각하는데요."

"인정한 거랑 마찬가지라고요? 즉 스사카 씨가 자살했다고 생각하는 건가요?"

"아닌가요? 인터넷 기사 같은 데서는 자살로 확정 지은 것 같던데요."

"우리는 아직 아무 의견도 발표하지 않았습니다. 인터넷에서 멋대로 그렇게 떠들 뿐이죠."

"그렇습니까?"

아직 경찰은 자살이라고 단정 짓지 않았다는 건가? 뭐, 그러니까 이렇게 탐문하러 온 것이겠지. 어서 결론을 내라고 속으로 생각했다.

"누나를 죽인 범인이 스사카 씨이므로 양심의 가책을 이기지 못해 자살했다. 그런 식으로 생각하시는군요."

형사는 재차 확인했다. 양심의 가책이 아니라 체포당할 것을 두려워한 것이 내가 짠 스토리였지만, 어느 쪽이든 상관없었다.

"뭐, 그렇죠."

"즉 스사카 씨의 죽음이 누님의 사건과 관계가 있다, 이런 겁니까?"

"그렇지 않은가요? 경찰의 생각은 어떤가요?"

몇 번씩이나 확인하는 것에 부아가 나서 거꾸로 내 쪽에서 물어보았다. 설마, 경찰은 타살을 의심하고 있는 걸까?

"저희는 모든 가능성을 고려하고 있습니다. 극단적인 이야기지만, 누님의 사건과는 아무 관계 없이, 스사카 씨가 살해당했을 가능성도 있죠."

괴물은 시치미를 떼고 말하지만, 그렇게까지 생각하고 있을 리가 없다. 누나 사건과 관계가 없다면 왜 나를 찾아와서 묻겠는가?

"그건 그렇고, 이틀 전 밤에는 무엇을 하고 계셨습니까?"

갑자기 괴물이 화제를 바꿨다. 알리바이 확인인가? 그렇다면 역시 타살을 의심하고 있는 걸까? 갑자기 마음속에서 불안이 풍선처럼 커졌다.

"네? 이틀 전이요? 음, 그러니까, 뭘 했더라. 아, 집에 있었어요. 식구들에게 물어보셔도 돼요."

스사카의 죽음이 보도되고 나서 괜히 경찰에 의심받으면 성가시다는 것을 이유로 그날 밤에는 집에 있었던 거로 해달라고 부모님께는 부탁해 놓았다. 부모님도 그렇게 하는 게 좋겠다고 동의해주었다. 설마 경찰이 진짜로 내 알리바이 확인을 할 줄은 몰랐지만, 비록 질문을 받는다고 해도 부모님이 입을 맞춰주리라는 것은 확실했다.

"그 사실을 증언해줄 수 있는 사람은 부모님뿐입니까?"

"네. 걸려온 전화도 없었으니 그런 셈이지요."

가족의 증언으로는 알리바이의 증거가 되지 않는다고 말하려는 것이다. 그러나 섣부른 알리바이 공작을 하면 오히려 경찰이 수상쩍게 생각할지 모른다. 평범한 대학생이 집에 있었다고 해도 이상하게 여길 이유는 되지 않을 것이다.

"머리에 먼지가 묻었네요. 잠깐 실례합니다."

갑자기, 그때까지 한마디도 하지 않던 검은 띠가 끼어들었다. 내 정수리에 손을 쭉 뻗더니 먼지만 떨어낸 것이 아니라 머리카락을 통째로 뽑아버렸다. "아얏" 하고 소리를 지르고 정수리를 누르며 검은 띠를 노려보았지만, 그는 완전한 무표정이었다. 친절한 마음으로 먼지를 떨어준 것이 아니라는 것은 명백했다.

DNA인가? 바로 감이 왔다. 검은 띠는 내 머리카락을 모근이 붙은 채로 뽑았다. 내 DNA를 조사하려는 것이다. 하지만, 왜지? 내가 스사카의 방에 침입할 때 모자를 쓰고 있었다. 머리카락을 떨어뜨리는 등의 우는 범하지 않았을 것이다. 그렇다면 어째서, DNA를 조사하려는 것일까? 요즘은 경찰이 탐문하러 온 김에 DNA를 채취하는 게 일반적인 걸까?

"그럼, 또 무슨 일이 있으면 이야기를 여쭈러 오겠습니다. 그때도 잘 부탁합니다."

이제 더는 볼일이 없다는 듯이 괴물은 이야기를 마무리했다. 살짝 손을 들고는 검은 띠와 함께 자리를 떠나갔다. 나는 그 뒷모습을 바라보면서 마음속에 싹튼 불안이 부쩍부쩍 증식하는 것을 느꼈다.

10

일전에 말한 대로 괴물과 검은 띠는 다시 나를 찾아왔다. 이번에는 막 집을 나선 순간이었다. 설마 도쿄 경찰이 지바까지 찾아올 줄은 몰랐기 때문에 나는 동요했다. 괴물은 경찰 배지를 제시하더니 친근감은 눈곱만큼도 없는 무표정으로 말했다.

"좀 더 이야기를 여쭙고 싶으니 잠시 경찰서까지 동행해 주시겠습니까?"

경찰서까지 동행이라고? 이건 체포인가? 왜 내가 체포당해야 하지? 조금의 실수도 있었을 리가 없는데.

"지금부터 학교 수업이 있는데요. 거부해도 됩니까?"

나는 저항해 보았다. 임의동행이라면 거부해도 될 것으로 생각했다.

"거절한다면 다음에는 체포영장을 가지고 올 겁니다. 자택 앞에서 수갑을 차는 꼴을 당하고 싶지는 않겠죠."

괴물은 으름장을 놓았다. 체포영장이 발부될 리가 없다. 나는 그렇게 확신했지만, 여기에서 반항하는 것은 현명한 처신이 아니라고 계산했다. 무엇을 근거로 임의동행을 요구하는 것인지 상대편의 패를 한번 구경해 보자는 심산이었다.

"체포라니, 무슨 혐의로요? 느닷없이 너무 무례한 거 아닌가요? 하지만 알겠습니다. 잠깐이라면 괜찮습니다."

내가 승낙하자, 두 사람은 근처에 세워두었던 차로 나를 데리고 갔다. 경찰차가 아닌 것은 일종의 배려일까? 두 사람 사이에 낀 모양새로 뒷좌석에 앉은 채 무거운 침묵 속에서 도쿄까지 갔다. 경찰서에 도착하여 끌려간 곳은 조사실이었다.

갑자기, 괴물이 내 팔을 꽉 움켜쥐었다. 그리고 옆에 서 있던 검은 띠가 내 옷소매를 걷어 올렸다. 아차 했을 때는 이미 늦었다. 고양이에게 할퀴인 흉터가 형사들의 눈앞에 고스란히 드러났다.

"고양이 사체는 어떻게 했지?"

괴물이 흉터에서 내 얼굴로 천천히 시선을 옮기며 물었다.

나는 내심 혼란에 빠졌다. 왜지? 어떻게 내가 고양이에게 할 퀴였다는 걸 아는 것일까? 그뿐만이 아니다. 내가 고양이 사체를 처리했다는 사실까지 확신하고 있는 눈치다. 무엇을 근거로 경찰이 그 사실들을 알게 되었는지, 나는 필사적으로 생각했다.

"무슨 말씀이세요?"

시치미를 떼어보았으나, 통하지 않았다. 괴물은 내 팔을 붙잡은 손을 놓지 않고 재차 같은 질문을 반복한다.

"고양이 사체는 어떻게 했는지 묻는 거야. 어딘가에 묻었어? 아니면 강 같은 데 버렸나?"

역시 경찰은 내가 한 일을 전부 알고 있다. 무언가 실수를 범한 게 틀림없는데, 나는 어디서 실수가 있었는지 도무지 모르겠다.

"어떻게 알았냐는 듯한 표정이군. 자네, 고양이를 살려주려는 자비심에 동했다가 할퀸 건가? 쓸데없는 짓을 하는 게 아니지. 고양이는 화를 불러온다고들 하잖아. 그야말로 자네는 고양이의 재앙을 받은 거라고."

괴물은 다 안다는 듯이 말했다. 나는 어떻게든 꿰맞추어 보려고 애썼다. 경찰이 나의 DNA를 채취한 것은 현장에 핏자국이 남아 있었기 때문이다. 나의 피는 고양이 발톱에 묻어 있었다. 하지만, 그 고양이는 처리했다. 어째서 고양이 발톱의 피가 현장에 남아 있었을까?

"자네는 고양이의 습성을 잘 모르는 모양이군. 고양이는 늘상, '발톱 갈기'라는 걸 하거든. 발톱이 너무 길게 자라지 않도록 말이야. 다만, 이 사건에서 고양이가 벽을 할퀴어놓은 건 발톱을 갈려는 게 아니라 괴로워서였겠지만. 일산화탄소로 가득 차 산소가 없어진 집에서 고양이는 어떻게든 탈출하려고 벽을 긁었던 게지. 거기에 자네 피가 남아 있었어."

이럴 수가. 그런 거였다니. 역시 그때 무슨 수를 써서라도 고양이를 잡아서 밖으로 내쫓아야 했다. 일산화탄소 중독으로는 즉사하지는 않는다. 수면제로 잠이 든 게 아니라면 괴로움에 몸부림치며 달아나려고 하는 것이 당연하다. 나는 거기까지 생각이 미치지 못했다. 괴물이 지적한 대로 자비심에 발목을 붙잡히고 말았다.

"애초에 타살을 의심한 것도 벽의 긁힌 자국 때문이었어. 발톱 갈 때 쓰는 스크래처가 있는데 그곳이 아닌 다른 곳에 자국이 있는 데다가 혈흔처럼 보이는 것까지 묻어 있었거든. 그런데 정작 고양이 사체는 없지, 스사카의 유서도 없으니 그저 자살로 치부할 수는 없더군. 그래서 역의 감시 카메라를 조사해보니 자네와 체구가 비슷한 사람이 수차례 찍혀있었다 이거지. 타살을 의심한 시점부터 자네 이름이 거론되었기 때문에 금세 알아차렸어."

형사의 보충설명 따위 이제 와서 아무래도 상관없었다. 다만 나는 이럴 때만 유능한 경찰에 화가 났다. 당신들이 제대로 스사카를 체포해주었다면 내가 손을 더럽힐 필요가 없었잖아. 사람을 한 명 죽인 나는 언젠가 사형당할 것이다. 스사카와 함께 너 죽고 나 죽는 식으로 목숨을 잃는 것은 너무 분하여 눈물이 날 것 같았다.

"그럼 정식으로 증거로서 수집할 필요가 있으니 자네 DNA를 다시 한번 채취하지. 구강 안쪽 점막을 긁어낼 테니 입을 벌려."

괴물은 다른 형사가 들고 온 채취 키트를 받아들더니 턱을 치켜올리며 재촉했다. 나는 한번 이를 갈고 나서 순순히 따랐다. 절망에 사로잡힌 나는 저항할 기력을 잃었다.

11

나나는 구치소에 면회 와 주지 않았다. 안이한 기대를 품으면 안 된다고 생각했다. 그렇지만 마음 한구석에서 바라고 있었다. 나는 살인범이 되었고, 나나는 살인범과 사귀었던 전력이 있는 여자가 되고 말았다. 지금 나를 동정하기는커녕 마음속 깊이 원망하고 있을 것이다.

면회를 와 준 사람은 부모님뿐이었다. 부모님은 내 범행 이유를 알고 나서 울었다. 엄마는 자기가 스사카를 죽였어야 했다고 후회했다. 내 등을 떠민 셈이 되었다고 미안하다며 몇 번이나 사과했다.

밑바닥 상태라고 생각했다. 나도, 부모님도 구렁텅이 속에 빠진 듯, 더 이상의 불행은 상상할 수도 없었다. 그러나 그런 인식은 안일했다. 더 떨어질 밑이 있다는 것을 나는 깨달았다. 그것을 알려준 사람은 바로 그 괴물 형사였다.

형사가 면회를 올 줄은 예상하지 못했으므로 면회실에서 얼굴을 마주했을 때는 나쁜 예감밖에 들지 않았다. 괴물 형사는 지르퉁한 표정으로 나를 보고는 "좀 앉지"라고 말했다. 투명한 아크릴판을 사이에 두고도 날이 선 괴물의 기분이 전해져온다. 대체 무슨 일이 일어난 건지 추측해보려고 했지만, 전혀 짚이는 데가 없었다.

"빈집털이 상습범이 한 명, 체포되었어."

갑자기 괴물은 이야기를 시작했다. 영문을 알 수 없어, 나는 아무 반응도 없이 다음 말을 기다렸다. 괴물은 혼잣말처럼 말을 이었다.

"빈집털이를 수차례 반복해온 놈이지. 피해를 본 집은 밝혀진 것만으로도 6채. 그중에는 귀가해서 빈집털이범과 맞닥뜨려서 다친 사람도 있었어. 놈은 주인에게 들키면 강도로 돌변했던 거지."

설마 하는 단어가 뇌리를 스쳤다. 설마, 그런 일이 있을 리 없다.

"체포해서 여죄를 추궁했더니 생각지도 못한 일까지 지껄여대더군. 그놈은 빈집털이, 강도질뿐만 아니라 살인까지 저질렀다고 불더라고. 현장 상황을 정확히 알고 있었으니 놈이 한 짓이라는 건 틀림없어. 자네 누나는 그놈에게 살해당한 거야."

머릿속에서 징이 울리는 듯한 느낌이었다. 청각뿐만 아니라 시각까지 마비되었다. 아무것도 들리지 않고 아무것도 보이지 않았다. 거짓말이라고 반박하고 싶었지만, 말도 나오지 않았다.

"알겠어? 그러니까 자네는 죄 없는 스사카를 일방적으로 단죄하고 죽인 거라고. 다시 말해 누명이지. 자네는 누명을 씌워서 사람 한 명의 목숨을 빼앗은 거야."

괴물은 나에게 집게손가락을 내질렀다. 손가락이 물리적인 광선을 발사한 것처럼 내 가슴에 박혔다. 너무나 큰 충격으로 심장이 멎을 것 같았다. 아니, 차라리 멎어버렸으면 좋겠다.

형사가 떠나고 방으로 돌아왔다. 지금에 와서 내 머릿속에 떠오르는 건 나나의 모습이다. 나나는 나와의 사이가 깨어질 걸 무릅쓰면서까지 사형에 반대했다. 사형이 되돌이킬 수 없는 형벌이라는 것을 알고 있었기 때문이다. 한번 죽여버리면 무를 수가 없다. 원죄였다는 것이 판명되어도 이미 떠난 목숨은 돌아오지 않는다.

나나, 네가 옳았어. 나는 몸이 갈기갈기 찢어지는 후회의 고통 속에서 사랑했던 연인을 불렀다. 소리를 지르고, 바닥에서 뒹굴며 내 죄를 뉘우쳤다.

나 같은 인간이야말로 지금 당장 사형당해야 한다.

II

종이올빼미

제1장

1

섬광처럼 영감이 번뜩인 순간이었다.

효과음과는 다르므로 한순간의 영감으로 모든 것이 완성되는 것은 물론 아니다. 그러나 메인이 되는 프레이즈Phrase를 완성하면 그때부터 확장해 갈 수 있다. 반대로 느낌이 오는 프레이즈가 없으면 좋은 곡은 만들 수 없다. 떠오른 영감대로 키보드 위에서 손가락을 움직인다. 가사마 고스케는 떠오른 이미지를 음으로 옮겨 보고 잘될 것 같다는 느낌을 받았다.

그 프레이즈를 수차례 반복하니 앞뒤 이미지가 확고해졌다. 즉흥적으로 키보드를 치며 시행착오를 반복했다. 대개 시행착오는 고통스러운 작업이지만 메인 프레이즈에 자신이 있다면 이 과정이 즐겁다. 프로 작곡가가 되고 나서는 곡을 만드는 즐거움을 좀처럼 맛볼 수 없었다. 하지만, 아주 드물게 단순히 취미로 작곡하던 시절 같은 희열에 잠길 때가 있다. 지금, 그런 행복한 시간이 찾아온 듯한 느낌이 들었다.

그래서 스마트폰이 진동했을 때는 나도 모르게 쯧, 혀를 찼다. 가능하면 곡을 구상하는 동안은 외부와의 연락 수단을 전부 차단해버리고 싶다. 하지만, 긴급한 연락이 올 때도 있으므로 그러지는 못하고 진동 모드로 해두고 있었다. 키보드에서 손가락을 떼지 않고 곁눈질로 스마트폰을 보았다.

화면에는 '사야'라는 발신인 표시가 떠 있었다.

"뭐야."

거친 목소리로 말했다. 평일 오후는 작업 중이니 전화하지 말라고 사야에게 말해두었다. 그걸 잊은 걸까? 평소처럼 이미지가 떠오르지 않아 신음하고 있었다면 전화를 받아도 별 상관없지만, 지금은 흔치 않은 좋은 시간이 찾아왔다. 아무에게도 방해받고 싶지 않다.

전원 버튼을 눌러서 진동을 멈췄다. 이렇게 해 두면 음성사서함으로 넘어간다. 사야는 이 시간에 전화는 곤란하다는 걸 눈치채고 용건을 녹음해두거나 나중에 다시 메시지를 보낼 것이다. 가사마는 의식이 흐트러져서 곡의 흐름을 놓칠까 봐 조바심을 냈으나, 염려할 틈도 없이 곧바로 작곡에 몰입할 수 있었다. 그대로 사야의 전화는 새까맣게 잊었다.

약 3시간 만에 대강의 구조가 완성되었다. 사람에 따라 속도는 다르겠지만, 가사마는 영감이 떠오르지 않으면 3시간 만에 곡을 만들지 못한다. 스포츠 선수가 말하는 무아지경에 빠진 듯한 상황이었다. 집중했던 터라 머리가 피곤했으나 기분 좋은 피로였다. 이런 피로라면 매일 맛봐도 좋다.

다시 스마트폰이 진동했다. 그제야 비로소 아까 걸려온 사야의 전화를 떠올렸다. 화면에는 이번에도 '사야'라는 표시가 떴다. 꼭 전화로 이야기해야 할 것이 있나 보다 싶어 스마트폰을 집어 들었다.

"여보세요. 무슨 일이야?"

상대가 당연히 사야라고 생각하고 편하게 받았다. 그런데 귓가에 들린 음성은 남성의 음성이어서 깜짝 놀랐다. 분명히 화면에는 사야의 이름이 찍혔는데 무슨 영문이지. 순간 혼란스러웠다.

"여보세요, 이타바시 경찰서에서 연락드립니다. 괜찮으시면 성함을 알려주시겠습니까?"

경찰? 왜 경찰이 나에게 전화를 건 걸까? 게다가 이 전화는 사야의 전화 아닌가? 나쁜 징조밖에 느껴지지 않아 목소리가 떨렸다.

"가사마 고스케라고 합니다."

"제가 지금 사용하고 있는 이 전화의 소유주 이름은 어떻게 됩니까?"

상대는 이상한 질문을 했다. 그것도 모르면서 왜 사야의 전화를 사용하고 있는 걸까? 사야는 뭘 하고 있는 걸까?

"마쓰모토 사야입니다."

"무슨 관계입니까?"

"네?"

전후 사정도 설명하지 않고 연달아 사적인 질문을 하는 상대에게 당혹감과 불쾌감을 동시에 느꼈다. 하지만 함부로 응대할 수는 없으니 솔직히 대답할 수밖에 없었다.

"교제 중입니다. 죄송한데, 사야에게 무슨 일 있습니까?"

간신히 가장 궁금한 것을 물었다. 상대는 곧바로 답하지 않고 말하기 거북한 듯이 말을 했다.

"괴한에게 공격을 당해 다치셨습니다. 신원 확인을 해 주셨으면 하는데 이쪽으로 와 주시겠습니까?"

"공격을 당해서 다쳤다고요?"

나쁜 예감은 적중했다. 그런 일이 아니라면 경찰이 사야의 스마트폰을 사용하여 전화를 걸어올 리가 없다. 너무나도 섬뜩한 내용에 얼굴에서 핏기가 가셨으나 머뭇거리고 있을 상황이 아니다. 지금 상대가 이상한 말을 했다. 왜 가사마가 신원을 확인해야 하는가? 사야 본인에게 확인하면 될 일이 아닌가?

"확인이라니 무슨 말씀이신지……, 설마 의식불명이라도……."

"놀라지 마시고 들어주십시오. 심폐 정지 상태입니다."

"시, 심폐……."

상대의 말이 무슨 의미인지 바로 이해되지 않았다. 마치 모르는 단어를 들은 듯한 심정이었다. 심폐 정지 상태라니 죽었다는 의미인가? 아니, 꼭 그렇다고는 할 수 없다. 소생의 가능성이 있으니까 사망이 아니라 심폐 정지 상태라고 말한 것이 아닐까? 당황한 나머지 나쁜 상상으로 치닫는 것은 어리석다. 상대의 말을 정확히 파악해야 한다.

"마쓰모토 사야 씨는 지금 경찰서에 이송된 상태입니다. 가사마 씨도 이쪽으로 와 주시겠습니까?"

경찰관의 어조는 사무적이었다. 일부러 어조를 바꾼 것처럼 느껴졌다. 사야는 병원이 아니라 경찰서로 옮겨진 걸까? 그건 소생의 가능성이 없다는 것을 의미하는 게 아닌가? 저 자신의 무서운 추측에 목소리가 갈라졌다.

"어디로 찾아뵈면 되겠습니까?"

경찰관이 알려준 경찰서의 위치는 사야의 집에서 그리 멀지 않은 듯했다. 그러니까 사야는 집 근처에서 공격당한 것이다. 집 주변이라면 경계심을 늦출 만도 했을 것이다. 왜 사야가 공격당했을까, 다시금 궁금해졌다.

바로 와달라고 했으므로 전화를 끊고 나갈 채비를 시작했다. 고작 몇 분 사이에 옷을 갈아입고 작업실을 나섰다. 역으로 향하며 경찰서 위치를 검색하고 어떻게 가야 할지 파악했다. 사야의 주소와 같은 구내이긴 하지만, 인근 역이 다르다. 가사마가 한 번도 가 본 적 없는 역이었다. 낯선 지역의 처음 들어보는 경찰서로 향해 가고 있는 이 상황이 누군가에게 속은 느낌이 들 정도로 비현실적이었다. 그러나 그런 감정이 그저 현실도피라는 것을 가사마는 자각하고 있었다.

전차를 갈아타고 도에이 미타선 이타바시 구청 앞 역에 내렸다. 지도 앱에 따르면 경찰서는 여기서 도보로 약 2분 거리다. 1초라도 빨리 가고 싶은 애타는 마음과 가능하면 나를 기다리고 있는 사실을 직면하고 싶지 않은 도망치고 싶은 심정이 서로 다투었다. 택시를 탈 정도의 거리는 아니므로 걸어서 경찰서로 가기로 했다.

마침내 도착한 경찰서는 비교적 새 건물로 보였다. 정면 현관에 들어가자마자 접수대가 있었다. 그곳에 앉아 있는 제복 경찰에게 이름을 댔다. 제복 경찰이 내선 전화를 걸고 1분도 지나지 않아 양복 차림의 남자가 나타났다.

"가사마 씨 되십니까? 와 주셔서 감사합니다."

사십 줄의 남자는 신원을 확인하고 나서 고개를 숙였다. 양복 차림인 걸 보니 형사일까? 이쪽입니다, 라고 하며 가사마를 데리고 갔다. 그를 따라가며 목에 뭔가 걸린 듯한 기분을 누르고 가까스로 질문을 던졌다.

"저, 사야는, 어떻게 된 겁니까?"

듣지 못했을 리 없지만, 형사는 대답해 주지 않았다. 미세하게 고개를 저은 것처럼 보이기도 했지만, 확실하지는 않다. 대답해 주지 않는 것이 답이라면 가사마는 그 답을 듣고 싶지 않았다. 지금 당장이라도 발길을 돌려 경찰서를 뛰쳐나가고 싶다. 그리고 사야가 있는 일상으로 돌아가고 싶었다. 이런 난생처음 와본 경찰서에서 난생처음 보는 남자를 뒤따라 가고 있는 이 상황은 온 힘을 다해 거부하고 싶은 악몽일 뿐이다.

경찰서 내를 생각 외로 오래 걸어서 마침내 도착한 문 위에는 보고 싶지 않은 글자가 걸려있었다. 그곳은 시체안치실이었다. 망연하여 그저 그 글자를 올려다보았다. 마음속에서 "말도 안 돼, 말도 안 돼"라고 되뇌었다.

형사가 양쪽으로 열리는 문을 열어젖혔다. 그러자 살풍경할 정도로 집기류가 없는 방의 중앙에 안치대가 놓여 있었다. 안치대 위에는 흰 천이 덮여 있었는데 그 천은 인체의 윤곽대로 부풀어 있었다. 형사는 안치대의 옆에 다가가며 이쪽을 보았다.

"신원 확인을 부탁드리고 싶습니다만, 대단히 충격적인 모습입니다. 부디, 미리 마음의 각오를 해 주시길 바랍니다"

뭐지, 이렇게 운을 떼는 이유가. 충격적인 모습이라니 대체 무슨 의미일까? 각오하라니, 그게 될 리가 없다. 지금은 저 천을 걷지 않길 바라는 마음조차 든다. 천에 덮인 얼굴을 보지 않는 한 내게 사야는 아직 살아있는 것이다. 천을 들추면 사야의 죽음이 확정되어 버리지 않는가? 제발 부탁이니 그런 잔혹한 짓은 하지 말아 주길.

주저하는 가사마를 형사는 재촉하지 않았다. 다만 그 표정에는 연민의 빛이 깃들었다. 충격 속에서 헤매는 가사마를 동정하는 것이다. 그 동정이 기묘하게도 가사마에게 힘을 주었다. 감정의 정체는 알 수 없다. 동정을 받아 화가 난 건가, 동정이 기쁜 건가, 스며드는 듯한 안도감을 느끼는 건가? 스스로도 제 감정을 깨닫지 못한 채, 비틀비틀 시체 안치실 안으로 들어갔다. 형사는 천을 걷어냈다.

검붉은 덩어리가 나타났다. 순간, 그것이 무엇인지 못 알아봤다. 뒤늦게야 눈과 입으로 보이는 부분이 있다는 것을 깨달았다. 이것은 심하게 부어오른 인간의 얼굴이었다. 사람의 얼굴이 이렇게까지 못 알아볼 정도로 변할 수 있다는 사실에 진심으로 경악했다.

사야란 말인가? 이게 정녕 사야란 말인가? 자문했으나 확신할 수 없었다. 사야인지 아닌지를 판별하기 이전에 사람의 얼굴로 보이지 않았다. 원래 상태를 상상조차 할 수 없었다.

형사도 얼굴만으로는 판별할 수 없겠다는 생각이 들었는지, 몸을 덮은 천도 걷었다. 그러자 낯익은 옷이 나타났다. 사야가 몇 번인가 입고 온 적이 있는 새먼핑크 색의 카디건이었다. 그 사실을 인식하고 나서야 부어오른 얼굴에 사야의 모습이 겹쳐졌다. 너무나 처참하지만, 여기 누워있는 사람은 사야라는 확신이 들었다.

"마쓰모토 사야 씨가 틀림없습니까?"

형사가 확인했다. 네, 라고 대답하려 했으나, 목소리가 나오지 않았다. 신음도 절규도 아닌 소리가 가사마의 입에서 튀어나왔다. 목청껏 고함을 지르고 이 악몽을 떨쳐버리고 싶었다.

2

 형사를 따라 복도로 나갔다. 형사는 재킷 안주머니에서 명함지갑을 꺼냈다. 명함을 한 장 꺼내더니 내밀었다. 일반적인 비즈니스 같은 행동이 무척 당혹스러웠다. 어떻게 이 남자는 이런 상황에서 태연하게 행동할 수 있는 걸까?
 "방금 전화 연락을 드렸던 이타바시 경찰서 마스오카라고 합니다."
 형사는 이름을 밝혔다. 형사도 명함을 주는군, 멍하니 생각했다. 하지만, 딱히 놀라울 것도 인상적일 것도 없었다. 감정이 한 점에 고정된 채 꿈쩍도 하지 않았다. 귓속이 솜으로 꽉 막힌 듯이 상대의 말도 알아듣기 힘들었다.
 "엄청난 충격을 받으셨을 것으로 생각합니다. 말씀드리기 송구하오나 가능하시면 몇 가지 이야기를 좀 여쭙고 싶은데요. 마쓰모토 사야 씨가 소지하고 계셨던 물건도 확인해주셨으면 합니다."
 "이야기……."
 대체 뭘 말하라는 건가? 오히려 이것저것 묻고 싶은 건 나다. 왜 이런 일이 일어난 건지, 이유를 알고 싶다. 마스오카는 전화로 사야가 누군가에게 공격받았다고 했었다. 누군가라니, 대체 누구란 말인가.

그걸 알기 위해서라도 거절할 수 없었다. 아니 그전에 경찰의 요청에 저항할 기력도 없었다. 어정쩡하게 고개를 끄덕이자 "그럼 이쪽으로 오십시오"라고 안내했다. 마스오카의 뒤를 얌전히 따라갔다.

"범인은……?"

간신히 그렇게만 물었다. 사야를 공격한 자는 잡혔을까? 범인의 신원은 파악했을까?

"유감스럽게도 아직 판명되지 않았습니다."

마스오카는 되돌아보지 않은 채 고개를 저으며 대답했다. 그렇군, 현행범 체포되지는 않은 것이다. 그렇다면 이제부터 수사가 시작될 것이다. 사야를 잘 아는 가사마의 이야기를 듣고자 하는 것도 당연하다.

안내받은 곳은 회의실로 보이는 넓은 방이었다. 조사실로 데리고 가는 건지 염려했는데 그렇지 않아서 내심 안도했다. 텔레비전 드라마에서 본 것 같은, 살벌한 분위기의 조사실에서는 도저히 마음이 견디지 못할 것 같았다.

탁자를 사이에 두고 마스오카와 마주 보고 앉았다. 마스오카는 실례지만 메모를 하겠다고 양해를 구하고는 큼직한 수첩을 폈다. 수첩의 페이지에는 한 글자도 쓰여있지 않았다. 그 사실 자체가 아무것도 밝혀진 것이 없다는 것을 상징하는 듯하여 초조함을 느꼈다. 거기에 가사마가 알고 싶은 것이 전부 쓰여 있다면 얼마나 좋았을까?

여성 경찰관이 가져다준 차를 한 모금 마시고, 마스오카는 "자 그럼"하고 말을 시작했다. 가사마도 기계적으로 손을 뻗어 차를 마셨다. 아무 맛도 느껴지지 않았다.

"지금부터 여쭤보려고 하는 질문은 경우에 따라서는 가사마 씨에게 괴로운 질문이 될지도 모릅니다. 바로 대답하기 곤란하실 때는 염려 마시고 말씀해 주십시오. 나중에 다시 여쭙도록 하겠습니다."

"...... 네."

일단 마음을 써주는 것 같긴 하지만, 결국은 시간문제일 뿐 이야기를 듣겠다는 의미이다. 어차피 그렇다면 숨길 것도 없으니 한 번에 끝내버리고 싶다. 엉뚱하게 혐의를 받는 것이 가장 불쾌했다.

"그럼 시작하겠습니다. 우선 먼저 마쓰모토 사야 씨와는 어떻게 알게 되셨는지 말씀해 주시겠습니까?"

마스오카는 당연하다 싶은 질문에서부터 시작했다. 가사마는 간추려서 사야와 알게 된 과정을 설명했다. 자신의 직업은 작곡가로 히트곡을 여러 곡 발표하여 꽤 유명하다는 것, 이전에 밴드 활동을 할 때 텔레비전에 출연했던 시기도 있다는 것, 사야는 가사마가 자주 들르던 단골 서점에서 일하는 직원으로 그의 얼굴을 알고 있었다는 것, 트위터로도 서로 대화를 주고받게 되고 개인적으로 친분이 쌓였다는 것, 몇 번인가 직접 만나는 사이에 교제로 발전했다는 것 등.

"처음 만난 건 1년쯤 전이고 사귀기 시작한 건 약 8개월 전입니다."

"감사합니다. 잘 알겠습니다."

별 반응 없이 메모에 집중하던 마스오카는 가사마가 이야기를 끝내자 감사를 표했다. 그리고 다음으로 사건에 관한 것을 질문했다.

"교제하시는 과정에서 마쓰모토 사야 씨의 신변에 위험이 닥친 듯한 기색을 느낀 적이 있습니까?"

"아니요, 전혀."

고개를 가로저었다. 그것은 마스오카에게 전화 연락을 받은 이후, 계속 생각하고 있는 질문이다. 하지만, 짚이는 데가 전혀 없었다.

"전혀 없습니까? 예를 들어 스토커에게 스토킹 행위를 당한 경험이 있다든가, 과거에 누군가의 원한을 샀다든가, 그런 이야기를 들으신 적은 없습니까?"

"아니요, 없습니다. 그런 일이 있었다면 잊었을 리 없습니다."

"그렇습니까? 그럼 마쓰모토 사야 씨는 왜 공격을 당했을까요?"

마스오카는 의견을 구했다. 왜냐고 묻는다 한들, 알 턱이 없다. 그걸 알고 싶은 건 이쪽이다.

"전혀 짚이는 데가 없습니다. 대체 뭐가 뭔지……."

그저 혼란스러울 뿐이어서 머리를 쥐어뜯고 싶었다. 사방을 뒤덮은 자욱한 안개 때문에 시야가 꽉 막힌 채 갈 길 잃고 헤매고 있는 듯한 심경이었다. 주위에는 매달릴 수 있는 지푸라기 한 가닥조차 없었다. 오리무중이라는 말은 그야말로 이런 상태인가 싶다.

"반대로 저도 여쭙고 싶습니다만, 지갑을 도둑맞았다거나 의복이 흐트러져있다거나 '묻지 마' 살인의 가능성은 없을까요?"

머릿속에 떠오르는 것은 그 정도였다. 개인적인 원한에 의한 살해만큼은 아닐 거라고 생각한다. 사야는 운이 없게, 불량배의 눈에 띈 것이다. 부조리하기 그지없다.

"아니요, 지갑은 도둑맞지 않았고, 성적인 폭행도 목적으로 생각되지 않습니다. 자세한 것은 부검 결과가 나와야 알 수 있지만, 보신 것처럼 직접적인 폭력을 당한 흔적이 있습니다. 시신의 상태로 판단컨대 저희는 원한에 의한 범죄 가능성이 크다고 보고 있습니다."

"원한……."

일상적인 대화 속에서는 거의 쓸 일이 없는 단어가 툭 튀어나와 당황스러웠다. 원한이란 사야와 가장 관계가 없는 단어다. 그 예측은 틀렸다고 말하고 싶었다.

"그러므로 마쓰모토 사야 씨의 신변에 위험이 닥친 것이 아닐까 하고 여쭤본 겁니다. 곰곰이 생각해보셔도 뭔가 짚이는 것이 없습니까?"

 원한에 의한 범행으로 생각하고 있는 거라면 집요하게 질문하는 것도 이해가 된다. 하지만, 그렇다고 해도 짚이는 데는 전혀 없다. 애초에 사야는 누구에게 원한을 사서 공격당할 사람이 아니었다. 생각 끝에 한 가지 가능할 법한 가설에 이르렀다.

 "다른 사람으로 오해받았을 가능성은 없습니까?"

 "오해요?"

 "네. 사야가 누군가에게 원한을 사다니, 그런 일은 절대로 있을 수 없습니다. 저뿐만이 아니라, 사야를 아는 사람들에게 전부 물어보십시오. 모두 그렇게 말할 겁니다. 그러니까 다른 사람으로 오해받은 것 외엔 생각할 수가 없습니다."

 "그렇군요."

 마스오카는 고개는 끄덕였으나, 거의 표정이 없는 남자라 가사마의 의견을 진심으로 받아들였는지 잘 알 수 없었다. 마스오카는 사십 줄의 보통 키, 보통 체격의 남자로 외견상으로 그렇다 할 특징이 없다. 이렇게 마주 보고 이야기하고 있지만, 헤어지고 10분만 지나도 얼굴을 잊어버리고 말 것 같은 생각이 들 정도로 눈에 띄는 점이 없었다. 그러나 그건 오히려 형사로서는 유리한 점일지도 모른다. 이런 사람에게 미행을 당하면 절대로 알아차리지 못할 것이다.

 그 후에는 사야와 얼마나 자주 만났는지, 서로의 집을 오갔는지 등 교제의 깊이에 관한 질문을 받았다. 그 답은 매주 1번 정도, 서로의 집을 오갔다, 였다. 그렇긴 하지만, 가사마가 사야의 집에 간 적은 거의 없었다.

다음으로 마스오카는 주소와 전화번호를 물었다. 또, 가사마가 작업한 곡의 제목, 예명을 사용하는지 등 가사마 개인에 관한 것들을 질문했다. 아무래도 가사마의 이름을 몰랐던 것 같다. 대표곡의 제목을 언급해보았으나 반응은 없다. 평소 음악을 듣지 않는 사람일 것이라고 짐작했다. 어느 정도 음악을 듣는 사람이라면 가사마의 이름을 모를 리가 없기 때문이다.

"상심이 크실 텐데 감사합니다. 아마 수사본부가 설치될 것으로 생각되므로 다시 말씀을 여쭙게 될 것 같습니다. 가사마 씨도 뭐든지 떠오른 것이 있으면 언제든지 연락해 주십시오. 제 핸드폰으로 연락해 주시면 언제든지 받겠습니다."

아까 건네받은 명함에 휴대전화 번호가 있었다. 이쪽에서 먼저 형사에게 전화를 거는 것은 정신적 부담이 크지만, 수사의 진전상황이 궁금하니 연락하게 될 것 같다는 예상이 들었다. 가사마는 사야와 약혼한 사이는 아니므로 피해자 유족에는 해당하지 않는다. 외부인으로 배제당할지도 모른다.

마지막으로 사야의 친족들 연락처를 아느냐는 질문을 받았다. 그러고 보니, 사야의 부모님에 관해서는 이야기를 들은 적이 없다. 모른다고 대답할 수밖에 없었다.

3

 사야의 소지품을 확인해달라는 요청을 받았다. 무언가 이상한 물건이 섞여 있지는 않은지, 혹은 반대로 항상 소지하고 있는 물건 중 없어진 것은 없는지 확인해 달라고 했다. 사야의 가방 속 내용물을 자세히 본 적이 없어서 확인할 수 있을지 자신은 없었지만, 거절할 수는 없었다. 요청받은 대로 마스오카가 탁자 위에 펼쳐둔 물건들을 살펴보았다. 하나하나 각각 비닐봉지에 들어있었다.

 가장 먼저 눈에 들어온 것은 정체불명의 물건이었다. 이것 때문에 "이상한 물건이 섞여 있지는 않은지"라는 표현을 쓴 것이 아닐까? 분명히 이것은 누구나 가지고 다닌다고 말하기는 어려운 물건이었다. 손으로 집어서는 안 된다고 하니 얼굴을 가까이 가져가 관찰했다. 정체불명의 물건은 색종이로 접은 것이었다.

 이건 올빼미일까? 종이로 접은 올빼미 같다. 두 장의 종이로 접은 것인지 머리부터 날개에 이르는 부분은 갈색, 배 부분은 크림색이었다. 양 눈은 별도로 붙인 것 같다. 사야에게 종이접기 취미가 있다는 것은 들어본 적이 없다. 하지만, 이 올빼미는 어디선가 본 기억이 있는 것 같다.

 "그 종이올빼미는 무엇인가요?"

 마스오카가 물었다. 무엇으로 보이느냐는 의미가 아니라

왜 가방 속에 들어있었느냐는 의미일 것이다. 가사마는 고개를 갸웃할 수밖에 없었다.

"글쎄요. 사야가 딱히 종이접기를 좋아하진 않았는데요."

어디에서 이 종이올빼미를 봤는지 떠오르지 않았다. 모호한 것을 말할 수는 없다는 생각이 들어, 자신의 불확실한 기억에 관해서는 언급하지 않기로 했다.

"그럼 누군가에게 받은 걸까요?"

질문을 받았지만, 짚이는 데가 없었다. 또 "글쎄요"라고 말하고는 다른 물건으로 눈길을 옮겼다. 종이올빼미 외에 딱히 수상쩍은 물건은 없었다.

그러나, 형사의 관점은 다른 듯했다. 마스오카가 이렇게 말했다.

"기묘하다고 할 정도는 아니지만, 조금 마음에 걸리는 점이 있습니다."

무엇이 이상하다는 건지 고개를 들고 다음 말을 재촉했다. 마스오카는 지갑이 든 비닐봉지를 가리켰다.

"지갑에는 현금밖에 없었습니다. 신용카드, 은행 현금카드, 회원증 종류는 하나도 없었습니다. 그뿐만 아니라, 건강보험증과 운전면허증도 없었고요. 그래서 가사마 씨께 전화하기 전까지 이름과 주소도 몰랐던 겁니다."

그랬었군. 사야의 지갑 내용물을 살펴본 적은 없었으니 몰랐다. 사야는 운전면허증이 없었나, 하고 멍하니 생각할 뿐이었다.

"뭐, 비디오 대여점도 요즘에는 예전처럼 어디에나 있는 것도 아니고 신용카드나 운전면허증이 없는 사람도 드물지는 않지요. 은행 현금카드와 건강보험증까지 없는 것은 조금 특이하다는 생각은 들지만, 이상한 건 아니고요. 가사마 씨와 전화 연결이 되어 다행입니다."

마스오카는 이렇게 말하며 흘긋 사야의 스마트폰에 시선을 떨구었다. 스마트폰 화면에는 금이 갔다. 하지만, 마스오카가 그 전화를 사용하여 전화를 건 것이니 망가진 것은 아닐 것이다. 스마트폰에는 지문 인식 기능이 있으므로 아마 사야의 손가락을 가져다 대어 잠금을 해제했을 것이다. 멋대로 스마트폰 내용을 보는 마스오카를 상상하니 기분이 좀 언짢았다.

신원을 나타내는 물건이 없다는 점을 제외하면 딱히 없어진 물건이 있는 것 같지는 않다는 말을 전하자 마스오카는 "알겠습니다"라고만 대답했다. 지갑도 스마트폰도 도둑맞지 않았으므로 강도의 짓이라고는 생각되지 않는다. 사야의 얼굴에 남은 참혹한 폭력의 흔적을 생각하면 경찰이 원한에 의한 범행으로 추정하는 것도 이해가 되는 바다. 그러나 가사마는 여전히, 다른 사람으로 오해받은 것이라는 가설을 믿고 싶다.

돌아가도 좋다는 말에 경찰서를 나섰다. 동요한 탓인지, 역까지 어떻게 가면 좋을지 알 수가 없었다. 통행에 방해가 되지 않도록 이동하여 지도 앱으로 집에 가는 법을 검색하려고 했다. 스마트폰을 꺼내자 갑자기 떠오른 것이 있었다. 사야의 이름으로 온 전화는 두 번이었다.

바로 전까지 잊고 있었다. 첫 번째 걸려온 전화도 틀림없이 마스오카였으려니 하고 생각했다. 전화 앱을 열어보자 음성 사서함에 메시지가 남겨져 있었다. 혹시 모르니 들어보고자 재생 버튼을 누르고 전화를 귀에 댔다.

그 순간, 온몸이 얼어붙었다. 들려온 것은 사야의 목소리였다.

"살려줘, 살려줘."

비명에 가까운 애원이 귓가에 들려왔다. 달리고 있는지 숨이 턱까지 찬 목소리였다. 가사마는 스마트폰을 세게 움켜쥐었다.

"살려줘, 고스케 씨. 살려줘."

북받치는 감정으로 머릿속이 꽉 차 가사마는 눈을 부릅떴다. 그러나 지금 망막에 비치는 것은 전혀 인식하지 못한 채 모든 감각이 청각에 집중되었다. 도움을 구하는 사야의 목소리가 두개골 속에서 메아리쳤다. 자신이 되돌이킬 수 없는 큰 실수를 저질렀다는 것을, 여태까지의 인생에서 느껴본 적 없을 정도로 거대한 공포와 함께 깨달았다.

"고스케 씨. 아악."

거기서 녹음은 뚝 끊겼다. 스마트폰을 귀에서 떼고 재생이 끝났음을 확인했다. 메시지가 남겨진 시각이 표시되어 있었다. 17시 37분. 가사마가 무시하고 전화를 받지 않았던 시각이었다.

"아아아아아"

거대한 공포가 의미 없는 소리가 되어 입에서 새어 나왔다. 나는 살인자에게 쫓기며 목숨을 위협받는 사야의 필사적인 외침을 아무렇지도 않게 무시해버렸다. 일을 우선시하며 사랑하는 사람을 못 본 체했다. 얼마나 끔찍한 일인가? 이런 돌이킬 수 없는 실수가 또 있을까? 나는 인간도 아니다. 아무리 변명한다 한들 절대로 용서받을 수 없는 죄를 저지른 것이다.

별도 제대로 보이지 않는 탁한 밤하늘을 향해 가사마는 포효했다. 슬픔도 자신을 향한 분노도 아닌, 그저 오로지 죄의 무게에 전율하며 포효했다. 포효하지 않으면 발광해버릴 것임을 알고 있었다. 사람이 견딜 수 있는 죄의 무게에는 한계가 있다. 이 죄는 한계를 뛰어넘었다. 평생 뉘우쳐도 뉘우칠 수 없는 죄를 나는 짊어지고 말았다.

4

경찰서로 되돌아와서 마스오카를 호출하여 사야가 남긴 메시지를 들려주었다. 마스오카는 심각한 표정으로 집중하여 듣더니 그 메시지를 컴퓨터에 복사했다. 가사마의 안색이 어지간히 안 좋았는지, 마스오카는 택시를 부를 테니 타고 돌아가면 어떻겠냐고 제안했다. 저항할 기력도 없었으므로 마스오카의 말을 따랐다.

그로부터 며칠간 일이 전혀 손에 잡히지 않았다. 일은커녕 자신이 어떻게 생활하고 있는지조차 알 수 없었다. 먹지도 않고 씻지도 않고 그저 방안에 웅크리고 앉아있기만 한 느낌이었다. 얼굴에 번들거리는 기름기가 싫어서 간혹 얼굴은 씻었지만, 그때 거울에 비친 제 모습은 마치 허깨비 같았다. 눈이 움푹 패고 볼은 홀쭉했으며 안색은 창백했다. 죽을상이란 딱 이런 모습이 아닐까 멍하니 생각했다.

다행히 아무에게서도 연락은 오지 않았다. 작곡한 곡의 납기는 기한이 남았으므로 매니저는 연락하지 않았고 마흔 살을 넘기면 친구와 빈번하게 연락을 주고받는 일도 없어진다. 설령 메일이나 메시지가 오더라도 응답하지 않은 채 내버려둘 뿐이리라. 평소에도 인간관계가 희박하므로 제 껍데기에 틀어박혀 생활하고 있는 지금도 평소와 큰 차이는 없다.

머릿속을 맴도는 것은 사야와 보냈던 날들의 추억뿐이었다. 고등학교 시절에, 장차 뮤지션이 되기로 결심한 가사마는 대학에 진학하지 않고 아르바이트를 하며 밴드 활동에 여념이 없었다. 밴드를 하다 보면 아무리 아마추어 밴드라고 해도 팬은 따른다. 아마추어 시절에는 여성 팬들과의 거리가 가까웠으므로 가사마도 즐거운 시간을 보냈다. 하지만, 프로로 정식 데뷔한 후에는 노골적으로 접근하는 여성에게는 오히려 경계심을 품게 되었다. 각고의 노력 끝에 프로로 데뷔도 하고 곡도 히트했는데 이상한 추문에 휘말려 한 방에 훅 가고 싶지는 않았다. 그렇게 생각하니 경솔하게 여성과 사귈 수 없었다. 그러다 보니 혼자서 지내는 것이 편해졌다. 원래도 여성과 함께 시간을 보내는 것보다 혼자서 취미에 몰두하는 것을 좋아하기도 했다. 아마도 이렇게 평생 독신으로 살아가게 되리라고 생각했었다.

그러나 사야와 만난 후 그 생각이 바뀌었다. 아직 정식으로 프로포즈한 것은 아니지만, 사야와 평생의 반려로 살아가기로 내심 마음을 굳혔다. 그 정도로 사야는 가사마의 인생관을 바꿔놓았다. 그런 여성은 또 없었다.

그런데 바로 그 사야가 죽었다. 그것도 사고가 아니라 피살이라는 있어서는 안 될 죽음의 방식으로. 게다가 가사마는 처절하게 도움을 요청하는 사야의 전화를 무시했다. 물론 그 시점에서 전화를 받았다고 해도 가사마가 할 수 있는 일은 거의 없었을 것이다. 110번에 신고하여 인근 경찰관에게 구조하러 가달라고 요청하는 정도였을 것이다. 하지만 적어도 사야의 목소리를 들을 수는 있었을 것이다. 사야도 가사마에게 무시당했다는 절망 속에서 죽지는 않았을 것이다. 자신이 저지른 짓은 비정하다는 말 외에는 형언할 말이 없다.

자책감은 시간이 흘러도 조금도 사그라지지 않았고 살 기력을 잃어 이대로 쇠약사할지도 모른다는 생각이 들었다. 차라리 쇠약사해버리면 좋겠다. 가사마의 죄는 누구도 처벌을 내리지 않는다. 그렇다면 스스로 벌을 내릴 수밖에 없다. 죽음으로 사야에게 사죄하고 싶다. 그저 그 생각만 되풀이할 뿐이다.

며칠이 지났는지도 가물가물해졌을 즈음, 전화가 걸려왔다. 무시해버리고 싶었으나 상대가 경찰일 가능성도 있다. 그래서 진동 모드로 하지 않고 배터리도 끊기지 않도록 해두었다. 손을 뻗어 화면을 보았다. 마스오카의 이름이 표시되어 있었다.

"여보세요."

스마트폰을 들어 올려 귀에 가져다 댈 힘도 없어서 바닥에 둔 채 스피커폰을 켰다. 마스오카는 자신임을 밝히고 뜻밖의 말을 했다.

"용의자를 체포했습니다."

"네?"

잘못 들은 줄 알았다. 며칠이 지났는지는 모르지만, 아무것도 먹지 않았는데 아직 살아있는 걸 보니 그리 오랜 기간은 아니었을 것이다. 그렇게 빨리 범인이 체포되리라고는 생각지 않았다. 일본 경찰의 우수성을 새삼 깨달은 기분이었다.

"정말입니까?"

그 말을 의심하는 건 아니었지만, 저도 모르게 확인하는 말을 내뱉었다. 마스오카는 기분이 상한 듯한 내색 없이, "확실할 겁니다"라고 대답했다.

"틀림없는 진범이라고 생각합니다. 상세한 내용을 원하시면 직접 만나 뵙고 설명해 드리겠습니다만, 어떻게 하시겠습니까?"

"그렇게 하겠습니다."

거절의 여지가 있을 리 없었다. 설령 상대가 설명해주기를 거절한다고 해도 어떻게든 캐물을 것이다. 지금 곧 경찰서로 오라는 마스오카의 말에 알았다고 하고 전화를 끊었다.

모든 근육이 사라져버린 듯이 힘이 들어가지 않던 육체에 기력이 돌았다. 몸을 일으키고 샤워를 한 후 몸단장을 했다. 세수하고 면도를 하자, 유령 같았던 모습은 그나마 좀 나아졌다. 집을 나서서 근처 편의점에서 에너지 드링크를 사서 마셨다. 경찰서까지 갈 체력을 어떻게든 보충해야 했다.

택시를 타고 이타바시 경찰서에 도착했다. 접수처에서 마스오카의 이름을 대자 마스오카는 곧바로 나타났다. 그대로 지난번과 같은 회의실로 향했다. 다른 형사도 함께 대응하지 않을까 하고 예상했는데 마스오카 혼자인 모양이었다.

"이렇게 와 주셔서 감사합니다."

마스오카는 먼저 그렇게 말했다. 새로운 증언을 한 것도 아닌데 경찰이 감사의 말을 하다니 의외였다. 오히려 경계심이 솟아났다. 또 무언가 듣지 않았으면 좋았겠다고 후회할 말을 하려는 건 아닐까? 살인이란 남은 자의 심장까지 도려내는 행위라는 것을 뼈에 사무치게 느꼈다.

"체포된 용의자 이름은 세오 가쓰요시, 32세, 직업은 운송업입니다. 요컨대 택배 기사지요."

들어본 적 없는 이름이었다. 사야의 지인 중에 택배 기사가 있다는 이야기도 들어본 적이 없다. 그 남자는 어디에서 사야와 접점이 있었던 걸까? 접점 같은 게 떠오르지 않는 걸 보니, 역시 사람을 잘못 본 것이 아닐까 생각하게 된다.

"그 남자는 사야를 노린 것이었습니까? 다른 사람을 덮치려고 했던 건 아니었나요?"

그것 외에 답이 있으리라는 생각은 전혀 들지 않았으므로 도중에 끼어들어 질문했다. 마스오카는 동정 어린 표정을 지으며 고개를 가로저었다.

"유감스럽게도 세오 가쓰요시는 마쓰모토 사야 씨를 노렸습니다. 사람을 잘못 본 게 아닙니다."

"대체 왜?"

가당찮은 말을 듣고 있는 듯했다. 그렇다면 동기는 무엇인가? 동기 따위 있을 리 없는데 왜 그 남자는 사야를 공격한 것인가? 이해 불능이라고밖에 형언할 방법이 없었다.

"순서대로 말씀드리겠습니다."

마스오카는 대단히 침착했다. 미리 이야기를 순서에 따라 정리해둔 것인지, 가사마의 물음에는 직접 답하지 않고 말을 계속했다. 잠자코 듣기로 했다.

"우선 저희는 피해자인 마쓰모토 사야 씨에 관해 조사했습니다. 그러자, 한 가지 생각지도 못한 사실이 밝혀졌습니다. 마쓰모토 사야 씨는 주민등록을 하지 않았습니다."

"주민등록이요?"

무슨 의미일까? 주민표(우리나라의 주민등록증과 같은 신분증-옮긴이)를 이전 주소에서 옮기지 않았다는 것일까?

"네, 주민등록이 되어 있지 않아서 호적이 어디에 있는지도 밝혀지지 않은 상태입니다."

듣고 보니, 사야가 어디 출신인지도 몰랐다. 지금껏 도쿄 출신이려니 생각했다.

"그리고 일전에 가사마 씨께서 확인해주셨다시피, 마쓰모토 사야 씨의 신분을 증명하는 물건은 발견되지 않았습니다. 휴대하고 있지 않았을 뿐만 아니라, 자택에도 없었습니다. 즉 마쓰모토 사야 씨의 정체가 불명입니다. 극단적으로 말씀드리면 마쓰모토 사야라는 이름이 본명인지조차도 증명할 수 없습니다."

"네? 그런 말도 안 되는……"

너무나도 자명한 사실에 의문이 제기되자, 그저 말문이 막혔다. 왜 경찰이 그 정도의 사실을 알아내지 못했는지 이해가 되지 않았다. 마치 사야가 가명을 사용하기라도 했다는 듯이 말하는 것이 불쾌했다.

"무슨 말씀이신가요? 사야는 집을 빌려서 살고 있었고 제대로 된 직장에서 일했고, 휴대전화도 갖고 있었습니다. 신원 정도야 어떻게든 알아낼 방법이 있잖습니까?"

반문했으나, 마스오카의 표정에는 변화가 없었다. 이제부터 설명하려고 했다는 듯이 "네, 말씀대로입니다."라고 맞받아쳤다.

"정확히 말씀드리면 자택에서 운전면허증이 발견되었습니다. 그러나 그것은 위조된 것이었습니다."

"위조……."

생전 처음 듣는 말처럼 단어가 머릿속에서 의미로 연결되지 않았다. 위조 운전면허증 같은 것을 평범한 사람이 소지할 리 없다. 뭔가 오류라고밖에 생각되지 않았다.

"직장을 구할 때는 그 위조 운전면허증을 제시했던 것 같습니다. 집은 민박이었고요. 법적으로 확실한 임대계약을 맺고 살았던 것이 아니었다는 겁니다."

잇따라 생각지도 못한 사실들을 들으니 머리가 포화상태가 되었다. 말도 안 된다는 반박 외에 아무 말도 떠오르지 않았다.

"휴대전화 계약은 다른 사람 명의로 했습니다. 그 사람에게서 휴대전화를 빌렸던 것 같습니다. 사실은 그런 일은 하면 안 되지만, 매월 빠짐없이 요금이 입금되어서 그대로 빌려주었다고 합니다. 참고로 휴대전화를 빌려준 사람은 마쓰모토 사야 씨의 친구입니다만, 마쓰모토 사야 씨를 다른 이름으로 알고 있었습니다. 마쓰모토 사야 씨와는 이전 직장에서 알게 되었다고 합니다."

도대체 그건 무슨 말인가. 신원을 철저히 감추려고 갖은 방법을 동원한 사람 같지 않은가? 사야는 왜 신원을 감춰야만 했을까? 애초에 마쓰모토 사야라는 이름은 본명일까?

"덧붙여 말씀드리면 세오 가쓰요시도 마쓰모토 사야 씨를 다른 이름으로 알고 있었습니다. 마쓰모토 사야 씨는 여태까지 여러 개의 이름을 사용했던 것으로 보입니다."

이미 사야에 관한 이야기를 듣고 있는 것 같지가 않았다. 역시 사야는 뭔가 착오 때문에 살해당한 것이 아닐까? 그게 틀림없다. 그래 주길 바랐다. 말로 하지는 않았지만, 맘속으로 간절히 빌었다.

"마쓰모토 사야 씨의 신원 조사와 병행하여 저희는 사건 현장 주변의 감시 카메라 영상을 확인했습니다. 그러자 마쓰모토 사야 씨의 뒤를 밟고 있는 것으로 보이는 인물이 발견되었습니다. 수차례, 카메라에 잡혔기 때문에 저희는 그 인물을 색출하는 것을 최우선 사항으로 추진했습니다."

마스오카는 사야에 관한 설명을 마치고 범인 체포 과정을 설명하기 시작했다. 그것에 안도함과 동시에 사야에 관해 더 알고 싶다는 욕구가 북받쳐 올랐다. 사야에 관해 알아낸 것은 고작 그뿐인가?

"마쓰모토 사야 씨를 쫓고 있던 인물의 인상착의는 파악할 수 있었지만, 그것만으로 신원을 알아낼 수는 없었습니다. 일일이 탐문할 필요가 있겠다고 생각하던 차에 너무 쉽게 그 인물을 찾아낼 수 있었습니다. 그 인물은 마쓰모토 사야 씨를 미행하지 않을 때도 감시 카메라에 찍혀있었거든요. 그때 영상에서는 택배회사 유니폼을 입고 있었습니다."

아, 아까 범인 직업을 언급했었지. 멍하니 떠올렸다.

"우리는 택배업체를 방문하여 감시 카메라에 찍힌 인물의 이름이 세오 가쓰요시라는 것을 밝혀냈습니다. 세오에게 임의동행을 요청하여 왜 마쓰모토 사야 씨를 미행했는지 추궁하자 범행을 자백했습니다."

꽤 간단히 범인에게 도달했군. 그렇다면 체포까지 걸린 시간이 짧은 것도 당연하다.

"세오는 마쓰모토 사야 씨에게 앙심을 품고 있었다고 말했습니다. 하지만 어디에 있는지를 모른 채 몇 년이 지났다고 합니다. 그런데 우연히 택배 업무 중에 마쓰모토 사야 씨를 발견하고 몇 번인가 접촉했으나 무시당했다고 하더군요. 그 결과 분노를 억누르지 못하고 범행에 이르렀다고 자백했습니다."

"앙심이라니, 무슨 말입니까?"

사야는 누구에게 원한을 살 사람이 아니다. 그렇게 반박하고 싶었지만, 말해 봐야 허무해질 뿐일 것 같아 두려웠다.

"이건 어디까지나 세오의 설명입니다. 당사자의 일방적인 설명이라는 것을 숙지하시고 들어주십시오."

마스오카는 그렇게 운을 뗐다. 그거야 당연하다. 사야는 이미 죽었고 아무 말도 할 수 없으니까.

"마쓰모토 사야 씨는 이전에 세오의 아버지와 교제한 적이 있다고 합니다. 세오의 아버지는 배우자와 사별하고 독신이었습니다. 딸뻘 되는 젊은 여자와 사귀는 아버지를 세오는 못마땅하게 생각했다고 합니다."

아버지뻘 되는 나이 많은 남자와 교제? 이번에도 역시 사야라고는 생각할 수 없는 이야기가 튀어나왔다. 이젠 이미 철두철미한 거짓말을 하는 것으로밖에 생각되지 않았다.

"세오의 아버지는 마쓰모토 사야 씨를 위해 거액의 돈을 썼다고 합니다. 상세한 내용은 세오 자신도 모르지만, 직접적인 금전 수수도 있었던 것 같습니다. 딸이라고 해도 이상하지 않을 만큼 젊은 여자와 사귀기 위해서 돈이 드는 것이 당연한 건지, 아니면 마쓰모토 사야 씨가 정부였는지 그 부분은 모르겠습니다. 사실상 세오의 아버지가 상당한 액수의 돈을 잃었다는 것은 확실합니다. 세오의 말에 따르면 수천만 엔에 이릅니다."

"수천만 엔······."

점점 이야기가 이상하게 흘러간다. 사야는 매우 검소한 생활을 했다. 남자에게 수천만 엔이나 되는 돈을 뜯어냈다면 좀 더 호화로운 생활을 하는 게 당연하지 않을까?

"경위는 불확실하지만 세오의 아버지는 자살했습니다. 세오는 자살의 원인을 마쓰모토 사야 씨로 생각했습니다. 거액의 금전을 바쳤는데도 마쓰모토 사야 씨가 떠난 것에 절망한 거라고요. 즉 세오의 원한은 마쓰모토 사야 씨가 원인이 되어 아버지가 죽은 것, 그리고 자신이 손에 넣어야 했던 자산을 빼앗긴 데서 비롯된 겁니다."

마스오카가 하는 말은 무엇 하나 사야에 관한 이야기로 들리지 않았다. 역시 세오가 죽일 상대를 오인했다고 생각하는 편이 가장 그럴듯했다. 세오가 원한을 품은 상대는 사야를 닮은 사람이 아닐까?

"세오는 아버지가 교제한 상대의 얼굴을 알고 있었습니까?"

중요한 점이므로 물었다. 마스오카는 "네"하고 짧게 수긍했다.

"아버지가 어떤 여자한테 미쳐있는 건지 궁금해서 뒤를 밟은 적이 있다고 합니다. 그때 마쓰모토 사야 씨 얼굴을 봤고요. 생전의 마쓰모토 사야 씨는 상당한 미인이셨죠. 그래서 세오는 한번 보면 잊을 수 없다고 말했습니다."

틀림없이 사야의 미모는 여간해선 잊히지 않을 것이다. 하지만 닮은 사람이 세상에 존재하지 말라는 법은 없다. 한 번밖에 보지 않았다면 다른 사람으로 오인했을 가능성은 얼마

든지 있다. 실제로 세오는 아버지의 교제 상대 이름이 마쓰모토 사야가 아니었다고 하지 않았는가? 왜 경찰은 세오가 가리킨 여성이 사야라고 단정 짓는 것일까?

"증거는 있습니까? 이야기를 들어보니 범인이 앙심을 품은 여자는 사야와는 다른 사람인 것 같은데요. 사야는 오해받아 살해당한 겁니다. 그 점은 확실히 알아보셨습니까?"

저도 모르게 힐난하는 어조로 말했다. 하지만 이건 사야의 명예와 관련된 일이다. 가사마가 따지지 않으면 누가 사야의 명예를 지킬 수 있겠는가? 더 이상 사야의 명예를 훼손하는 것은 용서하지 않겠다고 굳게 다짐했다.

"세오는 아버지가 만나는 상대의 사진을 몰래 찍어두었습니다. 스마트폰 속에 남아있던 사진들을 증거품으로써 압수했습니다. 실은 확실히 하기 위해서 가사마 씨가 확인해주셨으면 했습니다. 이겁니다."

그렇게 말하며 마스오카는 옆에 두었던 서류가방에서 종이에 출력한 사진을 꺼냈다. 그것을 탁자 위에 놓고 이쪽으로 밀었다. 가사마는 "역시 아닙니다."라고 말할 생각으로 들여다보았다. 그러나 그 말은 입 밖에 낼 수가 없었다.

커피숍에서 찍힌 것일까? 창가의 2인석에 남성과 여성이 마주 보고 앉아 있다. 사진은 여성의 얼굴을 비스듬히 앞에서 포착했다. 확대한 것인 듯 해상도는 낮지만, 그 여성의 얼굴 생김새를 못 알아볼 정도는 아니었다.

여성은 사야였다.

경악한 나머지 할 말을 잃었다. 놀란 표정이 역력했던지 마스오카는 이쪽의 대답을 기다리지 않고 말했다.

"마쓰모토 사야 씨가 틀림없는 것 같군요."

믿을 수 없었다. 이제 와서 사야에게 쌍둥이 자매가 있었던 것은 아닐까 하는 설이 뇌리에 떠올랐다. 그렇지 않고서는 이 사진 속 여성이 사야와 똑같이 생긴 것을 설명할 수가 없다. 사야에게 쌍둥이 자매가 있다는 말을 들은 적은 없으나 무슨 사정이 있어서 숨겼을 것이다. 그게 분명하다.

"이상이 세오의 자백입니다. 물론 자백을 곧이곧대로 믿는 것은 아닙니다. 증거 확보 수사도 했습니다. 가택 수색에서는 혈흔이 묻은 옷이 발견되었습니다. 감정해 본 결과, 혈흔의 DNA는 마쓰모토 사야 씨의 DNA와 일치했습니다. 동기가 있고 물적 증거도 발견되었습니다. 그런 연유로 진범이 틀림없다고 말씀드린 겁니다."

도무지 수긍할 수가 없었다. 세오가 사야를 죽인 것은 틀림없는 사실이라고 쳐도 그 동기까지 사실이라고 할 수는 없다. 증거 수사라고는 하지만, 동기의 진실 여부는 조사한 것일까? 진실을 말한다는 보증은 어디에도 없지 않은가? 거짓 동기를 진술함으로써 사야를 죽은 후에도 모욕하는 것이 틀림없다.

"범인은 거짓말을 하고 있는 겁니다. 사야를 죽인 진짜 이유를 숨기고 있어요. 다시 한번 철저히 수사해 주십시오."

애원하는 심정으로 호소했다. 사야의 명예를 위해서라도 이대로 수사를 끝내서는 절대로 안 된다.

"물론 본래대로라면 철두철미하게 수사합니다. 그러나 이번 사건의 경우, 피해자가 자신의 신원을 위장했습니다. 이전부터 편의상 '마쓰모토 사야 씨'라는 호칭을 쓰고는 있으나 저희는 그것이 본명이라고 생각하지 않습니다. 피해자에게는 신원을 숨겨야 할 모종의 이유가 있었을 것으로 생각됩니다."

편의상 마쓰모토 사야 씨라고……. 마스오카의 어조는 담담했으나 가사마는 큰 충격을 받았다. 나는 사야의 진짜 이름을 모르는 건가? 나는 여태까지 속아온 것일까?

"그러므로 저희는 가사마 씨께 기대했던 것입니다. 피해자의 신원을 밝혀줄 이야기를 해 주시지 않을까 하고요. 그런데 아무래도 가사마 씨도 모르시는 듯하군요. 피해자가 철저하게 자신의 신원을 숨겼다고 간주할 수밖에 없습니다."

"…… 그래서 더 조사하지 않으실 겁니까?"

피해자 쪽에 결함이 있으므로 수사를 끝낸다는 말로 들렸다. 그건 수긍할 수 없다. 사야에 관한 모든 것을 조사하여 알려주었으면 했다.

"그런 건 아닙니다." 마스오카는 고개를 가로저었다. "당연히, 계속 조사할 겁니다. 다만, 피해자 쪽에서 실마리를 찾을 수 없으므로 세오의 아버지와의 교제에 관해 조사하게 될 겁니다. 세오의 아버지가 여성과 만났다는 증거, 그리고 돈의 움직임을 파악할 수 있다면 입건하기에는 충분할 것으로 생각합니다."

그것만으로 진실이라고 말할 수 있냐고 항의하고 싶었지만, 세오가 찍은 사야의 사진이 있다. 증거 수사에서 세오의 아버지가 사진 속 여성과 빈번하게 만났다는 사실이 확인되면 두 사람의 교제는 확실한 사실이 된다. 범인이 세오라는 것에 의심의 여지가 없으니 사건은 그것으로 해결일지도 모른다. 가사마가 납득하든 말든 그것은 경찰에게는 관심 밖의 문제다.

"설명은 이상입니다. 향후 검사에 의한 기소, 공판으로 진행될 겁니다. 공판 일정 등이 궁금하시면 다시 문의해 주십시오. 그리고 마지막으로 하나 더. 당연한 이야기지만, 피해자의 친족과 연락이 되지 않으므로 시신 처우가 문제입니다. 가사마 씨가 인수하시겠습니까?"

"시신……."

지금까지의 이야기를 들은 바로는, 예를 갖춰 사야를 애도해줄 수 있는 사람은 가사마뿐인 셈이다. 아직은 새로 알게 된 사실들을 완전히 받아들이지 못했다. 그러나 사야와의 추억이 선명하게 남아있는 이상, 내버려 둘 수는 없었다.

"그렇다면 제가 사야를 거두겠습니다."

"그러시겠습니까? 저도 그렇게 해 주시면 좋겠다고 생각합니다. 그런데."

마스오카는 잠시 말을 끊더니 묘하게 공백을 두었다. 가사마의 얼굴을 정면으로 바라보며 물었다.

"가사마 씨는 마쓰모토 사야 씨에게 돈을 요구받지는 않았습니까?"

"네?"

경찰로서는 당연히 확인할 사항일 것이다. 그러나 가사마는 독을 마신 듯한 기분이었다. 마음에 떨어진 이 한 방울의 독은 내 마음을 서서히 침식해 갈 것이다. 가사마는 그것을 직감했다.

"없습니다. 그런 일은 없었습니다."

필요 이상으로 강한 어조로 말했다. 마스오카는 한 번 고개를 끄덕이고는 무덤덤하게 말했다.

"그렇습니까? 그렇다면 다행입니다."

다행이 아니다. 무엇 하나, 다행인 것이 없다. 그렇게 부르짖으며 탁자를 쾅 내리치고 싶었다. 왜 이런 어처구니없는 일을 겪어야 하는 거냐고 고함을 지르며 미친 듯이 날뛰고 싶었다. 그러나 가사마를 움직이는 힘은 어디에서도 솟아나지 않았다. 기력도 체력도 시꺼먼 구덩이 속으로 빨려들어 가버린 듯했다.

5

 사야와 처음으로 접촉한 것은 인터넷상에서였다. 홍보활동과 기분전환을 겸해서 가사마는 트위터를 했다. 이미 밴드는 해산했고 작곡에 전념하고 있으므로 정식으로 무대에 서는 일은 없어졌다. 그래서 팔로워 수는 일반인에 비하면 많은 편이지만, 연예 활동을 하는 사람과는 비할 바가 아니었다. 답글을 달아주는 사람의 수는 당연히 더욱 한정적이다. 여러 번 답글을 준 사람은 조만간 외우게 된다.
 밴드를 해산한 지 이미 10년 이상 지났다. 이전에는 텔레비전에 출연했기 때문에 길을 걷다 보면 말을 거는 사람들이 있었지만, 지금은 그런 일도 거의 없어졌다. 밴드로서 성공하고자 하는 야심은 있었지만, 한 개인으로서 주목받고 싶은 마음은 없었으므로 오히려 편했다. 단골 서점에서 사야가 말을 걸었을 때는 의외라고 생각했다.
 "가사마 고스케 씨시죠?"
 계산대에서 서점 직원 여성이 그렇게 물었다. 질문을 받고서야 비로소 상대의 얼굴을 보았다. 상당히 아름다운 외모의 소유자였기 때문에 조금 놀랐다. 하지만, 연예계 관련 일을 해온 가사마는 미인에게 익숙했다. 얼굴이 예쁘다고 해서 그것만으로 무조건 상대에게 호감을 품지는 않는다. 깜짝 놀란 것은 그저 외모가 일반인 이상으로 예뻤기 때문이다. 예상치 못한 상황에서 의표를 찔렸을 뿐이다.

"그렇습니다. 잘 아시네요."

"팬이거든요."

여성은 그렇게 말하며 살포시 얼굴을 붉혔다. 작곡가는 팬과 직접 만날 기회가 거의 없으므로 솔직히 기뻤다. 그러나 동시에 이 서점에 오기가 거북해질지 모르겠다는 생각도 들었다. 얼굴이 알려지면 아무것도 사지 않고 돌아가기가 불편해진다. 불쑥 들러서 생각지도 못한 책과 마주치는 것이 서점의 즐거움이다. 살 책을 정해야만 들를 수 있는 곳이 되어버린다는 건 즐거움 중 하나를 잃는 것이다.

그렇긴 하지만, 그 서점은 대형 체인점이므로 서점 직원도 적지 않을 것이다. 직원이 세 명 정도뿐이라면 다시 얼굴을 마주할 수도 있겠지만, 이 사람이 매번 계산대에 서 있을 리가 없다. 너무 신경 쓰지 않기로 마음속으로 정했다.

예상대로 그 여성을 계산대에서 다시 본 것은 한 달여 후였다. 한적한 시간대였으므로 계산대는 한 곳만 열려있었다. 사고 싶은 책을 발견했기 때문에 부득불 계산대로 가서 내밀었다. 이전에 잠깐 이야기를 나눈 정도인데 아는 척하고 인사하는 것도 무람없는 것 같아 아무 말도 하지 않았다. 그런데 상대편은 가사마를 보자 활짝 표정이 밝아졌다.

"안녕하세요."

그녀가 먼저 인사했다. 무시할 수도 없으니 "안녕하세요."

라고 응답했다. 여성은 "책 커버 씌워드릴까요?"라고 사무적인 질문을 한 후, 망설임을 뿌리치듯이 말을 계속했다.

"트위터 항상 잘 보고 있어요."

"앗, 그래요? 기쁘네요. 다음에 답글 달아주세요."

지나가는 말로 대답했다. 정말로 답글을 원하는 건 아니었다.

"실은 몇 번 답글 달았어요."

여성은 부끄러운 듯이 눈을 내리깔며 말했다. 그랬었나? 어떤 답글이었는지 궁금하다.

"그러셨군요. 고맙습니다. 닉네임이 뭐죠?"

"미도리라고 합니다."

"아아."

기억에 있는 닉네임이었다. 가사마는 창작에 관한 글은 거의 쓰지 않는다. 그가 올리는 글은 오로지 소소한 일상에 관한 것이었다. 새로 출시된 편의점 디저트가 맛있다거나 산책하다가 묘한 색의 새를 보았다는 등 사람들에게 이름이 알려진 일을 하지 않는다면 아무도 눈여겨보지 않을 법한 게시글뿐이었다. 그래서 답글이 달려도 극히 소수였기 때문에 시간이 있을 때는 전부 훑어보았다. '미도리'는 비교적 자주 답글을 달아주는 사람이었다.

가사마는 곡의 아이디어가 떠오르지 않으면 자주 산책을 한다. 특히, 모르는 거리에서 어슬렁어슬렁 걸어 다니는 것을 좋아했다. 그렇긴 해도 전혀 목적 없는 산책은 재미없으므로 큰 상점가에 가 보기도 하고 칠복신七福神 순례를 하기도 했다. 이 취미가 곤란한 점은 산책을 하면 할수록 모르는 곳이 사라져간다는 것이었다.

'미도리'의 답글이 인상에 남았던 이유는 새로운 곳을 소개해주었기 때문이었다. 가사마가 산책했다는 글을 트위터에 올리면, 그러면 이곳도 흥미로울지 모른다며 사진과 함께 답글을 달아주었다. 그리고 소개받은 곳 중 몇 곳은 실제로 가 보기도 했다. 그것이 직접 창작에 영향을 준 것은 아니지만, 고마운 마음이 드는 것은 사실이었다. 지목하여 감사를 표한 적은 없지만, 내심 고마웠다.

그 '미도리'가 실존하는 인물로 눈앞에 서 있다. 놀라지 않을 수 없었다. 트위터상의 불특정다수의 팬 중 한 명에서 지인으로 변하는 순간이었다.

그 후, 서점에 갈 때는 '미도리'가 없는지 의식하게 되었다. 계산대에서 마주치면 인사를 하고 딱히 눈에 띄는 책이 없더라도 굳이 무언가를 사려고 했다. 물론 계산할 때는 몇 마디 대화를 나누었다. 트위터에서 다이렉트 메시지를 보내게 된 것은 가사마에게는 지극히 자연스러운 흐름이었다.

식사에 초대하는 데도 거리낌이 없었다. 거절당할 걱정을 하지 않았던 것은 상대방이 자신의 팬이라서가 아니라, 말이 통하는 사람이라고 생각했기 때문이다. 생각했던 대로 차분히 이야기를 나눠보았더니 대화에 흥이 났다. 가사마는 그리 말수가 많은 편이 아닌데도 사야 앞에서는 저도 모르게 이런저런 이야기를 했다. 사야는 가사마의 이야기에 감탄하기도 하고 맞장구를 치기도 하고 때로는 화제를 넓혀주는 등 대화의 즐거움을 가르쳐 주었다. 그런 사람은 처음이었다.

여성과의 교제를 귀찮게 생각했던 가사마였지만, 사야와 사귀는 것에는 조금도 주저함이 없었다. 사야는 가사마를 받아들여 주었고 두 사람의 관계는 눈 깜짝할 새에 견고해졌다. 설마, 이런 식으로 관계가 끝날 줄은 단 한 순간도 상상해 본 적이 없었다.

사야에게 수입에 관한 이야기는 하지 않았다. 아마도 가사마가 어느 정도의 수입을 얻는지 예측하지는 못했을 것이다. 그렇긴 하지만, 평소의 행동에서 돈에 인색한 면을 보인 적이 없었던 것은 사실이다. 함께 갔던 레스토랑과 거주 중인 아파트의 수준 등을 근거로, 적지 않은 수입이 있다는 것은 짐작했을 것이다. 실제로 같은 세대의 평균적인 직장인 연봉의 몇 배는 될 것이다.

그러나, 사야가 가사마의 돈을 노린 적은 없었다. 데이트 비용은 항상 가사마가 냈지만, 사야는 그것을 미안해했다. 가사마의 생일에는 꼭 대접하고 싶다고 말했다. 결국 그 약속은 실현되지 못했다.

만약 사야가 가사마의 돈을 목적으로 접근했다면 그런 뒤앙스를 풍기는 언행을 하지 않았겠는가? 사야는 단 한 번도 돈 이야기를 한 적이 없었다. 돈이 궁하다는 말을 흘린 적도 없었다. 가사마의 돈을 노리는 의도가 있었을 리 없다.

그러나 금전 목적으로 남자에게 접근하는 여자가 사전 준비에 어느 정도 시간을 들이는지 가사마는 아는 것이 없었다. 교제 기간 8개월은 짧지는 않지만, 충분히 긴 만남이라고는 할 수 없다. 상대의 신용을 얻는 데 그 정도의 기간이 필요할지도 모른다. 사야는 가사마의 신용을 얻기 위해 신중을 기했던 것일까? 함께 보낸 8개월은 단지 속셈을 숨기고 있었던 기간이었을까?

아니, 과거에 그런 행위를 했다고 해도 또 반복할 속셈이었다고는 생각하고 싶지 않다. 사야와의 만남은 우연이었고 사야 쪽에서 유혹한 것도 아니었다. 오히려 가사마가 사야에게 호감을 느끼고 데이트를 신청했다. 지극히 평범한 연애의 과정이었고 부자연스러운 점은 없었다.

정말 그랬을까? 생각이 시계추처럼 왔다 갔다 했다. 여자에게 돈을 갖다 바치는 남자는 으레 자신이 능동적으로 행동하고 있다는 착각에 빠지는 건 아닐까? 실은 전부, 교묘하게 조종당한 결과일 수도 있지 않을까? 사야가 스스로 접근해온 것은 아니지만, '미도리'는 다르다. '미도리'가 빈번하게 트위터에 답글을 달지 않았다면 가사마가 사야에게 관심을 가지지는 않았을 것이다. 그것은 감쪽같이 조종당한 결과가 아니라고 장담할 수 있을까?

  사야를 믿고 싶은 심정은 확고했다. 그러나 한편으로 사야가 아버지뻘 되는 남자에게서 거액의 돈을 받았다는 것도 틀림없는 사실인 것 같다. 사야는 내게 금전 목적으로 접근한 것일까? 함께 있을 때 즐거운 듯이 웃던 모습은 연기였을까? 사야는 정말로 나를 사랑했던 것일까……?

제2장

1

 시간이 흐르면 납득하게 되려니 생각했었다.
 그러나 그런 일은 없었다. 사건이 일어남으로써 알게 된 과거의 사야와 가사마가 알고 있던 사야와는 너무 차이가 커서 도저히 동일인물로 생각되지 않았다. 어느 쪽이 진실일까? 자신이 아는 사야가 진짜 사야였다고 믿고 싶다. 그러나, 그랬다면 사야는 살해당할 이유도 없었을 것이다. 그러면 가능성은 두 가지밖에 없다.
 사야가 본모습을 숨기고 가사마를 만났거나 아니면 개과천선했거나, 둘 중 하나다.
 사야가 본성을 감추고 있었다고 믿고 싶지는 않았다. 사야와 만났던 날들이 전부 거짓이라면 연기가 너무 뛰어난 것이다. 자신이 줄곧 속아왔다는 가정은 가사마를 절망 속으로 빠뜨렸다. 그런 절망과 직면해야 한다면 어떻게든 납득할 수 있는 다른 가설을 찾아내고 싶은 심정이었다.
 그래서 잘못을 뉘우치고 돌이킨 것이라는 설을 생각해냈

다. 과거의 사야와 현재의 사야, 양쪽 모두 본모습이라면 그것 외에는 어떤 설명도 불가능하다. 돈을 받은 상대가 자살한 것을 계기로 사야는 제 행동을 반성한 것이 아닐까? 가사마는 반성한 후의 사야와 만났으므로 과거 이야기를 들어도 같은 사람으로 생각할 수 없었던 것이다.

사야의 과거가 사실이라고 인정하는 것도 괴로웠다. 그러나 사야가 본성을 숨기고 가사마와 만나왔다고 생각하는 것은 더욱 괴로웠다. 사야는 금전 목적으로 가사마에게 접근한 것은 아니다. 그 증거로 한 번도 돈을 요구한 적이 없지 않은가? 깊이 뉘우친 사야는 꾸준하고 성실하게 일했다. 가사마가 아는 사야야말로 진정한 사야였던 것이다.

그렇다면 왜 이름을 속였을까? 그렇게 반박하는 자신도 가사마의 내면에 있었다. 사야가 모든 면에서 정직했던 건 아니다. 사람과 사람의 사귐에 있어 가장 정직해야 할 이름을 위장했다. 그것은 사야가 본성을 감추고 있었다는 증거 아닐까? 사야는 역시, 가사마의 돈을 노렸던 것일까?

아무리 생각해도 이 사고회로가 끊임없이 순환될 뿐이었다. 고뇌의 무한 순환이다. 뻔한 결론을 피하려 하니 빙글빙글 순환하는 것이다. 그럼에도 불구하고 생각을 멈출 수 없으니 괴로움이 언제까지나 사라지지 않았다. 고통에서 벗어나기 위해서는 뭐라도 하지 않을 수 없었다.

사야를 좀 더 알고 싶다. 순수하게 그것을 원했다. 아무리 누군가와 진솔하고 친밀하게 사귄다고 해도 상대방을 완전히 이해한다는 것은 어려운 일이다. 하물며 가사마는 사야와 교제한 지 아직 8개월밖에 지나지 않았다. 모르는 부분이 많은 것이 당연하고 그것이 의혹을 낳은 것이라면 좀 더 알고자 노력해야 한다. 할 수만 있다면 가장 알고 싶은 것은 사야의 본심이다.

그러기 위해서는 사야가 세오 가쓰요시의 아버지와 어떤 교제를 했는지 알아볼 필요가 있었다. 가사마가 마스오카에게 들은 이야기는 어디까지나 세오 측의 일방적인 주장이다. 그 말을 곧이곧대로 받아들이는 것은 사야에 대한 모독이라는 생각도 들었다. 우선은 세오의 말을 의심해봐야 한다.

그렇다고 해도 현재 구치소에 수감 중인 세오를 가사마가 면회할 수 있을 리도 없었다. 설령 면회할 수 있다고 해도 같은 주장을 반복할 뿐일 것이다. 가사마가 알고 싶은 것은 어디까지나 객관적인 사실이다. 주관이 들어간 데다 남이 전해준 이야기는 의미가 없다.

탐정을 고용할 수밖에 없다는 결론을 내렸다. 가사마가 관계자를 찾아다닌다 한들, 상대의 입을 열 자신은 없다. 헛수고로 끝날 것이 불 보듯 뻔했다. 그럴 바에야 처음부터 그 분야의 전문가에게 의뢰하는 게 낫다. 돈이 들더라도 그렇게 하여 진실이 밝혀진다면 비싼 것도 아니라는 생각이 들었다.

인터넷으로 괜찮아 보이는 탐정사무소를 찾아냈다. 그곳은 의뢰 상담을 이메일로도 접수했다. 우선은 타진해 본다는 생각으로 이메일을 보내려고 했으나, 막상 상담 내용을 쓰려니 곤란했다. 약혼자가 가명을 사용했었고 과거에는 다른 이름으로 아버지뻘 되는 나이의 남자와 교제했었다는 등의 내용을 쓴다면 어느 모로 보나 수상쩍은 이야기가 되어버리기 때문이다. 객관적으로 보면 사야는 수상한 여자라는 것을 새삼 깨달았다.

아니, 그렇기에 더욱 조사를 의뢰해야 한다고 생각을 바꾸었다. 탐정사무소에는 숨김없이 모든 것을 털어놓을 필요가 있다. 자신이 꽤 인기 있는 작곡가라는 사실까지는 밝히지 않아도 되겠지만, 조사 과정에서 밝혀진다면 그뿐이다. 그렇다면 오히려 탐정사무소의 조사 능력을 높이 평가해야 할 일이었다.

인터넷상에서 연락을 주고받는 것이라 상대의 반응을 눈앞에서 보지 않아도 되는 것이 다행스러웠다. 의심쩍은 눈길로 그를 바라본다면 견디기 힘들었을 것이다. 조사해 주었으면 하는 내용을 대충 전달하자, 탐정은 일주일을 달라고 했다. 교제했던 남성의 이름을 알고 있으니 일주일이면 대강의 보고는 할 수 있을 거라고 단언했다. 단 일주일 만에 사야의 본명까지 알아내는 것은 어려울 거라고 했다. 그 정직함을 사서 의뢰하기로 했다.

불안을 떠안은 채 일주일을 기다렸다. 그리고 일주일 후 저녁, 보고서가 메일로 도착했다. 긴장 속에서 보고서를 열었다. 처음부터 숙독했다.

다 읽고 나자 심경이 복잡해졌다. 나쁜 내용이 쓰여있는 것은 아니었다. 오히려 가사마에게는 바람직한 보고라고도 할 수 있었다. 하지만 그만큼 사태가 혼란스러워 갈피를 잡을 수 없었다. 어떻게 받아들여야 할지 태도를 정할 수가 없었다.

사전 협의 때 들은 대로, 사야의 본명은 판명되지 않았다. 그건 어쩔 수 없다. 사야는 용의주도하게 신원을 숨기고 있었던 것 같으니 전문가라고 해도 간단히 밝혀낼 수는 없었을 것이다. 보고서는 주로 세오의 아버지에 관한 내용이었다.

세오의 아버지 이름은 세오 마사토시. 향년 56세. 당시 정년 전이었고, 근무처는 일본 유수의 증권회사였다. 사내에서는 높은 직위에 있었으므로 보고서에 연봉까지는 기재되지 않았으나, 아마도 수천만 엔 대였을 것으로 짐작할 수 있었다.

세오 마사토시는 젊은 여성 취향의 상당한 호색가였다고 한다. 사야 이전에도 젊은 여성과 교제하고 헤어지기를 몇 번이나 반복했다. 세오 마사토시는 여자를 꾀어 제 여자로 만드는 과정을 즐겼던 건지, 사귀기 시작하면 금세 싫증을 내며 단기간에 헤어졌다. 이별 방식은 깔끔하다고는 할 수 없었고, 상대를 내버리는 듯한 태도였다고 한다.

사야는 이런 남자에게 걸려든 걸까? 심경이 복잡해진 이유는 사야가 역시 금전을 노렸던 것이라는 생각이 들어서이다. 이런 남자를 진심으로 좋아했었다고는 생각하고 싶지 않다. 탐정은 생전의 세오 마사토시의 사진까지 입수했는데, 그 사진을 보니, 과연 젊은 여성에게도 인기가 있을 법한 깔끔하고 세련된 용모의 소유자였다. 그러나 그 용모와 경제력을 이용하여 호색을 일삼아 온 그의 행위에는 호의를 품으려야 품을 수 없다. 사야의 과거 교제 상대로는 인정하고 싶지 않았다.

하지만 금전을 노리고 교제했다고 생각하는 것도 가사마에게 유쾌한 결론은 아니었다. 물론 일방적으로 사야가 나쁘다는 결론보다는 낫다. 세오 마사토시에게는 전혀 동정의 여지가 없다. 그렇다고 해서 사야가 결백해지는 것도 아니었다. 사람에 따라서는 둘 다 나쁘기는 매한가지라고 받아들일 것이다.

세오 마사토시가 그런 남자였다면 사야에게 차였다는 이유로 자살했다는 것은 이상하다. 그러나 이제껏 여자를 버리는 쪽이었는데 버림받는 처지가 되고 보니 견딜 수가 없었을지도 모른다. 과거의 여자들과는 달리, 사야에게는 진심이었다고 해석할 수도 있다. 그렇게 생각하는 것 역시, 가사마에게 복잡한 감정이 들게 했다.

세오 마사토시와 사야가 헤어진 이유까지는 파악하지 못했다고 보고서에 쓰여 있었다. 사야의 본명 등, 여전히 남아 있는 의문점을 밝히고 싶은 의사가 있다면 조사를 계속하겠다는 말로 보고서는 끝났다. 일주일에 이 정도까지 조사한 걸 보면 역시 우수한 탐정사무소임에는 틀림없는 것 같다. 제대로 고르긴 했다는 생각이 들었다.

하지만 조사를 계속해달라고 할지, 좀처럼 결심이 서지 않았다. 정보량이 너무 많다. 갑자기 밀물처럼 밀려든 정보를 정리하지도, 자신의 감정을 확인하지도 못한 채, 가사마는 망연자실할 뿐이었다.

2

무엇을 해야 할지 주저주저하는 사이에 사태가 변했다. 세오 가쓰요시의 변호사에게서 연락이 온 것이다.

가사마에게 직접 접촉해온 것은 아니었고 우선은 가사마가 소속된 연예기획사에 문의가 왔다. 상대편의 설명에 따르면 가사마가 사건관계자라는 것은 경찰이 누설한 것이 아니라, 어디까지나 변호사가 자력으로 조사하여 알아냈다. 변호사는, 분명히 혈혈단신인 사야의 장례식이 치러졌다는 것을 알게 되었고 누가 장례 비용을 지불했는지에 주목했다. 그곳에서 가사마의 이름을 알게 된 후, 사야의 교제 상대였을 것으로 추측함과 동시에 작곡가 가사마 고스케가 아닐까 짐작했다. 가사마가 어느 연예기획사에 소속되어 있는지는 비밀이 아니다. 일반적인 취재 요청처럼 꼭 만나고 싶다는 의향을 전해왔다.

아마도 피고인의 사형은 원하지 않는다는 말을 해주길 바랄 것이다. 지금은 피해자 유족이 바라든 바라지 않든 상관없이 살인을 저지르면 사형 판결이 내려진다. 사람을 한 명 죽인 사람은 반드시 사형에 처한다. 그래도 변호사는 가능한 한 사형 판결을 회피하고자 노력하는 듯하다. 피해자 측인 가사마로서는 만나야 할 의무가 없으나 마침 잘되었다는 생각이 들었다. 변호사에게서 그가 알고 있는 정보를 최대한 얻어볼 셈이었다.

가사마는 변호사에게 전화를 걸었다. 가사마에게서 연락이 올 것을 기대하지 않았는지 변호사는 목소리만 들어도 알 수 있을 만큼 기뻐했다. 만나서 이야기하고 싶다고 하여 가사마가 변호사 사무실로 가기로 했다. 카페 등에서 이야기할 만한 건도 아니고 가사마의 소속 기획사 직원들의 귀에 들어가게 하고 싶지도 않다. 가사마가 변호사 사무실로 가는 편이 가장 무난하다.

"잘 오셨습니다. 감사합니다."

가메이도에 있는 사무실을 찾아가자 살집이 두둑한 사십 줄의 남자가 맞아주었다. 이 사람이 변호사 모치즈키인 모양이다. 얼굴이 묘하게 팡팡 부어올랐는데, 풍족한 생활을 해서 살이 찐 것이 아니라, 건강을 챙기지 않고 체중관리를 제대로 하지 않은 탓에 체중이 불을 대로 불은 것으로 보였다. 격무에 시달리느라 편의점 도시락이나 인스턴트 식품으로 끼니를 때워온 게 아닌가 싶었다.

"죄송합니다. 사무원이 자리를 비워서 제가 차를 내오겠습니다. 이쪽에 앉으시지요."

모치즈키는 분주한 듯이 말하며 응접세트를 가리키고는 자리를 떴다. 건축 연수가 오래되어 보이는 상가 건물에 있는 사무실로 방 두 개 정도 크기였다. 변호사라고 해도 대기업의 고문 업무라도 맡지 않는 한, 그리 고수입은 아니라고 들었다. 모치즈키도 벌이가 그리 대단해 보이지는 않았다.

"이야, 가사마 씨께서 직접 찾아와주시다니 몸 둘 바를 모르겠습니다. 어디든 제가 찾아뵈려고 했습니다."

모치즈키가 찻종을 올려놓은 쟁반을 가지고 돌아와서 가사마 앞에 놓았다. 탁자를 사이에 두고 정면에 앉았다. 고작 그뿐이었는데 모치즈키는 이마에 엷게 땀이 배어 나왔다. 모치즈키는 가사마가 찻종에 손을 대기도 전에 벌써 제 녹차를 마시기 시작했다.

"아닙니다. 신경 쓰지 마십시오. 천천히 이야기를 여쭙고 싶어서요."

가해자를 변호하는 모치즈키는 원래대로라면 가사마의 적의 입장이다. 하지만, 지금은 적이 아닌 정보원으로 생각하고 있다. 적대적인 자세로 대할 생각은 없었다.

"가사마 씨와 연락이 닿아서 다행입니다. 만약 가사마 씨가 평범한 분이었다면 찾아내지 못했을 겁니다. 뻔뻔하게 기획사로 연락을 드려 죄송했습니다."

모치즈키는 변호사답게 말이 많은 듯했다. 재촉하지 않아도 술술 말을 늘어놓는다. 나에게 신세를 졌다고 느끼면 여러 가지 이야기를 해줄 것 같았다.

"저는 사건에 관해 상세히 알고 싶습니다."

솔직한 심정을 전달했다. 흥정할 필요는 없을 것 같다고 판단했기 때문이다. 모치즈키는 가사마의 말에 몇 번이나 고개를 끄덕거렸다. 그럴 만도 하다고 생각하는 걸까?

"사적인 질문입니다만, 가사마 씨는 피해 여성의 본명을 모르십니까?"

모치즈키는 느닷없이 핵심을 찔렀다. 듣고 싶지 않은 질문이었지만, 피할 수 없는 이야기였다. 그것을 인정하지 않는다면 정보를 얻어낼 수 없을 것이라는 각오를 했다.

"저는 마쓰모토 사야라는 이름으로 알고 있었습니다. 그러나 경찰은 그것이 본명이 아니었다고 하더군요."

"그렇습니까? 피해 여성이 본명을 숨긴 이유에 뭔가 짚이는 데라도 있습니까?"

"…… 아니요, 없습니다."

가사마를 속이려 했다는 이유 이외에는 떠오르는 게 없었다. 하지만, 가사마는 아직 체념하지 않았다. 틀림없이 다른 이유가 있을 거라고 믿기 때문에 이렇게 가해자 측 변호사를 만나고 있는 것이다.

"제 의뢰인의 아버지에게는 다나베 미호라는 이름을 사용했습니다. 이 이름을 들어보신 적 있습니까?"

"없습니다."

사야가 자신의 이름을 잘못 말한 적은 내 기억에 단 한 번도 없었다. 그래서 그 가명은 지금 처음 들었다.

"그렇습니까?"

모치즈키는 이번에는 깊숙이 고개를 끄덕이고 잠시 생각에 잠긴 듯이 뜸을 들이더니 계속해서 질문을 던졌다.

"그러면 사건 이후에 밝혀진 사실들로 인해 상당히 놀라셨겠습니다. 그로 인해 피해 여성에 대한 감정에 변화는 없으셨습니까?"

모치즈키가 던진 질문의 의도는 알겠다. 사야가 나쁜 여자였다는 것을 증명하여 세오 가쓰요시에게 정상 참작의 여지가 있다고 주장하고 싶은 것이리라. 그것은 불쾌했지만, 변호사로서는 올바른 전략일 거라고 이해할 수 있었다. 게다가 가명을 사용했었다는 것을 알면 사랑의 감정이 변할 거라고 생각했을 수도 있다. 가사마 쪽에서 연락했다는 사실까지 고려하면 재판에서 유리한 증언을 끌어낼 수 있을 거라고 기대하는 것도 당연한 반응이다.

"솔직한 심정을 말씀드리면 사야를 전폭적으로 믿는 것은 아닙니다. 그렇다고 해서 속았다고 생각하는 것도 아닙니다.

제가 몰랐을 뿐, 어쩔 수 없는 사정이 있었던 것은 아닐까 하는 가능성에 희망을 걸고 있습니다. 제가 속았던 것인지 아닌지 저는 그게 궁금합니다."

본심을 밝혔다. 변호사의 전략에는 따를 수 없지만, 변호사의 입장에서 알아낸 것은 듣고 싶다. 상대에게 그걸 바란다면 본심을 털어놓을 수밖에 없었다.

"아하, 이제 알았습니다. 즉 가사마 씨는 피해 여성의 과거를 알고 싶어서 저를 만나주신 거였군요. 그렇군요, 이해했습니다. 그렇다면 말씀드리겠습니다. 가사마 씨로서는 귀를 막고 싶어지는 이야기일지도 모릅니다."

"각오는 했습니다."

표정이 굳어지는 것을 느끼며 턱을 잡아당겼다. 모치즈키는 다시 녹차를 입에 머금고는 앉은 자세를 바로잡았다.

잔뜩 긴장했지만, 모치즈키의 이야기에 그다지 새로운 점은 없었다. 형사 마스오카에게 들은 내용과 별반 다를 게 없었다. 새로 알게 된 사실은 세오 마사토시와 사야의 교제가 2년 가까이 지속되었다는 점 정도였다. 2년이나 사귀었다니 둔중한 충격을 받았다.

"······ 안타깝지만 두 사람이 어떻게 알게 되었는지는 알아내지 못했습니다. 세오 마사토시 씨는 일기를 쓰는 사람이 아니었으므로 만남의 계기를 밝혀낼 실마리가 전혀 없었습니다. 경찰에 따르면, 그것은 사망한 여성 쪽도 마찬가지였습니다. 아마도 밝혀질 일은 없을 겁니다."

모치즈키의 설명은 유감스러웠다. 바로 그 부분이 알고 싶었던 점이었다. 알고 나면 깊은 충격을 받을 것 같기는 하지만 말이다.

"세오 마사토시 씨가 자살한 것은 정말 사야가 원인이었습니까?"

부정할 근거를 찾기 위해 질문했다. 모치즈키는 담담하게 말을 이었다.

"세오 마사토시 씨는 유서를 남겼습니다. 짧은 글이었지만, 내가 바보였다, 무일푼이 되었다, 등의 내용이 쓰여 있었습니다. 실제로 세오 마사토시 씨의 통장은 바닥난 상태였습니다. 근무처의 규모를 보건대, 세오 마사토시 씨의 나이에 저축해둔 돈이 없다는 것은 일반적이지 않지요. 다만, 본디 그렇게 견실한 타입은 아니었던 것 같습니다. 부인과 사별한 후 생활이 호화로워진 것은 사실이에요. 아무리 그래도 수중의 돈이 없을 만큼 탕진했다는 건 제정신을 잃었다고밖에 볼 수 없죠. 투자하다 손실을 낸 것도 아니고, 오히려 투자했던 돈까지 회수했으니 탕진의 원인은 다른 데 있었다고 생각할 수밖에 없습니다."

"그렇긴 해도 그 돈이 사야에게 흘러 들어갔다는 증거도 없지 않습니까? 실제로 사야는 수수하고 검소한 생활을 했고 어디에도 거액의 돈을 남겨두지 않았습니다. 세오 마사토시 씨의 돈이 반드시 사야에게 전달되었다고 할 수는 없지 않습니까?"

"정황 증거는 있습니다."

모치즈키의 말은 의외였다. 증거가 있었다니. 경찰은 그런 건 알려주지 않았다.

"세오 마사토시 씨는 일기는 쓰지 않았지만, 일정표는 남겨두었습니다. 거기에 정기적으로 같은 표시가 되어있었습니다. 그리고 표시가 되어있는 날과 그 전날에 은행 계좌에서 수십만 엔이 인출되었습니다. 이 두 가지 사실을 합쳐서 생각해보면 세오 마사토시 씨의 돈이 피해 여성에게 전달되었다는 추측이 성립합니다."

"하, 하지만……"

"제 의뢰인은 아버지를 미행하여 피해 여성과 만나는 광경을 목격했습니다. 그 날 일정표에도 표시가 되어있었습니다. 표시의 의미가 피해 여성과 만나는 날이었다는 것은 명백합니다."

가사마의 반론을 예측하고 모치즈키가 말을 덧붙였다. 그의 예측대로 가사마는 표시가 다른 의미일지도 모른다고 말하려 했었다. 하지만 그 가능성은 아예 봉인되었다. 사야가 검소한 생활을 했다는 점을 고려하면 이해하기 어려웠으나 세오 마사토시의 돈이 사야에게 전해졌다는 것은 인정할 수밖에 없었다.

"죄송합니다. 상대를 논파하는 것이 업이다 보니 저도 모르게 버릇이 나와버렸습니다."

모치즈키는 갑자기 누그러진 말투로 말하며 고개를 꾸벅 숙였다. 그러나, 설복당했다는 생각은 하지 않는다. 그저 사실 자체에 완패했을 뿐이다.

"가사마 씨 입장에서는 쉽사리 받아들일 수 있는 이야기가 아닐 겁니다. 심정은 이해합니다."

무엇을 이해한다는 걸까? 사야를 알지 못하는 사람이 도저히 수긍할 수 없는 이 심정을 이해할 수 있을까? 가사마는 맘속으로 생각했으나 입 밖으로 내지는 않았다. 말을 해 봐야, 그저 억지를 부리는 것밖에 되지 않는다는 걸 알기 때문이다.

"하지만, 제가 해드린 이야기를 부디 이성적으로 이해해 주시길 바랍니다. 피해 여성이 어떤 사람이었는지, 다시 한번 생각해 주십시오. 피해 여성이 왜 본명을 숨긴 채 가사마 씨와 교제해왔을까? 그 의미를 저는 단 한 가지로 봅니다."

당신이 속은 것이다, 하마터면 돈을 뜯길 뻔했다, 두 눈 똑바로 뜨고 현실을 봐라. 모치즈키가 의미하는 바는 이것이다. 화가 나지만, 제삼자가 보면 모치즈키의 생각이 이성적이라고 판단할 것이다. 그래서 분노를 겉으로 드러낼 수도 없었다.

"왜 본명을 가르쳐주지 않았는지 저는 확실히는 모릅니다. 하지만, 그것 외에 모든 것이 제가 아는 사야와 너무 다릅니다. 전혀 딴판입니다. 사야가 거짓말을 한다고 느낀 적은 한 번도 없었고 씀씀이가 헤프다고 생각한 적도 없습니다. 떳떳하지 못한 과거의 낌새조차 느낀 적이 없습니다. 하나부터 열까지 전부 제가 속은 걸까요? 사야는 그렇게 거짓말을 잘했던 걸까요? 도저히 믿기지 않습니다."

말해 봐야 의미도 없다는 것을 스스로도 알고 있다. 사야를 살해한 남자의 변호사를 상대로 무슨 말을 하고 있는 건지 자조했다. 그러나 이 심정을 누군가에게 말하고 싶었다. 상대가 누구든 상관없으니 이 어처구니없는 상황에 대한 분노를 토하고 싶었다. 자신이 여태껏 울음을 참고 있었다는 것을 깨달았다.

모치즈키는 곤혹스러워하는 기색도 없이 그저 침착한 눈빛으로 가사마를 바라보고 있었다. 그런 시선은 고통스럽다. 슬슬 자리에서 일어나야겠다.

"개과천선했을지도 모르죠."

모치즈키는 표정을 바꾸지 않은 채 불쑥 말했다. 개과천선? 그것은 가사마도 생각했다. 역시 그런 걸까? 사야는 뉘우치고 나서 변하여 이전과 다른 사람이 된 걸까? 사야의 과거가 움직일 수 없는 사실이 되어버린 지금은 그 가능성에 매달릴 수밖에 없다.

"세오 마사토시 씨가 스스로 목숨을 끊은 것을 알고 피해 여성은 자신의 죄를 깨달았을지도 모릅니다. 남자에게서 거액의 돈을 가로채는 짓은 나쁜 짓이었다고 반성했을지도 모르지요. 만약 그렇다면 개과천선 후의 마쓰모토 사야 씨를 받아들일 수 있습니까? 과거의 죄를 가사마 씨는 용서할 수 있나요?"

모치즈키의 표정과 어조에는 변화가 없었으나 왠지 더 큰 위압감이 느껴졌다. 모치즈키는 지금, 중요한 사실을 묻고 있다. 과거의 죄를 용서할 수 있는가? 인간으로서 근본적인 부분을 꿰뚫는 질문이었다.

"제가 알고 있었던 사야가 진정한 사야고 거짓이 일절 없었다고 한다면 저는 용서하고 싶습니다. 과거에 무슨 일을 했더라도 현재의 사야를 받아들이고 싶습니다."

답을 생각하는 데 걸린 시간은 짧았지만, 마음 깊은 곳에서 답을 얻은 듯했다. 이것은 흔들림 없는 답이다. 앞으로 아무리 생각한다고 해도 결론은 바뀌지 않을 것이다.

"그렇습니까? 그렇게 대답해 주셔서 기쁘군요."

모치즈키는 원하는 답을 얻었다는 듯이 고개를 크게 끄덕이며 미소 지었다. 그리고 마치 친밀한 상대를 대하듯이 윗몸을 앞으로 내밀며 말했다.

"사람은 누구나 뉘우치고 반성할 수 있습니다. 변할 수 있는 거죠. 그러므로 범죄자에게도 갱생의 기회를 주어야 합니다. 살인죄를 저지르면 무조건 사형이라는 판단은 분명히 누구에게나 쉽게 다가옵니다. 눈에는 눈이라는 발상에는 쉽게 수긍이 되지요. 하지만 그것은 단순히 사고하기를 포기하는 겁니다. 수많은 일본인이 생각하기를 포기하고 나쁜 놈은 죽이면 된다는 맹목적인 결론에 만족하므로 일본은 사형 대국이 되고 만 겁니다. 오늘날의 일본은 비인도적이라고 생각합니다. 생각하기를 포기한다면 인간은 인간다움을 잃습니다. 그래서 저는 사형에 반대합니다. 갱생의 기회를 박탈해서는 안 됩니다."

아, 그렇군. 가사마는 은밀히 숨을 삼켰다. 그렇게 되는 건가? 사야를 용서한다면 세오도 용서해야 한다. 아니, 용서할 필요는 없을지도 모른다. 용서할 필요는 없다 해도 모치즈키가 말한 대로 갱생의 기회는 부여해야 한다. 가사마가 아는 사야가 진정한 사야라고 믿는다면, 개과천선의 가능성을 닫아버리면 안 된다. 참회하고 변화할지도 모르는 사람을 일률적으로 죽이면 안 되는 것이다.

"세오 가쓰요시의 사형을 원하지 않는다고, 재판에서 말하라는 거군요."

구태여 확인했다. 지금 도달한 답을 결론으로 정하는 데는 조금 시간이 필요했다.

"그렇습니다."

모치즈키는 조금도 주저하지 않고 답했다. 가사마는 입을 꾹 다물었다. 이 대화의 의미를 곰곰이 생각해보고 싶었다.

3

 사야는 개과천선한 걸까? 가사마는 어느새 그랬으면 좋겠다고 바라게 되었다. 사야의 과거가 사실이라면 차라리 현재의 사야와 다른 사람처럼 보이는 것이 다행이었다. 가사마가 사랑했던 사야 역시, 진짜 사야였다는 것이 되기 때문이다. 그러므로 현재의 사야를 더 알고 싶었다. 과거의 사야보다 현재의 사야가 중요하기 때문이다.

 현재의 사야를 아는 사람은 쉽게 찾을 수 있다. 직장 동료에게 이야기를 들으면 된다. 가사마는 사야가 근무했던 서점의 단골손님이었으므로 얼굴을 여러 번 본 직원이 있다. 그중 몇 명은 사야의 장례식에 왔었다. 목례를 했으므로 상대의 얼굴을 또렷이 기억한다. 장례식에 와 줄 정도이니 사야에 관해 나쁜 인상을 품고 있지는 않을 것이다. 사야에 관한 이야기를 꼭 듣고 싶었다.

 서점에 가서 계산대에 서 있는 30대 정도의 여성에게 눈길을 주었다. 마침 손이 비었던 여성은 내 시선을 느꼈는지 내 쪽으로 고개를 돌렸다. 가사마를 알아보고 깜짝 놀란 표정을 지었다. 다가가서 말을 걸었다.

 "일전에는 사야의 장례식에 와 주셔서 감사합니다."

 "아, 저기, 가사마 씨시죠? 마쓰모토 사야 씨의 명복을 빕니다."

어쩔 줄 모르는 모습으로 여성은 고개를 숙였다. 그렇긴 해도 가사마가 말을 건 것을 폐스럽게 여기는 듯한 기색은 없었다. 이 사람이라면 사야에 대해 이야기해줄 거라는 기대감이 생겼다.

"겨우 마음은 진정이 되었습니다만, 왜 사야가 살해당했는지 아직 도저히 납득이 되지 않습니다. 사야에 관한 악담도 들으셨죠? 저는 도저히 믿기지 않습니다. 그래서 사야를 아는 분께 이야기를 여쭙고 싶습니다."

"아……"

여성은 좌우로 두리번거렸다. 가사마와 이야기를 하는 모습을 들키고 싶지 않은 모양이다. 헛걸음했나 생각했는데, 여성은 목소리를 낮추고 대답했다.

"가사마 씨의 심정, 이해합니다. 저도 사야 씨에 관한 보도를 보고 너무 깜짝 놀랐거든요. 저 역시 가사마 씨와 이야기를 나누고 싶습니다."

"그렇게 해 주시면 고맙겠습니다."

역시 장례식에 와 줄 정도이니만큼 사야에게 호의적인 사람인 듯하다. 업무가 오후 6시에 끝난다고 하여 이 쇼핑몰 지하 1층에 있는 커피숍에서 만나기로 했다. 가사마에게는 도보 거리이므로 그 시간에 맞춰 다시 오는 것이 어렵지 않다. 인사를 하고 서점을 나섰다.

저녁 무렵 조금 일찍 집을 나왔다. 자리를 확보해두려고 5

시 반에 커피숍에 들어갔다. 서점 직원 여성이 올 때까지 소설을 읽으며 기다릴 생각이었다. 하지만, 눈이 활자 위를 미끄러져 다닐 뿐 내용이 전혀 머릿속에 들어오지 않았다.

6시 15분경, 여성이 나타났다. 곧 이쪽을 발견하고 다가왔다. "많이 기다리셨죠?"라고 말하며 고개를 숙이는 여성에게 무엇을 마실지 물었다. 여성에게 앉으라고 권한 후, 그녀의 음료를 계산대에서 주문했다. 주문한 말차 프라푸치노를 여성에게 가져다주자 여성은 미안하다는 듯이 고개를 숙였다.

"저기, 아까는 이름도 말씀드리지 않고 실례했습니다. 모리와키라고 합니다. 근무조가 겹칠 때가 많아서 사야 씨와는 자주 이야기를 나눴던 편이라고 생각합니다."

사야가 직장에서 나쁜 인상을 주었을 거라고 생각하지는 않지만, 별로 교류가 없었던 사람이라면 이야기를 들어도 의미가 없다. 우연이지만, 운 좋게 좋은 상대를 발견한 것 같다. 말하는 분위기에서 짐작건대, 나쁜 이야기가 나올 것 같지는 않다.

"그런 분께 이야기를 들을 수 있어서 다행입니다. 아까, 보도된 것을 보고 깜짝 놀랐다고 하셨는데, 모리와키 씨는 사야가 원한을 사서 살해당할 만한 사람이 아니라고 생각하십니까?"

너무 오래 잡아두면 미안하다는 생각에 곧바로 본론으로 들어갔다. 모리와키는 눈을 동그랗게 뜨더니 두 번 고개를 끄덕였다.

"물론입니다. 미인인데도 전혀 잘난체하지 않고 무척 다정한 사람이었어요. 살해당했다고 들었을 때는 억울하게 원한을 산 게 틀림없다고 생각했습니다."

아, 동감이다. 사건 발생 후, 가사마가 아는 사야와는 너무도 다른 이야기만을 듣다 보니 현실이 뭔가 다른 것으로 바뀐 게 아닌가 하는 생각까지 들었다. 드디어 내가 아는 사야와 같은 사야를 아는 사람을 발견했다. 이 안도감은 예상외로 컸다.

"다행입니다. 저에게도 사야는 그런 사람이었습니다. 그래서 금품 목적으로 남자와 교제했다는 식의 이야기를 들어도 도저히 믿기지 않아서요."

가사마가 여기까지 이야기하자 이제 막 깨달은 듯이 모리와키의 안색이 변했다. 가사마가 꽤 유명한 작곡가라는 사실을 떠올린 듯했다. 가사마는 천천히 고개를 가로저었다.

"사야는 저에게 돈을 요구한 적이 단 한 번도 없었습니다. 저는 사야에게 돈을 건넨 적이 없어요. 그러니까 돈을 노리고 저에게 접근한 게 아닙니다."

아직 100% 확신이 있는 것은 아니라서 이 사람 저 사람 사야를 아는 사람과 이야기를 나눠보고 있지만, 마치 기정사실처럼 딱 잘라 말했다. 모리와키가 조금이라도 의혹을 품었다는 점이 슬펐다.

"죄송합니다. 그런 생각 하지 않았습니다. 단지, 그런 식으로 오해하는 사람도 많을 수 있겠다는 생각이 들어서……"

모리와키는 미간을 찌푸리며 사과했다. 사과할 필요는 없다. 그보다 직장에서의 사야에 관한 이야기를 듣고 싶었다.

"경찰이 말하기로는 사야는 상당히 큰 금액의 돈을 남자에게서 받았다는 것 같습니다. 하지만, 제가 아는 한, 사야는 검소한 생활을 했습니다. 모리와키 씨가 보기에는 어떠셨습니까? 돈 씀씀이가 헤프다는 걸 느낀 적이 있습니까?"

"없습니다. 제가 아는 사야 씨는 헤픈 것과는 거리가 먼 사람이었어요. 그 정도의 미인이었으니 화려한 차림을 하지 않아도 눈에 띄었습니다. 하지만, 본인은 튀는 걸 싫어했던 것 같아요."

"그랬군요. 싫어했다고 하면, 구체적으로 무슨 말을 했습니까?"

"네, 저기. 짐작하시겠지만, 사야 씨를 보려고 점포에 오는 사람이 많았습니다. 사야 씨가 계산대에 서 있으면 책을 계산하는 틈을 타 말을 걸고 데이트 신청하는 사람이 몇 명이나 있었어요."

모리와키는 조금 거북해하며 가사마 쪽을 올려다보듯 쳐다보았다. 가사마도 그런 남자 중 한 명이었다는 것을 알고 있기 때문일 것이다. 쓴웃음을 지으며, 개의치 않으니 계속 얘기하라는 의미를 담아 고개를 끄덕였다.

"사야 씨는 그런 사람들의 데이트 신청을 전부 거절했어요. 누가 호의를 보여도 기뻐하기는커녕 오히려 곤란해했어요. 사야 씨가 데이트 신청에 응한 건 가사마 씨뿐이었습니다. 그래서 처신이 철저한 사람이라고 생각했습니다."

사야가 가사마만을 받아들였다는 이야기는 그랬을 거라고 짐작은 했지만 기뻤다. 모리와키의 이야기 속 사야는 가사마가 아는 사야였다. 가사마만이 가짜 사야를 봐온 것은 아니었다는 것에 깊은 기쁨을 느꼈다.

"가사마 씨도 알고 계실 테지만, 사야 씨는 어린이 식당에서 자원봉사를 했었잖아요. 그건 여간해서는 하기 힘든 일이죠. 저는 제 앞가림만 하기에도 여력이 없는걸요."

갑자기 모리와키가 생각지도 못한 말을 하기 시작했다. 어린이 식당에서 자원봉사? 그런 말은 한 번도 들은 적이 없었다.

"아뇨, 몰랐습니다. 그랬습니까?"

"어머, 모르셨어요? 그럼, 가사마 씨에도 알리지 않고 했었군요. 그것도 사야 씨답지만요."

가정 형편으로 건강한 식생활을 누리지 못하는 아동들에게 저렴하게 음식을 제공하는 시설이 있다는 것은 알고 있다. 그런 어린이 식당들은 어디나 뜻 있는 사람들의 자원봉사로 운영되고 있다고 한다. 사야가 그런 일을 하고 있었던 건가? 남모르는 자원봉사라고 하면 듣기에는 좋지만, 가사마에게조차 알리지 않은 것은 왜일까? 자원봉사 행위 자체에 가사마에게는 말 못 할 이유가 있었기 때문은 아니었을까? 예를 들면 속죄를 위한 것이었다든가.

"사야 씨가 비밀로 했었다면 제가 말씀드려도 될지 모르겠지만, 기부도 했어요. 훌륭하지요. 서점 직원 급여는 원체 낮은데……, 앗!"

모리와키는 자신이 실언했다는 것을 깨달은 것처럼 입을 막았다. 가사마도 곧 그 의미를 알아챘다. 사야는 돈 씀씀이가 헤픈 사람은 아니었다. 그건 확실하다. 그러나 지금, 돈의 사용처가 있었다는 것이 밝혀졌다. 어린이 식당에 기부했었던 건가? 점점, 속죄였을 거라는 인상이 짙어진다. 세오 마사토시에게 우려낸 돈을 사야는 기부금으로 썼던 걸까?

"아니, 음, 그러니까, 그 돈의 출처가 어디든, 사야 씨가 한 행동은 훌륭하다고 생각해요. 저는 그렇게 생각합니다."

자신의 실언을 얼버무리려는 건지, 모리와키는 다시 그렇게 말했다. 그런 의견도 있을 수 있다. 그러나 사야를 모르는 사람은 훌륭하다고 생각할까? 그런 일을 한다고 해도 사야의 죄는 사라지지 않는다고 생각하는 사람이 대부분이지 않을까? 완전히 단절되어 있던 과거의 사야와 현재의 사야가 생각지도 않게 연결되었다. 역시 과거 없이 현재는 없다는 당연한 사실을 다시금 깨달았다.

자신이 아는 사야의 모습이 조금씩 변모해간다. 이대로 계속 조사해도 괜찮을까 하는 망설임이 싹텄다.

4

그러나 결국, 하루가 지나자 역시 사야에 관해 더욱 알고 싶다는 욕구가 강해졌다. 이대로 무엇 하나 납득하지 못하고 끝낼 수는 없다. 더는 아무 방도가 없다면 모를까, 가사마에게는 아직 해볼 수 있는 일이 있다. 적어도 할 수 있는 일을 다 해 보고 나서 다시 제 생각을 확인하고 싶었다.

모리와키는 사야가 자원봉사를 다녔다는 어린이 식당을 알고 있었다. 그곳에 가서 이야기를 들어보기로 했다. 우선 전화로 약속을 잡자 상대방은 흔쾌히 수락했다. 사야의 이름을 대자 곧바로 수락해주었다. 사야가 어린이 식당에서도 좋은 인상을 남겼다는 것을 그 반응에서 알 수 있었다.

어린이 식당은 사야의 집에서 그리 멀지 않은 곳에 있었다. 맞이해준 오십 대 여성과 인사를 나눴다. 그녀에게 들은 이야기는 전부 사야에 관한 좋은 에피소드뿐이었다. 어느 날 갑자기 찾아와서 도와주기 시작했다는 것, 아이들에게 인기가 많았다는 것, 언제나 웃는 얼굴이었다는 것, 처음 많은 분량의 요리를 만들 때는 당황했지만, 곧 솜씨 좋게 해냈다는 것, 폭우가 내리는 날에도 쉬지 않고 꼭 왔다는 것…….

"그렇게 성실한 사람이 살해당하다니, 신도 무심하시지."

이야기하다 보니 감정이 고조되었는지 여성은 앞치마로 눈가를 눌렀다. 가사마의 마음속에서도 슬픔이 되살아났다.
"이곳에 기부도 했었다고 들었습니다만."
기부에 관해서는 언급하려 하지 않기에 물어보았다. 하지만 여성은 미안하다는 듯이 작게 고개를 저었다.
"죄송합니다만, 어느 분이 얼마 기부해 주셨는지 알려드릴 수는 없어요."
"아, 그렇군요. 제가 경솔했습니다."
그렇군, 비밀유지 의무가 있는 걸까? 하지만, 이대로 포기할 수는 없다. 방안을 둘러보다가 다음 말로 돌렸다. 어린이 식당으로 사용하고 있는 건물은 지은 지 오래된 2층짜리 개인 주택이다. 이 집의 주인이 개인적으로 시작한 일이었을 것이다.
"집주인께서 자택을 개방하신 거군요. 어린이 식당만 따로 다른 장소로 옮기실 생각은 없으셨나요?"
"다른 곳을 빌릴 돈은 없어요. 항상 빠듯하게 운영하고 있거든요."
딱히 유도 질문으로 느껴지지는 않았는지 여성은 선선히 대답했다. 항상 빠듯하다는 것은 사야의 기부 금액이 수천만 엔대는 아니었다는 것이리라. 그 정도로 자금에 여유가 있다면 굳이 자택을 사용할 리가 없다. 사야의 기부금은 상식적인 금액이었던 것 같다.

그렇다면 여전히 의문이 남는다. 세오 마사토시에게서 받은 돈은 어디로 사라진 걸까? 경찰은 이 일을 조사하려 하지 않는다. 사건과 직접적인 관계가 없기 때문이다. 하지만, 가사마에게는 큰 의문점이다. 의혹이 있는 한, 사야를 알기 위한 노력을 그만둘 수는 없었다.

감사의 말을 하고 어린이 식당을 나와 집으로 왔다. 그곳에서 얻은 정보는 모리와키에게 들은 것과 별반 다르지 않았다. 기부도 서점 근무로 얻은 수입의 범위에서 했던 것 같다. 모리와키에게 들은 바에 따르면 서점 직원의 급여는 그리 높지 않을 것이다. 점점 자원봉사는 속죄의 색채가 강해지는 것을 느꼈다.

그러나, 가사마는 이미 그것을 부정적으로 받아들이지 않는다. 속죄라고 한들 뭐가 문제인가? 과거에 죄를 범했고 그것을 뉘우친다면 오히려 속죄해야 한다. 죄를 추궁당하지 않았다고 해서 과거가 없었던 것처럼 시치미를 뚝 떼고 살아가는 쪽이 훨씬 더 악질 아닌가? 사람은 누구나 잘못을 저지른다. 잘못을 절대로 용서하지 않는 편협한 사회는 숨통이 막히는 곳일 뿐이다. 사야가 속죄하고 있었던 거라면 적어도 가사마만은 그 진심을 인정해주고 싶었다.

결론이 이미 나온 듯하다. 변호사 모치즈키가 요청한 것. 사형은 바라지 않는다고 법정에서 증언해달라는 부탁 때문에 가사마는 심히 고뇌에 빠졌다. 사야를 죽인 범인에 대한 증오는 엄연히 존재한다. 용서할 수 있는지 없는지를 묻는다면 절대로 용서할 수 없다고 즉답할 것이다. 그러나, 그렇기에 더욱 세오 가쓰요시가 자기 죄를 뉘우치길 바랐다. 자신이 옳은 일을 했다는 생각에 사로잡힌 채, 사형당하길 바라지 않는다. 가사마는 자신이 사형을 원하는 것이 아니라는 것을 지금 확실히 깨달았다.

스마트폰을 들고 전화를 걸었다. 모치즈키는 바쁜지 응답하지 않았다. 음성사서함으로 전화로 연결되었다. 가사마는 이름을 밝히고 지난번 이야기에 관해 생각이 정리되었다는 메시지를 남겼다. 그러자 10분이 채 지나기 전에 전화가 왔다.

"전화 주셔서 감사합니다. 받지 못해서 죄송합니다. 생각이 정리되셨다고요. 어떤 결론을 내셨는지요?"

조금 불안스러운 듯한 목소리로 모치즈키는 가사마의 뜻을 물었다. 가사마는 망설이지 않고 대답했다.

"범인의 사형을 요구하지 않기로 했습니다. 저는 범인이 반성하길 바랍니다."

"그렇군요! 훌륭한 결론입니다. 말씀하신 대로 죄를 범한 사람에게는 반성할 시간을 주어야 합니다. 그들 모두가 반성한다는 보장은 없지만, 역으로 말하면 반성하는 사람이 한 사람도 없진 않을 겁니다. 어지간히 심각한 중죄가 아닌 이상 죄를 뉘우치고 돌이킬 기회를 부여해야 합니다."

"그렇지요."

모치즈키는 인권 변호사일 것이다. 짐작건대 가사마와 같은 결론에 이르는 피해자 유족은 거의 없을 것이다. 그래서 생각지도 않은 응답을 듣고 흥분한 듯하다. 평상시 마음에 품어온 주장이 북받쳐 오르듯 입에서 흘러나오는 것 같았다.

가사마는 강한 인권 의식을 가진 것은 아니다. 넓은 자비와 아량으로 이 결론에 이른 것도 아니다. 자신이 지극히 평범하고 하찮은 인격의 소유자임을 안다. 연인의 본심을 알지 못한 채, 그저 어쩔 줄 모르는 한심한 남자에 불과하다. 그런 자신이지만 큰 걸음을 내디뎠다. 이 걸음이 어떤 반응을 불러일으킬지 가사마는 예상할 수 있었다. 유쾌한 것이 아닐 거라는 것은 분명하다.

제3장

1

 작곡 일은 마감 기한을 미룰 수 있는 만큼 미뤄두었고, 무리가 되는 일은 취소했다. 그래서 당장, 일에 대해 상의할 필요는 없는데, 매니저인 오쿠노에게서 전화가 왔다. 특별히 용무가 있는 것은 아니고 가사마를 걱정해준 모양이다. 고마운 일이니, 잠시 이야기를 나누기로 했다.
 "그 후, 어떠세요? 물론 그렇게 금방 충격이 사라지진 않겠지만요……."
 오쿠노는 가사마보다 나이가 세 살 적지만 같은 세대에 속하므로 비슷한 경험을 공유한다는 점에서 이야기가 잘 통하기도 하고 상당히 낙천적인 천성의 소유자여서 일을 하다가 막힐 때 도움받을 때가 많았다. 그런 오쿠노조차도 지금은 조심스러운 말투로 묻고있다. 쾌활하게 대답할 기분은 아니지만, 너무 걱정시키고 싶지도 않았다.
 "당장 본격적으로 일에 착수하기는 힘들겠지만, 창작 의욕이 약해진 건 아니야."

"그런가요? 다행입니다. 기분이 우울할 때는 언제든지 말씀해 주세요. 잡담 상대라도 괜찮으시면 언제든 말벗이 돼드리죠."

"응, 그러지. 고마워."

용건이 있어서 내가 건 전화는 아니지만, 어차피 말하려고 생각했는데 마침 잘됐다. 가사마의 결심은 경우에 따라서 기획사에 누를 끼칠 수도 있다. 미리 말해두어야 한다.

"말이 나와서 말인데 범인 측 변호사와 만나고 있어."

"앗, 그러세요? 왜요?"

평범하게 살아가는 사람에게 재판은 거리가 먼 이야기이므로 전혀 와닿지 않는 이야기일 것이다. 오히려 좋은 기회라고 생각하고 하나하나 설명했다.

"재판에서 범인의 사형을 원하지 않는다고 말해달라는 부탁을 받았어."

"아니, 낯짝도 두껍네요. 사람을 죽였으니 사형당하는 건 당연하잖아요."

"음, 난 그 부탁을 수락하기로 했어. 재판에서 사형은 원하지 않는다고 말할 생각이야."

"설마… 왜죠? 혹시 자포자기하신 건 아니죠?"

이야기의 흐름에 어울리지 않는 '자포자기'라는 단어가 웃음을 자아냈다. 오쿠노는 재미있는 녀석이라는 생각을 하자 마음이 누그러졌다. 미소를 지으며 오쿠노의 추측을 부정했다.

"아니야. 나는 범인이 사야를 죽인 것은 큰 죄라는 것을 깨닫고 뉘우치길 원하거든. 자기가 사야를 죽인 게 옳은 일이었다고 생각하며 죽길 바라지 않아."

"음, 그렇군요. 하지만 가사마 씨의 그런 마음이 범인에게 전해질까요? 전혀 전해지지 않으면 어떻게 합니까?"

"물론, 전해지지 않을 가능성도 있지. 하지만 사형을 시켜버리면 반성할 가능성이 아예 사라지잖아. 처음부터 범인의 반성을 인정하지 않는 판결은 원하지 않아."

"으음, 저야 잘 이해가 안 되지만, 당사자인 가사마 씨가 그렇게 생각하신다면 하는 수 없죠. 하지만 매스컴이 가뜩이나 재판에 주목하고 있는데 가사마 씨가 범인의 사형을 원하지 않는다는 말을 하면 큰 소란이 일어날 건 불 보듯 뻔한데요."

"알고 있어. 그래서 나는 사형반대론자가 되었다는 걸 재판 전에 표명하려고 해."

"네에?"

이미 몇 번이나 깜짝 놀랐던 오쿠노였지만, 이제는 아예 말문이 막혀버렸다. 숨을 삼킨 채 말을 잇지 못했다. 호흡을 멈춘 건 아닌가 싶어서 조금 걱정이 되었다.

"놀라게 해서 미안하지만 그게 내 결론이야. 우선은 트위터로 의사를 표명하려고."

"자, 잠깐만요. 가사마 씨는 지금 본인이 무슨 말을 하는 건지 아시나요? 사형 반대라고 말하면 사람들에게 맹비난을 받을 겁니다."

"알아."

전 세계의 중론이 사형 폐지로 모이는 가운데 일본만이 정반대 방향으로 향하고 있다. 할복자살로 대표되는, 죽음으로 사죄한다는 사죄방법이 의식 깊은 곳에 뿌리박혀있어서일까? 그 사고가 극으로 치달은 결과로서 현재 '사람을 한 명 죽이면 사형'이라는 판결이 통념이 되었다. 일본인의 응보 감정은 그것이 사회정의라고 인정했다.

이제는 사형 반대 등을 언급할라치면 이상한 종교에 빠졌거나 범죄자를 두둔하는 자 취급밖에 받지 못한다. 건전한 감각의 소유자가 아니라는 눈총을 받기 일쑤다. 그런 분위기에서 가사마는 '세상의 상식'을 거스르는 말을 하는 것이다. 오쿠노가 당황한 것도 당연하다.

"아니요, 모르세요. 역시 가사마 씨는 사건의 충격으로 이상한 생각을 하는 거예요. 이 건은 좀 더 마음이 진정되고 나서 차분히 생각해 보는 게 어떨까요?"

"자네 말이 무슨 말인지 잘 알아. 나는 충격을 받긴 했지만, 그것 때문에 잘못된 결론에 도달한 건 아냐. 숙고하고 숙고한 끝에 결심한 거야. 뜻대로 하게 해줘."

"아, 아니, 가사마 씨가 이상한 생각을 한다고 해서 죄송합니다. 틀림없이 엄청나게 고민하셨겠죠. 그 의견은 존중하지만, 재판에서 말하는 거로 충분하지 않겠습니까? 굳이 트위터에 써서 물의를 일으킬 필요는 없잖아요."

오쿠노의 걱정은 이해한다. 가사마도 사람들의 반발을 부추기고자 하는 건 아니다. 그러나, 자신에게 사회에 널리 의사를 표명할 의무가 있는 것처럼 느껴졌다. 그것이 세상에 이름을 드러내고 일하는 사람의 의무라는 생각이 들었다.

"물론 나 한 사람이 사형을 반대한다고 말한다 한들 사회 분위기가 바뀌지는 않겠지. 괜히 색안경을 끼고 보는 사람이 생길지도 모르고. 다만 나는 내 생각을 이해받고 싶어. 사형이야말로 절대 정의라고 생각하는 사람의 생각은 쉽사리 바뀌지 않을 거야. 하지만, 뚜렷한 주관 없이 막연하게 사형이 없는 것보다는 있는 게 낫지 않나 정도로 인식하는 사람 중에는 속으로 내 생각에 그럴 수도 있겠다고 수긍하는 사람이 있을지도 모르잖아. 그런 사람이 한둘이라도 있다면 의사를 표명할 가치가 있다고 생각해."

"무슨 말씀이신지는 알겠지만……, 사람들의 반발을 너무 만만하게 생각하시는 거 아닌가요? 가사마 씨가 생각하는 것보다 훨씬 더 많은 사람이 사형을 옳다고 생각합니다. 사형반대론은 사이비 종교와 마찬가지로 거기 빠진 사람이 어리석은 거라고들 생각하거든요."

"…… 그렇겠지."

반발을 만만하게 보는 건 아니지만, 그걸 증명할 방법은 없다. 오쿠노는 매니저로서 지극히 당연한 걱정을 하는 것이다. 가사마가 바라는 건 오쿠노를 설복시키는 것이 아니다.

"그래서 나는 내가 옳다고 주장하려는 게 아니야. 이러이러한 경위로 사형에 반대하게 되었다고 선언할 뿐이지. 사형에 찬성하는 사람을 비난할 생각은 추호도 없어. 인권 등을 들먹이지도 않을 거고. 귀를 기울여주는 소수의 사람에게 내 생각을 이야기하고 싶을 뿐이야."

고심 끝에 정한 방침이었다. 싸우는 자세를 보이면 이야기를 들을 사람도 떠나간다. 정의의 편에 서 있다는 생각에 도취한 익명의 사람들에게 공격의 빌미를 제공하여 먹잇감이 될 뿐이다. 목소리는 작지만, 이 목소리가 닿길 바라는 사람들에게 들리도록 말한다. 다른 수가 없다.

"으으, 잠깐만요. 저 혼자서 가타부타 말할 수 있는 문제가 아닙니다. 사형 반대 이야기를 하면 광고 일 잘릴 거예요. 기업이 끔찍이 싫어하니까요. 또 아이돌 곡 작업도 못 하게 될 거고요. 여차하면 가사마 씨의 작곡가 인생이 끝장날지도 모릅니다. 일단 사장님과 상의할 테니 기다려 주세요. 성급하게 선언하시면 안 됩니다."

"응, 알겠어."

꼭이에요, 하고 재차 다짐을 받으며 오쿠노는 전화를 끊었다. 오쿠노에게 말하면 틀림없이 이렇게 될 줄 알았다. 예상했던 대로였다. 기획사의 반응도 마찬가지일 것이다. 대중의 인기로 먹고사는 직업이라면 사형 반대를 주장하면 안 된다는 것은 상식이다.

하지만, 기획사를 그만두는 일은 없을 것으로 예상했다. 사장의 됨됨이를 알고 있기 때문이다. 꼭 지금 사형에 반대하는 의사를 밝히고 싶다면 의사를 표명한 후 당분간 표면에 나서지 말라고 할 것이다. 냉각 기간을 두고 여론의 방향을 파악하는 것이 사장의 스타일이다. 오쿠노가 말한 것처럼 사람들의 반발을 만만하게 생각해서가 아니라 사장이 사업가라는 것을 알기 때문에 그렇게 예측하는 것이다.

그 날 저녁 가사마는 호출을 받아 사장 이하 임원들과 면담했다. 임원 중에는 시비조로 가사마를 비난하는 사람도 있었지만, 사장은 가사마의 설명에 귀 기울였다. 오쿠노에게도 말하지 않았던, 사야의 과거를 알게 된 것부터 결론에 이르게 된 사고 과정을 전했다. 그 결과, 사장은 이해해 주었다. 그 대신, 트위터에 쓰는 내용은 전부 사전에 기획사가 확인하기로 했다. 기획사라기보다 사장이 사전 확인을 하고 싶은 듯했다. 객관적인 제삼자가 훑어봐 주는 것은 가사마에게도 고마운 일이었다.

"가사마, 자네는 엄청난 가시밭길로 가려고 하는군. 무의미하다고는 하지 않겠지만, 아주 미미한 의미밖엔 남기지 못할 걸세. 그걸 알면서도 하겠다고 한다면 말리지는 않겠네. 자네가 품은 의미를 얼마나 키울 수 있을지 해보는 것도 나쁘지 않겠지."

 사장은 사실을 침착하게 지적하듯이, 덤덤하게 말했다. 가사마는 사장의 말에 깊은 감사를 느끼며 "네"라고만 답했다. 이 짧은 대답에 자신의 온 마음을 담았다.

2

 원고를 작성하여 기획사의 확인을 받은 후 트위터에 글을 올렸다. 굳은 결의는커녕 오히려 공포에 사로잡혔다. 공포에 질릴 정도면 포기해버리면 되지 않느냐고 생각하는 또 하나의 자아가 있었지만, 역시 그만둘 수는 없었다. 여기에서 뒷걸음치면 사야를 받아들인 자신을 부정하는 것 같았기 때문이다.

 '트위터를 잠시 쉬는 동안 여러분들이 보내주신 심려의 말씀, 감사합니다.'

 우선은 정중한 인사부터 시작했다. 물어뜯을 사람은 어떤 표현이든 물고 늘어질 것이다. 하지만, 스스로 공격의 빌미를 제공할 필요는 없다. 가능한 한, 온화한 자세를 유지할 생각이다.

 '매스컴 보도를 보셔서 아시겠지만, 제 연인이 살해당했습니다. 제 연인은 과거에 사귀던 남성에게 거액의 돈을 받았습니다.'

'남성은 자살했습니다. 그 일로 분노한 남성의 아들에게 살해당했습니다. 범인의 죄는 논외로 하고 피해자인 제 연인에게 눈살을 찌푸리신 분도 많으실 줄 압니다.'

'저는 연인의 과거를 몰랐습니다. 그래서 사건의 모든 것이 정말 큰 충격이었습니다. 새로 알게 된 사실로 인해 혼란스러웠고 마음을 진정시키는 데 오랜 시간이 걸렸습니다.'

'시간이 흐름에 따라 의구심이 더욱 커졌습니다. 연인의 과거는 제가 아는 그녀의 이야기라고는 도저히 생각되지 않았기 때문입니다. 그러나 사실이었습니다. 왜일까, 생각하고 또 생각했습니다.'

이런 식으로 사야가 자신의 죄를 뉘우쳤다는 결론에 이른 것, 개과천선한 사람까지 규탄할 수는 없다는 것, 그렇다면 범인에게도 반성의 기회를 주어야 한다는 생각에 이르게 된 것을 순서대로 설명했다. 준비한 원고의 문장을 복사하여 트위터에 덤덤히 붙여나갔다. 작업 자체는 단순한 반복이었다. 반향을 생각하면 손이 덜덜 떨릴 듯하여 애써 기계적으로 손을 움직였다.

잠시 트위터에서 나갔다가 한 시간 후에 답글을 확인했다. 우선 답글 수에 압도당했다. 리트윗 수는 삼천 개가 넘었고 답글 수도 200개에 육박했다. 확인하는 동안에도 숫자가 부쩍부쩍 늘었다. 그 숫자만으로 덜컥 겁이 난다. 90%는 비판일 거라고 생각하니 답글을 읽을 기운이 나지 않았다.

보지 말자. 초장부터 의욕이 시들 것 같아 트위터 앱을 닫았다. 언젠가 원치 않아도 반향은 귀에 들어오게 되어있다. 굳이 나서서 욕설의 광풍 속에 몸을 던질 필요는 없다. 세상 모두를 적으로 돌려버린 듯한 심정이었으나 스마트폰을 내려놓으면 광풍도 멀어진다. 지금은 아직, 평온을 누리자는 생각이었다.

그러나 그것도 오래가지 않았다. 곧 쉴 새 없이 스마트폰 알림음이 울리기 시작했기 때문이다. 메일과 문자메시지가 잇따라 도착했다. 모두 지인들이 보낸 것이었다. 사건이 일어난 직후보다 그 수가 훨씬 많았다.

모두들 가사마를 염려하는 것이리라. 연인을 잃은 슬픔을 못 이기고 판단력을 잃었다고 생각할지도 모른다. 그런 짓은 그만두라고 충고할 사람의 얼굴이 몇 명이나 떠오른다. 가사마를 이해하는 태도를 보이는 사람은 거의 없을 것이다. 어쩌면 한 명도 없을지도 모른다. 그래서 도착한 메일과 메시지를 읽지 않았다. 스마트폰을 매너모드로 설정하고 진동도 껐다. 다시 방안은 적막해졌다.

간신히 인터넷을 살펴볼 용기를 낸 것은 밤 아홉 시가 넘어서였다. 우선은 지인들에게 온 메일과 메시지를 훑어보았다. 내용은 예상대로였다. 심정은 이해한다고 말해준 사람이 많았지만, 그렇다고 해서 사형 반대에 동의하는 것은 아니었다. 매우 조심스러워하는 모습이 역력한 글뿐이었다.

그중에는 분노를 표출한 사람도 있었다. 그런 놈인 줄 몰랐다고 격렬하게 흥분하며 절교를 선언한 사람도 한 명 있었다. 왜 그렇게 화가 났는지는 모르지만, 그 사람에게도 이유가 있을 것이다. 가사마는 그 이유는 모르지만, 그 사람과 다른 생각을 표명했으니 절교는 아무리 해도 피할 수 없을 것 같다. 이것도 미리 각오했던 일이었다.

아무에게도 답장하지 않은 채 이번에는 트위터의 반응을 보았다. 화면에 뜬 문장들이 시야로 날아들었다. 그것들은 마치 작은 총알 같았다. 알고는 있었지만, 하나하나 심장에 날아와 박혔다. 언어폭력이라는 표현을 생생하게 실감했다. 가사마는 물리적인 통증을 분명히 느꼈다.

'깜짝 놀랐습니다. 가사마 씨가 그런 사람인 줄 몰랐습니다.'

'환멸을 느낍니다. 두 번 다시 가사마 씨 음악은 안 들을 겁니다.'

'좋아했던 곡이 많은데 이 시간 이후로는 듣기만 해도 불쾌해질 것 같네요.'

'이렇게 비상식적인 사람이 정말 있군요.'

'사이비 종교에라도 빠진 건가요? 다음에는 보시라도 해 달라고 할 셈인가요?'

이 정도는 그나마 점잖은 편이었다. 욕설 수준의 답글도 많았다.

'머리가 돈 거 아냐?'

'인간이기를 포기해라.'

'살해당한 사람이 제 혈육이 아니라서 그런 말 할 수 있는 거지. 제 부모·형제가 살해당했다고 해 봐라.'

'범죄자를 두둔하는 놈도 범죄자다.'

'이런 놈, 사형시켜버리면 좋겠다.'

'제대로 생각도 하지 않고 주절거리다니 이런 멍청한 놈을 봤나.'

'초등학교부터 다시 가라.'

'가사마 고스케를 연예계에서 매장시켜라.'

'일본을 떠나라.'

그야말로 사람들의 마음에 분노의 씨앗을 흩뿌려놓은 듯하다. 가사마는 사형 반대를 표명한 순간부터 지탄받아 마땅한 사회의 적이 되었다. 유감스럽게도 사회의 적이라면 어떤 가혹한 말을 퍼부어도 상관없다고 생각하는 사람이 깜짝 놀랄 정도로 많다. 누구나 가래침을 뱉어버리는 쓰레기통, 혹은 맘대로 두드려 패도 되는 샌드백, 그게 현재의 가사마였다.

기가 꺾여서 더는 보지 않기로 했다. 적어도 찬성해주는 사람을 한 명이라도 찾고 싶었으나 더 이상은 무리다. 가사마의 지인처럼 진지하게 화가 난 사람도 있겠지만, 아마도 대부분은 가벼운 기분으로 답글을 썼을 것이다. 그러나 그 글을 읽는 쪽에서는 가벼운 기분으로 흘려넘길 수 없다. 답글 하나하나도 무서운데 이 정도의 수가 되면 거대한 덩어리가 되어 그를 짓누른다. 일본인 모두가 가사마를 증오하는 것처럼 느껴졌다. 이 정도는 아닐 거라고 안일하게 생각하지 않았다. 도리어 단단히 각오하고 시작했는데도 공포는 상상을 초월했다.

스마트폰을 내려놓고 몸이 덜덜 떨리는, 이 감정을 가라앉히기 위해 다시금 사람들의 심정을 상상해보았다. 사람은 부정당하는 것을 싫어한다. 본인이 생각한 것 이상으로 부정은 받아들이기가 힘든 법이다. 그래서 사람은 반사적으로 자기방어로 치닫는다. 자기를 정당화하거나 부정하는 상대를 공격한다. 화를 내는 것은 그 때문일 것이다. 경우에 따라서는 화를 내는 당사자도 그렇게까지 화낼 필요가 있는지 모를 가능성도 있다. 화낼 만큼의 일이 아니라도 그것이 부정이라면 마음이 반발하는 것이다. 부정하는 말에 진지하게 귀를 기울일 수 있는 사람은 극소수다.

더욱이 사형이 바람직하다고 생각하는 사람들은 자신이 정의의 편에 있다고 믿어 의심치 않는다. 사형제도가 정의라면 그에 반대하는 사람은 악이다. 악이라면 바로잡아야 한다. 악의 존재를 용인하면 안 된다. 평온한 사회를 지키려면 악을 박살 내야 한다. 그런 대의가 있다면 어떻게 비난에 제동이 걸리겠는가? 오히려 자제하지 않고 온갖 어휘를 사용하여 매도해야 한다. 왜냐하면, 사형에 반대하는 자는 악이고 악을 쳐부수는 것은 올바른 행위이기 때문이다.

가사마 자신도 이제까지는 사형제도에 찬성했다. 깊이 고찰한 것은 아니었고 왠지 없는 것보다는 있는 게 낫다고 생각했었다. 사형이 있어야 중범죄를 저지르는 사람이 감소할 것이고 사람의 목숨을 빼앗았다면 인과응보로 본인도 죽어야 한다고 생각했다. 그것이 이치에 부합한다고, 너무나 자연스럽게 인식했다.

길거리에서 사형 반대를 호소하는 사람들이 전단을 돌리고 있으면 눈살을 찌푸리며 시선을 피했다. 당연히 전단도 받지 않았다. 무심코 전단을 받았다가 사형반대론을 줄줄이 읊어대면 못 견딜 것 같았기 때문이다. 그런 활동을 하는 사람들은 자신이 범죄 피해자가 아니므로 사형에 반대하는 것이라고 생각했었다. 만약 육친이나 소중한 사람이 살해당한다면 틀림없이 곧바로 사형 찬성으로 전향할 거라고 믿어 의심치 않았다.

그렇기에 그는 안다. 가사마를 비난하는 사람들에게는 그 어떤 말도 닿지 않으리라는 것을. 자신의 정당함을 의심하지 않는 사람에게는 모든 말이 무력하다. 같은 언어를 쓴다고는 생각되지 않을 정도로 서로의 마음에 언어가 도달하지 않는다. 슬프지만, 무슨 말을 해도 소용없다. 가사마의 말로 인해 생각을 바꾸는 사람은 일본에 한 명도 없을 것이다.

그래도 굳이 사형 반대를 표명한 것은 사람들의 관심을 모으기 위해서였다. 그 목적은 하나, 사야를 알기 위해서다. 이렇게 좋든 나쁘든 화제가 되면 사야를 아는 사람의 귀에도 들어갈 것이다. 그중 한 명 정도는 답글을 달아줄지도 모른다. 그런 기대를 안고 쓰라린 길에 첫걸음을 내디딘 것이었다.

이번에는 사형 반대 표명에 초점을 맞췄기 때문에 사야에 관한 정보는 얻을 수 없을 거라고 짐작했다. 더 이상 욕설을 읽을 필요가 없다고 판단하고 스마트폰 전원을 껐다. 온몸을 내리누르는 피로를 느끼며 소파에 누웠다. 천장을 올려다보자 관자놀이로 눈물이 흘렀다. 이 눈물의 의미를 스스로도 잘 모르겠다.

다음 날, 사야의 본명도 모른다고 솔직히 고백하는 글을 트위터에 올렸다. 그렇지만, 사야를 믿고 있고, 그렇기에 사야에 관해 알고 싶다고 심경을 밝혔다. 정보를 원한다고 호소하며 사야의 얼굴 사진도 올렸다. 사야를 세간에 드러내도 될지 몹시 망설였지만, 유족도 발견되지 않았으니 원망 들을 일은 없을 것이다. 사야를 아는 사람을 찾기 위해서는 달리 방법이 없었다.

이 트위터에 달리는 답글은 무시할 수 없다. 다시 각오를 굳히고 읽기 시작했다. 내용이 다른 트위터 게시글인데도 답글에는 가사마를 비난하는 내용뿐이었다. '여자에게 속아 넘어가다니 꼴불견이다', '구질구질하다' 등 가사마 개인을 야유하는 답글이 많았다. 그뿐만 아니라, 사야를 모욕하는 말도 적지 않았다. 그럴 거라고 예상했지만 역시 마음이 아팠다. 사야를 조롱거리로 만드는 결단을 한 저 자신이 원망스러웠다. 그러나 이미 무를 수는 없다. 굴욕과 자책감을 참으며 답글을 계속 읽었다.

 간간이 트위터를 확인했지만, 원하는 정보는 얻을 수 없었다. 시간이 흐르면 트위터는 뒤로 밀려가 버린다. 다음 날에도 그다음 날에도 사야의 정보를 구하는 글을 올렸다. 가사마는 이제 사형 반대 따위 비상식적인 말을 하는 기인인 동시에 여자에게 당하고도 그걸 인정하지 못하는 우스꽝스러운 남자로 전락했다. 끊임없이 욕설과 조소를 뒤집어썼다. 그래도 가사마는 답글에서 눈을 떼지 않았다. 사야를 아는 사람이 일본 어딘가에는 있을 것이라는 굳은 확신을 포기하지 않았기 때문이다.

 사형 반대 의견을 표명하고 나서 나흘째 되는 날의 일이다. 가사마는 화면을 스크롤하던 손가락을 멈췄다. 휘둥그레진 눈으로 그 답글을 몇 번이나 반복하여 읽었다. 정신을 차리고 보니 숨도 안 쉬고 있었다. 크게 숨을 쉬었다. 입에서 "아아" 하는 소리가 새어 나왔다.

3

 답글은 이러했다.

'처음으로 답글 남깁니다. 사진 속 여성은 저의 중학교 동창이 아닌가 싶습니다. 저뿐만 아니라 다른 동창생도 그렇다고 말했으니 제 착각은 아니라고 생각합니다.'

바로 가사마가 원했던 정보였다. 이런 연락이 올 것으로 기대하며 견디기 힘든 굴욕과 공포를 견뎌왔다. 게다가 고맙게도 다른 사람에게 확인도 했다고 한다. 상당히 신빙성이 높은 정보가 아닐까?

답글을 달아준 사람은 가사마를 팔로우하고 있었다. 상대가 팔로워라면 일대일로 연락을 주고받을 수 있는 다이렉트 메시지를 보낼 수 있다. 생각할 겨를도 없이 메시지를 썼다.

'답글 고맙습니다. 중학교 시절 사야를 알고 계신다니 꼭 이야기 듣고 싶습니다. 어디로든 찾아뵐 테니 만나주시겠습니까?'

설령 상대가 해외에 있어도 만나러 갈 생각이었다. 곧바로 답장이 올 거라는 기대는 하지 않았는데 15분 정도 있으니 다이렉트 메시지 도착 알림이 왔다.

'만나 뵙는 것은 상관없는데 이곳은 규슈입니다. 오실 수 있겠습니까?'

규슈라……. 사야는 규슈에 살았던 건가? 규슈 억양을 느낀 적은 한 번도 없었다. 방언이 나오지 않도록 상당히 신경 쓴 걸까, 아니면 사투리를 숨기는 것은 그리 어렵지 않은 걸까? 도쿄 출신인 가사마는 잘 모르겠다.

'찾아뵙겠습니다. 규슈 어디신지요?'

그 물음에는 곧바로 답이 왔다.

'후쿠오카의 지쿠고라는 곳입니다.'

가 본 적은 없으나 물론 지쿠고라는 지명은 안다. 그렇긴 하지만 어떤 곳인지 아무 이미지도 떠오르지 않는다. 후쿠오카현이니까 하카타에서 가려니 생각했지만, 어느 정도 떨어진 곳인지 짐작이 가지 않았다.

'알겠습니다. 편하신 곳으로 찾아뵙겠습니다. 장소와 일시를 정해주시겠습니까? 갑작스럽게 부탁드려 죄송합니다.'

지쿠고에 가는 법도 알아보기 전에 답을 보냈다. 아무리 멀어도 이야기를 들으러 가기로 마음먹었다. 규슈 정도라면 오히려 가기 편하다.

연락을 주고받으며 만날 약속을 확정했다. 상대는 무라세라는 이름의 남성이었다. 주중에는 업무 때문에 일요일이 좋다고 하여 주말 오후 2시에 만나기로 했다. 자택 인근 역은 JR 가고시마 본선의 하이누즈카라는 곳이라고 한다.

연락이 오가는 도중에 무라세는 중학교 졸업 앨범을 찾아두겠다고 했다. 사야로 생각되는 사람이 나와 있으면 사진을 찍어서 보내주겠다고 제안해주었다. 무라세를 의심하는 마음은 전혀 없었지만, 당시 사진을 보내주면 더욱 신뢰할 수 있다. 그런 이야기를 주고받다가 마침내 꼭 물어봐야 하는 것을 미뤄두고 있다는 것을 깨달았다.

'그런데 사야의 본명은 무엇인가요?'

알고 싶지만 듣고 싶지 않은 것이었다. 들으면 사야라는 이름이 거짓이라는 것이 확정되고 만다. 이름이 바뀌면 인식도 바뀌어버릴 것 같아 본명을 알고 싶지 않았다. 그러나 가사마의 이런 갈등도 모른 채 무라세는 선뜻 대답했다.

'이오베 하루나 씨입니다. 이, 오, 베, 하, 루, 나.'

이오베 하루나. 그것이 사야의 본명이란 말인가. 흔하지 않은 이름이라는 점까지 거들어, 전혀 다른 사람으로 느껴졌다. 앞으로는 맘속으로 그녀를 부를 때도 이름을 바꿔야 할까? 당장은 무리다.

연락을 마무리하자마자 항공권을 알아봤다. 후쿠오카까지는 고속열차인 신칸센을 이용하는 것보다 비행기가 편하다. 하이누즈카는 하카타에서 한 번에 갈 수 있다. 생각보다 도쿄에서 가기 편한 곳이었다.

그 후에도 트위터 답글을 계속 살펴봤다. 무라세가 전해 줄 정보가 충분할지 어떨지 모르기 때문이다. 중학교 시절 일은 밝힐 수 있더라도 가사마가 아는 사야까지는 연결되지 않을지도 모른다. 그래서 입에 담기 힘든 욕설들 속에서 사금을 캐듯이 답글을 읽어보고 있지만 안타깝게도 그렇다 할 정보는 없었다. 사야를 알고 있다고 밝힌 답글이 몇 건 있었지만, 상세하게 물어보니 거짓이라는 것이 밝혀졌다. 그런 거짓말을 하는 의미를 모르겠다. 타인을 놀리면 재미있을까?

그리고 일요일, 하네다 공항에서 비행기를 타고 하카타를 향했다. 하카타는 공항에서 시내가 가깝다. 지하철로 하카타까지 간 후, JR 하카타 역에서 가고시마 본선을 탔다. 하카타는 밴드 활동 시절에 투어로 여러 번 온 적이 있어서 낯설지 않은 곳이다. 맛있는 음식과 온난한 기후 등 좋은 이미지를 갖고 있다. 헤매지 않고 전차를 탈 수 있었다.

한 시간 남짓 지나서 하이누즈카 역에 도착했다. 하나뿐인 개찰구를 나오자 가사마를 향해 고개를 꾸벅 숙이는 남성이 있었다. 무라세일 것이다. 사야와 동갑이니 스물여덟 살일 것이다. 그런데 복장이 너무도 휴일의 직장인 같은 분위기여서 30대 중반 정도로 보였다. 언제까지나 젊은 차림을 고수하는 업계의 사람들에게 눈이 익숙해진 건지도 모른다.

"가사마 고스케 씨 맞으시죠? 무라세입니다. 이곳까지 먼 걸음 해주셔서 감사합니다."

무라세는 그렇게 인사했다. 가사마의 용건 때문에 시간을 내주면서도 퍽 정중하다. 타인을 놀리며 기뻐하는 사람은 아니라는 걸 한눈에 알 수 있었다.

"저야말로 시간을 할애해 주셔서 대단히 감사합니다."

사례의 말을 하자, 무라세는 조금 미간을 찌푸리며 침울한 표정을 지었다.

"저……, 이오베 씨 일은 상심이 크셨겠습니다. 고인의 명복을 빕니다. 저도 깜짝 놀랐습니다. 살해당했다는 것도 그렇고, 이오베 씨의 과거에 관한 보도도 그렇고, 그리고 이오베 씨가 그 유명인 가사마 고스케 씨와 교제했다는 것도요."

도쿄에서의 사야를 모른다면 놀라움의 연속이었을 것이다. 그러니 가사마도 무라세의 이야기를 들으면 깜짝 놀라게 되지 않을까? 그렇게 예상하고 각오했다.

역 앞의 카페에 들어갔다. 하이누즈카 역 앞은 그리 번화한 곳이라고 할 수는 없지만, 비즈니스호텔도 있을 정도니 시골 동네라는 인상은 아니었다. 큰 로터리가 있고 로터리를 향해 있는 상점 몇 곳이 시야에 들어왔다. 도쿄에도 이런 분위기의 지역은 있다. 그 의미에서 그리 먼 곳에 와 있다는 느낌은 들지 않았다. 일본은 어지간한 산간지역이 아닌 한, 어디든 편리하다는 것을 새삼 느꼈다.

자리에 앉아 도쿄에서 사 온 선물을 건넸다. 도쿄 명물인 쿠키라는 것을 알자 무라세는 "아이가 기뻐하겠어요"라며 웃었다. 그렇군, 아이가 있군. 그 말을 듣고 보니 무라세가 풍기는 차분한 분위기도 이해가 되었다. 마흔을 넘긴 나이에도 독신인 가사마가 철이 덜 든 건지도 모른다. 사야와 결혼을 생각했던 것이 떠올라 희미하게 가슴이 아팠다.

"졸업 앨범 가져왔습니다."

이미 사진을 보내주었는데 가사마를 배려하여 실물을 가져와 준 모양이다. 무라세는 앨범을 열더니 방향을 바꾸어 이쪽으로 보여주었다. 가사마는 들여다보았다.

보내준 사진을 보고 알고 있었지만, 사야는 이즈음에도 이미 이목구비가 수려했다. 단체 사진에서 굳은 표정을 짓고 있어도 확실히 눈에 띄는 미인이었다. 전혀 딴사람으로 느껴지지는 않아서 안도했지만, 새삼 이미 이 사람이 세상에 없다고 생각하니 쓸쓸함이 몰려왔다. 그래도 중학생 시절의 사야를 볼 수 있어서 기쁜 마음이 더 강했다.

"미인이죠. 학급 남자아이들, 아니 같은 학년 아이들은 모두, 정도의 차이가 있을 뿐 그녀를 좋아했던 게 아닐까 싶습니다. 호의까지는 아니더라도 의식은 하고 있었을 겁니다. 뭐랄까 무시할 수 없는 존재감이 있었거든요. 그렇긴 하지만, 외모가 너무 수려하다 보니 현실감이 없어서 손을 뻗어도 닿을 수 없는 존재 같았지만요."

무라세가 그리운 듯이 말했다. 이 용모라면 학교의 퀸카였을 거라는 것도 상상하기 어렵지 않다. 닿을 수 없는 상대라는 느낌도 이해할 수 있었다. 이런 외모의 여성이 그 후 평범한 인생을 살 것이라고는 도저히 생각되지 않는다.

"당시의 사야는…… 저는 그녀를 사야라고 불렀기 때문에 지금도 그렇게 부르고 싶습니다만……, 당시의 그녀는 어떤 학생이었습니까? 다가가기 어려운 느낌이었습니까?"

가사마가 아는 사야는 근접하기 어려운 분위기는 전혀 없었으나 자신이 아는 사야가 전부가 아니라는 것을 이미 알고 있다. 무라세의 말투로 짐작건대 왠지 고고한 모습이 상상되었다.

"아니요, 그렇지는 않았습니다. 도도하거나 거만하게 굴지 않았습니다. 여자아이들과도 사이가 좋았고 남자아이들이 말을 걸어도 자연스럽게 대했습니다."

"그랬습니까?"

의외의 대답이었다. 왜냐하면, 무라세의 이야기 속 사야는 가사마가 아는 사야와 겹치기 때문이었다. 사야의 과거로서 전혀 모순이 없었다. 그러나 그렇다면 더더욱 남자에게 돈을 뜯어냈다는 이야기가 거짓말 같다. 중학교를 졸업한 후 무슨 일이 있었던 걸까?

"무라세 씨가 사야에 관해 아시는 것은 중학교까지지요? 혹시 그 후는 어떻게 되었는지 아시나요?"

가사마가 이 지역의 진학 실정을 아는 건 아니지만, 외딴섬이 아닌 이상 선택지가 하나뿐이진 않았을 것이다. 인근에도 고등학교는 있을 것이고 구루메나 하카타도 통학할 수 있는 거리다. 그래서 딱히 친하게 어울렸던 것도 아닌 동창이 어디로 진학했는지는 모를 거라는 전제하에 물은 것인데 예상과 달리 무라세는 고개를 끄덕이며 말했다.

"네, 구루메의 고등학교에 들어갔다고 알고 있습니다. 어쨌든 그녀는 남학생들의 주목을 받았으니 어느 고등학교에 갔는지는 모두 알고 있었습니다."

"그렇군요."

그 고등학교에 가는 학생은 많았을까? 많았다면 고등학교 생활을 사야와 함께 한 사람이 있을지도 모른다. 무라세에게 짚이는 사람이 있으면 좋으련만.

"무라세 씨는 다른 고등학교에 가신 거지요? 사야와 같은 고등학교에 진학한 사람을 혹시 아십니까? 아니면 중학교 시절에 사야와 친하게 지냈던 사람이라도 괜찮습니다만."

가사마의 물음에 무라세는 잠시 말을 멈추더니 말을 고르듯이 답했다.

"이오베 씨는 다른 여자아이들과도 사이좋게 지냈지만, 특별히 친했던 사람이 있었던 것 같진 않습니다. 적어도 저는 아무도 떠오르지 않습니다. 같은 고등학교에 간 사람은 찾아보면 발견하실 수 있겠지만, 그다지 의미가 없을 것 같습니다."

"의미가 없다고요? 왜죠?"

"곧 고등학교를 그만두었다고 들었거든요."

"그만두었다고요."

그 이야기가 의외는 아니었다. 역시 중학교 졸업 후에 사야의 인생을 바꿔놓은 사건이 있었을 것이다. 가사마는 그렇게 확신했다.

4

"그 이유도 아십니까?"

별로 기대하지 않고 물어본 것인데 무라세는 고개를 끄덕였다. 조금 침울한 표정이었다.

"어디까지나 소문입니다만."

"상관없습니다. 알고 계시면 알려 주세요."

"좋은 소문은 아닙니다. 솔직히 가사마 씨 귀에는 들어가지 않는 게 좋을 부분도 있습니다."

무라세가 그렇게 운을 떼니 이대로 꽁무니를 빼고 싶은 마음이 솟아오른다. 그러나 사야의 과거를 직면한 용기가 없다면 이렇게 규슈까지 올 필요가 없었다. 이제 와서 도망치면 어쩔 셈이냐고 저 자신을 나무랐다.

"그래도 괜찮습니다. 말씀해 주십시오."

"그렇습니까? 알겠습니다."

무라세는 그렇게 대답했으나 바로 이야기를 시작하지 않고 커피 컵을 몇 번인가 입으로 가져갔다. 말할 순서를 생각하고 있는 걸까, 말하기를 주저하는 걸까? 마침내 천천히 이야기를 시작했다.

"이오베 씨의 아버지가 빚을 져서 야쿠자에게 쫓기게 되었다는 말을 들었습니다."

그의 입에서 나온 말은 너무 뜻밖이었다. 야쿠자라는 단어를 듣게 될 줄은 생각지도 못했기 때문에 숨을 삼켰다. 이야기가 어디로 향할지 전혀 짐작이 가지 않았다.

"애초에, 이오베 씨의 아버지가 친척에게 유산을 상속받았던 것이 발단이었다고 하더군요. 숙부인가 하는 분이 치과 의사셨는데 자식이 없어서 상당한 금액을 상속받았다고요. 소문으로는 수천만 엔이나 받았다든가."

"수천만 엔이요."

치과 의사가 돈을 잘 번다는 건 알고 있다. 친척 여러 명에게 분할되었다고 해도 그 유산이 수천만 엔 정도 되는 것은 드문 일이 아니다.

"하지만 그것이 불행의 시작이었던 것 같습니다. 이오베 씨의 아버지는 평범한 직장인이었는데 거액의 돈 때문에 인생을 망쳐버린 거죠. 하카타의 불법 카지노에 출입하게 되었다는 소문이 돌았습니다."

불법 카지노라. 가사마는 가 본 적이 없으나 도쿄에도 몇 군데 있는 것으로 알고 있다. 비합법적인 시설이므로 움직이는 돈도 적은 돈이 아닐 것이다. 물론 야쿠자가 경영에 관여한다는 것도 틀림없는 사실이었다.

"이오베 씨 아버지도 이 지역에서 태어나고 자란 사람이라서 예전부터 잘 아는 사람도 있거든요. 그런 사람이 말하기로는 원래부터 도박을 좋아했다고 합니다. 파친코나 경마를 했다는 것 같은데 수천만 엔이나 되는 유산이 들어오자 불법 카지노에 흠뻑 빠져버렸겠죠."

"하지만, 결과적으로는 유산을 탕진한 데다가 빚까지 져버린 거군요."

"그런 것 같습니다. 소문이지만요. 이오베 씨 아버지가 사라진 건 사실입니다."

"사라졌다고요. 도망친 겁니까?"

"네."

빚쟁이에게서 벗어나려고 야반도주했다는 걸까? 그래서 사야는 고등학교를 그만둘 수밖에 없었던 걸까?

"그 후로 사야 일가족은 자취를 감춘 겁니까?"

이어질 이야기를 짐작하여 확인했지만, 무라세는 고개를 가로저었다. 그다음 이야기를 하는 것이 내키지 않는지 얼굴이 일그러졌다.

"아닙니다. 이오베 씨 어머니가 야쿠자에게 잡혔다고 합니다."

"잡혔다고요. 어떻게 된 건가요?"

"그 후 나카스에 있는 성매매업소에서 일했거든요."

"성매매업소요?"

야쿠자라는 말을 들었을 때도 놀랐지만, 지금 이야기는 그 이상이었다. 사야가 고등학교 때 이야기라면 사야의 어머니는 그리 젊지 않았을 것이다. 그런데도 성매매업소에서 일을 시작했다는 말인가?

"이오베 씨 어머니인 만큼 역시 미인이었습니다. 물론 젊지는 않았지만, 충분히 미모가 뛰어났습니다. 그래서 강제로 성매매업소에서 일하게 되었던 거겠죠. 아마 연대보증인이었을 테니 야쿠자에게 잡히면 그렇게 할 수밖에 없지 않았겠느냐고들 말했습니다."

"사, 사야는 어떻게 되었습니까?"

아버지는 도망쳤다. 어머니는 성매매여성으로 전락했다는 것은 알겠다. 그러나 왜 사야는 언급하지 않는 걸까? 방금 무라세는 가사마의 귀에 들어가지 않는 게 좋을 이야기가 있다고 했다. 무라세는 이제부터 그 이야기를 하려는 걸까?

"모르겠습니다."

하지만 무라세는 귀를 막고 싶어지는 이야기는 하지 않았다. 모른다는 건 무슨 의미인지, 머리가 제대로 돌아가지 않았다.

"아버지와 마찬가지로 행방불명이 되었습니다. 아버지와 함께 도망쳤다는 말도 있었고, 그게 아니라 도쿄에서 강제로 일한다는 소문도 있었습니다. 어쨌든 미인이었으니까 야쿠자가 놓쳤을 리 없다고요."

젊지 않은 어머니조차 성매매업소에서 혹사시켰다. 설령 당시에 고등학생이었다고 해도 야쿠자에게 잡히면 어떤 고초를 겪을지 상상이 갔다. 설마, 정말로 그렇게 괴로운 과거가 있을 줄이야. 어딘가 다른 나라 이야기일 뿐, 이 일본에서 일어난 일이라고는 생각되지 않았다. 그런 인신매매 같은 일이 실제로 있다는 말인가?

그러나 현실에는 거액의 빚을 짊어지고 성매매업소에서 일하는 여성이 적지 않을 것이다. 그것이 법치국가 일본의 일면이다. 사야도 그런 어두운 현실에 휩쓸린 걸까?

"…… 그 후 사야 소식은 소문이라도 전혀 듣지 못하셨습니까?"

가사마에게 충격을 주지 않으려고 굳이 모호한 말투로 말하는 것일까? 하지만 무라세는 그런 의도는 없는 것 같다.

"못 들었습니다. 그래서 도쿄에서 강제로 일한다는 이야기도 아무 근거 없는 소문입니다. 그 후부터 이번 사건이 일어날 때까지 이오베 씨를 아는 사람은 아무도 없었습니다."

그랬구나. 아주 조금이지만, 안도했다. 하지만, 곧바로 다른 가설이 머릿속에 떠올랐다. 사야가 세오 마사토시에게 뜯어낸 돈의 행방은 명확히 밝혀지지 않았다. 그건 혹시 빚을 갚는 데 사용한 건 아닐까? 사야의 배후에서 야쿠자가 조종한 것인지도 모른다.

"…… 그렇다면 이번 사건이 그리 놀랍지도 않았겠군요. 역시 그런 떳떳하지 못한 인생을 살고 있었다고 생각하신 거 아닌가요?"

그만 될 대로 되라는 식으로 말하고 말았다. 귀에 들어가지 않는 게 좋다는 이야기란 이런 거였다는 것을 이제 이해했다. 남자에게 돈을 우려내는 사야와 가사마가 아는 사야의 간극은 이걸로 해소되었다고 할 수 있겠다. 왜 사야가 세오 마사토시에게서 거액을 가로챘는지, 그 이유가 설명된다. 하지만, 여전히 가장 큰 수수께끼가 남아있다. 사야는 무슨 속셈으로 가사마를 만나온 걸까? 빚은 다 갚은 걸까? 야쿠자는 그녀를 놓아주었을까? 그런 미인을 야쿠자가 그렇게 호락호락 놓아주리라고는 생각되지 않았다. 실제로 큰돈을 벌어다 줬다면 더욱 놔줄 이유가 없다. 그렇다면 역시 가사마는 다음 표적이었던 게 아닐까? 그런 추측에 도달했다. 눈앞이 캄캄해지는 추측이었다.

"아니요, 그런 생각은 하지 않았습니다."

무라세는 거북한 듯이 답하며 고개를 떨구었다. 무라세에게 심리적 압박을 가한다 한들 아무 의미도 없다. 가사마는 제가 한 말에 혐오를 느꼈다.

이제는 어떻게 해야 하나? 무라세의 이야기에서 도출해낸 이 추측을 최종 결론으로 하고 진짜 사야를 알고자 하는 노력은 포기해야 하나? 심정적으로는 그런 결론을 수긍한다. 한편으로는 저 자신이 너무 구질구질하다고 생각하면서도 그건 어디까지나 추측에 불과하다는 반발심도 들었다. 아무리 신빙성 있는 추측이라고 해도 반드시 사실이라는 법은 없다. 그렇다면 다시 사실을 파악하려는 노력을 해야 한다. 그런 내면의 소리도 끈질기게 남아있었다.

"아, 그렇지. 사야 어머니의 소재는 아시겠군요. 하카타에 계신 거죠? 어느 가게에서 일하는지 모르십니까?"

사야를 누구보다 잘 아는 사람이 있다는 사실에 이제야 생각이 미쳤다. 어머니 이상으로 전후 사정을 자세히 아는 사람은 없다. 게다가 하카타에 있다는 것도 밝혀졌다. 그렇다면 직접 만나러 가면 되는 것이다.

하지만, 무라세는 또다시 씁쓸한 표정으로 고개를 가로저었다. 가게 이름을 모르는 걸까, 그렇다면 아는 사람을 찾아줄 수는 없을까? 순간적으로 그런 생각이 들었으나, 무라세가 고개를 저은 의미는 그게 아니었다.

"이오베 씨의 어머니는 하카타에 없습니다."

"그렇습니까? 다른 곳으로 옮긴 걸까요?"

나이를 고려할 때 이미 나카스에서 일할 자리가 없어진 게 아닐까 생각했다. 그래도 더 지방 쪽으로 가면 일자리가 있을지도 모른다. 그렇게 추측했으나 무라세의 대답은 예상 밖이었다.

"돌아가셨습니다."

"돌아가셨다고요? 아니 왜."

"사형당했습니다."

무라세가 말한 '사형'이라는 단어가 음울하게 메아리쳤다. 놀라움이 가사마의 가슴 속에서 큰 충격이 되어 파열했다.

5

"그게 무슨 말씀이죠?"

 사형이라니, 사람을 죽인 걸까? 대체 누구를, 이라고 물으려다가 문득 답이 떠올랐다. 사야의 어머니가 죽일 법한 상대라면 남편밖에 없을 것이다. 빚을 잔뜩 지고 도망쳐서 가족의 인생을 망쳐놓은 남자, 성매매업소에서 일할 수밖에 없는 상황으로 몰아넣은 남자. 사야의 어머니가 남편을 살해할 정도로 증오했으리라는 것은 충분히 상상하고도 남는다. 오히려 증오하는 것이 당연하다는 생각조차 든다.

"이오베 씨의 아버지를 살해했습니다."

 무라세는 예상대로 답했다. 가사마가 재차 묻지도 않았는데 자세히 설명해주었다.

"벌써 2년 정도 되었네요. 뉴스로 사건 소식을 알고 깜짝 놀랐습니다. 평소에는 살인 사건 뉴스 같은 건 염두에 두지 않는데, 피해자도 범인도 성씨가 이오베였기 때문에, 설마 했습니다. 범인의 얼굴도 뉴스에 공개되어서 이오베 씨의 어머니가 틀림없다는 걸 알게 되었죠. 매우 야위었지만, 이목구비 자체는 변하지 않았거든요."

 이 사건에 관해 무라세는 뉴스를 통해 정보를 얻었을 뿐이다. 지방 도시에 떠돌아다니던 소문도 그 이상으로 자세한 건 없었다고 한다. 뉴스 보도에 따르면 사건은 하카타가 아니라

도쿄 다마가와 강 부지에서 일어났다고 한다. 사야의 아버지는 노숙자가 되어 하천 부지에서 살고 있었다.

"이오베 씨 어머니는 어딘가에서 남편 소문을 듣고 도쿄까지 갔던 것 같습니다. 빚은 다 갚지도 못한 채 도주한 거죠. 맨몸으로 도망친 거라서 어머니 자신도 도쿄에서 노숙자 신세를 면치 못했다고 들었습니다."

어딘가에서 남편 소문을 들었다는 것은 무라세의 기억이 모호한 것이 아니라 그 점은 보도되지 않았다고 한다. 알고 지내던 지인이 발견하여 사야의 어머니에게 알려주었던 것일까? 경위가 어떻든 사야의 어머니는 야쿠자의 눈을 피해 도쿄로 향했다. 그리고 남편을 발견하고 언쟁 끝에 돌로 머리를 내리친 것이다.

"계획적인 것은 아니었고 홧김에 살해한 것 같은데요, 살의가 있든 없든 사람을 한 명 죽이면 사형이니까요. 이오베 씨 어머니는 현장에서 도망치지 않았다고 하니 이미 각오를 굳혔던 거겠죠. 빚은 갚아도 갚아도 끝이 없고 삶에 지친 게 아니었을까 하는 상상을 했습니다."

그럴지도 모르겠다. 어떤 의미에서 동반자살과 같은 것이다. 어차피 조만간 다시 야쿠자에게 붙잡혀 끌려갈 바에야 죽는 편이 낫다고 생각한 걸까? 사야의 어머니가 얼마나 지옥에서 헤매고 있었을지 그 행동에서 엿볼 수 있었다.

"현행범 체포와 다를 바 없었고 재판에서도 다투지 않았기 때문에 바로 사형 판결이 확정되었는데요, 사형이 집행된 건 비교적 최근이었습니다. 사형에 관해서도 신문에서 접했는데 탄식이 나오더군요. 정말로 안타까운 이야기구나 싶어서요. 동시에 이오베 씨는 어떻게 지낼까 궁금해지더군요. 설마 그 후에 이오베 씨도 살인 사건의 피해자가 될 줄은 상상도 못 했습니다."

"사야의 사건은 언제 아셨습니까?"

"실은 가사마 씨 트위터를 보고 처음 알았습니다."

그랬군. 가사마에게는 일생일대의 사건이지만, 바로 범인이 잡힌 살인 사건은 크게 다루어질 정도의 뉴스거리는 아니다. 하물며 도쿄에서 멀리 떨어진 곳에서는 주목받지 못한 것도 당연하다. 무라세가 가사마의 트위터를 보고 사건을 알았다고 하니 사형 반대를 표명한 의미가 있었던 셈이다. 소동이 일어나고 세상의 이목이 모이지 않았다면 무라세도 알아차리지 못했을 것이다.

"깜짝 놀랐습니다. 이오베 씨 일가족이 모두 비참한 최후를 맞이하고 말았군요. 하지만 아무것도 모르는 제삼자로서는 이오베 씨가 마지막에 가사마 씨와 교제한 것이 그나마 다행인 것 같습니다. 야쿠자에게 쫓겨 떠돌기만 한 인생은 아니었다는 것을 알게 되었으니까요."

무라세는 그렇게 말했다. 가사마는 그런 식으로 단순하게 생각할 수는 없었지만, 부정할 필요는 없었다. "고맙습니다"

하고 고개를 숙였다.

 들어야 할 이야기는 이미 다 들은 것 같았다. 사야의 어머니를 붙잡았던 야쿠자에 관해 물어봐도 무라세가 알 리도 없고 중학생 당시의 사야와 친했던 사람을 소개해 달라고 해도 이미 아무 의미가 없다. 가사마는 사야가 야쿠자와 얽힌 후의 일이 궁금했다. 그러나 이 도시에서는 그것을 알아낼 방법이 없을 것 같다.

 조사를 더 한다면 사야의 어머니가 일으킨 사건을 조사해야 한다. 인터넷에서 검색하면 사건 보도는 찾을 수 있을 것이다. 과연 어디까지 상세한 내용을 알 수 있을까? 다행히, 사건이 일어난 장소는 도쿄다. 귀경해서 대책을 생각해도 늦지 않는다.

 다시 한번 고맙다고 인사하고 무라세와 헤어졌다. 마지막으로 무라세는 이런 말을 했다.

 "저기, 저 자신은 역시 사형에 찬성합니다만, 가사마 씨가 반대하시는 심정은 이해합니다. 인터넷에서 불쾌한 일도 많으시겠지만, 응원하고 있습니다."

 "감사합니다."

 일본 전체를 적으로 돌리고 만 것 같은 느낌에 사로잡혔지만, 이렇게 찬동하지는 않아도 응원해주는 사람도 있다. 그 사실을 알게 되자 마음이 서서히 따뜻해졌다. 사람에게 상처받은 마음은 사람이 치유해준다는 것을 알았다.

하카타로 돌아오는 전차 속에서 이전에 사야와 나누었던 대화를 회상했다. 무라세의 이야기를 듣고 비로소 수긍이 가는 일이 있었기 때문이다. 사야와는 견해, 사고방식, 취향이 상당히 일치했기 때문에 만나면 보통은 쉴 새 없이 대화를 나눴다. 화제가 무한히 솟구쳐오르는 듯이 이야기하지 않고는 견딜 수 없었다. 침묵을 지키는 것은 영화를 보고 있을 때 정도였다. 물론 영화를 다 보고 나면 또 줄곧 이야기를 나눴다.

그 이야기는 영화의 감상을 서로 주고받을 때 나왔다. 영화에서는 4인 가족이 각자 조금씩 비밀을 품고 있는 모습이 묘사되었다. 가족이라고 하더라도 하나부터 열까지 모두 털어놓는 것은 어렵다. 그러므로 비밀이 존재한다고 해서 반드시 가족 간의 거리가 멀어진다고 할 수는 없지만, 가능한 한 뭐든지 말하고 싶지 않겠느냐고 가사마가 말했다.

그러자 평소라면 곧바로 맞장구쳤을 사야가 전에 없이 침묵을 지켰다. 할 말을 머릿속에서 정리하고 있는 듯이, 시선을 조금 떨구었다. 이윽고 고개를 들더니 왠지 강한 어조로 말했다.

"나, 고스케 씨에게 말하지 않은 게 있어."

그건 아마도 사귀기 시작한 지 반년쯤 지났을 때였을까? 반년이라는 시간이 긴지 짧은지는 사람에 따라 다르겠지만, 이미 젊지 않은 가사마에게는 그리 긴 시간은 아니었다. 교제 기간 반년 동안 상대방에 대해 모든 것을 이해하지 못한다고 해도 당연하다고 생각했다. 그래서 예사롭게 답했다.

"그야 그렇겠지. 나도 아직 말하지 않은 게 많아."

"있잖아, 꼭 말해야 한다고 생각하는데 아직 용기가 없어서 말할 수가 없어. 그래서 용기를 조금씩 모으고 있어. 그러니까 용기가 모일 때까지 기다려줘."

왠지 호들갑스럽게 느껴졌다. 동시에 용기를 모은다는 표현이 재미있었다. 물론 사야가 말하고 싶어질 때까지 기다릴 수 있다. 그때는 그렇게 생각하며 "응, 언제든지 좋아"라고 대답했다. 하지만 사야의 용기가 다 모이는 날은 오지 않았다.

꼭 말해야 한다고 했던 것은 10대 후반 이후 급변한 운명에 관한 것이었으리라. 부모가 진 빚 때문에 야쿠자에게 쫓겨왔고 마쓰모토 사야라는 이름도 가명이라는 것이다. 사야는 언젠가 털어놓으려고 생각했던 것이다. 그렇게 생각하니 조금이나마 위안이 되었다. 그러나 단순히 사야의 언행을 자신이 믿고 싶은 대로 해석했을 뿐, 진실은 다를지도 모른다. 사야가 죽어버린 지금, 정답을 확인할 방도가 없다는 것이 견딜 수 없이 안타까웠다.

하카타에 도착했을 때는 이미 늦은 시각이었기 때문에 그대로 1박 하기로 했다. 텐진에 나가 포장마차에서 식사를 마쳤다. 평범하게 관광객 기분을 맛볼 수 있다는 것이 지금은 아주 작은 행복이었다. 선글라스를 쓰지 않았지만, 가사마 고스케를 알아보는 사람은 없었다.

호텔 방으로 돌아와 사야의 어머니가 일으킨 사건을 검색했다. '이오베', '노숙자', '다마가와 강'이라는 키워드로 찾아냈다. 간략한 사건 보도였지만, 천천히 정독했다. 보도된 정보는 무라세가 말한 것과 별반 다르지 않았다. 유일하게 새로운 정보는 사야의 부모 이름을 알아냈다는 것이다.

어머니 이름은 유키코, 아버지 이름은 히데아키였다. 나이는 52세, 54세. 나이를 알고 나니, 어머니가 사건 직전까지 성매매업소에서 강제로 일했다는 사실이 더욱 경악스러웠다. 그 나이라면 아무리 미인이라고 해도 젊은 여성과 동등하게 돈을 벌 수는 없다. 노동에 비해 수입은 많지 않았을 것이고 빚을 완전히 갚는다는 것은 요원했을 것이다. 이자를 갚는 것만으로도 쩔쩔매지 않았을까? 이오베 유키코가 자기 인생에 절망했다고 해도 무리는 아니었다.

그 외에 검색으로 찾아낸 것은 이오베 유키코가 사형당했다는 기사뿐이었다. 사형의 관례에 따라 상세 내용은 공개되지 않았다. 사형은 국민의 눈이 미치지 않는 곳에서 집행되므로 매일 수많은 사형수가 죽고 있다는 것을 일본인은 모를 것이다. 사형수 개개인의 사정에 관심을 가지는 사람도 거의 없다.

사형이 집행된 날에는 이미 사야와 사귀고 있었다. 그 날의 사야에게 무언가 평소와 다른 점이 없었는지 생각해보다가 한 가지가 떠올랐다. 교제하던 8개월 동안 단 한 번, 만나자는 그의 말을 거절한 적이 있었다. 그게 언제였는지 기억해내려고 했지만, 아무래도 정확한 날짜는 떠오르지 않았다. LINE으로 대화를 주고받은 기록을 거슬러 올라가 보면 되겠다는 생각이 들어서 찾아보자 예상대로 만나자는 가사마의 말을 거절한 것은 이오베 유키코가 사형당한 날이었다.

사야는 어머니가 사형당했다는 것을 알고 있었다. 그래서 충격을 받고 혼자 슬픔에 빠져 있었으리라. 당연히 그 슬픔은 가사마가 함께 나누고 싶었겠지만, 사야는 알려주지 않았다. 사야가 말할 수 없었던 이유는 무엇일까? 좋지 않은 이유밖에 떠오르지 않아 기분이 침울했다.

애초에 가사마에게 '어머니'라는 단어 자체가 음울한 것이었다. 가사마는 어머니가 없다. 아니, 정확히 말하면 어딘가에 살아있을지도 모르지만, 연락이 닿지 않은 채 30여 년의 세월이 흐르면, 존재하지 않는 것과 마찬가지다. 어머니는 목적지도 말하지도 않은 채 가족을 버리고 사라졌다.

아버지의 설명에 따르면, 원인은 어머니의 외도였다. 남자가 생겨서 같이 도망쳤다고 한다. 가사마가 초등학교에 들어가기 전이었다. 당연히 그 나이의 소년에게 사랑의 도피가 뭔지 알 리가 없었기에 왜 엄마가 갑자기 사라져버렸는지 도저히 이해할 수 없었다. 그렇지만, 자기가 엄마에게 버림받았다는 현실만은 이해했기 때문에 극심한 혼란에 빠졌다. 어머니와의 관계는 절대로 끊을 수 없는 것이라고 철석같이 믿었기 때문이다.

어머니가 바람을 피운 원인은 아버지에게도 있었을지 모른다. 점점 성장하며 그런 생각도 했다. 그러나, 자식을 두고 자취를 감추었다는 사실 하나만은 어머니에게 모든 책임이 있다고 가사마는 단정 지었다. 어머니가 외도한 이유를 아버지에게 자세히 듣고 싶은 마음은 들지 않았다. 아버지가 설명해주려 했다고 해도 귀를 막았을 것이다. 자세한 사정을 모르는 만큼 가사마는 어머니를 원망할 수밖에 없었다. 원망하는 것 말고는 달리, 자신의 기분을 정리할 방법이 없었다.

어머니가 실종되고 나서 3년 후에 아버지는 재혼했다. 어머니는 이혼신청서에 도장을 찍어 남겨두고 갔었다. 아버지는 한동안 어머니가 돌아오기를 기다렸으나 결국 포기하고 이혼신청서를 제출했다. 그래서 아버지의 재혼을 방해할 것은 아무것도 없었다.

가사마는 아버지의 재혼 상대와 사이가 좋지 않았다. 가사마가 잘 따르지 않았던 것이 원인이었는지도 모르지만, 새어머니도 처음부터 가사마를 겉으로만 잘해주는 척했던 것으로 기억한다. 아버지와의 사이에 아이가 태어나자 더더욱 가사마는 설 곳이 없어졌다. 언젠가 집을 나가겠다고 마음속으로 굳게 맹세했을 무렵, 아버지의 췌장암이 발견되었다. 아직 젊었던 아버지의 온몸은 순식간에 암에 잠식되어 곧 세상을 떠나고 말았다. 그렇게 되자 점점 더 집안에 가사마가 있을

곳은 없었다. 고등학교를 졸업하자마자, 거의 맨몸으로 집을 나왔다. 그 후의 생활은 그다지 떠올리고 싶지 않다. 모든 것이 자기를 버리고 집을 나가버렸던 어머니 탓이라고 생각하자 한층 증오심이 깊어갔다.

생각하면 괴로울 뿐이기에 평소에는 되도록 머릿속에서 몰아내려고 하는 기억이었다. 기분을 바꾸려고 앞으로의 일을 생각했다. 이오베 히데아키는 다마가와 강 부지에 정착했던 것 같다. 그렇다면 주변에 안면 있는 사람이 있지 않을까? 사건에 관해 돌아다니며 물어보자. 그렇게 방침을 정하고 스마트폰을 내려놓았다. 트위터를 확인할 기력은 없었다.

다음 날 아침, 비행기를 타고 도쿄로 돌아왔다. 다마가와 강 부지는 범위가 넓지만, 사건이 발생한 장소는 대충 어딘지 안다. 하네다 공항에서 집으로 돌아가는 도중에 가마타 역을 지나가므로 집에 갔다가 다시 나오는 것은 번거롭게 느껴져서 도중에 하차했다. 짐을 역 앞 물품보관함에 넣어두고 택시를 잡았다. 약 10분 만에 하천 부지에 도착했다.

곧바로 제방을 내려가지 않고 편의점에 들렀다. 이야기를 들으러 가는데 빈손으로 갈 수는 없지 않겠느냐는 생각이 들어서다. 뭘 반길까 생각하니 역시 술이라는 결론에 이르렀다. 작은 병에 든 청주 다섯 병과 안주를 사고 편의점을 나왔다. 탐문 같은 건 흉내도 내본 적이 없다. 가벼운 긴장을 느꼈다.

제방 위에서 멀리 바라보니, 손으로 지은 듯한 움막과 텐트가 흩어져 있었다. 서로 멀찌감치 떨어져 있어 사생활은 지킬 수 있을 듯하다. 이오베 히데아키가 살았던 거처는 이미 철거되었을 것이다. 물론 혈흔 따위도 남아있을 리 없었기 때문에 사건 현장을 콕 집어 지목할 수는 없다. 사람이 있는 움막을 방문하여 이오베 히데아키와 면식이 있는지 물어보며 돌아다녀야 했다.

우선 눈에 띈 움막에 다가갔다. 누구 있냐고 말을 걸자, 대답이 돌아왔다. 입구에 걸린 커튼을 열고 "여쭤보고 싶은 게 좀 있는데요" 하고 말을 꺼내자 노인으로 보이는 봉두난발의 노숙자가 가부좌를 틀고 앉은 채로 이쪽을 올려다보며 경계하는 눈빛으로 "뭐요?"라고 되물었다.

"2년 전쯤, 이 강 부지에서 살인 사건이 있었는데, 혹시 아십니까?"

"아, 물론 알지. 그런 난리가 없었으니까."

"피해자인 이오베 히데아키 씨와는 알고 지내는 사이셨습니까?"

"당신, 누군데?"

당연한 질문이었다. 하지만, 자세히 설명하려면 복잡해진다. "가해자의 관계자입니다"라고만 답했다. 입을 열기 쉬워지라고 작은 병에 든 술을 하나 내밀었다.

"괜찮으시면 이거 드세요."

"오오, 미안하군. 하지만 나는 아는 사이는 아니었어."

노숙자는 술을 받아들면서 그렇게 대답했다. 마음속으로 '술을 너무 일찍 꺼낸 건가?' 생각했다. 하지만, 술이 쓸모없지는 않았다.
"살해당했던 사람하고 알고 지냈던 사람은 야마 씨라는 사람이야. 야마 씨는 여기서, 음, 그러니까 네다섯 칸 떨어진 데 살아."
 노숙자는 가사마의 오른쪽으로 턱을 치켜올렸다. 네다섯 칸이라는 건 모호했지만, 상당히 범위가 좁아졌다. 고맙게 생각하며 안주도 놓아주고 물러났다.

6

 방금 만난 노숙자의 움막에서 네 칸 떨어진 움막을 우선 찾아갔다. "실례합니다"라고 말을 걸고 나서 입구의 커튼을 열었다. 안에는 꽤 햇볕에 그은 쉰 전후의 남성이 있었다. 햇볕에 그을었다기보다 세수를 하지 않아 얼굴이 검은 건지도 모른다. 하지만, 판자로 만든 움막 안은 딱히 악취가 나지 않았고 불결한 느낌도 들지 않았다.
"불쑥 찾아와 죄송합니다. 이오베 히데아키 씨와 알고 지내셨던 야마 씨 되십니까?"
 가사마는 허리를 굽혀 움막 안을 들여다보며 물었다. 신문을 읽고 있던 남자는 고개를 들어 수상쩍다는 듯한 눈빛으로 쳐다보았다. 이오베 히데아키가 죽은 것은 2년도 더 지난 일이다. 이제 와서 그 사건에 관해 묻는 자가 온다면 무슨 볼일인가 하고 경계하는 것도 당연할 것이다.

"그렇긴 한데 당신 누구야?"

"저는 이오베 히데아키 씨의 따님과 교제했던 가사마라고 합니다."

"히데 씨 딸과?"

가사마의 대답에 자못 놀랐는지, 야마 씨는 눈이 휘둥그레졌다. 아마도 가사마가 누군지는 모르는 모양이다. 모르는 편이 마음이 편하니 잘됐다. 상황을 보아하니 마쓰모토 사야라는 이름으로 보도된 살인 사건의 피해자가 이오베 히데아키의 딸이라는 것도 모르는 게 확실했다.

"잠시, 말씀 좀 여쭤도 되겠습니까?"

허락을 구하자, 그는 들어오라고 손짓했다. 신발을 벗고 움막 바닥에 깔린 카펫에 앉았다. 작은 병에 든 술과 안주를 꺼냈더니 야마 씨는 딱히 반기는 기색도 없이 받아들였다. 뻔뻔해서가 아니라, 앞으로 할 이야기가 마음에 걸려 고맙다는 말을 하는 것조차 잊은 듯한 모습이었다.

"히데 씨 딸이 도쿄에 있었던 건가?"

야마 씨는 먼저 그걸 물었다. 이오베 히데아키에게 딸이 있다는 얘기는 들은 모양이다. 딸이 행방불명이었다는 것도 알고 있었던 듯하다. 알고 지낸 정도가 아니라 꽤 친분이 있었던 것이 아닐까 추측이 되었다.

"네, 도쿄에 살았습니다."

"어떻게 살고 있어?"

"서점에서 일했습니다."

"서점에서. 그러니까 착실하게 산다는 말이군."

"네, 일단은요."

모호하게 말할 수밖에 없었다. 야마 씨는 이오베 히데아키가 야쿠자에게 쫓기는 몸이었다는 것을 알고 있는 듯하다. 친구의 딸이 어떻게 살고 있는지 걱정할 정도니 사람은 착할 것이다. 그러나, 사야가 죽었다는 것을 알리지 않으면 안 된다. 상대의 마음을 아프게 하려니 비통했다.

"일단, 이라니 뭔 말이야. 무슨 의미야?"

가사마의 대답이 불만스러운지 야마 씨가 따지듯이 물었다. 가사마는 잠시 말을 멈췄다가 답했다.

"이오베 히데아키 씨의 따님은 저에게는 마쓰모토 사야라고 이름을 밝혔습니다. 자신의 본명을 숨기고 살았습니다."

"아아, 역시 그랬군. 당신, 낯빛 하나 안 변하고 말하는 거 보니 이미 전부 알고 있는 거야?"

"이오베 씨가 큰 빚을 지고 도주하여 일가가 뿔뿔이 흩어졌다는 것은 알고 있습니다. 사야가 야쿠자에게 쫓기고 있었다는 것도 최근에 알았습니다. 이오베 씨의 빚 이야기는 제가 자력으로 조사해서 알아낸 거고요."

"그러니까 당신은 연인에게 속았다는 건가? 딱한 이야기지만, 그 딸에게도 사정이 있어. 그러니까 이해해 주라고."

사야가 야쿠자를 완전히 따돌렸다고 생각한다면 그런 말을 하는 것도 당연하다. 하지만, 현실은 그리 단순하지 않다. 가사마는 핵심을 말했다.

"실은, 사야는 살해당했습니다. 사야는 이미 죽었습니다."

"뭐라고! 무슨 말이야? 어떻게 된 거야?"

야마 씨는 카펫에 손을 짚고 몸을 쑥 내밀었다. 같잖은 농지거리라면 가만두지 않겠다고 벼르는 듯한 서슬이었다. 가사마는 순서를 따라서 여기까지 이른 경위를 설명했다. 야마 씨는 이야기 도중에 팔짱을 끼기도 하고, 고개를 떨구기도 하고, 낮게 신음하기도 했다.

"…… 그래서, 당신은 그걸 어떻게 생각하는 거야? 화가 나서 이렇게 죽은 연인 이야기를 떠벌리면서 돌아다니는 거야?"

"아니요, 아닙니다. 화난 건 아닙니다. 그저, 사야의 진짜 속마음을 알고 싶을 뿐입니다."

"당신, 혹시 부자야?"

야마 씨는 날카로운 지적을 했다. 그 점은 이야기하지 않았는데 가사마가 가장 속을 썩이고 있는 점이라는 것을 알아차린 듯하다. 어떻게 답해야 할지 망설였으나, 그 추측이 맞는다는 것은 인정했다.

"사야의 진의를 궁금해할 만큼은 수입이 있습니다."

"뭐야, 꽤나 빙빙 돌려 말하는군. 딱히 딴마음 먹거나 하지 않으니까 안심하라고."

야마 씨는 얼굴 앞에서 가볍게 손을 저었다. 그런 건 아무래도 상관없다고 말하고 싶은 것이리라. 야마 씨가 가사마의 눈길을 피하더니 잠시 생각에 잠긴 듯이 입을 꾹 다물었다. 그리고 말하기 거북한 듯이 말을 이었다.

"나야 당신이 속은 건지 어떤 건지 알 도리가 없지. 히데 씨 딸이 어떤 사람으로 자랐는지 모르니까. 다만 아까도 말한 것처럼 혹시 당신 돈을 노리고 사귄 거였다고 해도 분명히 사정이 있었을 거야. 이해해 주라고 말해도 무리일지 모르지만."

야마 씨가 한 말에도 낙담하지 않았다. 야마 씨가 판단할 수 있는 이야기가 아니기 때문이다. 위로받으려고 온 것은 아니다. 야마 씨가 아는 것을 듣고 싶었다.

"저는 사야의 아버지 이야기를 여쭙고 싶습니다. 아마도 이오베 씨의 과거에 관해 이런저런 이야기를 들으신 것 같은데요. 빚을 지고 도망쳤던 당시 일도 아십니까?"

"뭐, 조금은."

"알려 주십시오."

간곡히 부탁했다. 야마 씨는 곤혹스러운 듯이 미간을 찌푸렸으나, 결국 이야기해주었다. 가사마를 차마 쫓아낼 수는 없다고 생각한 모양이다.

"특별할 것도 없는 얘기지. 여기 사는 사람들 사이에서는 더더욱 드문 일도 아니고. 신세를 망치는 건 으레 여자 아니면 도박으로 정해져 있거든. 도박의 마력이라는 건 말이지, 도박을 하지 않는 사람에게는 아무리 설명해도 이해할 수 없는 거야. 도박에 빠진 사람한테 '대체 왜?'라고 물어도 아무 의미가 없어."

그런 것일까? 그 말대로 가사마는 이오베 히데아키의 심정이 도저히 이해되지 않았다. 귀신한테 홀린 거라고밖에 생각되지 않았다.

"인간에게는 분수라는 게 있잖아. 사람은 각자 자기에게 맞는 분수가 있어. 분에 넘치는 짓을 하면 자기한테 불행이야. 히데 씨가 경마나 파친코를 깨작깨작했으면 그게 더 행복했을 텐데. 경마나 파친코는 제가 번 벌이 범위에서 즐길 수 있으니까."

오락으로서의 도박이라면 가사마도 이해할 수 있다. 경마는 보러 간 적도 있고 그때는 물론 마권을 샀다. 마권을 사지 않고 보면 재미가 없기 때문이다. 그러나 그것은 어디까지나 놀이의 범주였다. 도박으로 패가망신하는 것은 야마 씨의 말대로 분에 넘쳤기 때문일 것이다.

"히데 씨는 친척에게서 거액의 상속을 받았다지. 그래서 배포가 커져 버려서 불법 카지노에 출입하게 된 거야. 그런 곳을 관리하는 건 야쿠자인데, 요란스럽게 놀면 딱 찍어두거든.

아니나 다를까, 상속받은 돈은 눈 깜짝할 새에 닳아 없어지고 외려 빚을 지게 된 거지. 그 당시에는 가족이고 뭐고 아무것도 생각할 수 없었다고 하더군. 설마 자기 때문에 부인과 딸이 구렁텅이에 빠질 줄은 꿈에도 몰랐다고. 뭐, 어리석은 거지. 어리석지 않으면 야쿠자에게 쫓길 만큼 빚을 지지도 않았을 테니까."

"이오베 씨 부인에 관해서도 아십니까? 야쿠자에게 붙잡혀서 성매매업소에서 일했다고 하던데요."

말하지 않고는 배길 수가 없었다. 실은 이오베 히데아키의 어리석음에 화가 난 것이라는 것을 가사마는 이제야 자각했다.

"히데 씨가 살해당하고 나서야 알았어. 히데 씨 자신도 몰랐던 거 아닐까? 부인이 찾아올 때까지 부인이 야쿠자를 잘 피해 다니고 있으려니 생각했던 거지. 설마 성매매업소에서 혹사당하고 있을 줄이야. 그렇게 끔찍한 이야기가 다 있다니."

야마 씨는 견딜 수 없다는 듯이 고개를 저었다. 끔찍한 이야기라는 표현에는 가사마도 동의하지만, 중요한 건 사야의 신상에 무슨 일이 닥쳤는가 하는 것이었다.

"젊지 않은 부인조차 성매매업소에서 강제로 일을 시켰을 정도니, 사야는 어떤 봉변을 당했을지……."

가사마가 말끝을 흐리자 야마 씨는 마치 자기가 잘못하기라도 한 것처럼 어깨를 늘어뜨렸다. 이오베 히데아키의 어리석음이 딸의 운명을 어떻게 뒤틀리게 했는지 상상해본 것이리라.

"…… 딱한 일이야. 히데 씨도 정말 바보라니까. 다만, 나는 히데 씨를 비난할 수는 없어. 나는 타인을 비난할 수 있을 만큼 떳떳하지 않거든. 지금 히데 씨가 눈앞에 있다면 이 바보 자식이라고 말할 거야. 하지만, 그뿐이야. 나에겐 타인을 비난할 권리 따위 없으니까."

야마 씨의 반응은 가사마에게는 불만스러웠다. 사야에 대한 동정의 말을 해주지 않는 것이 맘에 들지 않았다. 이오베 히데아키는 모든 사람에게 지탄받아야 할 인물이지 않은가? 타인에 대해 간섭하지 않는 것은 야마 씨가 노숙자인 것과 관계가 있는 걸까?

"하지만 타인을 비난할 권리는 누구에게도 없는 게 아닌가 하는 생각도 해."

야마 씨는 말을 계속했다. 무슨 말인가 하고 마음속의 분노를 누르며 귀를 기울였다. 야마 씨는 가사마의 눈을 똑바로 보았다.

"물론, 당신은 괜찮아. 관계자니까, 당신은 히데 씨를 비난할 권리가 있지. 내가 말하는 건 아무 관계 없는 타인이야. 지금은 불륜이나 실언을 하면 인터넷에서 뭇매를 맞잖아. 그게, 너희들이랑 무슨 상관이냐, 그런 생각도 들거든. 무슨 권리로 타인을 비난하냐 이거지. 나한테는 권리가 없어. 그러니까 당신 처지가 딱하긴 해도 히데 씨를 나쁘게 말할 맘은 없어. 불만이 있는 것 같으니 미안하지만."

 감정이 얼굴에 고스란히 드러난 모양이다. 그 말을 듣고 나니 불만이 허공으로 사라졌다. 자신이 어느새 잘못된 자리에 서 있다는 것을 깨달았기 때문이다. 가사마 자신이 현재, 불특정다수의 사람들에게 온갖 욕설 세례를 받고 매도당하고 있음에도 불구하고 야마 씨가 이오베 히데아키를 비난하지 않는 것을 불만으로 여겼다. 이러면 인터넷상에서 함부로 타인을 비난하는 사람들과 뭐가 다를까?

 "…… 실례했습니다. 말씀이 옳습니다."

 순순히 사과했다. 제 잘못과 결점은 좀처럼 자각하기 어려운 법이다. 깨달을 기회가 있다는 것에 감사해야 했다.

7

"아니아니, 사과는 하지 않아도 돼."

 가사마의 태도에 야마 씨가 오히려 허를 찔린 듯했다. 겸연쩍은 듯이, 미간을 찌푸렸다. 가사마는 다른 질문을 했다.

 "사야의 어머니는 규슈에서 일했잖습니까. 어떻게 야쿠자의 감시를 뚫고 도망쳐서 여기까지 온 걸까요? 무작정 도망쳐서 우연히 이곳에서 남편을 발견한 건 아니지 않겠습니까.

이오베 히데아키 씨가 여기에 있다는 것을 어떻게 알았는지 혹시 짚이는 데가 있습니까?"

가사마에게는 사소한 일이다. 그걸 안다고 해서 사야의 진심을 알 수 있는 것도 아니다. 다만, 가능하다면 명료하지 않은 점을 하나하나 제거해가고 싶었다. 그러다 보면 언젠가 사야의 본심에 도달할지도 모른다는 실낱같은 희망을 품고 있다.

"경찰도 그걸 묻더군. 히데 씨 부인은 체포된 후 아무 말도 하지 않았다지. 그래서 짐작일 뿐이긴 한데……."

아예 아무것도 모르는 것은 아니고 짐작 가는 것이 있는가 보다. 저도 모르게 몸을 앞으로 쑥 내밀었다.

"나는 아니고 다른 사람이 본 건데. 히데 씨가 일반 사람과 이야기하는 모습을 봤다더라고."

"일반 사람이라면, 노숙자가 아니라는 의미인가요?"

"응, 그렇지. 양복을 입고 있었다고 하더라고. 예전 지인이겠지. 히데 씨는 거의 도망치다시피 했다고 하니까 노숙자가 된 제 모습을 보여주고 싶지 않았던 게 아닐까? 심정은 이해해."

단순히 자존심 문제가 아니라 도피 생활 중인 몸이니 예전 지인과 마주치는 건 피하고 싶었을 것이다. 야쿠자에게 직접 연결되는 사람이 아니더라도 가능하면 눈에 띄고 싶지 않았으리라.

"그게 다야. 그 상대가 규슈에 있었을 때의 지인인지 아닌지도 모르고, 어떤 식으로 부인에게 이야기가 전해졌는지도 몰라. 다만, 히데 씨가 여기 산다는 걸 그 양복 입은 남자가 알고 있었다는 건 틀림없는 사실일 거야. 그 일 때문에 히데 씨가 죽은 거라면 어디 다른 곳으로 도망쳤어야 했겠지만, 노숙자가 살 수 있는 곳이 도쿄에는 이미 거의 없어. 예전처럼 지하철이나 공원에 살 수도 없고, 스미다가와 강도 새로 정착하는 건 금지되었거든. 그래서 모두들 다마가와 강으로 와. 여긴 지금, 갈 곳 없는 인생이 모이는 마지막 장소인 셈이지."

야마 씨는 자기 신세를 한탄하는 어조도 아니고 도리어 후련한 듯한 표정으로 말했다. 이오베 유키코는 남편을 살해한 후, 현장에서 도망치려고 하지도 않았다고 한다. 이미 야쿠자와 경찰에 쫓기면서까지 살고 싶다는 생각을 버린 것 아니었을까? 이오베 히데아키가 지인과 마주치고도 다마가와 강 부지에 계속 살았던 것도 같은 심경이었을지 모른다. 도망자의 삶에 지친 것이다.

"잘 알겠습니다. 감사합니다. 그런데 이오베 씨를 찾아온 사람은 부인뿐이었습니까? 따님은 이런 사람이었는데 보신 적 없으십니까?"

이렇게 말하며 스마트폰에 사야의 사진을 띄워서 보여주자 야마 씨는 눈을 부릅떴다.

"이 사람이 히데 씨 딸이야? 상당한 미인이었군."

그렇게 감상을 말하더니 그대로 입을 다물었다. 이 정도 용모의 여성이 야쿠자에게 찍히면 어떻게 될지 상상한 것이리라. 이윽고 천천히 고개를 가로저었다.

"아니, 본 적 없어. 이런 미인이 왔다면 잊어버릴 리 없지. 아마도 히데 씨 딸은 히데 씨가 여기 있는지 몰랐던 거 아닐까?"

"그렇군요."

그렇다면 사야가 어머니에게 정보를 전한 것은 아닌 듯하다. 그 반대일까? 사야는 어머니와 연락을 주고받았을까?

들을 이야기는 다 들은 것 같다. 얻은 정보가 많진 않았지만, 헛걸음은 아니었다. 오히려, 이야기를 들으러 오길 잘했다는 생각이 들었다. 마지막으로 이오베 히데아키가 살았던 장소에 관해 물어보자 야마 씨는 같이 가 보자고 했다. 함께 움막을 나와서 조금 걸었다. 야마 씨는 약 200m 떨어진 곳에서 멈춰 서서 "여기야"라고 말했다. 당연하겠지만, 이오베 히데아키가 살던 움막은 철거되었고 머리를 구타당했을 때 흘렸을 핏자국도 남아있지 않았다. 이곳에서 한 남자가 살다가 죽은 흔적은 무엇 하나 발견할 수 없었다.

잡초가 무성한 하천 부지의 한 모퉁이를 향해 합장했다. 다시 한번 야마 씨에게 고맙다는 말을 하고 그 자리를 뒤로했다.

후쿠오카에 갔던 것은 오쿠노에게 말하지 않았는데, 마치 가사마의 귀경을 기다렸다는 듯이 밤에 '지금 전화해도 괜찮을까요?'라는 메시지가 도착했다. 또 무슨 일이 있었나 싶어서 우울해하며 '괜찮아' 하고 답장했다. 곧바로 전화가 걸려왔다.

"저기, 그 후로 어떻습니까?"

오쿠노는 주뼛주뼛 긴장 섞인 내색을 감추지 않고 물었다. 아마도 새로운 사건이 생긴 것은 아니고 그저 안부 확인인 듯하다. 안도감과 함께 마음 쓸쓸이에 고마움을 느꼈다. 인터넷상의 분위기가 험악해진 만큼, 이렇게 실제로 대화를 나눌 수 있는 상대가 있는 것이 고마웠다.

"트위터에 예전의 사야를 안다는 사람이 있어서 만나고 왔어. 본명도 알아냈고."

"아아, 그 답글 읽었어요. 역시 만나셨군요. 어땠어요?"

차마 입에 담기 힘든 답글들뿐인데 일일이 가사마의 트위터에 달린 답글들을 읽은 모양이다. 매니저 업무의 일환이라고 하면 그뿐이지만, 역시 오쿠노의 따뜻한 마음이 느껴진다. 일이라는 의무감만으로는 그렇게까지 하지 못할 것이다.

규슈에서 알게 된 사야의 과거에 관해 모두 이야기를 들려주었다. 어머니가 야쿠자에게 붙잡혀 성매매업소에서 강제로 일했다는 대목에서 오쿠노는 "으윽" 하고 신음했다. 게다가 어머니가 아버지를 살해한 사건도 언급하자 어느새 말이 없어졌다. 그 반응을 보고 그 이상은 얽히지 말라는 말을 하지 않을까 예상했다.

"…… 뭐랄까, 상상 이상으로 무거운 이야기네요. 가사마 씨, 괜찮은 겁니까?"

오쿠노는 우선, 가사마를 염려하는 말을 했다. 괜찮은지 어떤지 스스로도 잘 모르겠지만, 나가떨어지지는 않았다. 적어도 아직 기력을 잃지는 않았다.

"응, 그야 무겁긴 하지만, 여러 가지 알아낸 사실이 있어서 보람은 있었어."

"가사마 씨, 강하시군요. 대단해요. 그렇게까지 연인을 믿을 수 있다니요."

오쿠노는 감탄했으나, 자신을 움직이는 원동력이 사야에 대한 신뢰인지는 잘 모르겠다. 사야를 100% 믿는다면 오히려 아무것도 하지 않을 거라는 생각이 든다. 100%의 신뢰가 아니므로 진심을 알고 싶어 발버둥 치고 있는 거다. 하지만, 오쿠노의 말을 부정하지는 않았다.

"사야에게 피치 못할 사정이 있었을 거라는 것을 알게 되어 다행이야."

가사마의 이 대답을 듣고 오쿠노는 아무 말도 하지 않았다. 피치 못할 사정으로 가사마에게 접근한 것이라면 목적이 돈이었다는 가능성을 떨쳐버릴 수 없는 것이다. 그걸 알아채고 말문이 막힌 것이리라. 아무 말도 하지 않아도 상관없다.

"사형 반대라고 굳이 표명한 것은 정보를 얻기 위해서였습니까?"

 오쿠노는 이야기의 방향을 돌렸다. 가사마의 트위터를 읽으면서 눈치챈 것이다. 꽤나 무모한 짓을 한다고 생각했을지도 모른다.

 "그것도 있지."

 "그럼, 이제 목적을 이룬 것 아닌가요? 사형 반대 트위터는 삭제해도 되잖아요."

 "아니, 그럴 생각은 없어. 사형에 반대하는 입장이 거짓인 건 아냐. 임시방편으로 한 건 아니라고."

 "아, 그렇습니까?"

 오쿠노는 실망한 기색이 역력한 목소리로 말했다. 연인을 잃은 충격에서 빨리 헤어나서 작곡 활동을 재개해주길 바라는 심정일 것이다. 하지만, 사형 반대 등을 소리 높여 외친다면 복귀는 멀어진다. 매니저로서는 실망하지 않을 수 없을 것이다.

 "그럼 이것만 말씀드릴게요. 악플은 눈 꾹 감고 무시하세요. 하나하나 맘에 담아뒀다가는 마음이 꺾일 겁니다. 트위터만 보면 세상 모든 사람이 사형을 찬성하는 것처럼 보이겠지만, 그렇진 않을 겁니다."

 "응? 그래? 나를 비난하는 답글뿐이잖아?"

 가사마의 표명에 찬성하는 답글은 하나도 없다고 해도 무방할 정도였다. 그렇기에 일본 사회 전체로부터 지탄당하는 듯한 느낌을 맛보았다. 왜 오쿠노는 사형을 찬성하는 사람들만 있는 건 아니라는 걸까?

"그야, 자기도 사형에 반대한다고 하면 공격받으니까요. 마음속으로만 생각하고 답글은 안 쓸 테죠, 사형에 반대하는 사람은."

"아아, 그렇군."

거기까지는 생각이 미치지 못했다. 과연, 그럴 수도 있겠다. 가사마의 의견에 찬성을 표하는 건 불구덩이로 뛰어드는 것과 마찬가지다. 침묵을 지키며 은밀하게 가사마를 응원하는 사람이 있다고 해도 이상한 일이 아니다. 실제로 규슈에서 만난 무라세도 사형에 반대할 의사는 없지만, 가사마를 응원한다고 말했다. 모두가 나를 적대시하는 것은 아닌 건가? 그렇게 생각하니 가사마는 예상외로 힘이 났다.

"전혀 생각지도 못했어. 고마워. 마음이 좀 가벼워졌어."

"그렇습니까? 그렇다면 다행이네요. 저, 유능한 매니저죠?"

오쿠노는 장난스럽게 말했다. 까불기는, 하고 대답하고 같이 웃었다.

제4장

1

 텔레비전 출연 제의가 들어왔다. 뮤지션으로서가 아니라, 사형반대론자로서의 출연 의뢰였다. 오쿠노는 "거절합시다"라고 했지만, 가사마는 시간을 들여 검토했다. 토론 프로그램이었다면 생각할 필요도 없이 거절했겠지만, 가사마에 대한 인터뷰였기 때문이었다. 텔레비전에서 자기 생각을 말하는 것은 의미가 있을 수도 있다는 생각이 들었다. 숙고한 끝에 출연하기로 정했다.

 녹화는 1시간 정도였으나 사용 분량은 2분 정도라고 한다. 방송국 아나운서가 이런저런 질문을 했고 가사마는 사형 반대에 이르게 된 과정을 말했다. 범인에게 반성의 기회를 주어야 한다는 부분은 절대로 편집하지 말라고 부탁했다. 편집 후의 영상도 사전에 확인하여 이 정도면 괜찮을 것 같다고 생각되어서 오케이 사인을 보냈다.

 방송이 나간 후에는 트위터로 의사를 표명했을 때의 배 이상으로 반향이 컸다. 인터넷에 비해 텔레비전의 영향력이 상대적으로 작아졌다고들 말하지만, 여전히 그 전파력은 건재하다는 것을 느꼈다. 인터넷을 사용하지 않는 사람 혹은 인터넷을 사용하더라도 극히 한정된 범위에서만 사용하는 사람 중에는 가사마의 의견을 접하지 못한 사람이 많았다. 그런 사람들에게도 가사마의 목소리가 전해졌다. 또다시 가사마의 트위터 계정에 성난 파도 같은 비판의 목소리가 쇄도했다.

그런 말들에 일일이 민감하게 반응하기를 그만두었다. 오쿠노의 지적대로 이들이 일본 사회 전체의 뜻일 리가 없기 때문이다. 혹여 사형에 찬성한다고 해도 타인을 비난하는 것은 좋지 않게 여기는 사람이 태반이지 않을까? 비판하는 답글이 분명히 많긴 하지만 숫자로 말하면 기껏해야 백 단위다. 그것이 세상 전체를 대표하는 소리는 아니다. 압도적 대다수 사람은 이성적으로 행동할 수 있다. 가사마는 그렇게 믿고 싶었다.

그러나, 무시할 수 없는 게시물이 나타났다. 그 게시물을 처음 읽었을 때는 황당무계한 글을 써서 가사마를 놀리는 줄 알았다. 거짓 정보가 담긴 게시물이 많다는 것은 이미 학습했다. 이것도 그런 못된 장난에 지나지 않을 거라고 흘려 넘기려 했다.

그런데 '이 스레드 표시'를 누르자 사진이 눈에 들어왔다. 트위터 주인이 사진도 업로드한 것이다. 두 사람이 찍힌 사진이었는데 한 얼굴에는 모자이크 처리가 되어있다. 그리고 또

한 사람의 얼굴은 도저히 그냥 보고 지나칠 수 없었다.

사야였기 때문이다. 사야가 양복 차림의 남자와 레스토랑으로 보이는 곳에서 사진에 찍혀있었다. 점원이 찍어주었는지 탁자를 사이에 두고 마주 보고 앉은 두 사람은 카메라 쪽을 보고 있었다. 낮은 톤의 은은한 실내조명으로 보아 고급 레스토랑임을 짐작할 수 있었다. 탁자 위에 있는 것은 생일 케이크로 보였다.

'나도 같은 여자에게 돈을 뜯겼다'라는 글이 있었다. 트위터 주인은 사야를 '요시오카 마이'라는 이름으로 알고 있었다고 한다. 사야와 1년 남짓 교제하였고 천만 엔 이상 쏟아부었다고 한다. 트위터 주인은 어느 날 갑자기 연락이 뚝 끊겨서 자기가 속았다는 것을 알았다고 주장했다.

'정말로 못된 여자였습니다. 가사마 씨에게 천만 엔쯤은 얼마 되지 않는 금액이니까 속았다고 생각하지 않겠지만, 장담컨대 당신은 이용당했을 뿐입니다. 원래 그런 여자입니다.'

트위터 주인은 자기 이름이나 직업도 밝히지 않고 가사마에 대해 그런 식으로 말했다. 가사마는 일단 심호흡을 했다. 익명의 상대가 한 말에 귀를 기울일 필요는 없다고 자신을 타일렀다. 하지만, 트위터 주인의 주장은 사진에 의해 사실로 입증되었다. 물론 이 사진이 합성된 것일 가능성은 있다. 그렇다고 해도 사야는 연예인이 아니다. 합성하는 데 쓸 자료가 거의 없었을 것이다. 적어도 이 사진 같은 표정의 사진은 나

돌아다니지 않는다. 얼굴만을 바꿔치기했으리라고는 생각되지 않았다.

이런 증언들이 나올까 봐 줄곧 두려워했다. 실제로 접하고 나서 깨달았다. 사야가 금전 목적으로 사귄 남자는 세오 마사토시 한 사람이 아니었을지도 모른다고 막연하게 생각했었다. 사야에게 속은 남자가 한둘이 아니라면 가사마도 그중 한 명에 지나지 않는다. 가사마만큼은 연애감정으로 사귀었던 거라고 생각한 것은 너무나도 경솔했다. 알고 싶지 않았던 사야의 과거가 드디어 나타나고 말았다는 생각이 깊은 절망과 함께 찾아왔다.

이번이야말로 결정타다. 가만히 스마트폰을 내려놓고 고개를 떨구었다. 바람직한 진상을 찾아서 발버둥 쳐왔는데 결국은 최악의 사실에 당도하고 말았다. 이런 답이라면 알려고 하지 않았으면 좋았을 텐데. 내 기억 속의 사야가 진정한 사야라고 계속 믿었어야 했다.

무엇보다 괴로운 것은 이제는 본인에게 따져 물을 수 없다는 점이었다. 사야에게 직접 물을 수만 있다면, 진위를 확실히 가릴 수 있다. 혹여 사야가 거짓말을 한다고 해도 그것을 믿을지 믿지 않을지는 가사마 자신이 정할 수가 있다. 그러나 이미 사야는 이 세상에 없다. 사야가 아닌 사람이 뜻밖의 사실을 눈앞에 들이대니 당혹스러울 뿐이다. 사야 본인에게 확인하지도 못한 채 감쪽같이 속아 넘어간 거라고 인정할 수밖에 없는 상황으로 몰렸다. 이런 비통한 일이 있을까?

기운이 쭉 빠졌다. 사야의 죽음을 들은 직후와 마찬가지로 아무런 의욕이 생기지 않았다. 집에 틀어박힌 채 낮도 밤도 없는 생활을 보냈다. 오쿠노에게 전화가 걸려왔지만, 무시하고 받지 않았다. 그러면 오쿠노가 걱정할 거라는 것을 알고 있었지만, 그 트위터 게시글을 보면 내 심정을 헤아려주려니 생각했다. 미안하지만, 지금은 가만히 내버려 두면 좋겠다.

그러나, 변호사 모치즈키의 전화는 무시할 수 없었다. 스마트폰이 울리고 화면에 모치즈키의 이름이 표시되자 생각할 겨를도 없이 몸이 반응했다. 수신 아이콘을 터치하고 귀에 대었다. 조금 빠른 속도의 생기 넘치는 말투가 들렸다.

"잘 지내셨습니까? 변호사 모치즈키입니다. 지금 통화 괜찮으신가요?"

"괜찮습니다. 무슨 일이시죠?"

사야의 사건에 관한 일체를 차단해버리고 싶어진 건 아니었다. 앞으로도 새로운 사실이 밝혀진다면 알고 싶고 범인이 자기가 한 짓을 뉘우치길 바라는 마음도 변함이 없다. 능동적으로 움직일 기력은 없지만, 모치즈키의 용건이 무엇인지 궁금했다.

"제 의뢰인의 제1회 공판이 시작됩니다. 그래서 재차 확인하고 싶습니다만, 피고인의 사형을 원치 않는다는 생각에는 변함이 없으십니까?"

눈치를 살피는 듯한 조심스러운 말투에서 가사마의 심경 변화를 두려워하는 기색이 스며 나왔다. 가사마의 트위터에 달린 답글을 보지 않은 것일까? 그걸 봤다면 사야에 대한 마음이 바뀌었다고 생각해도 이상할 것이 없는데…… 가사마가 '사야는 악녀였다'라고 인식한다면 범인을 원망하는 기분도 희미해질 것이다. 변호사에게는 절호의 상황인 것이었다.

가사마의 심경 변화를 두려워하는 것을 보니 그 답글은 보지 않은 모양이다. 오히려 사형 반대를 표명한 가사마에 대한 수많은 비판의 목소리에 모치즈키도 심리적으로 위축되었는지도 모르겠다. 그렇게까지 세상 사람들을 적으로 돌린다면 사형 반대 의견을 철회해도 무리는 아니라고 생각한 걸까?

다만 걱정할 필요도 없이 가사마의 생각은 스스로도 의아하게 여길 정도로 변하지 않았다. 사형제도에는 여전히 반대 입장이고, 사야에 대한 애정도 변함이 없다. 현실을 직시하지 않고 도피하는 걸까, 아니면 단지 고집인 걸까? 사야에게 속았다는 것을 인정하고 모든 것을 잊으면 편해질 수 있다는 것을 알면서도 도저히 그러고 싶지 않았다.

"괜찮습니다. 사형은 바라지 않습니다. 범인이 반성하길 바란다는 생각도 변함없습니다."

"아아, 그렇다면 다행입니다. 감사합니다."

전화 너머로도 모치즈키가 안도하는 것이 느껴졌다. 가사마도 중요한 점을 확인했다.

"제 의향을 범인에게 전달하셨습니까?"

"네, 전했습니다. 그런데 반성까지는 조금 더 시간이 걸릴 것 같습니다."

"그렇군요."

자기가 살해한 사람의 연인이 한 말을 들었다고 해서 순순히 반성할 리 없다고 생각하기는 했다. 오쿠노의 말처럼 가사마의 생각은 범인에게 닿지 않을지도 모른다. 그렇다고 해도 역시 범인이 태연하게 죽는 것은 바라지 않았다. 언젠가 자신의 깊은 죄에 두려워 떨길 바랐다. 그것이 사람을 한 명 죽인 죗값으로서 더 엄중하다고 생각한다.

"그럼 가사마 씨가 법원에 출석하실 날짜가 정해지면 다시 연락드리겠습니다. 번거롭게 하여 죄송합니다만 부디 협조 부탁드립니다."

"알겠습니다. 모치즈키 씨도 사야에 관해 새로운 사실을 알게 되면 알려 주십시오."

기대하지는 않지만 부탁했다. 이제 와서 범인 측에서 새로운 정보가 나올 가능성은 거의 없다. 모치즈키도 그건 알고 있을 테지만, "물론입니다"라고 답하고 전화를 끊었다.

오랜만에 다른 사람과 대화를 나누어서일까, 수렁에 빠져 옴짝달싹하지 못할 것 같았던 느낌은 사라졌다. 슬픔의 심연 밑바닥까지 굴러떨어진다고 해도 사람은 언젠가 그곳에서 기어 나와야 한다. 가사마는 세수하고 면도한 후 근처 편의점으로 먹을 것을 사러 갔다. 요 며칠, 아무것도 먹지 않아 새삼스럽게 엄청난 공복감을 느꼈다.

식사를 끝내고 나서 그저 의무감으로 인터넷을 엿보았다. 그러자 조금씩 형세가 바뀌고 있었다. 사람들의 비난의 창끝이 가사마가 아닌 사야를 향하고 있었다. 사야를 폄훼하는 언사가 어느새 트위터에 넘치고 있었다. 그 사실을 알고 가사마는 깊은 후회에 사로잡혔다.

역시, 사야의 정보를 인터넷에 올려선 안 되었던 걸까? 사야가 욕을 먹을 거라는 것을 예상하지 못했던 것은 아니다. 그렇게 될 줄 알면서도 정보 수집을 우선시했다. 결과적으로 예상했던 대로 되기는 했으나 그 의미를 생각할 때 허무해진다. 사야를 세상 사람들에게 욕보이면서까지 얻은 정보는 가사마에게 유쾌한 것이 아니었다. 나는 그저 어리석은 짓을 한 건지도 모른다.

견딜 수 없는 심정으로 트위터에서 사야의 사진을 삭제했다. 이제 충분하다. 더 이상의 정보는 얻을 수 없을 것이다. 가사마가 삭제해도 사야에게 돈을 뜯겼다고 주장하는 남자가 올린 사진은 남겠지만, 그건 어쩔 수 없다. 가사마는 아무런 반응을 하지 않으며 세상 사람들이 금세 흥미를 잃어버리기를 바랄 수밖에 없었다.

2주 후에 법원 출석 요청을 받았다. 법원 앞에는 예상 외로 많은 보도관계자가 모여 있었고 가사마에게 카메라를 들이

댔다. 밴드를 그만두고 작곡에 전념한 이후, 거의 일반인처럼 살고 있었는데 아직도 이렇게 주목받는가 싶어 놀랐다. 물론, 사형 반대를 표명했기 때문일 것이다. 이번 건으로 비로소 가사마 고스케의 이름을 안 사람도 적지 않을 것이다.

카메라에서 시선을 떼지 않고 당당하게 법원으로 들어갔다. 법정에서는 범인이 반성할 수 있도록 사형은 바라지 않는다고 증언했다. 재판원들은 모두 무표정을 유지하고 있어 가사마의 말이 전달된 것인지 알 수 없었다. 피고인석의 세오 가쓰요시는 한 번도 가사마를 보려 하지 않고 줄곧 바닥에 시선을 떨구고 있었다.

2

사야 일은 결론이 난 것으로 치기로 했다. 더 이상 진실에 연연해도 괴로워질 뿐이라고 생각했기 때문이다. 쉽게 망각할 수는 없겠지만, 잊으려고 계속 노력할 수는 있다. 사람의 마음은 의외로 강인하다. 시간은 걸리겠지만, 언젠가 상처가 아프지 않을 날이 올 거라는 것은 틀림없었다.

그래서 트위터는 내버려 두었으나, 오쿠노는 계속 확인하고 있는 듯했다. 어느 날, '트위터 보셨습니까?'라는 메시지가 왔다. 애써 잊으려고 하는 중이니 불쾌했지만, 오쿠노는 자기를 위해서가 아니라 가사마를 위해서 트위터를 보고 있다는 것을 알고 있었다. 불쾌한 감정을 억누르며 '아니, 안 봤어'라고 답했다.

"자작극이라느니 뭐라느니 하는 말이 있는데 물론 아니죠?"

곧바로 오쿠노의 답장이 도착했다. 자작극이라니, 무슨 말인지 모르겠다. 그 메시지에 답하기 전에, 내키지 않지만 트위터를 확인하기로 했다. 뭔가 가사마에게 알려줘야 할 내용이 있었던 모양이다.

놀랍게도 가사마가 침묵을 지키고 있는데도 질리지도 않고 공격을 계속하는 사람이 있었다. 사형에 대한 찬반은 삶의 신조와 관련된 것이므로 도저히 양보할 수 없다고 생각하는 사람이 있다는 것은 알고 있다. 하지만 이렇게까지 집요한 것은 이미 비정상이다. 타인을 비난하는 행위 자체를 즐기고 있는 것으로밖에 생각되지 않는다. 이런 사람이 평소에는 태연한 얼굴로 직장에 다니고 있는 건가 생각하니 소름이 끼쳤다. 인터넷상에서 타인을 비난하는 사람은 자신이 정의의 사도라고 믿어 의심치 않을 것이다. 절대 그렇지 않으며 오히려 악이라는 사실이 어서 정착되길 바랐다.

스크롤을 내리자 오쿠노가 언급한 것으로 생각되는 답글이 눈에 띄었다. 그 답글은 확실히 다른 답글들과는 달랐다.

'마쓰모토 사야 씨는 그런 사람이 아닙니다. 좋은 사람이었습니다.'

그렇게 쓰여 있었다. 작성자는 아이콘을 사용하지 않았다. 닉네임도 그저 뚝뚝하게 'abcd'였다. 프로필을 보려고 이름을 클릭하자마자 가사마는 미간을 찌푸렸다. 프로필 난에는 아무 내용도 없었다. 팔로워는 한 명도 없었고 팔로우도 가사마뿐이었다. 트위터에 쓴 글은 가사마의 트위터에 단 답글 달랑 한 개였다.

누가 봐도 명백하게 이 답글을 쓰기 위해 만든 계정이었다. 이거라면 가사마의 자작극을 의심하는 목소리가 있어도 무리는 아니다. 하지만, 당연히 가사마가 만든 계정은 아니다. 사야를 두둔하기 위해 다른 계정을 만들려고 했다면 좀 더 그럴듯하게 만들었을 것이다. 이런, 누가 봐도 수상하다고 생각할 계정이라면 자작극으로서 의미가 없다.

그 게시물에 달린 답글 대부분이 가사마가 올린 것이라고 단정 짓고 있었다. 그래서 오히려 눈에 띄어 오쿠노가 특별히 알려준 것이다. 오쿠노의 메시지가 아니었다면 가사마는 몰랐을 것이다. 오쿠노에게는 고맙다는 메시지를 보냈다.

그리고 다시금 곰곰이 이 답글의 의미를 생각했다. 가능성으로 보자면, 가사마를 조롱할 목적이라는 것도 부정할 수는 없다. 하지만, 그보다는 정말로 사야를 아는 사람이 지금 쏟아지는 비난을 보다 못해 사야를 두둔했다고 생각하는 편이 자연스럽다. 이름을 '마쓰모토 사야'라고 썼다는 것은 최근의 지인이기 때문일까? 혹은 단순히 가사마가 이해하기 쉽도록 그 이름을 사용한 걸까? 어찌 됐든 이 글은 사야의 직장 동료 이외에 처음으로 사야에게 호의적인 마음을 품고 있는 사람의 발언인 것이다. 무시할 수는 없었다.

바로 다이렉트 메시지를 보냈다. 이렇게 썼다.

'갑작스럽게 연락드려 죄송합니다. 혹시 마쓰모토 사야 씨를 아십니까? 괜찮으시면 사야 씨와 어떤 관계이신지 알려주실 수 있을까요? 가능하다면 찾아뵙고 말씀을 여쭐 수 있다면 감사하겠습니다.'

다소 성급한 감이 들긴 했지만, 사야를 두둔할 마음이 있다면 이렇게 성급히 연락하는 심정을 이해해 주리라 생각했다. 애초에 이런 답글을 단 이상, 가사마의 반응을 기다리고 있을 것이라고도 해석했다.

답장이 바로 올 것으로 기대하지는 않았다. 어떻게 답을 해야 할지 고민하고 생각할 시간이 필요하다. 그래서 가사마는 조바심내지 않고 언젠가 답해주려니 하고 믿으며 기다렸다. 한때는 사야를 잊으려고 노력했으나, 다시금 사야의 진심을 찾으려는 마음을 되찾은 것이 그리 나쁜 기분은 아니었다.

다이렉트 메시지의 답장이 온 것은 사흘 후였다. 상대방은 트위터에 익숙하지 않아 다이렉트 메시지가 온 줄 몰랐다고 사과했다. 이어서 상대방의 답장은 이러했다.

'마쓰모토 사야 씨에 관해 이야기 나눌 수 있습니다. 다만, 제가 다리가 불편하다 보니 자유롭게 걸어 다닐 수가 없습니

다. 이쪽으로 와 주실 수 있다면 뵙겠습니다.'

 물론 어디든지 가겠습니다. 가사마가 그렇게 대답하자, 상대는 주소를 알려주었다. 도쿄 도내였다.

 상대는 오가와라고 자신의 이름을 밝혔다. 여성이라고 한다. 주소는 스미다구 히가시무코지마였다. 한 번도 가 본 적은 없는 지역이지만, 지도 앱이 있으니 갈 수 있을 것이다. 나흘 후 14시에 방문하기로 약속하고 이야기를 끝냈다. 이쪽에 악의를 품고 있는 것처럼 생각되지는 않았다.

 약속일보다 먼저 집 근처까지 가서 상대의 정체를 확인하고 싶은 유혹이 들었다. 다이렉트 메시지를 주고받으며 사야와 어떤 관계인지 물었지만, '마쓰모토 사야 씨에게 생전에 신세를 진 사람입니다'라는 답만 왔다. 거짓말이라고 단정하는 것은 아니지만, 만족할 만한 답변은 아니었다. 오가와의 의도를 파악할 수 없어서 작은 의혹이 남는 것은 부정할 수 없었다.

 그러나, 그만두기로 했다. 오가와가 정말로 사야를 변호할 마음이라면 뒷조사는 실례라고 생각했기 때문이다. 신변의 위험을 느낄 만한 이야기는 아니다. 상대를 믿고 약속일에 찾아가기로 했다.

 당일, 도부 이세자키센 히가시무코지마역에 내렸다. 가사마는 서쪽 출구로 나왔다. 동쪽 출구에는 슈퍼마켓이 있는 것 같은데 서쪽 출구 주변에는 상점이 몇 곳 있을 뿐, 번화한 곳은 아니었다. 골목으로 들어가니 곧 주택가였다.

가사마는 서쪽을 향해 걷기 시작했다. 단독주택과 저층 연립주택이 밀집한 주택가였다. 눈에 띄는 특징은 없는 곳이었다. 굳이 말하면 남쪽으로 우뚝 솟은 도쿄 스카이트리가 꽤 가깝다는 정도일까? 전차 역을 기준으로 두 정거장 거리밖에 떨어져 있지 않으니 엎어지면 코 닿을 데처럼 보인다.

15분 정도 걸었다. 스미다가와 강의 동쪽 기슭에 닿기 직전의 부근이 오가와가 지정한 주소였다. 그녀가 알려준 장소에는 지은 지 오래되어 보이는 연립주택이 있었다. 도착시각을 계산해두었으므로 약속 시각 5분 전이었다. 1층에 있는 집의 초인종을 눌렀다.

"네, 잠깐만요."

안에서 목소리가 들렸다. 그리 젊은 것 같진 않은 여성의 목소리였다. 다리가 나쁘다고 했으니 초로 이상의 나이일 거라고 짐작하긴 했다. 문이 열리고 얼굴을 보인 여성의 머리는 상당히 허옇게 세었다.

"처음 뵙겠습니다. 가사마입니다."

고개를 숙였다. 여성도 문을 손으로 잡은 채 고개를 숙였다.

"오가와입니다. 먼 걸음 하시게 해서 죄송합니다."

들어오세요, 라고 하며 오가와는 뒤로 물러섰다. 그 모습을 보니 다리가 불편해 보이긴 했다. 오른쪽 다리는 거의 굽혀지지 않는다. 왼쪽 다리만으로 움직이고 오른쪽 다리는 질질 끌었다.

"실례합니다"라고 말하고는 실내로 들어갔다.

좁은 현관은 신발이 네 켤레만 있어도 꽉 차 버릴 정도다. 오른쪽에 주방, 정면에 방이 보이는데 그 외에는 욕조와 화장실이 있을 뿐이려나? 구조는 방 하나에 별도의 주방뿐인 듯하다.

"실례지만, 거기 있는 방석에 앉으시겠어요? 자유롭게 움직이지 못해 안내도 변변히 못 드리고 죄송합니다."

오가와는 주방에 서서 방에 놓인 방석 쪽으로 손을 내밀었다. "네" 하고 대답하고 오가와의 말대로 방석에 앉았다. 어제 미리 사두었던 선물을 옆에 놓았다. 오가와는 차를 끓이려는 듯했다.

오가와는 쟁반 위에 찻종을 올리고 위태위태한 걸음걸이로 이쪽으로 걸어왔다. 가사마는 바로 일어서서 쟁반을 받았다. "아, 고맙습니다." 오가와를 부축하기 위해 왼쪽 겨드랑이에 오른손을 넣었다. 왼손으로 쟁반을 든 채, 오가와를 낮은 상의 건너편으로 유도했다.

"고맙습니다. 앉을게요."

오가와는 두 손으로 상을 짚고 왼쪽 다리를 굽혀서 앉았다. 오른쪽 다리는 굽혀지지 않는지 옆으로 뻗었다. "실례합니다, 다리가 이렇다 보니"라고 부끄러운 듯이 말했다. 가사마는 쟁반을 상 위에 놓고 찻종을 하나 오가와 앞으로 내밀었다.

"오늘은 시간을 내주셔서 감사합니다."

다시 감사의 말을 하며 가져온 선물을 내밀었다. "이렇게 마음 쓰지 않으셔도 되는데……"라고 하며 오가와는 황송해했다. 그렇게 인사말을 주고받으며 마침내 서로 마주 앉았다. 오가와는 외모에서 짐작건대 70세 전후인 듯했다. 나이가 나이니만큼 얼굴에는 주름이 있지만, 검버섯이나 점 등 눈에 띄는 특징이 있는 것은 아닌 지극히 평범한 노인이었다. 표정은 온화하고 무언가 꿍꿍이속이 있는 것으로는 도저히 보이지 않았다. 그런 오가와의 외모를 보고 가사마는 내심 가슴을 쓸어내렸다. 실제로 만나보기 전까지 경계심을 못내 지울 수 없었기 때문이다.

"마쓰모토 사야 씨의 명복을 빕니다."

오가와 쪽에서 먼저 말을 열었다. 그 비통한 표정에서는 고인을 애도하는 심정이 스며 나오는 듯했다.

3

"말씀 감사합니다. 오가와 씨는 사야와 어떻게 아시는 관계인가요?"

한담을 나누려 해도 별다른 이야깃거리가 없어서 공통의 화제인 사야 이야기를 물을 수밖에 없었다. 오가와는 "네."라고 답하며 조금 위쪽 허공으로 시선을 돌렸다.

"반년 정도 전이었을까요. 제가 슈퍼마켓에서 장을 보다가 넘어졌거든요. 그때 도와줬던 사람이 사야 씨였어요."

"슈퍼마켓에서요? 이 근처 슈퍼마켓인가요?"

"네, 맞아요."

이상하다. 이곳은 사야의 생활권에서 멀리 떨어진 곳이다. 집에서도 직장에서도 멀다. 사야는 왜 이 부근에 왔던 걸까? 무슨 용무라도 있었을까?

"사야가 왜 그 슈퍼마켓에 왔었는지 아십니까?"

의문스러운 점을 그대로 물었다. 그러나 오가와는 "글쎄요" 하고 고개를 갸웃했다.

"그때는 특별히 이유를 묻지는 않았어요. 근처 사시는 분이려니 생각했어요. 아닌가요?"

"아닙니다. 꽤 먼 곳에 살았습니다."

"아, 그랬군요."

오가와에게는 그리 이상하지 않은지 반응은 그뿐이었다. 조금 석연치 않았지만, 계속 오가와의 이야기를 들었다.

"그런데 사야의 이름을 아신다는 것은 그저 한번 도움받은 데 그친 건 아니신 거죠?"

"네. 사야 씨는 제 오른쪽 다리가 의족이라는 걸 눈치채고 집까지 데려다주겠다고 말씀하셨어요. 평소에는 그렇게 많이 물건을 사지 않는데 그때는 값이 저렴하여 그만 잔뜩 사버리는 바람에, 고마운 말씀이었지요."

 의족이었군. 다시금, 뻗어있는 다리에 눈길이 갔다. 바지를 입은 데다가 발끝은 양말에 감싸져 있어서 눈치채지 못했다. 그러고 보니 그 위태로운 걸음걸이는 다리가 한쪽밖에 없어서였나 보다. 가사마는 저 자신이 둔감했다고 생각했다.

 "이미 10년 전쯤 일인데요, 편의점에서 물건을 사고 있을 때 주차장에서 차가 돌진해서 뚫고 들어왔어요. 노인이 주차하려다가 액셀과 브레이크를 혼동해서 잘못 밟았던 것 같아요. 저는 운이 나쁘게 사고에 휘말려서 오른쪽 다리뼈가 산산조각이 났습니다. 수술로도 고치지 못하고 절단할 수밖에 없었죠."

 오가와는 가사마의 시선을 느꼈는지, 다리를 잃은 이유를 설명했다. 담담한 말투를 보아 이미 자신의 비운을 받아들였다는 것을 알 수 있었다.

 "그러셨군요. 상심하셨겠습니다."

 가사마가 동정의 말을 하자, 오가와는 웬일인지 강하게 고개를 가로저었다.

 "아뇨, 괜찮습니다. 이건 제가 마땅히 받을 천벌이라고 생각합니다. 인간은 반드시 자기가 살면서 한 행동의 대가를 치르게 되어있어요. 제가 한 짓을 생각하면 이 정도의 벌은 당연합니다."

 격한 말투에 깜짝 놀랐다. 한쪽 다리를 잃는 것을 당연하다고 생각할 정도의 죄란 대체 어떤 걸까? 의아했지만, 그걸 묻는 것은 결례다. 게다가 가사마가 궁금한 것은 오가와의 과거가 아니었다.

"이야기가 딴 데로 샜네요. 사야 씨 말이죠. 사야 씨는 친절하게도 짐을 들고 저를 여기까지 데려다주었어요. 그대로 가시라고 하는 것도 실례이니 집으로 들어오시라고 했지요. 감사의 뜻으로 차를 대접하며 조금씩 서로 이야기를 나눴어요. 사야 씨가 부모님을 잃었다는 것도 그때 들었습니다."

사야는 가사마에게 부모님 이야기를 하지 않았는데, 오가와에게는 초면이라서 부담 없이 말할 수 있었던 걸까? 반대로 가사마는 사야에게 부모 이야기를 했다. 가사마가 부모에 대해 복잡한 감정을 품고 있다는 것을 알기에 자기 부모 이야기는 하지 못했던 건지도 모른다.

"저는 사야 씨 부모님에 비하면 훨씬 나이든 할머니지만, 사야 씨는 엄마랑 이야기하는 같아서 기쁘다고 말해주더군요. 나이 많은 여성과 이야기 나눌 기회가 없었다고 해요."

그 설명은 상당히 미묘한 표현이었다. 나이 많은 남성과는 이야기할 기회가 많았다는 것이다. 그런 행간의 의미를 가사마는 읽어냈지만, 오가와는 당연히, 아무것도 눈치채지 못했을 것이다.

"사야 씨는 제 생활을 걱정해주었어요. 다리가 이렇다 보니 여러모로 불편하겠다고 생각한 거겠죠. 매주 두 번 도우미가

와서 이런저런 일을 해준다고 말했지만, 두 번으로는 부족할 거라고 말하더라고요. 제가 괜찮다면 앞으로도 저를 도와주고 싶다는 말까지 했어요."

언뜻 들으면 미담 같지만, 가사마는 조금 막무가내인 듯한 생각이 들었다. 일반적으로 초면인 상대에게 그렇게까지 할까? 이 지역에 사야가 별다른 연고가 없다는 점까지 고려하면 의도적으로 오가와에게 접근한 듯한 인상도 들었다. 그렇다면 짚이는 것은 한 가지였다.

오가와는 자산가인가? 사야가 남자와 금전 목적으로 사귀었던 것처럼 이번에는 오가와의 자산을 노린 걸까? 거실도 없이 방 하나에 주방뿐인 낡은 연립주택에 사는 것으로 볼 때 오가와가 도저히 자산가 같지는 않았다. 하지만 단정 짓는 건 아직 이르다. 좀 더 오가와의 형편을 들어보고 싶었다.

"그럼 사야는 오가와 씨 댁에 여러 번 찾아왔습니까?"

"네. 거의 매주 와 주었어요. 방 청소며, 장 보기며 같이 해 주어서 정말 큰 도움이 되었어요. 저는 가족이 없는 몸이라 딸이 생긴 듯해서 기뻤습니다. 사야 씨는 이런 할머니의 말 상대도 되어줬어요. 사야 씨가 오는 날을 언제나 손꼽아 기다렸지요."

반년 전부터라면 당연히 가사마와의 교제 기간과 겹친다. 그런데도 사야는 그런 말을 한마디도 하지 않았다. 왜일까? 숨길 이유가 있었다고밖에 생각할 수 없다.

제4장 443

"저, 실례입니다만, 사야는 후의로 그렇게 한 거였을까요? 트위터에 답글을 주셨다는 것은 사람들이 사야에 대해 하는 말도 알고 계실 겁니다. 사야의 행동이 좀 이상하다고 느끼신 적은 없었습니까?"

에둘러 말하려고 했으나, 결국 직접적인 말투가 되고 말았다. 그러자 오가와는 눈살을 찌푸리며 불쾌한 듯한 표정을 지었다. 가사마의 말에 화가 난 듯했다.

"이상하다니요, 당치 않아요. 가사마 씨는 사야 씨를 의심하는 건가요? 사야 씨를 세상 사람들이 말하는 그런 여성이라고 생각하십니까?"

"아니요, 그렇지 않습니다. 사야를 믿고 싶습니다. 그런데 아무 연고가 없는 이 지역에 왔었다는 것도 그렇고, 어딘가 부자연스럽게 느껴지는 건 사실입니다. 저는 오가와 씨 이야기를 사야에게서 한 번도 들은 적이 없었고요."

여기까지 말하고 나서, 의심한다면 이 오가와라는 사람의 말을 의심해야 하지 않나 하는 생각이 문득 들었다. 기묘한 점이 너무나 많다. 모두 오가와가 지어낸 이야기라고 한다면 부자연스러운 것도 당연했다. 그렇다면 오가와는 무슨 목적으로, 이런 지어낸 이야기를 가사마에게 하는 걸까?

"저는 보시는 것처럼 빈궁하게 살다 보니 사야 씨에게 답례를 하나도 해 주지 못했습니다. 사야 씨는 보답 따위 일절 바라지 않았습니다."

오가와는 그렇게 설명을 거듭했지만, 오가와가 자산가라고 하는 편이 차라리 수긍이 된다. 자산이 없다고 한다면 오가와와 사야의 친분을 증명할 수 있는 물건을 보여주었으면 했다.
 "사야가 이곳에 왔을 때 함께 찍은 사진 같은 건 없습니까?"
 무례인 줄 알았지만, 그렇게 물었다. 생각해 보면 이제까지 오가와가 한 말에는 아무 증거도 없었다. 거짓말을 하는 목적은 모르겠지만, 확고한 증거가 없다면 더는 믿을 수가 없다. 가능하다면 오가와의 의도를 파헤치고 싶었다.
 "네, 있어요."
 하지만, 의외로 오가와는 선뜻 답했다. 사진이 있었다니. 놀라움을 채 감추지 못하고 눈이 휘둥그레졌다.
 "괜찮으시면 보여주실 수 있습니까?"
 "그럼요, 괜찮습니다."
 오가와는 그렇게 말하고는 옆에 있는 선반으로 손을 뻗어 스마트폰을 꺼냈다. 아이폰이다. 70세 전후의 고령자가 가지고 있는 물건으로는 예상외였다.
 "이거 사용법도 사야 씨가 가르쳐줬어요. 요즘은 구식 휴대전화는 거의 쓰지 않잖아요. 휴대전화를 새로 살 때 사야 씨가 아이폰은 사용법을 가르쳐 줄 수 있다고 하면서 같이 가주었어요. 덕분에 큰 불편 없이 쓰고 있답니다."
 그렇게 말하며 잠금을 해제했다. 그리고 화면에 사진을 띄우더니 보여주었다. 그 사진은 틀림없이, 사야와 오가와가 함께 찍은 것이었다. 배경은 이 방이다. 자가 촬영한 것인 듯, 사야가 한쪽 팔을 길게 뻗은 모습이다. 물론 합성의 가능성도 있지만, 그렇게까지 수고를 들여 가사마를 속이려는 이유를 알 수 없다. 일단은, 오가와와 사야의 친분을 인정할 수밖에 없었다.

"아아, 사야 맞는군요."

겸연쩍어하며 그렇게 말했다. 오가와는 아이폰을 상 위에 놓고 슬픈 듯이 눈을 내리깔았다.

"가사마 씨는 저를 의심하시는군요."

"실례했습니다. 여러 가지, 이해되지 않는 점이 많아서요."

진짜로 사야를 변호하고 싶은 심정으로 트위터 게시물에 답글을 달아준 거라면 가사마는 너무 큰 실례를 범한 것이다. 미안한 마음과 여전히 수긍할 수 없는 마음이 팽팽히 맞서고 있어 오가와의 얼굴을 직시할 수가 없다. 대신에 상 위에 놓인 아이폰에 눈길을 주었다. 아이폰에는 아직 사진이 띄워져 있었다.

그 순간, 저도 모르게 눈을 부릅떴다. 자신이 본 것의 의미가 바로 이해되지 않아서 화면을 응시했다. 기억의 밑바닥에서 떠오르는 것이 있었다. 그러자 연쇄적으로 오가와가 말했던 이야기 속의 모순과 부자연스러운 점이 전부 설명되는 또 하나의 가설이 떠올랐다. 설마, 그런 일이…….

스스로도 믿을 수 없었다. 하지만, 확인하지 않고 이대로 돌아간다면 평생 후회가 남을 것 같았다. 설사 틀렸다고 하더라도 한순간의 부끄러움에 지나지 않는다. 가사마는 망설임을 뿌리치고 오가와에게 물었다.

"당신은 혹시, 제 어머니입니까?"

4

아연실색한 모습으로 오가와는 고개를 들었다. 바로 부정할 줄 알았다. 하지만, 오가와는 눈을 깜빡거리는 것도 잊은 듯이 이쪽을 똑바로 바라보고 있을 뿐, 고개를 가로젓지 않았다. 그렇구나, 정말로 그렇구나. 가사마 역시 놀라지 않을 수 없었다.

"알고…… 있었습니까?"

더듬더듬 오가와는 짜낸 듯한 목소리로 말했다. 이것은 긍정이다. 자신이 어머니라는 것을 오가와는 인정한 것이다. 숨을 삼켰다. 호흡을 잊어버릴 정도의 놀라움이었다. 이 사람이, 어머니구나. 나를 버리고 떠나버린 어머니다.

"아뇨, 지금 막 알았습니다. 방금까지만 해도 그런 생각은 조금도 하지 않았습니다."

가사마 역시 가까스로 마음을 수습하고 말했다. 이번에는 오가와가 몇 번이나 눈을 깜빡거렸다.

"지금 알았다니, 어떻게……."

"그 사진입니다. 상 위에 종이로 접은 올빼미가 놓여 있잖습니까. 그 올빼미, 사야도 가지고 있었습니다."

"아아……."

오가와는 아이폰에 눈길을 주었다. 사진에 찍힌 두 사람 앞에 종이로 접은 올빼미가 두 개 보인다. 둘이서 함께 접은 걸까? 아니면 오가와가 접어서 사야에게 준 걸까?

"이 올빼미, 기억하고 있습니까?"

"솔직히 여태껏 잊고 있었습니다. 어디선가 본 것 같긴 했지만, 아마 누가 접은 건가보다 정도로밖에 생각하지 않았습니다. 당신이, 제가 어릴 때 접어주었군요."

잊고 있던 기억이었다. 어렸을 때 일이고 의도적으로 잊으려고도 했다. 하지만 기억은 완전히 사라져버리는 것이 아니라 마음 깊은 곳에 남아있는 것이리라. 그러다가 아주 사소한 계기로 살아나서 순식간에 선명하게 떠오른다.

그건 오가와의 얼굴도 마찬가지였다. 처음에는 아무 생각도 하지 않았다. 종이올빼미와 달리, 어디선가 본 것 같다는 느낌조차 없었다. 그러나 종이로 접은 올빼미에 의해 되살아난 기억이 이 사람은 나이 든 어머니라고 주장했다. 30여 년의 세월이 새겨진 어머니의 얼굴이 눈앞에 있었다.

"올빼미에는 재앙을 막아준다는 의미가 있어요. 어렸을 때 당신을 재앙에서 지키고 싶어서 몇 번인가 종이로 접었지요.

같은 심정으로 사야 씨에게도 접어서 주었는데, 종이올빼미는 사야 씨를 지켜주지 못했군요."

오가와는, 아니, 어머니는 비통하다는 듯이 미간을 찌푸렸다. 사야는 죽을 때도 이 종이올빼미를 가지고 있었다. 재앙으로부터 사야를 지켜주었으면 좋았을 텐데…….

"사야는, 당신이 제 어머니라는 걸 알고 접근한 거군요. 그래서 행동반경에서 멀리 떨어진 이 근처 슈퍼마켓에 왔고요. 사야가 어디에서 당신에 관해 알게 되었는지 혹시 들으셨습니까?"

접점을 도무지 알 수가 없었다. 사야에게 어머니 이야기를 한 것은 사실이다. 그러나 가사마 자신이 어머니의 행방을 모르는데, 전해 들은 이야기만으로 거처를 알아낼 수 있을 리가 없다. 탐정이라도 고용한 것일까?

"요시오 씨의 후처 되는 분을 만났다고 하더군요. 그분은 제 어머니의 주소를 알고 있었어요. 어머니는 요시오 씨가 죽었을 때 부의금을 보냈던 것 같아요. 사야 씨는 수고롭게도 어머니를 찾아가 제가 어디 있는지 물었다고 하더군요. 저는 어머니와는 연락을 주고받고 있었거든요."

요시오는 아버지 이름이다. 설마 새어머니가 친어머니에게 이르는 단서를 가지고 있을 줄은 상상도 하지 못했다. 어머니를 찾으려는 생각이 없었기에 가사마는 물어보지도 않았다.

"실은 어머니에게 이야기를 들었기 때문에 사야 씨가 찾아올 줄은 알고 있었습니다. 사야 씨는 비밀로 해달라고 한 것 같은데 어머니는 무심결에 저에게 말해버렸어요. 하지만, 사야 씨가 우연을 가장하여 저에게 다가왔기 때문에 무언가 이유가 있으려니 짐작했습니다. 원래는 아무 말도 하지 않고 저에게 친절을 베풀 생각이었던 것 같습니다."

"사야는 어머니를 잃었습니다. 복잡한 사정이 있다 보니, 자신의 어머니에게 효도할 수 없었죠. 그래서 대신에 제 어머니인 당신에게 효도하려고 생각했던 게 아닐까요. 저나 당신에게 비밀로 하고요."

"네, 사야 씨는 그렇게 말했습니다. 처음에는 저도 아무것도 모르는 척했는데, 얼마 지난 후에 참지 못하고 물어보고 말았습니다. 왜 저에게 이렇게 잘해주냐고요."

가사마의 외할머니를 만나려 했을 때 사야는 자신의 신원에 관해 말하지 않을 수 없었을 것이다. 그래서 어머니는 사야가 가사마와 교제하고 있다는 사실을 알고 있었다. 정체를 진즉에 들켰다는 것을 알고 사야는 사과했다고 한다. 그리고 그 후에는 솔직하게 모든 것을 말했다.

"그래서 저는 진짜 사야 씨를 잘 알고 있습니다. 사야 씨는 절대로 당신을 속이려고 한 것이 아니에요. 그 사실을 꼭 전하고 싶어서 트위터에 글을 쓴 겁니다."

트위터 사용법은 가사도우미에게 배웠다고 한다. 애초에 가사마의 연인이 살해당했다는 것, 그것을 계기로 사형 반대 입장을 표명하여 세상 사람들로부터 뭇매를 맞고 있다는 것, 연인이 악녀 취급을 당하고 있다는 사실 등 가사도우미가 하는 한담이 어머니의 귀에 들어갔다고 한다. 어머니는 그제야 비로소 사야의 죽음을 알게 되었다. 갑자기 발길이 뚝 끊기고 연락도 되지 않아서 무슨 사정이 있겠거니 생각은 했지만, 설마 죽었으리라고는 생각도 못 했다고 한다.

깜짝 놀란 어머니는 가사도우미의 도움을 빌려 트위터를 보았다. 그리고 사야가 매도당하고 있다는 것을 알았다. 이대로라면 가사마가 그것을 사실로 받아들일지도 모른다. 어머니는 사야의 명예를 지킬 수 있는 사람은 자기뿐이라고 생각했다. 그래서 나도 트위터를 하고 싶다고 가사도우미에게 도움을 구했다. 다행히 휴대전화를 아이폰으로 바꿨기 때문에 그리 어렵지 않은 일이었다. 가사도우미가 다이렉트 메시지 알림 설정도 해준 덕에 연락이 닿은 것 역시 다행이었다.

"저도 사야가 저를 속였다고 믿고 싶진 않았습니다. 하지만 사야는 과거에 남자와 금전을 노리고 사귀었던 것도 사실인 것 같습니다. 혹시 그 건에 관해 들으신 이야기가 있습니까? 사야는 야쿠자에게 조종당하고 있었던 겁니까?"

사야에게 모든 이야기를 들었다면 야쿠자라는 단어를 꺼내도 놀라지 않으리라고 생각했다. 예상대로 어머니는 그다지 표정이 변하지 않았다. 사야는 과거 자신의 죄까지 어머니에게 밝힌 듯하다.

"야쿠자에 관해 알고 있다면 사야 씨의 신변에 무슨 일이 일어났는지 알고 있겠군요. 부모님 사건도."

어머니는 확인하는 질문을 했다. 가사마는 크게 고개를 끄덕였다.

"네."

"그럼 먼저 이것만은 말씀드립니다. 사야 씨는 야쿠자에게 붙잡히지 않았습니다. 어머니가 몸을 던져 사야 씨를 도망치게 했습니다. 그 점은 안심하세요."

"사야는 붙잡히지 않았다……."

그랬구나. 그렇다면 지금까지 상상해온 전제가 무너진다. 솔직히 말하면 사야도 과거에 성매매업소에서 강제로 일하거나 야쿠자의 정부가 될 수밖에 없었던 것은 아닐까 하는 생각까지 했었다. 그렇지 않았다는 것을 알게 되니 마음속에서 안도감이 북받쳐 올랐다.

"그래서 사야는 줄곧 가명을 사용했던 거군요. 저에게도요."

"네. 자칫 잘못하여 야쿠자에게 사는 곳이 알려질까 봐 두려워했어요. 사야 씨는 주민표가 없어서 신분을 증명할 수도 없고 생계에 큰 어려움을 겪었어요. 남성의 경제력에 매달릴 수밖에 없었던 것은 그 때문이에요. 다만 상대는 가렸어요. 희롱 삼아 접근해온 남자만을 고르려고 했다고 해요. 사야 씨의 명예를 위해 말하면 당연히 남녀 관계로 발전하진 않았다고 합니다. 이렇게 말하면 듣기는 거북하지만, 색골 남자들에게 돈만 내게 한 거죠."

 탐정을 고용하여 알아낸 세오 마사토시의 인간 됨됨이에는 가사마도 인상을 찌푸렸다. 난봉꾼으로 여자를 몇 명이나 울린 남자였다. 그런 상대라서 사야도 사양하지 않고 돈을 우려낸 걸까? 트위터에서 사야를 매도했던 남자도 그런 부류임이 틀림없다. 사야의 계산 착오는 세오 마사토시가 진심으로 사야에게 반해버렸다는 것이었다.

 "몇몇 남성에게 돈을 받았다고 하는데 전원 유부남이었다고 합니다. 부인과 헤어질 생각도 없으면서, 젊고 예쁜 여성과 재미만 보려는 심산이었겠죠. 자살한 세오 마사토시 씨도 유부남이라고 생각했다더군요. 그도 그럴 것이 남성은 대부분 자기가 독신이라고 거짓말을 하니까요. 사야 씨는 세오 씨도 거짓말을 하는 거로 생각했고 진심으로 자기를 좋아하게 되었다고는 생각지 못한 거죠. 급기야 실연 충격으로 자살해버릴 줄은 상상도 못 했어요. 자기 때문에 세오 씨가 죽었다고 사야 씨는 울며 후회했습니다. 그때 이후 돈 때문에 남성과 교제하는 일은 일절 없었다고 합니다."

 다시 한번, 마음속으로만 안도의 숨을 내쉬었다. 이제야 겨우 자신이 아는 사야와 과거의 사야가 일치했다. 그렇다면 이해할 수 있다. 과거의 사야가 곧바로 가사마가 아는 사야와 연결된다. 물론, 남자들에게 돈을 우려낸 것은 칭찬받을 일은 아니다. 표면적으로만 보면 악녀라고 매도당해도 어쩔 수 없을 것이다. 그렇긴 하지만, 젊고 예쁜 여자를 돈으로 유인해서 가지고 놀려는 남자와 돈이 필요한 여자가 서로 속이는 관계 속에서 어느 한쪽만 나쁘다고 말할 수는 없다. 사야의 과거를 생각하면 어리석은 남자가 잘못했다고 간주하는 사람도 적지는 않으리라.

그러나 세오 마사토시가 자살한 건에 관해서는 변명의 여지가 없는 죄과가 있다. 한 사람의 죽음은 중하다. 가사마는 세오 마사토시가 자살하리라고 예상하지 못했던 것은 무리도 아니라고 생각했다. 이야기를 들은 바에 의하면, 세오 마사토시는 자살할 타입의 남자가 아니다. 하지만, 실제로 세오 마사토시는 스스로 목숨을 끊었다. 사야가 죽음으로 내몰았다는 비난은 피할 수 없다.

그렇긴 하지만 가사마는 반박하고 싶었다. 그렇다고 해도 사야의 죗값이 죽음으로 처러야 할 만큼인가? 보복으로 살해당할 짓을 저지른 건가? 죄의 대가로 생명을 앗아가는 것은 너무나 불합리하다. 사야는 뉘우쳤다고 어머니는 말했다. 그렇다면 살아있어야 세오 가쓰요시에게 사죄할 수도 있을 것이다. 세오 가쓰요시는 그 기회를 빼앗았다. 가사마는 도저히 그것이 정당한 행위라고 인정할 수 없었다.

"사야가 남자에게 받은 돈은 어머님의 빚을 갚는 데 썼습니까?"

그렇게밖에 생각할 수 없었다. 남자들에게서는 수천만 엔을 받았을 것이다. 그 정도의 금액을 변제에 충당해도 빚이 소멸되지 않았는가 하는 의문이 들었다. 어머니는 고개를 끄덕이며 긍정했다.

"네, 돈 대부분을 어머님께 보냈다고 합니다. 어머님은 자신이 번 것처럼 하여 야쿠자에게 갚았습니다. 어머님은 업소를 몇 번이나 바꿨기 때문에 야쿠자도 벌이가 어느 정도 되는지 일일이 파악하지 못했다는 것 같아요. 하지만, 야쿠자가 하는 일이 그렇듯이, 이자가 터무니없는 액수로 불어났어요. 사야 씨가 남자를 속이면서까지 돈을 구해도 빚을 완전히 갚을 때까지는 앞으로도 몇 년은 더 걸리는 상태였습니다."

그래서였을까? 그 점도 수긍이 갔다. 그래서 사야의 어머니는 하카타에서 도망친 것이다. 딸이 제 몸을 미끼로 삼는 위험을 무릅쓰면서까지 거금을 구해 주었다. 그런데도 빚은 도저히 갚을 수가 없고 딸은 남자가 자살한 이후 마음에 큰 회한을 품고 말았다. 누군가를 통해 남편의 거처를 알게 되었을 때 이미 무리라고 생각했음이 틀림없다. 사야를 놓아주기 위해서라도 남편을 죽이고 자신도 사형을 당한 것이다.

알고 싶었던 모든 것이 밝혀졌다. 조사해도 사야의 진심은 알 수 없을 것이라고 체념했었는데, 마침내 사야를 이해할 수 있게 되었다. 사야는 가사마를 속이려고 한 것이 아니었다. 진심으로 가사마를 사랑했다. 그렇게 확신을 가지고 말할 수 있는 것이 가사마에게는 기적처럼 느껴졌다.

5

 사야에 관해서는 이해했다. 그러나 아직 또 하나의 큰 의문이 남아있다. 어머니에 관한 것이다. 어머니는 왜, 아들을 버리고 집을 나간 걸까? 사야의 경우는 전후 사정을 이해하면 동정의 여지가 있었다. 마찬가지로 어머니에게도 어쩔 수 없는 이유가 있었던 것은 아닐까? 그 이유를 들려주길 바랐다.
 "전부 이해했습니다. 당신이 트위터에 답글을 달아주지 않았더라면 저는 지금도 사야의 진의를 이해하지 못해 고통 속에 신음하고 있었을 겁니다. 그 점은 감사합니다. 하지만 사야 이야기는 여기까집니다. 이제는 당신 이야기를 들려주십시오."
 어조에 가시가 돋치지 않도록 안간힘을 다해 주의를 기울였다. 그러나 아무래도 시선에는 험악한 기운이 깃들었나 보다. 어머니는 기세에 눌린 듯, 몸을 움츠리며 고개를 떨구었다. 그 반응을 보고 가사마는 깨달았다.
 어머니는 사야를 변호하기 위해 가사마와 만난 것이다. 자신이 가사마의 어머니라는 것을 밝힐 마음이 없었던 것이다. 가사마가 눈치채지 못한 채 돌아간다면 그대로 끝낼 셈이었으리라. 자신의 정체를 밝히려 하지 않았다는 것에 가사마는 화가 났다.

"진심으로 미안합니다. 원래대로라면 당신을 볼 낯이 없다는 것은 알고 있어요. 사야 씨가 너무도 터무니없는 욕설을 듣고 있기에 그저 명예를 지키고 싶어서 트위터에 글을 쓴 겁니다. 설마 당신 쪽에서 만나러 와 줄 줄은…… 게다가 내가 친모라는 것을 알아차릴 줄은 꿈에도 몰랐습니다."

조금 전까지와는 180도 바뀐 태도로 말을 잇기도 괴로운 듯이 어머니는 더듬더듬 말했다. 가사마는 오히려 차분해졌다.

"물론 사죄하셔야겠죠. 저에게는 사죄받을 권리가 있다고 생각합니다. 하지만, 그런 말을 해봐야 무슨 소용 있겠습니까. 당신은 제가 작곡가가 되었다는 사실도 알고 있었습니까?"

"…… 네, 훨씬 전부터 알고 있었어요. 당신이 밴드 데뷔했을 때부터."

그렇군. 그렇다면 아들의 존재를 새까맣게 잊고 지낸 것은 아닌 모양이다. 그렇다면 가사마를 만나러 오려 하지 않았던 것은 왜일까? 가사마는 행방불명도 아니었는데 말이다.

"저를 만나고 싶다는 생각은 하지 않았습니까?"

나는 어땠었지, 가사마는 생각했다. 어머니를 만나고 싶었나? 아니, 만나고 싶지 않았다. 곧바로 그런 답이 나왔다.

"만나고 싶었어요. 하지만 만날 수 있는 처지가 아니라고 생각했지요."

떳떳하지 못하니 선뜻 나설 수 없었다는 것은 어머니가 한 짓을 생각하면 이해가 간다. 그렇다면 알고 싶은 것은 까닭이다. 집을 나간 까닭은 무엇인가? 아버지와의 사이에 무슨 일이 있었던 것일까?

"당신은 남자와 눈이 맞아 도망갔다고 들었습니다. 그게 사실입니까?"

확인하고 싶지 않은 일이었다. 낳아준 어머니가 그런 여자라는 것을 인정하고 싶지 않았다. 그러나 가사마는 아무것도 모른 채 30여 년 세월을 살아왔다. 어머니와 얼굴을 맞대고 대화를 나누는 이상, 모르는 채로 있기는 싫었다.

"사실이에요."

어머니는 인정했다. 아버지가 거짓말을 한 것은 아니었다. 가사마도 아버지의 설명을 의심한 것은 아니었다. 남자와 함께 도망간 이유를 듣고 싶었다.

"왜 그런 짓을 한 겁니까? 아버지와 나에게 불만이 있었습니까?"

여태까지 줄곧 어머니의 사랑을 받지 못했다고 생각했다. 내가 잘못해서 버림받은 거라고 긴긴 세월, 자신을 책망했다. 사야를 만날 때까지 여성과 평생을 함께하고 싶다는 생각이 없었던 것은 그 때문이다. 자신에게는 타인이 수용할 수 없는 무언가가 있다고 마음속 어딘가에서 두려워했다.

"불만, 이라고 하면 불만이었는지도 모르겠네요. 그 당시, 요시오 씨는 일이 바빠서 늦은 밤까지 집에 돌아오지 않았어요. 일요일은 잠만 잘 뿐, 대화를 나눌 시간도 없었고요. 하지만 그런 것은 어린아이였던 당신에게는 관계없는 일이지요. 당신에겐 아무 책임도 없어요. 믿어주지 않겠지만, 당신이 싫어져서 집을 나간 건 아니에요."

"그럼, 대체 왜!"

저도 모르게 목소리가 거칠어지고 상체가 쑥 앞으로 나갔다. 남편의 귀가가 늦다는 정도의 불만은 어느 집에나 있는 것 아닌가? 그 정도의 이유로 집을 나갔다는 설명에는 수긍이 가지 않았다. 버림받은 자로서는 도저히 받아들일 수가 없었다.

"내가 어리석었기 때문이에요."

어머니는 점점 더 몸을 움츠렸다. 이대로 사라져버리고 싶다고 생각하는 듯했다. 머리를 식혀야 한다고 가사마는 반성했다. 자세를 바로 하고 누그러진 어조로 말했다.

"어리석었다니요?"

"그땐 아직 나도 젊었어요. 사람의 내면을 보지 않고 외모만 보고 빠져버릴 만큼 젊었어요. 저와 함께 도망친 사람은 외모가 멋진 남자였어요. 그때까지 만나본 적 없을 만큼 잘생긴 사람이어서 저는 첫눈에 반하고 말았어요. 그는 수상쩍은 리모델링 회사 사람이었어요. 지붕을 수선하는 게 좋겠다고 하며 집에 찾아왔는데 저는 너무 들떠서 그 사람 말을 곧이곧대로 믿어버렸어요."

그런 이유였나? 정말 그렇게 어이없는 이유였다는 말인가? 제 어머니가 잘생긴 남자한테 정신을 빼앗겨서 가족을 버리고 집을 나갔다. 거기에는 동정의 여지가 추호도 없다. 좀 더 부득이한 이유가 있었던 건 아닐까? 버림받은 아들이 수긍할 수 있는 정당한 이유가 있었다고 말해주길 바랐다.

"그것, 뿐인가요?"

따져 묻지 않을 수 없었다. 설명이 고작 그것뿐인가? 일상에 막연한 불만을 떠안고 있던 차에 멋진 남자가 나타났다. 요약하면, 단지 그뿐이다. 터무니없는 어리석음에 아연실색했다. 제 어머니가 그렇게까지 어리석었다는 것을 인정하는 것은 너무 고통스럽다. 어머니가 사라진 이유를 이제까지 수없이 생각했으나 이것은 그중에서 최악이었다.

어머니는 아무 말도 없이 그저 부끄럽다는 듯이 고개를 끄덕였다. 설명은 끝이다. 과연 그렇군. 그런 이유라면 아들을 볼 낯이 없다고 생각하는 것도 당연하다. 수치를 아는 사람이라면 아들과는 평생 접점을 가지려 하지 않았을 것이다. 그러나 사야가 이 자리를 만들어주었다. 사야는 시기를 봐서 가사마를 어머니와 만나게 하려고 했던 것임이 틀림없다. 사야가 남긴 마음이 이렇게 어머니에게 직접 의문을 털어놓는 기회를 준 것이다.

"그 남자와는 그 후 어떻게 되었습니까?"

질문을 바꾸어도 어머니는 고개를 들지 않았다. 고개를 푹 숙인 채, 작은 목소리로 답했다.

"곧바로 버림받았습니다. 나쁜 남자였어요."

그럴 줄 알았다. 어머니는 자신의 행동을 뼈저리게 뉘우쳤을 것이다. 그 점은 이미 확인할 것까지도 없었다.

쭉 뻗은 어머니의 다리를 보았다. 어머니는 다리를 잃은 것을 죗값이라고 말했다. 물론, 가족을 버린 어리석음에 대한 대가라는 의미일 것이다. 어머니는 그 불행을 자기에게 주어진 형벌이라고 여겼다. 그렇게 생각하지 않으면 받아들일 수 없었을 것이다. 한쪽 다리를 잃은 고통은 가사마의 상상을 초월한 것이다.

어머니의 죄는 무겁다. 그러나 한쪽 다리를 값으로 치러야 할 정도의 죄일까? 다른 사람이 아닌, 버림받은 아들인 가사마가 그 벌은 가혹하다고 느꼈다. 사야의 경우와 마찬가지다. 사야의 죄가 크지만, 살해당해 마땅할 정도라고 생각되지는 않았다. 가능하다면 세오 가쓰요시가 언젠가 사야를 용서해주길 바랐다. 그래서 가사마도 세오 가쓰요시를 사형에 처하길 원치 않는 것이다. 뉘우치는 자에게까지 가혹한 형벌을 내리길 원하지 않는다. 그렇다면 그건 어머니에 대해서도 마찬가지였다.

"저는 사야를 죽인 범인을 증오합니다. 사야를 살려내라고 말하고 싶습니다. 그렇지만, 사형은 원치 않습니다. 사야를 용서해주길 바라기 때문입니다. 타인에게 용서를 구한다면 자신도 용서해야 하지요. 물론 당장은 무리입니다. 그래서 시간이 필요합니다. 당장 사형시키고 끝내버리고 싶지 않습니다. 저는 범인이 사야를 살해한 죄를 뉘우친다면 용서하고 싶습니다. 가능할지 모르지만 용서할 수 있다면 좋겠습니다. 그래서 저는……."

일단 말을 멈추고 어머니를 똑바로 바라보았다. 그 잠시의 공백에 부자연스러움을 느낀 어머니가 고개를 들었다. 가사마는 어머니를 향해 똑똑히 말했다.

"저는 당신을 용서하고 싶습니다. 어리석은 어머니라고 생각하지만, 뉘우치셨죠. 그렇다면 용서하겠습니다. 용서합니다."

어머니는 몇 초 동안, 자기가 무슨 말을 들은 건지 이해하지 못한 양, 멍하니 있었다. 그러다가 다음 순간, 양손에 얼굴을 파묻고 울기 시작했다. 다 큰 어른의 울음이라고는 생각되지 않을 만큼 큰소리를 내며 오열했다. 30여 년 응어리진 회한을 지금, 토해내는 듯했다.

가사마는 천장을 올려다보았다. 잠시 얼굴을 위로 향한 채 있고 싶었다.

6

한 달여 후, 세오 가쓰요시의 재판이 끝났다. 판결은 사형이었다. 가사마의 호소는 열매를 맺지 못했다. 예상대로의 판결이었다.

세오 가쓰요시는 항소했다. 가사마는 잘한 일이라고 생각했다. 변호사는 교체되겠지만, 요청받는다면 또다시 사형은 바라지 않는다고 증언할 것이다. 그 의향에는 변함이 없었다.

어머니를 집 근처로 모셔왔다. 당장 동거하는 것은 서로에게 힘들 것으로 생각했기 때문이다. 잃어버린 30여 년이라는 세월을 메우기가 그리 쉽지는 않다. 그러나, 기분 좋은 난관이기도 했다.

어머니를 처음 집으로 초대했을 때는 색종이를 준비해두었다. 종이로 올빼미 접는 법을 배우기 위해서다. 어린아이 때 배웠던 기억이 없다. 실제로 해보니 생각 외로 어려웠다. 잘 접을 수 있게 되면 사야의 영정사진 앞에 놔줄 생각이다.

끝.

종이올빼미 Harsh Society

1판 1쇄 발행 2023년 06월 11일

지은이 누쿠이 도쿠로
옮긴이 최현영

디자인 남서우
제작 금비피앤피 곽민주
경영지원 김미애

펴낸이 이동훈
펴낸곳 도서출판 직선과곡선
출판등록 2016년 9월 28일 제2016-000280호
주소 [06153] 서울특별시 강남구 봉은사로 418, 5층
전화 02) 555-8105 | **팩스** 02) 564-0757
홈페이지 snc-p.com | **이메일** snc-p@naver.com

ISBN 979-11-90187-39-8 03830

책 값은 뒤표지에 있습니다.
잘못 만들어진 책은 구입하신 곳에서 교환해 드립니다.